# DESATINOS Y…

# DESATINOS Y AMORÍOS

## ONCE CUENTOS ESPAÑOLES
## DEL SIGLO XVII

Edición de Gonzalo Pontón

M U C H N I K   E D I T O R E S   S A

Primera edición: noviembre de 1999

Peu de la Creu, 4. 08001 Barcelona

Cubierta: Enric Jardí

ISBN: 84-7669-403-2
ISBN: 84-7669-312-5 (obra completa)
Depósito legal: B-45.213-1999
Impreso en España - Printed in Spain

# CONTENIDO

PRESENTACIÓN 7

ONCE CUENTOS ESPAÑOLES DEL SIGLO XVII 21

HISTORIA DE DOROTEA Y BONIFACIO (Mateo Alemán, *Segunda parte de la vida de Guzmán de Alfarache*) 23

HISTORIA DE NICÍFORO Y DÁRDANO (Antonio de Eslava, *Noches de invierno*) 45

RINCONETE Y CORTADILLO (Miguel de Cervantes, *Novelas ejemplares*) 59

CUENTO DEL RICO DESESPERADO (Alonso Fernández de Avellaneda, *Segundo tomo del ingenioso hidalgo don Quijote de la Mancha*) 105

HISTORIA DEL DOCTOR SAGREDO Y SU MUJER (Vicente Espinel, *Relaciones de la vida del escudero Marcos de Obregón*) 133

LA CONSTANTE CORDOBESA (Gonzalo de Céspedes y Meneses, *Historias peregrinas y ejemplares*) 151

LOS TRES MARIDOS BURLADOS (Tirso de Molina, *Cigarrales de Toledo*) 195

LOS PELIGROS DE LA AUSENCIA (José Camerino, *Novelas amorosas*) 235

LA PRUDENTE VENGANZA (Lope de Vega, *La Circe*) 255

LAS DOS HERMANAS (Baltasar Mateo Velázquez, *El filósofo del aldea*) 297
EL CASTIGO DE LA MISERIA (María de Zayas, *Novelas amorosas y ejemplares*) 311

GLOSARIO 351

# PRESENTACIÓN

Este libro ofrece al lector once narraciones españolas del siglo XVII; para ser más exactos, once *novelas*, italianismo con que se designó en la época el relato de mediana extensión, a la manera de Giovanni Boccaccio y sus continuadores. La *novela* constituye una de las provincias más extensas del universo literario del Seiscientos; sin embargo, esa magnitud no se ha visto acompañada de un juicio demasiado favorable por parte de la posteridad. Nuestra narrativa clásica acarrea el peso insoportable de una gloria temprana: su primera manifestación cabal—las *Novelas ejemplares* de Cervantes—señala un horizonte inalcanzable, apenas vislumbrado por los demás escritores. La historia del género se ha presentado como una crónica de la impotencia y el fracaso, como una esperanza que salió vana. Así, la historiografía literaria de nuestro siglo ha deplorado que el relato volviera la espalda a la magnífica realización cervantina para extraviarse en un laberinto de moralidades y fárragos retóricos. De este modo, cometió el pecado imperdonable de renunciar a la mayor de las oportunidades: convertirse en la forja de la novela moderna. Con todo, no hay que olvidar que nuestro siglo contempla ese pasado desde la larga era de la novela—hoy en su agonía o en su resurrección, quién sabe—, y que desde esa perspectiva es sencillo, casi fatal, interpretar el trayecto de la narración barroca como una senda extraviada. En honor a cierta justicia histórica, quizá debamos dar a estos relatos la oportunidad de contar su propia historia.

Los orígenes del género se encuentran más allá de las fronteras españolas, concretamente en Italia y en la segunda mitad del siglo XIV. El modelo fundamental para la narrativa europea fue *El Decameron* de Boccaccio, libro que presentaba un marco general o *cornice* en el que se engastaba un centenar de historias independientes, cuyos temas eran de una amplísima diversidad, aunque con un manifiesto predominio de las historias amorosas; no faltaron la sensualidad e irreverencia, cuando no directamente la obscenidad y el sacrilegio. La obra de Boccaccio fue conocida en España durante el siglo XV, y en fecha muy temprana (1496) alcanzó los laureles de la imprenta. Desde esos años y hasta mediados de la década de 1560, numerosos narradores italianos publicaron sus propias colecciones de *novelle*. Entre los nombres más destacados figuran los de Girolamo Parabosco, Giovanni Francesco Straparola, Matteo Bandello, Luigi Guicciardini y Giovanni Battista Giraldi Cinthio, todos ellos de mediados del Quinientos. Esta oceánica materia narrativa se expandió con rapidez por el continente europeo, como acreditan, por ejemplo, los siete volúmenes de las *Histoires tragiques* (1559-1582), traducción de las novelas de Bandello realizada por François Belleforest, o los dos tomos del *Palace of Pleasure* (1566-1567), en los que William Painter vertió al inglés relatos de la mayoría de los *novellieri* italianos. Las grandes figuras del teatro isabelino, Shakespeare incluido, hallaron en las páginas de Painter argumentos para sus comedias y tragedias.

La literatura española también fue sensible al apogeo de la *novella* italiana. Aunque su recepción masiva no se produjo hasta principios del siglo XVII, en torno a 1550-1560 empezaron a detectarse señales de un cierto despertar a la narrativa breve. Así, algunos escritores insertaron en obras extensas piezas de inspiración transalpina: es el caso de Jorge de Montemayor, que incluyó en el libro II de *La Diana* (1559) la historia de Felismena, basada en una *novella* de Bandello. En 1567, el editor valenciano Juan Timoneda dio a luz *El patrañuelo*, una recopilación de historias breves que denotaba a un tiempo la recepción de los *novellieri* y el gusto por la colección de relatos.

En torno a las mismas fechas, Pedro de Salazar compuso una serie de historias de variado origen, hilvanadas según la preceptiva *cornice*. En el prólogo a esta obra, nunca publicada, el autor expresó la convicción de estar adentrándose en un territorio apenas hollado por las letras españolas. Algunos años después, ya en la década de 1580, Cristóbal de Tamariz escribió sus *Novelas en verso*, de más que evidente sabor italiano. Esta actividad narrativa, que por sí sola acredita la existencia de un clima receptivo a la implantación de la novela corta, se vio flanqueada por las aportaciones de la industria editorial: en 1583 se publicó el *Honesto y agradable entretenimiento de damas y galanes*, con veinticinco relatos de las *Piacevoli notti* de Straparola; en 1588 salieron de las prensas las *Horas de recreación*, que traducían la obra homónima de Guicciardini; un año más tarde vieron la luz las *Historias trágicas ejemplares*, con catorce de las *Novelle* de Bandello, traducidas del francés; por último, los *Hecatommithi* de Giovanni Battista Giraldi Cinthio aparecieron como *Primera parte de las cien novelas* en el año de 1590. A la par que estos, otros textos se leyeron en su italiano original. Las traducciones supusieron, en la mayoría de los casos, una adaptación de los originales al rígido código moral de la Contrarreforma, que excluía sobre todo los aspectos más licenciosos de los relatos. El paisaje es elocuente: a finales de siglo se había sembrado para la floración de un nuevo género. Hubo aún otros indicios: Mateo Alemán intercaló algunas novelas en su *Guzmán de Alfarache* (1599 y 1604), y en 1609 Antonio de Eslava publicó sus *Noches de invierno* (1609), una colección de manifiesta factura italiana. Solo faltaba el creador que asumiera el objetivo de ofrecer una colección propia, nacida de su propio ingenio. Esa empresa estaba guardada para Miguel de Cervantes.

Las *Novelas ejemplares* (1613) son el fruto de la progresiva fascinación cervantina por la narrativa breve, cuyos primeros atisbos despuntan ya en *La Galatea* (1585) y cuya primera manifestación cabal se sitúa en la década de 1590, cuando, a vueltas con su experiencia personal como cautivo en Argel, escribió la historia del capitán cautivo Ruy Pérez de Viedma y de la mora Zoraida, que con el tiempo se integraría en el *Ingenioso hidalgo don Quijote de la Mancha* (1605). Por otra parte, es sabida la hipótesis de que este último podría haberse iniciado como una *novela*, todavía en los últimos años del siglo XVI. Finalmente, hay constancia indudable de que dos de las narraciones publicadas en 1613—*Rinconete y Cortadillo* y *El celoso extremeño*—estaban escritas ya en 1606, si no antes. Dadas estas circunstancias, resulta comprensible que en el célebre prólogo a su colección Cervantes se expresara con el orgullo del pionero que ha recorrido un largo trecho: «yo soy el primero que he novelado en lengua castellana, que las muchas novelas que en ella andan impresas todas son traducidas de lenguas estranjeras, y estas son mías propias, no imitadas ni hurtadas; mi ingenio las engendró y las parió mi pluma y van creciendo en los brazos de la estampa». Sus palabras, a la vez que reconocen un sustrato previo, dependiente de la moda italiana, afirman resueltamente un afán de originalidad. Es justo, así, atribuir a Cervantes el salto cualitativo que reclama, como responsable de la plena adaptación de un cauce narrativo extranjero a las características del sistema literario y la cultura españoles.

La iniciativa de las *Novelas ejemplares* cundió, y pronto otros escritores publicaron sus propias colecciones, o bien incluyeron novelas cortas en obras extensas. El período de apogeo creativo y editorial se sitúa en las décadas de 1620 y 1630, a las que pertenece la mayor parte de los textos seleccionados. El género entró en declive a mediados de siglo, pero las viejas colecciones siguieron reimprimiéndose—y traduciéndose—hasta bien entrada la siguiente centuria. Como rasgo general de la novela corta española cabe destacar su fidelidad al doble mandato horaciano de entretener y aprovechar. La lección moral—ya sea en su tonalidad trágica, ya en la cómica—es inseparable de estas narraciones, como también lo es su evidente gusto por el enredo y la digresión, en detrimento de una acción más nítida, un diálogo más vivo o una mayor profundización en los caracteres. Aunque la variedad es extraordinaria, el tema predominante es el amor y sus consecuencias morales: el engaño, los celos, la fidelidad o el honor son la materia que recrean sus tramas. Se ha notado con razón que no hay demasiada distancia entre el mundo de la novela corta y el de la comedia, que al cabo se nutrió ávidamente de las tramas de los *novellieri* italianos.

Los textos reunidos en este volumen responden ante todo—es preciso reconocerlo—al incierto criterio del gusto personal, tantas veces lindante con el puro capricho. Hay nombres no representados aquí que conviene evocar ahora, porque forman parte de la historia de la novela corta en España: Jerónimo de Salas Barbadillo, Francisco de Lugo y Dávila, Juan Pérez de Montalbán, Alonso de Castillo Solórzano, Diego de Ágreda y Vargas, Juan de Piña, Mariana de Carvajal. No ha habido lugar para todos. A juicio del que escribe, los once relatos escogidos pueden satisfacer la curiosidad del lector moderno, y al mismo tiempo ilustran con bastante equidad las posibilidades del género: sus temas, su estructura y su lenguaje, su ideología y sus opciones estéticas, pero también, claro está, sus renuncias y extravíos. Es hora de recordar nuevamente el juicio negativo que pesa sobre la novela corta española del siglo XVII. Aun si tuviéramos que ceñirnos a esa perspectiva histórica, deberíamos afirmar que las experiencias literarias nunca caen en saco roto; por lo menos, no para todos. Otras lenguas—en especial la inglesa—supieron rastrear en esa selva narrativa el camino que llevaría, ahora sí, hasta la novela moderna.

La presente colección se inicia con la historia de Dorotea y Bonifacio, procedente de la *Segunda parte de la vida de Guzmán de Alfarache*, de Mateo Alemán. Ya en la primera parte de esta obra, el escritor sevillano había puesto de relieve su interés por la novela corta, pues interrumpe con dos de ellas la narración de los hechos del pícaro: se trata de los amores de Ozmín y Daraja, deudores de la moda morisca iniciada por *El Abencerraje* medio siglo atrás, y la tragedia de Dorido y Clorinia, próxima a modelos italianos. En el *Guzmán* de 1604, al final del libro II, el protagonista huye a escape de Génova tras estafar a parientes y amigos, y se embarca, con el botín de su engaño, en una galera rumbo a España. Muy cerca de las costas catalanas, Sayavedra, criado y cómplice del pícaro, pierde el juicio y se arroja al mar, sin que sea posible su rescate. Con la pía intención de consolar a Guzmán, el capitán de la galera le pide a uno de los forzados que lea algo de lo que ha ido recogiendo en «cierto libro de mano que tenía escrito», y el galeote da principio al cuento de la virtuosa, asediada y finalmente rendida Dorotea. Esta narración remite a una *novella* de Masuccio que Alemán conoció probablemente a través de su adaptación castellana (y en verso), *La novela de las flores*, escrita por el ya mencionado Cristóbal de Tamariz. Frente a sus modelos, el autor del *Guzmán* profundizó en las posibilidades narrativas de los hechos, así como en los caracteres de los personajes. En este sentido, es de destacar la resignada entrega de la protagonista a su amante, tras haber intentado resistirse hasta donde era humanamente posible. Frente al heroico amor de Ozmín y Daraja o la sangrienta desdicha que destruye a Dorido y Clorinia, la historia de Dorotea recorre una vía de deliberadas medias tintas, amparada por un silencio providencial que encubre a la protagonista y mantiene a flote su honra. Esta sórdida naturalidad constituye uno de los grandes aciertos del relato: piénsese, por ejemplo, en el breve y moralizante apunte sobre la hermana de Claudio, que tras el incendio de la casa fue hallada «con un su despensero en una misma cama muertos». No hay que perder de vista los ribetes celestinescos con que Alemán diseñó a Sabina, fautora de la caída de Dorotea y guardiana de su honra.

La segunda historia procede de las *Noches de invierno* de Antonio de Eslava. Esta obra se articula en torno a la conversación que mantienen cuatro ancianos venecianos junto al fuego de sus hogares, en un ameno y variopinto intercambio de saberes, opiniones, anécdotas y cuentos. Los diez relatos que constituyen el espinazo del libro van flanqueados de todo tipo de noticias eruditas, tomadas de misceláneas nacionales y extranjeras (por ejemplo, una crónica de las virtudes que poseen las aguas de ciertas fuentes, ríos o lagos, o consideraciones generales sobre la nobleza, la memoria o la belleza corporal). En el capítulo cuarto se cuenta «la soberbia del rey Nicíforo y incendio de sus naves, y la arte mágica del rey Dárdano». Se trata de un relato sobre un rey pacífico, sabio y destronado que, tras refugiarse junto con su hija en un palacio bajo las aguas, logra enderezar su destino personal y familiar con la ayuda de sus artes mágicas. Hace siglo y medio que se notó la evidente similitud de esta trama con la de *La tempestad* de William Shakespeare. No es fácil saber cómo pudo llegar el relato de Eslava a manos del dramaturgo inglés hacia 1610-1611, fecha en que este compuso su obra; es posible que ambos textos remitan a una fuente común que aún no ha sido determinada con certeza. Como quiera que fuese, el lector que haya viajado alguna vez a la isla mediterránea de Próspero, Miranda, Ariel y Calibán podrá confrontar esa experiencia con la de Dárdano, Serafina y el palacio submarino. En última instancia, el texto de Eslava puede ilustrar las vicisitudes de una materia narrativa que alcanzó su mayor fortuna por esos mismos años en las tablas de la escena londinense.

El tercer relato, *Rinconete y Cortadillo*, rinde obligado homenaje a las *Novelas ejemplares* de Miguel de Cervantes. Resulta difícil escoger una sola historia de entre las que ofrece la rara invención cervantina: no faltarían argumentos en favor del encanto de *La gitanilla*, del hábil enredo de *La ilustre fregona* o del prodigioso juego narrativo de *El casamiento engañoso y coloquio de los perros*, sin menoscabo de las historias intercaladas en la primera parte del *Quijote*. Precisamente en la caja de sorpresas narrativas que es la venta de Palomeque asoma por vez primera el relato sobre Pedro del Rincón y Diego Cortado, que se hallaba «en un aforro» de la misma maleta en que se encontró la *Novela del curioso impertinente.* A lo largo de cuatro siglos, los lectores han sido unánimes en su juicio entusiasta sobre este preámbulo genial a una novela picaresca nunca escrita, en el cual Cervantes acreditó su abrumadora capacidad de observación y comprensión del género humano. Entre recuerdos del *Lazarillo de Tormes* y con un ojo puesto en el *Guzmán de Alfarache,* el autor revivió con una portentosa ilusión de realidad la existencia cotidiana de la «virtuosa compañía» de hampones que moraba y prosperaba a orillas del Guadalquivir. La narración carece de una historia propiamente dicha, y todo se resuelve en el trazado de unas figuras inolvidables que simplemente *son*: juegan, comen, beben, bailan, desempeñan mal que bien sus oficios, dirimen rencillas amorosas y, sobre todo, hablan.

El *Segundo tomo del ingenioso hidalgo don Quijote de la Mancha* (1614), compuesto por el apócrifo Alonso Fernández de Avellaneda, contiene, fiel a su modelo, algunas historias intercaladas. Tras una lastimosa estancia en Zaragoza—tan desafortunada que haría variar su rumbo al don Quijote cervantino—, el hidalgo y su escudero se dirigen hacia Madrid, donde don Quijote espera enfrentarse en combate singular a Bramidante de Tajayunque, gigantesco rey de Chipre. Por el camino, aún en tierras de Aragón, se les unen dos personajes, el soldado Antonio de Bracamonte y el ermitaño fray Esteban. A la altura del capítulo XV, una mañana en que el sol cae a plomo, los cuatro viajeros se detienen a pasar la siesta junto al frescor de una fuente y a la sombra de unos sauces, lugar en que también se hallan reposando dos canónigos y un jurado vecinos de Calatayud. En ese marco ameno, y ante la forzosa inacción, don Quijote le ruega a Bracamonte y a fray Esteban que narren sendas historias. El primero refiere el «trágico suceso» de monsiur de Japelín—recogido aquí—, y el segundo, el cuento de *Los felices amantes,* una extensa historia de amores sacrílegos y milagros cómplices. En esas páginas, al desaparecer la pareja protagonista, el «autor tordesillesco» quedó liberado provisionalmente de las servidumbres de la parodia y alcanzó a expresarse con voz propia y nada desdeñable. En la historia de *El rico desesperado*, la inocencia de la pareja protagonista se estrella contra la fatalidad de su destino. Ese movimiento trágico se enmarca en una consideración moral: monsiur de Japelín y su esposa tenían sus vidas encaminadas hacia el claustro, pero los malos consejos y el interés los desviaron de ese camino; con su reingreso en el siglo, quedan expuestos a los avatares de la fortuna. A la postre, el inmenso amor que sienten el uno por el otro les resulta funesto, pues acaban condenándose precisamente por su buen querer.

La divertida historia del colérico doctor Sagredo procede de las *Relaciones de la vida del escudero Marcos de Obregón* (1618), novela picaresca de Vicente Espinel. El episodio narra con deliberada malicia la caída en la tentación de la señora Mergelina, la hasta ese momento altiva esposa del médico, que pierde toda contención y decoro ante un imberbe «mocito barbero». Este relato de ardores irreprimibles, bravuconerías y palos tiene una clara deuda con el teatro breve de la época, por el que campan numerosos cornudos irascibles y vanos parecidos a Sagredo. Aquí, los culpables de los malos pensamientos purgan sus pecados antes de cometerlos, y aunque corre algo de sangre, esta no llega al río.

Mucho más dramáticas son las tintas de *La constante cordobesa*, tercera de las *Historias peregrinas y ejemplares* (1623) de Gonzalo de Céspedes y Meneses. El libro consta de seis narraciones, precedidas de sendos panegíricos a otras tantas ciudades de la Península (Zaragoza, Sevilla, Córdoba, Toledo, Lisboa y Madrid), en las cuales se ambientan los hechos. La novela seleccionada refiere la tenaz resistencia de Elvira ante el acoso implacable pero sincero de don Diego. El autor se concentró en los tonos patéticos de su relato (así, el episodio sobre la enfermedad de la protagonista) e incluyó un fenómeno sobrenatural que evoca inevitablemente al don Gonzalo de

Ulloa de *El burlador de Sevilla.* El desenlace de la obra puede provocar cierta sorpresa en el lector moderno, cuyas expectativas sobre el amor están forjadas en la fragua romántica, pero lo cierto es que la conclusión resulta consecuente con el itinerario que los personajes han ido trazando. Mediante el parlamento final de Elvira, Céspedes nos invita a releer los hechos y contemplarlos desde una nueva perspectiva. Por último, es de notar que el autor gustó siempre de «cortar el hilo del discurso» mediante digresiones y aun episodios secundarios; en este caso antepuso a la narración propiamente dicha la heroica historia del Campo de la Verdad.

Los *Cigarrales de Toledo* (1624) constituyen la incursión de Tirso de Molina en el género de la novela corta. Para engarzar sus historias, Diego Téllez recurrió al marco convencional de una reunión de nobles en un entorno apacible, propicio para los amores y los relatos. La historia de los tres maridos es el amenísimo cuento sobre un concurso de burlas. Siempre a vueltas con el juego entre la realidad y las apariencias, la verdad y el engaño, tres astutas mujeres consiguen reírse de sus maridos, corregir sus defectos y ofrecer un agradable pasatiempo.

En *Los peligros de la ausencia,* octava de sus *Novelas amorosas* (1624), José Camerino, autor italiano afincado en España, presentó una historia en la que la amistad se interpone en el camino del deseo. Esta variante del triángulo amoroso, conocida también como el motivo de «los dos amigos», fue especialmente cara a Cervantes, quien le dio cuerpo en la historia de Timbrio y Silerio, referida en *La Galatea* (1585), y en la *Novela del curioso impertinente,* intercalada en la primera parte del *Quijote.* Camerino ambientó los hechos en la antigua Roma y cifró el efecto dramático central en la tensión que supone la ausencia de Camilo, que deja a su amada—y algo voluble—Laudemia bajo la dudosa custodia de César, amigo inseparable del protagonista. El largo preámbulo contrasta con la celeridad del desenlace, lo que pone de relieve el carácter ejemplar del relato.

Referencia fundamental en la historia de la novela corta son las cuatro que compuso, ya en su madurez, Lope de Vega. Dirigidas a «la señora Marcia Leonarda», nombre poético de Marta de Nevares, se publicaron como parte de dos obras misceláneas, *La Filomena* (1621) y *La Circe* (1624). De esta última procede *La prudente venganza*, relato de unos amores a los que la fatalidad convierte en irrecuperables y, a la postre, trágicos. El lector sabrá apreciar la ecuanimidad con que Lope retrató a los protagonistas, así como la paciente y determinada espera de Marcelo, rematada en un párrafo memorable, de extraordinaria factura conceptista. Tanto como el argumento de la obra importa seguir los apóstrofes y apartes dirigidos a Marcia Leonarda, que convierten el hecho mismo de narrar—y el de leer—en uno de los temas de la novela.

La décima narración procede del libro de Baltasar Mateo Velázquez *El filósofo del aldea* (1626), protagonizado por un labrador castellano que se siente inclinado a la reflexión filosófica: un nuevo villano del Danubio, tal como lo designó el propio Velázquez, en homenaje al rústico elocuente que presentó fray Antonio de Guevara en su *Libro áureo de Marco Aurelio* (1528). Escarnecido por sus paisanos, el labrador se traslada de su aldea a Torrelaguna, patria chica del cardenal Cisneros, donde recibe la favorable acogida de don Juan, un joven caballero, en cuya compañía y la de otros notables del lugar pasa el tiempo entregado a apacible y provechoso coloquio. La obra se divide en «conversaciones» sucesivas, la cuarta de las cuales, dedicada a la buena y mala fortuna, contiene la historia de Petronio, don Sancho, Leonor y Leonarda, en la que se presenta el motivo tradicional del burlador burlado. El tímido amante de una mujer fea en extremo alcanza un premio superior al que esperaba, mientras que el guardián de la honra familiar resulta presa de su propio engaño. Don Sancho, como el escudero lazarillesco, no puede confesar su indigencia ni ceder abiertamente ante su benefactor: servidor de sus prejuicios, será castigado por ello en lo más íntimo.

La noción de justicia moral también traspasa el relato de María de Zayas *El castigo de la miseria*, donde se cuenta la lección ejemplar que recibió el avariento don Marcos de manos de sus némesis femeninas. Para urdir esta historia, incluida en sus *Novelas amorosas y ejemplares* (1637), Zayas recurrió a algunos motivos cervantinos: en el expolio a don Marcos resuenan ecos de *El casamiento engañoso*, y en el dibujo del avaro que cierra su casa a cal y canto cabe reconocer trazos de Carrizales, el protagonista de *El celoso extremeño*. Tampoco parece casual que el libro utilizado para el ritual de magia que da fin al cuento sea precisamente *Amadís de Gaula*, la lectura favorita de don Quijote. A partir de esos patrones narrativos, Zayas urdió un entretenido y a la postre amargo relato sobre la miseria humana, en el que sobresale la narración del proceso que lleva a don Marcos a conocer la verdad: uno a uno, implacables, van cayendo los velos del engaño.

## NOTA SOBRE LOS TEXTOS

Para establecer el texto de las narraciones se ha recurrido, siempre que ha sido posible, a ediciones modernas y rigurosas. En todos los casos se ha procedido a revisar la puntuación, así como las lecturas dudosas o no completamente satisfactorias. La ortografía original se ha adecuado a la norma del español actual, con el respeto debido a las particularidades fónicas de la lengua del siglo XVII. Como apéndice se añade un glosario de los términos hoy desaparecidos, en desuso o poco comunes.

«Historia de Dorotea y Bonifacio», en Mateo Alemán, *Guzmán de Alfarache*, ed. Francisco Rico, Planeta, Barcelona, 1983, pp. 712-730.

«Historia de Nicíforo y Dárdano», en Antonio de Eslava, *Noches de invierno*, ed. Julia Barella Vigal, Pamplona, 1986, pp. 109-118.

«Rinconete y Cortadillo», en Miguel de Cervantes, *Novelas ejemplares*, ed. Harry Sieber, Cátedra, Madrid, 1980, vol. I, pp. 191-240.

«Cuento del rico desesperado», en Alonso Fernández de Avellaneda, *Don Quijote de la Mancha*, ed. Martín de Riquer, Espasa-Calpe, Madrid, 1972, vol. II, pp. 49-88.

«Historia del doctor Sagredo y su mujer», en Vicente Espinel, *Vida del escudero Marcos de Obregón*, ed. María Soledad Carrasco Urgoiti, Castalia, Madrid, 1972, vol. I, pp. 92-113.

«La constante cordobesa», en Gonzalo de Céspedes y Meneses, *Historias peregrinas y ejemplares*, ed. Yves-René Fonquerne, Castalia, Madrid, 1969, pp. 165-222.

«Los tres maridos burlados», en Tirso de Molina, *Cigarrales de Toledo*, ed. Luis Vázquez Fernández, Castalia, Madrid, 1996, pp. 456-497.

«Los peligros de la ausencia», en José Camerino, *Novelas amorosas*, ed. Fernando Gutiérrez, Selecciones Bibliófilas, Barcelona, 1955, pp. 143-160.

«La prudente venganza», en Lope de Vega, *Novelas a Marcia Leonarda*, ed. Francisco Rico, Alianza Editorial, Madrid, 1968, pp. 107-142.

«Las dos hermanas», en *Novelas de Miguel Moreno y del alférez Baltasar Mateo Velázquez*, ed. Emilio Cotarelo, Librería de la viuda de Rico, Madrid, 1906, pp. 269-285.

«El castigo de la miseria», en María de Zayas, *Novelas amorosas y ejemplares*, ed. Agustín González de Amezúa, Aldus, Madrid, 1948, pp. 125-164.

# ONCE CUENTOS ESPAÑOLES DEL SIGLO XVII

## HISTORIA DE DOROTEA Y BONIFACIO
(Mateo Alemán, *Segunda parte de la vida de Guzmán de Alfarache*)

En Sevilla, ciudad famosísima en España, y cabeza del Andalucía, hubo un mercader estranjero limpio de linaje, rico y honrado a quien llamaban micer Jacobo. Tuvo dos hijos y una hija de una señora noble de aquella ciudad, ellos dotrinados con mucho cuidado en virtud y crianza y en todo género de letras tocantes a las artes liberales, y ella en cosas de labor, con exceso de curiosidad, por haberse criado en un monasterio de monjas desde su pequeña edad, a causa de haber fallecido su madre de su mismo parto.

Como los bienes de fortuna son mudables, y más en los mercaderes, que traen sus haciendas en bolsas ajenas y a la disposición de los tiempos, no medio pie de la buena suerte a la mala, sucedió que, como sus hijos viniesen de las Indias con suma de oro y plata, cuando ya llegaban a vista de la barra de Sanlúcar y—como dicen—dentro de las puertas de su casa, revolvió un temporal, que, con viento deshecho, trayéndolos de una en otra parte, dio con el navío encima de unas peñas, y abierto por medio se fue luego a pique sin algún reparo, ni lo pudo tener mercadería ni persona de todo él.

Cuando a los oídos del padre llegó tan afligida nueva de pérdida tan grande, se melancolizó de manera que dentro de breves días también falleció. La hija, que residía en el convento, ya perdida la hacienda, los hermanos y padre defuntos, viéndose desamparada y sola, sintió su trabajo como lo pudiera sentir aun cualquiera hombre de mucha prudencia, por haberle faltado tanto en tan breve—que pudo decirse un día—, y con ella la esperanza de su remedio, porque deseaba ser monja.

Cesaron sus disinios, comenzó su necesidad; cesaron los regalos, comenzaron los trabajos y fueron creciendo de modo que ya no sabía qué hacer ni cómo poderse allí dentro sustentar. Y aunque las conventuales todas, que le tenían mucho amor por la nobleza de su condición, afabilidad, trato y más buenas partes, condolidas de su necesidad y pobreza, la quisieran tener consigo, mas como estaban subordinadas a voluntad ajena de su prelado, ni ellas lo pudieron hacer ni a ella fue posible quedar, porque dentro de breve término se le notificó que saliese o señalase la dote, y, no pudiendo cumplir con lo segundo, tomó resolución en lo primero.

Era tan diestra en labor, así blanca como bordados, matizaba con tanta perfeción y curiosidad, que por toda la ciudad corría su nombre. Con esto, las virtudes de su alma y hermosura de su rostro eran tan por exceso, que a porfía parece haberse fabricado por diestros diversos artífices en competencia. Y todo junto, en comparación de su recogimiento, mortificación, ayunos y penitencia, no llegaban. Viéndose, pues, desabrigada, con temor de la murmuración y de ocasión que le pudiera dañar, celosa de su honor buscó un aposento en compañía de otras doncellas religiosas; donde, sin tener otra sombra sino la de su trabajo, con él se alimentaba tasadísimamente y con grande límite, dando ejemplo de su virtud a todas las más doncellas de su tiempo.

El arzobispo de aquella ciudad tuvo deseo de mandar hacer algunas cosas de curiosidad, hijuelas y corporales matizados, y no sabiendo ni hallándose quien como Dorotea lo hiciese—que así se llamaba esta señora—, por las buenas nuevas que della tuvieron la buscaron y encomendáronle aquesta obra, prometiéndole por ella muy buena paga. Era necesario para tanta curiosidad que fuera el oro el mejor, más delgado y florido que se pudiera hallar; y porque solo quien lo sabe gastar es quien lo sabe mejor escoger, ella propria, en compañía de sus vecinas y amigas, lo fueron a buscar a los batihojas, que son en Sevilla los oficiales que lo hacen y venden.

Acertaron a entrar en casa de un mancebo de muy buena gracia y talle, que de muy poco tiempo había comenzado a usar el oficio y puesto tienda, que, para más acreditarse, procuraba que su obra hiciera ventajas conocidas a la de sus vecinos. Deste quisieran comprar lo que para toda su labor les fuera necesario—tanto por ser a su propósito cuanto por escusar la salida de casa—, si el dinero les alcanzara; mas como solo llevaban lo que para principio se les había dado, dijeron que llevarían un poco y volverían por más, como se fuese obrando y ella cobrando.

El mancebo, cuando vio la hermosura y compostura de la doncella, su habla, su honestidad y vergüenza, de tal manera quedó enamorado, que lo menos que le diera fuera todo su caudal, pues en aquel mismo punto le había entregado el alma. Y sintiéndole que dejaba de comprar con su gusto por falta de dineros, tomando achaque para sus deseos de la ocasión que le vino a la mano, sin dejarla pasar ni soltarla della, dijo:

—Señoras, si el oro es tal que hace a propósito para lo que se busca, escoja y lleve su merced lo que hubiere menester, y no le dé cuidado pagarlo luego, que por la misericordia de Dios ánimo tengo y caudal no me falta para poder fiar aun otras partidas más importantes, y no a tan buena dita. Vuestra merced, señora, lleve lo que quisiere y pague luego lo que mandare, que lo más que restare debiendo me irá pagando poco a poco, según lo fuere cobrando del dueño de la obra.

Parecióles a todas el mozo muy cortés y buena la comodidad, según se deseaba. Dorotea le dio el dinero que tenía de presente, y habiendo escogido todo el oro que le pareció mejor y necesario, lo llevó consigo, dejándole dicha la calle y casa donde acudiese por la resta. Luego se fueron, quedando el pobre mozo tan amante y fuera de sí cuanto falto de todo reposo y combatido de varios desasosiegos.

Rompióle amor las entrañas: no comía, no bebía ni vivía. Tan ocupada tenía el alma en aquella peregrina belleza, espejo de toda virtud, que todo era muerte su trabajosa vida, sin saber qué hiciese. Y pareciéndole doncella pobre, que por medios del matrimonio pudiera ser tener buen puerto sus castos deseos, quísose informar de quién era, de su vida, costumbres y nacimiento. La relación que le hicieron y nuevas que della tuvo fueron tales, que con ellas quedó de nuevo muy más perdido y menos confiado, nunca creyendo poder alcanzar tan grande riqueza, hallándose siempre indigno de tanto bien como lo fuera para él poder alcanzarla por esposa.

De todo desesperaba, en todo se conocía inferior. Mas como no era posible ni en su mano volverse atrás, que las pasiones del alma no tocan menos a los más pobres que a los más poderosos, y todos igualmente las padecen, aunque se hallaba tan atrás nunca dejó de porfiar para pasar adelante, perseverando en su honesto propósito, por haberlo puesto en las manos de Dios—que siempre los favorece y sabe acomodar con sola su voluntad las cosas de su servicio—, representándole siempre que no era otro su deseo que hallar compañera con quien mejor poderle servir, en especial aquella tan virtuosa y de su gusto; empero que así lo hiciese como mejor conviniese a su servicio.

También se le representó que la mucha pobreza y discreción le harían por ventura fuerza para que, solo mirando a su soledad y remedio, pospusiese pundonores vanos, acomodándose con el tiempo, y siéndole representado su honesto deseo de servirla lo viniese a conceder. Con estos pensamientos y cuidados procuraba solicitar la cobranza, no apretando ni enfadando, antes tomando achaques, unas veces de ver su tan curiosa labor, otras, por hacérsele paso, fingiendo lo que más a propósito venía para hacer visita y por tomar amistad (que solo a este fin iban por entonces encaminados sus deseos, para con ella poder mejor después entablar el juego, y en el ínterin poder aquel espacio breve mitigar las ansias que siempre ausente le causaba su dama). En esto anduvo el mozo tan discreto como solícito y tan solícito como enamorado, procediendo con tan honrados y buenos términos, que muy en breves granjeó de todas las voluntades, no pesándoles de sus visitas, antes con ellas ya recebían regalo.

Entre las que allí vivían, que eran cuatro hermanas, a la una dellas, la más venerable y grave, a quien tenían las otras todo respeto, tanto por su prudencia mucha cuanto por ser mayor en edad, se fue inclinando más en amistad y regalándola; conque después, andando el tiempo, en ocasiones que se ofrecían, poco a poco se fue descubriendo, haciéndola capaz de sus deseos, hasta de todo punto quedar aclarado con ella, suplicándole que, interponiendo para ello su autoridad, fuese parte que sus esperanzas no quedasen sin el premio que de su valor y discreción esperaba, y que, siéndole favorable, la fuese disponiendo en las ocasiones que se ofreciesen, de tal manera que cualesquier dificultades quedasen llanas, pues de su parte ninguna se podía ofrecer que a brazos cruzados no se pusiese a hacer toda su voluntad.

Los buenos terceros bienintencionados, que sin respetos humanos tratan de las cosas honestas con libertad y verdad, tienen siempre tal fuerza, que persuaden con facilidad, porque se les da todo crédito. Esta señora fue labrando en Dorotea de modo—de uno en otro lance—que, convencida de razón, vino a condecender en el consejo que le dieron. Y obedeciéndolo como de su verdadera madre, le besó por ello las manos, dejándolo en ellas.

El desposorio se hizo con gusto general, y mayor el de Bonifacio—que así llamaban al desposado—, porque se creyó hallar con aquella joya el más dichoso, bien afortunado y rico de los hombres, pues ya tenía mujer como la deseaba, en condición y de mayor calidad que merecía, y tal, que pudiera vivir con ella seguro y honrado, sin temor de celoso pensamiento ni de alguna otra cosa que le pudiera causar desasosiego.

Vivían contentos, muy regalados y sobre todos satisfechos del casto y verdadero amor que cada cual dellos para el otro tenía. Él de ordinario asistía en la tienda, ocupado en el beneficio de su hacienda, y ella en su aposento, tratando de su labor, así doméstica como de aguja, gastando en sus matices y bordados parte de la que su marido hacía; crecíales la ganancia, y en mucha conformidad pasaban honrosamente la vida.

El demonio vela y nunca se adormece. Más y en especial vela en destruir la paz contra las casas y ánimos conformes; arma cepos y tiende redes con todo secreto y diligencia para hacer, como desea, el daño posible y dar con ello en el suelo. Andaba siempre acechando a esta pobre señora, procurando derribarla y rendirla (y, cuando más no pudiese, que a lo menos trompezase). Y, así, en las visitas, en misa, en sermón, en las mayores devociones, en la comunión, aun en ella la inquietaba, presentándole los instrumentos de su maldad: mancebos galanes, discretos, olorosos y pulidos que le saliesen al encuentro siguiéndola y solicitándola. Mas de todo sacaba poco fruto, porque la casta mujer, mostrándose fuerte, siempre vencía con su honestidad semejantes liviandades. Y aunque para quitar la ocasión rehusaba cuanto más podía salir de su casa, y escasamente a lo muy forzoso y necesario, donde también era perseguida, rondábanle la puerta noche y día, buscaban invenciones y medios para verla; empero nada les aprovechaba.

Entre los galanes que la deseaban servir, que todos eran mozos y señores los más principales de la ciudad, era uno el teniente della, mancebo soltero y rico. Vivía frontero de la misma casa en otras principales, altas y de buen parecer, que por ser más humildes y bajas las de Dorotea, no obstante que había calle de por medio, cuándo por los terrados, cuándo por las ventanas, la señoreaba cuanto hacía; y tanto, que su esposo ni ella podían casi vestirse ni acostarse sin ser vistos, en especial estando con descuido y queriendo con cuidado asecharlos.

Con esta ocasión, el teniente andaba muy apasionado y cansado de hacer diligencias con extraordinaria solicitud. Al fin se hubo de volver, como los demás, al puesto con la caña, sin recebir algún favor ni visto sombra de sospecha con que poderlo pretender ni que desdorase un cabello del crédito de la mujer.

Andaba también con los muchos en la danza un otro

penitente de la misma cofradía de los penantes, muy llagado y afligido. Era burgalés, galán, mozo, discreto y rico, las cuales prendas, favorecidas de su franqueza, pudieran allanar los montes. Mas a la casta Dorotea ni las partes deste poder del teniente ni pasiones de los más le hacían el menor sentimiento humano, como si dél no fuera. Mostrábase a todos estos combates fortísima peña inexpugnable, donde los asiduos combates de las furiosas ondas del torpe apetito, no pudiendo vencer, quedaron quebrantadas. No hay duda que siempre continuaba velando su honestidad, como la grulla, la piedra del amor de Dios levantada del suelo y el pie fijo en el de su marido; y fuera imposible herirla si el sagaz cazador no le armara los lazos del engaño en la espesura de la santidad, para cazar a la simple paloma.

Este burgalés, que se llamaba Claudio, tenía en su servicio una gentil esclava blanca, de buena presencia y talle, nacida en España de una berberisca, tan diestra en un embeleco, tan maestra en juntar voluntades, tan curiosa en visitar cimenterios y caritativa en acompañar ahorcados, que hiciera nacer berros encima de la cama. Llamóla un día, diole cuenta de su pena, pidiéndole consejo para salir con su pretensión adelante. La buena esclava, como haciendo burla, después de haberse bien satisfecho y enterado en el caso, riéndose dijo:

—¡Pues cómo, señor! ¿Qué montes quieres mudar, qué mares agotar, a qué muertos volver el espíritu? ¿Cuál dificultad es tan grande la que te aflige y tanto me encareces? No son esas las cosas que a mí me desvelan: poco aceite y menos trabajo se ha de gastar en ello de lo que piensas; ya puedes hacer cuenta que la tienes par de ti. Descuida y ten buen ánimo, que yo te daré la caza en las manos dentro de pocos días, o no me llamen Sabina, hija de Haja.

Tomó el negocio a su cargo y comenzó desde aquel punto a entablar el juego, dando trazas como el que propone dar en el ajedrez un mate a tantos lances en casa señalada. Comenzó por el peón de punta, meneando los trebejos. Y componiendo un cestillo de verdes cohollos de arrayán, cidro y naranjo, adornándolo de alhaelíes, jazmines, juncos, mosquetes y otras flores, compuestas con mucha curiosidad, lo llevó al batihoja, diciéndole ser criada de cierta señora monja de aquella ciudad, abadesa del convento, que, teniendo noticia de la obra tan buena que allí se hacía y necesidad forzosa de un poco de buen oro para unos ornamentos que dentro de la casa estaban acabando para el día de San Juan, la regalaba con aquel cestillo y suplicaba que del oro mejor que tuviese le diese dos libras para probarlo; y que, saliendo tal como le habían certificado y era conveniente a su propósito, lo pagaría muy bien, y siempre lo iría gastando de su casa, llevando para cada semana lo que se pudiese gastar en ella, demás que tendría mucho cuidado de regalarlo.

Bonifacio se alegró con la buena ocasión de la ganancia, y no menos con el cestillo de flores, que lo estimó en mucho por la curiosidad con que venía fabricado. El cual, al punto, luego que lo recibió, habiendo despachado la esclava con el oro, lo llevó a su mujer, poniéndoselo en las faldas con grande alegría, que no con menor fue recebido della. Preguntóle de quién lo había comprado, y díjole lo que pasaba. Entonces lo estimó en más, porque le vino a la memoria el tiempo de su niñez, cuando con las más doncellas de su edad y monjas del convento se ocupaban en semejantes ejercicios. Rogó a su marido que si otra vez volviese la hiciese subir a su aposento, que holgaría de conocerla.

Luego la semana siguiente, dentro de seis días, veis

aquí donde vuelve Sabina muy regocijada, diciendo del oro que había sido bueno y a pedir otro tanto que fuese de lo mismo, dándole un largo recabdo de parte de su señora, y con él una imagen pequeña de alcorza y un rosario de la misma pasta, con tanta curiosidad obrado, que bien era dino de mucha estima. Así como lo vio, no quiso recebirlo, sino que de su mano lo diese a Dorotea, su esposa. Cayóle la sopa en la miel, sucediéndole lo que deseaba y a pedir de boca. Mas, haciéndose de nuevas, dijo:

—¡Ay, mal hombre! ¿Dícelo de veras y casado es? No lo creo. Aun por solterón nos lo habían vendido, y trataba ya mi señora de casarlo con una lega que tenemos, tan linda como unas flores, hermosa y rica.

Bonifacio le respondió:

—Rica y hermosa la tengo como allá me la podían dar, y con quien vivo contentísimo. Subí, veréisla.

Sabina le dijo:

—En buena fe, no quiero; no sea que me burle, que es un traidor.

—No burlo, de veras—le dijo Bonifacio—. Subí, amiga Sabina.

Ella, cuando entró en la pieza y vio a Dorotea, desalada y los pechos por tierra se le lanzó a los pies, haciéndole mil zalemas, admirada de su grande hermosura; que aunque había oídola loar, era mucho más la obra que las palabras. Quedó como embelesada de ver sus bastidores, con los bordados y otras labores que le mostró en que se ocupaba, con cuánta perfeción y curiosidad estaba obrado, diciendo:

—¿Cómo es posible no gozar mi señora de cosa tan buena? No, no; no ha de pasar así de aquí adelante sin que con amistad muy estrecha se comuniquen. ¡Ay Jesús, cuando yo le cuente a mi señora la abadesa lo que he visto, cuánta invidia me tendrá, cuánto deseo le crecerá de gozar un venturoso día de tal cara! ¡Por el siglo de la que acá me dejó (y así su alma esté do la cera luce, o que landre mala me dé) si no fuere alcahueta destos amores! Yo quiero de aquí adelante regalar a esta perla y visitarla muy a menudo.

Con estas palabras y otras regaladísimas llevó su oro después de haberse despedido, y de allí en adelante de dos a tres días continuaba la visita, ya por oro, ya diciendo hacérsele camino por allí, diciéndole al marido que cometería traición si por allí pasase y dejase de entrar a ver aquel ángel. Otras veces, con el achaque de traerle algún regalo, la iba disponiendo a que de su voluntad tuviese deseo de irse a holgar al monasterio un día.

Cuando ya le pareció tiempo dio por allá la vuelta un lunes de mañana y llevóle dos canasticos, uno con algunas niñerías de conservas y otro de algunas frutas de aquel tiempo, las más tempranas y mejores que se pudieron hallar. Dióselos diciendo que, por ser del huerto de casa y lo primero que se había cogido, le pareció a su señora que no pudiera estar en otra parte tan bien empleado como en ella; y que juntamente le suplicaba dos cosas: la primera y principal, que pues de allí a ocho días, el siguiente lunes, era la fiesta del glorioso San Juan Baptista, y el domingo su santa víspera, le hiciese merced en hacer penitencia, pasando en el convento aquellos dos días, pues en su casa no eran de ocupación, demás que tenían las monjas muchas fiestas y representaban una comedia entre sí a solas, que de nada gustaría si aquesta merced no le hiciese, y que otras señoras principales, parientas de las monjas, vendrían por allí, para que acompañándola se fuesen juntas; lo segundo, que les diese tres libras de buen oro para fluecos de un frontal, que deseaban acabar para poner en un altar allá dentro, procurando, si fuese posible, se lo diese más cubierto y delgado. A lo del oro respondió Dorotea:

—Darélo de muy buena gana, que lo tengo en mi poder. Y también hiciera lo que mi señora la abadesa me manda, mas está en el de mi marido. Ya sabéis, hermana Sabina, que no soy mía: mi dueño es el que os puede dar el sí o el no, conforme a su voluntad.

—¡En buena fe!—le respondió—. ¡Aun esa sería ella si no me la diese! ¡Nunca yo medre si de aquí saliese todos estos ocho días hasta llevarla! No sería razón que una cosa sola que mi señora suplica tan de veras, la primera y tan justa, se dejase de hacer, porque desea como a la salvación gozar de aqueste paraíso.

—¡Ay, callá, Sabina—dijo Dorotea—, no hagáis burla de mí, que ya soy vieja!

—¡Vieja!—dijo Sabina—. ¡Sí, sí, dese mal muere! ¡Como decirme agora que la primavera es fin del año y Cuaresma por diciembre! Dejémonos de gracias: que así, vieja como es, la goce su marido muchos años y les dé Dios fruto de bendición. Agora se haga lo que le suplico, que deseo ganar aqueste corretaje, que mi señora la retoce. ¡Ay, cómo se ha de holgar con esta traidora!

Bonifacio y Dorotea se reyeron. Y él, con alegre semblante, sin ver la culebra que estaba entre la hierba ni el daño que le asechaban, por la grande confianza que de su esposa tenía, dijo:

—Agora bien, por mi vida, que Sabina lo ha reñido y pleiteado con gracia: no se le puede negar lo que pide, habiéndolo enviado a mandar el abadesa mi señora. Idos a holgar esos dos días, que yo sé cuán de gusto serán para vos, y no menos para mí porque lo recibáis. Hermana Sabina, decid a su merced que así se hará como se manda, y cuando aquesas señoras que decís vayan al monasterio, pasen sus mercedes por aquí, para que se vayan juntas.

Agradeciólo Sabina con tales palabras cuales de mujer tan ladina y que ya tenía negociado su deseo. Fuese a su casa tan contenta y orgullosa, que ya le parecía volverse atrás los pasos que adelante daba y que a su posada nunca jamás llegaría. El corazón le reventaba en el cuerpo de alegría: quisiera, si fuera lícito, irla cantando a voces por las calles. Echábasele de ver el contento en los visajes del rostro, hervíale la sangre, bailábanle los ojos en la cara, parecía que por ellos y la boca quería bosar la causa.

Cuando en su casa entró, como una loca soltó los chapines, dejó caer de la cabeza el manto y, arrastrándolo por detrás, alzando con las manos las faldas por delante, que le impedían el correr, entró desatinada en el aposento de su señor, que la esperaba. Por decírselo todo, todo lo partía entre los dientes y la lengua, sin que alguna cosa dijese concertada: ya comenzaba por ativa, ya lo volvía por pasiva. Bien o mal, tal como pudo, le dio el mensaje, de modo que todos aquellos ochos días no acabaron ella de referirlo y él mil veces de preguntarlo. Volvían a cada paso a tratar una misma cosa, discantaban luego si aquello sería posible tener efeto. Parecíale que aquello que dello hablaban le había de servir y quedar por paga, sin acabar de creer que pudiera ser cierto un bien tan deseado ni llegar a gozar de tan alegre día. Para el concierto tratado hizo que se previniesen unas parientas y conocidas de casa, de quien tenía satisfación de cualquier secreto, que le ayudasen con su solicitud en este hecho.

Llegado el domingo, día ya señalado, vistiéndose unas en hábito de casadas, otras de doncellas, de dueñas otras, fueron con Sabina por Dorotea. Tocaron a la puerta. Salió su esposo, que ya las esperaba, y como viese una tan honrada escuadra de mujeres, al parecer principales, llamó a la suya que bajase presto, que la esperaban. Ella bajó tan simple como contenta. Habláronse todas con muy comedidos cumplimientos, y entregándosela el marido, la cogieron en medio, y con ella y grande alegría fueron su viaje.

Iban al monasterio encaminadas, cuando una de aquellas de tocas reverendas dijo:

—¡Ay, amarga de mí, cómo se nos ha olvidado ir por doña Beatriz la desposada, que nos estará esperando y también la convidaron!

Otra respondió luego:

—¡Por los huesos de mis padres que dice verdad, y que no me acordaba más della que de la primera camisa que me vestí! No podemos ir sin ella. Volvamos por aquí, que presto llegaremos allá.

Dio entonces la vuelta uno de aquellos cabestros de faldas largas y rosario al cuello por cencerro, tomando la delantera, y todas la siguieron hasta dar consigo en casa de Claudio. Llamaron a la puerta. Salióles a responder por la ventana una esclavilla, preguntando quién llamaba y lo que querían. Una dellas le dijo:

—Entra presto y dile a tu señora que baje su merced presto, que la esperamos.

Hizo como que fue a dar el recabdo, y cuando de allá dentro volvió con la respuesta, les dijo:

—A vuestras mercedes suplica mi señora se sirvan de no tomar pesadumbre aguardando un poco en cuanto se acaba de tocar, que será en breve, y entre tanto se podrán vuestras mercedes entrar a sentarse a la cuadra.

Ellas entraron por el patio en una sala bien aderezada, donde se quedaron las más, y solas dos pasaron adelante a una mediana cuadra con Dorotea. Estaba muy bien puesta, con sus paños de tela de plata y damasco azul y cama de lo proprio, la cuja de relieve dorada. Junto a ella estaba un curioso estrado en que las tres tomaron sus asientos, y de allí a muy poco dijeron:

—¡Ay Dios, y qué prolija novia hace doña Beatriz, y si a mano viene aún de la cama no se habrá levantado! Andad acá, hermana, sepamos cuándo habemos de ir de aquí.

Salieron las dos, y quedándose sola Dorotea, se desparecieron, que persona viviente no se conocía por la casa. Claudio entró luego, y tomando en el estrado una de aquellas almohadas junto a Dorotea, le comenzó a hacer muchos ofrecimientos, descubriéndole la traza de aquel proceder con lo mucho que le hacía padecer, de que no quedó la pobre señora poco turbada y triste, porque lo conocía de vista y sabía sus pretensiones. Viose atajada: no supo qué hacerse ni cómo defenderse. Comenzó con lágrimas y ruegos a suplicarle no manchase su honor ni le hiciese a su marido afrenta, cometiendo contra Dios tan grave pecado; empero no le fue de provecho. Dar gritos no le importaba, que no había persona de su parte, y cuando de algún fruto le pudieran ser y gente de fuera entrara, quien allí la hallara forzoso habían de culpar su venida, sin dar crédito al engaño. Defendióse cuanto pudo. Claudio, con palabras muy regaladas y obras de violencia, y contra su resistencia y gusto, tomaba de por fuerza los frutos que podía, pero no los que deseaba, conque se iba entreteniendo y cansándola. Finalmente, después que ya no pudo resistirle, viendo perdido el juego y empeñada la prenda en lo que Claudio había podido poco a poco ir granjeando de su persona, rindióse, y no pudo menos. Ellos estaban solos a puerta cerrada, el término era largo de dos días, la fuerza de Claudio mucha, ella era sola, mujer y flaca: no le fue más posible.

Bien se pudiera decir que había sido pendencia de por San Juan si no se les anublara el cielo. Comieron y cenaron en muchas libertades y fuéronse a dormir a la cama; empero breve fue su sosiego y sobresaltado su reposo, porque nunca el diablo hizo empanada de que no quisiese comer la mejor parte. Costumbre suya es, cuando hace junta semejante, formar una tienda o pabellón, convidando a que se metan dentro, que allí los encubrirá y nada se sabrá, haciéndose cargo del secreto. Y después, cuando están encerrados en el mayor descuido y mal pensada seguridad, abre las puertas, descubre, derriba los pabellones, manifestando en público el vicio recelado; y tañendo su tamborino, a repique de campana, llama la gente para que allí acudan a verlos, dejándolos avergonzados y tristes, de que más él se queda riendo.

¿Quién creyera que invención tan bien trazada viniera tan en breve a descubrirse por tan estraño camino? ¿Quién esperara de tan felices medios y principios fines tan adversos y trágicos? Mal dije que no se podía esperar menos, considerada la danza y quien la guiaba, demás que de necesidad había de castigar el cielo a letra vista semejante maldad y fuerza. Y aunque no fue la pena igual con el delito, fue a lo menos aldabada poderosa para que cualquiera buen discursista reconociera la ofensa y hiciera penitencia della.

Como aquel día todo anduvo tan sin cuenta ni orden, allá en su cuarto los criados ensancharon los vientres, quitaron los pliegues a los estómagos y las canillas a las candiotas. Comieron y bebieron hasta ir a las camas gateando, dejándose la chimenea con toda la lumbre, y cerca della mucha leña. El fuego se fue metiendo por los tueros y rajas, y ellos encendidos, comunicándose con los más que cerca estaban, de manera que casi a la media noche todo aquel cuarto se quemaba sin que persona lo sintiese, que dormían todos.

Era víspera de San Juan. El teniente andaba de ronda, y al grande resplandor, que ya la lumbre se devisaba de muy lejos, viola, y sospechó la verdad, que alguna casa se quemaba. Fuéronse por el rastro de la claridad hasta la casa de Claudio. Dieron voces y golpes a la puerta. La casa era grande; los unos de cansados, los otros bien borrachos y otros abrasados, ninguno respondía. Levantóse por la vecindad mucho alboroto. Unos y otros vecinos preveníase cada cual de su remedio. Fuese llegando mucha gente, y con fuerza que hicieron derribaron por el suelo las puertas. Entraron por la casa, creyendo que los della ya fueron consumidos con el fuego, y cuando menos ahogados con el humo, pues alguno por toda la casa no parecía.

Fueron las voces y el estruendo tanto, que Claudio recordó, y turbado de aquel ruido tan grande, sin saber lo que pudiera ser, con la espada en la mano y ambos desnudos abrió la puerta del aposento, y cuando vio el fuego volvióse adentro para cubrirse con algo y salir huyendo. El teniente creyó que la gente de fuera fue quien abrió aquella sala para entrar a robar; acudió a la defensa con diligencia y halló a los dos amantes que apriesa y por salvarse buscaban los vestidos, y teniéndolos en las manos, ninguno hallaba el suyo.

Ya podréis considerar cuáles podrían estar y qué pudieran sentir viéndose desnudos, la casa llena de gente, y sobre todo su mayor enemigo el teniente, que los había cogido juntos. Volvamos, pues, a él, que luego conoció a Dorotea: quedó tan fuera de sí, que de los tres no se pudiera hacer alguna diferencia cuál estaba más muerto, porque nunca el teniente pudiera persuadirse de persona del mundo a semejante cosa, pues, teniendo por testigos a sus proprios ojos, aún los tachaba. Viose tan turbado, tan abrasado de celos, tan desesperado y loco, que, por vengarse dellos y sin otra consideración, los hizo llevar a la cárcel con ánimo de vengarse, y más de Dorotea, que, por no haberle admitido, estaba resuelto de infamarla, buscando rastros para tener ocasión con que prender también a su marido, pareciéndole no haber sido posible no ser sabidor y consentidor del caso, dando a su mujer licencia que fuese a dormir con aquel mancebo por interese grande que por ello le habría dado (que una pasión de amor hace cegar el entendimiento, volviendo los ánimos tiranos y crueles).

A ella la llevaron cubierta con su manto, con orden de que no fuese por entonces conocida hasta hacer la información, y a él por otra parte también lo llevaron preso. Y aunque hizo Claudio por impedirlo grandes diligencias, pretendiendo escusar los graves daños que dello pudieran resultar, ni ruegos ni dineros fueron parte a que la rabia del corazón se le aplacase al juez.

Ellos quedaron en su prisión y el juez echando espuma por la boca, hasta que se aplacó el fuego y lo dejó muerto. Mas el de su corazón muy vivamente ardía. Era ya después de medianoche; había padecido mucho con el cansancio y más con el enojo. Fuese a dormir, si pudo, que se cumplió el refrán en él: «Así tengáis el sueño...». No lo tuvo bueno, ni es de creer: antes con el enojo trazaría la venganza, guisándola de mil modos para que no escapasen, o a lo menos limpia la honra. Mas estaba haciendo la cuenta sin la huéspeda, que apenas él tenía los pies en la cama, cuando ya Dorotea tenía cobro.

Dormía Sabina en un aposento más adentro del de su amo, para si en algo fuese menester de noche. Y como hubiese tenido atención a todo lo pasado, acudió presto al remedio, que siempre las mujeres en el primer consejo son más promptas que los hombres, y no ha de ser pensado para que acierten algunas veces. Sacó de su aposento un grueso capón que había quedado de la cena, el cual acomodó con un gentil pedazo de jamón de la sierra, con un frasco de generoso vino, buen pan y reales en la bolsa. Poniéndose un colchón, sábanas y un cobertor en la cabeza y la cesta en el brazo, se fue a la cárcel. Pidió al portero que le dejase meter aquella cama y cena para una dueña de su amo, que, porque se tardó en dar un caldero con que sacar agua para matar el fuego, la mandó traer el teniente presa. Con esta poca culpa y cuatro reales de a cuatro que le metió en la mano, le abrió las puertas, haciéndole cien reverencias, aunque con la ropa que sobre la cabeza llevaba no le vio la cara.

Ella entró con su recabdo a Dorotea, que más estaba muerta que viva. Estuvieron hablando solas, porque las más presas ya dormían. Y de allí resultó que Dorotea, hecha Sabina y puesta una saya suya verde que llevaba, llamó al portero y le dio la cena, diciendo que la dueña no la quería, ni dormir en cama, hasta salir de allí. Él vio su cielo abierto, y al sabor del tocino se puso en manos del vino, guardando la resulta para el siguiente día.

En cuanto el carcelero se ofrendaba, se cargó Dorotea el colchón en la cabeza y salió de la cárcel, dejando en su lugar a Sabina, y con dos de las mujeres del día pasado se volvió a casa de Claudio hasta por la mañana, que con ellas y otras volvió a su casa, fingiéndose no haber estado buena de salud, y que por eso se volvía.

Ya el teniente andaba orgulloso para el siguiente día martes. Y no se olvidaba Claudio, porque, como ya sabía estar la señora en salvo, hizo que un su amigo hablase al asistente, suplicándole que personalmente lo desagraviase, viendo la sinjusticia que le habían hecho. También el teniente, cuando fue a comer a su casa y se puso a la ventana, mirando con infernal celo a las de Dorotea, reconocióla, y vio que, sentada con su marido, estaban comiendo juntos. Perdía el seso, estaba sin juicio pensando qué fuese aquello. Envió a la cárcel a saber quién soltó la presa de la noche antes. Dijéronle que allí estaba. Ya pateaba en este punto, porque sin duda creyó estar loco, si acaso no hubiera sido sueño lo pasado.

Así pasó aquel día hasta el siguiente, que, viniendo a la visita el asistente con sus dos tenientes, mandaron llamar a Claudio y a la mujer que con él había venido presa, los cuales, como ya hubiesen dicho en su confesión quiénes eran y allí fuesen públicamente conocidos, fueron sueltos, empero no tan libres que Claudio no purgase bien las costas. Porque cuando a su casa llegó, halló la mayor parte della y de sus bienes abrasados, y juntamente a una su hermana honesta, de las que sacaron a Dorotea de su casa, la cual fue hallada con un su despensero en una misma cama muertos, y otros tres criados. Tanto sintió este dolor, lastimóle de tal manera el corazón semejante afrenta, porque aquello había sido en toda la ciudad notorio, que de la intensa imaginación adoleció gravemente. Y no deseando salud para gozarse con ella, sino solo para hacer penitencia del grave pecado cometido, convaleció, y sin dar cuenta dello a persona del mundo, se fue al monte, donde acabó santamente, siendo religioso de la orden de San Francisco. Dorotea se fue con su marido en paz y amistad cual siempre habían tenido. El teniente se quedó muy feo, sin muchos doblones que le daban y sin venganza, y Bonifacio con todo su honor, porque Sabina y las más que supieron su afrenta dentro de muy pocos días murieron: que así sabe Dios castigar y vengar los agravios cometidos contra inocentes y justos.

## HISTORIA DE NICÍFORO Y DÁRDANO
(Antonio de Eslava, *Noches de invierno*)

En el imperio de Grecia reinaba con grande majestad Nicíforo, emperador altivo, soberbio y arrogante. Este tuvo una trabada guerra con el rey Dárdano de Bulgaria, vecino suyo, por respecto y causa que el soberbio emperador Nicíforo pidía a Dárdano le hiciese donación de sus reinos en uno de sus dos hijos, pues eran sus deudos muy cercanos, y su hija Serafina no podía ser heredera dellos por ser mujer, conforme la ley de su reino. El buen rey Dárdano le replicaba que si su hijo el heredero se casaba con su única hija, le daría luego todo su reino, y que de otra suerte lo dejaría al imperio romano. Mas como el emperador estaba lleno de soberbia y llevaba más altos pensamientos, no vino en ello, mas antes procuró hacerle terrible guerra, animado de su gran poder, con intención de echarlo de su reino y apoderarse dél.

Bien pudiera el sabio rey Dárdano vencer a Nicíforo si quisiera usar del arte mágica, porque en aquella era no había mayor nigromántico que él, sino que tenía ofrecido al Altísimo de no aprovecharse della para ofensa de Dios ni daño de tercero. Y, así, como era de su natural bueno, prudente y enemigo de guerra, hizo y procuró muy poco ejército para impedir a su enemigo Nicíforo, por el cual en breve tiempo fue el desdichado rey echado a fuerza de armas de su rico y poderoso reino, con mucho abatimiento y pobreza. Mas como no solamente le acompañaba una virtud, tuvo mayor prudencia en esta adversidad que en las pasadas. Y, así, viéndose fuera de su patria y reinos, desamparado de sus ejércitos y de los caballeros y nobles dél, y ajeno de sus inestimables riquezas, desterrado de los lisonjeros amigos, sin auxilio ni favor de nadie, se ausentó con su amada hija del poblado, metiéndose por un espeso bosque. Y cargado de su caduca vejez, asido de la mano de su única hija, habló con ella de aquesta suerte:

—Amada y querida hija: sabrás que dice aquel divino filósofo Aristóteles que la verdadera felicidad es la que no en solo un acto, mas en toda la vida es perfecta, entendiéndose esta perfección de virtudes; dígolo porque no entiendas que la felicidad consiste en bienes temporales ni terrenos. Y también el español filósofo Séneca dice que es muy pequeño el ánimo que en cosas terrenas se deleita, contenta y satisface. Y pues Dios se ha servido desnudarme de los bienes temporales, hame vestido de los celestes y espirituales, por lo cual me puedo llamar felice y dichoso y bienaventurado. Y puédesme creer que la mayor pena que siento, hija mía, es la que tú tienes de verte en tan poco tiempo tan pobre y abatida y menos favorecida de tantos príncipes y caballeros de que solías ser servida y festejada, y que no ha ocho días te intitulabas princesa y hija de un poderoso rey y agora te puedes llamar hija del más mísero y abatido hombre del mundo; que de mí no me da pena, porque ya sé en qué consisten y estriban las cosas deste variable mundo, que no he sido yo el primer rey que ha tenido tan desastrado fin: que la memoria me representa en el teatro de mis tragedias el fin que tuvo el infelice Geta, emperador romano, que fue destruido y muerto por su hermano Basiano Antonino; y el que tuvo Julio César, monarca de todo el mundo, pues fue muerto por manos de sus muy amigos y a los pies de la estatua de su perpetuo enemigo Pompeyo; y el que tuvo Justiniano el segundo, que fue desterrado y echado del imperio de Leoncio su criado, cortándole las orejas por mayor ignominia; y el de Ludovico Pío, que de sus proprios hijos fue echado, con grande afrenta, del imperio romano. Al fin conozco, hija Serafina, que todo cuanto hay en este inconstante mundo es a modo de una continua guerra, porque vemos que los altos y estrellados cielos llevan sus movimientos unos contra otros, las rutilantes estrellas se encuentran en su arrebatado firmamento, los adversos elementos pelean entre sí, el aire hincha las olas del espumoso mar, y el agua pretende apagar el poderoso fuego, y el fuego alterar y disminuir a todos ellos; el verano vemos que nos aqueja con su demasiada calor, y el invierno con su restringente frío y aspereza; las nubes nos amenazan con espantables truenos y relámpagos, y los ríos con sus arrebatadas crecidas y furiosas corrientes. Pues si esto es en las criaturas insensibles y inanimadas, ¿qué será en las sensibles y racionales? Y, así, considerando esto y la poca paz y quietud que agora mora en los hombres, te juro por el eterno caos de no hacer de hoy más mi habitación entre los hombres, porque mi justo intento es apartarme de tan miserable estado, haciendo con mi arte mágica un sumptuoso y rico palacio debajo del hondo abismo del mar, adonde acabemos y demos fin a esta caduca y corta vida y adonde estemos con mayor quietud y regalo que en la fértil tierra, porque quiero aprovecharme del arte mágica que tengo con tanto trabajo estudiada, pues no es en daño del prójimo ni ofensa de los dioses.

A todo esto estuvo la hermosa Serafina atenta, y abatiendo el estandarte de sus gallardos pensamientos, le respondió a su amado padre le siguiría adondequiera que su voluntad ordenase (que no fue poco el determinarse una doncella tan bella y moza de apartarse de la humana contratación deste mundo).

Y andando en estas razones llegaron a la orilla del mar, adonde halló una bien compuesta barca, en la cual entraron. Asiendo el viejo rey los anchos remos y rompiendo con ellos la violencia de sus olas, se metió dentro del Adriático golfo. Y estando en él paró la ligera barca, sacudiendo a las aguas con una pequeña vara, por la cual virtud abrió el mar sus senos a una parte y otra, haciendo con sus aguas dos fuertes muros, por donde bajó la barca a los hondos suelos del mar, tomando puerto en un admirable palacio fabricado en aquellos hondos abismos, tan excelente y sumptuoso cuanto rey ni príncipe ha tenido en este mundo. Porque eran sus fuertes murallas aforradas por dentro y fuera de una bruñida plata, y en ellas las farsálicas guerras relevadas; la portada, con tanto primor y artificio, que parece que no le pudo dar más la arquitectura en la perfición de la imaginaria; frisos y obeliscos y labores dejan atrás las obras de Fídeas; las gradas, de pórfido; el pavimento, con escaques, hecho de piedras finísimas que a trechos van haciendo lazos muy graciosos; las colunas, corintias, con basas y capiteles admirables; las bóvedas, techumbres, zaquizamíes y artesones, entretallados de oro, marfil y nácar, pendientes dellos muy grandes racimos de oro; y en la bóveda principal, relevada la esfera celeste, con grande primor y peregrina traza, que era cosa de ver, el zodíaco de Apolo y los doce signos y siete planetas, que con su presuroso movimiento hacían su oficio. No era de menos admiración ver la Ursa mayor, que el vulgo llama Carro, y la Ursa menor, que dicen Bocina, y la espada de Perseo, figura setentrional de veinte y seis estrellas compuesta, y la guarda de la Ursa menor, llamada Beotes. No causaba menos admiración ver con qué prodigalidad el húmedo Acuario vaciaba su urna, fertilizando a la tierra, y aquellos dos fijos y inmobles polo ártico y antártico, con cuánta quietud y aplauso están mirando la inquietud de las demás estrellas.

No eran de menos adorno en este mágico palacio cuatro altísimas torres en las cuatro esquinas, cubiertas por de fuera de una luciente escama de unos pescados llamados merinos, con labrados balcones de finísimo oro con diáfanas ventanas de cristal. Y lo que más admiraba y tuvo suspensa a Serafina fue ver las puertas deste admirable palacio, por ser todas de finísimo nácar, y en él entretalladas maravillosamente mil historias. Porque a una parte estaba el adulterio de Venus y la sutilísima red de Vulcano su marido, y en la otra la caída tan justa del atrevido Faetón. Y dentro estaba un cuadrado zaguán adornado de cuarenta colunas de variable jaspe, en ellas engastadas finísimas piedras, las cuales con su virtud alumbraban al sumptuoso palacio como si fuera una dellas una flama y encendida hacha. Y en medio dél estaba una admirable fuente, brotando por la figura de un dios Neptuno dos cristalinos caños de agua dulce. Y a mano diestra estaba una triangulada puerta, tachonada de finísimas esmeraldas y topacios, la cual cerraba un deleitable jardín lleno de mucha variedad de frutas y flores que jamás pierden el sabor ni olor, como es la blanca azucena, encarnada rosa y alegre jazmín, los lagartados y fragantes claveles, las violetas, junquillos, escobillos y mosquetas, que con su variedad de colores esmaltaban el apenas pisado suelo, el cual se regaba de unas artificiosas fuentes que daban su tributo a unos estanques y albercas llenos de diferentes peces, adornados por la margen de árboles muy odoríferos que hacían mil sumptuosos cármenes, afrenta notoria de las Hespérides de Atlante. Y a toda esta mágica traza no osaba el ancho mar llegar sus saladas aguas, con doce millas de circuito, haciendo para arriba unas altas arcadas, con tal artificio, que parecía que eran de diamante fino.

Pues en este mágico palacio se albergó el viejo rey Dárdano con su muy hermosa y amada hija Serafina, adonde con arte mágica era servida de muchas sirenas, nereidas, dríades y ninfas marinas que con suaves y divinas músicas suspendían a los oyentes. Mas como pasasen dos años en aquella honda habitación, la hermosa Serafina, forzada de su natural, habló a su viejo padre desta suerte:

—Bien sabéis, amado padre, que todas las cosas criadas en este globo del mundo tienen un cierto no sé qué de amor natural comunicable, como vemos que los altos y movibles cielos manifiestan y comunican su influencia a la madre tierra, y ella alegremente recibe en sí su virtud, lluvia y rocío, por la cual produce tanta variedad de plantas, hierbas, piedras y metales. Pues si consideramos la diferencia de música que hacen en el claro y espeso aire los pintados pájaros con sus arpadas lenguas, veremos que procede de un amor natural para conservar su especie; y hasta los animalejos imperfectos, criados de la vil escoria, lo pretenden con su amorosa inclinación natural. Pues si en todas las cosas hay, amado padre, un efecto del amor natural, no es mucho ni de admirar que en esta vuestra solitaria hija obre los mismos efectos el mismo amor. Por algo deshonesta me tendréis, amado padre, con estas agudas razones, mas fuérzame a decirlas el verme sin esperanza alguna de humana conversación, metida y encarcelada en estos hondos abismos. Y, así, os pido y suplico, ya que permitís que muera y fenezca mi juventud en estos vuestros mágicos palacios, que me deis conforme a mi estado y edad un varón ilustre por marido.

El viejo rey Dárdano, vencido de las eficaces razones de su hija, le ofreció de casarla conforme a su dignidad y estado, poniendo el viejo rey diligencia y cuidado desde entonces, como hombre discreto y sabio.

Mas volviendo la historia al arrogante y vitorioso emperador Nicíforo, el cual estaba con tanta soberbia y altivez de haber vencido y echado de su reino al rey Dárdano, su capital enemigo, que hizo poner estatuas y armas suyas de bronce en todas las plazas de las ciudades principales de Bulgaria, rompiendo y derribando las armas reales de Dárdano. Mas como la terrible muerte no teme a los más soberbios y empinados reyes, quiso luchar con el altivo emperador Nicíforo y dio con él en una cama, con una enfermedad mortífera. Y como él se viese vencido de la muerte y muy cercano a ella, hizo ajuntar todos los grandes de su imperio, y delante dellos hizo heredero de todo su imperio y reinos a Juliano, su hijo menor, porque le parecía en su altivez y soberbia, desheredando al hijo mayor, llamado Valentiniano, porque era manso, piadoso y benigno (por ser ley, aunque injusta, de aquel reino hacer eleción el rey de cualquiera de sus hijos, no siendo suficiente para tal ministerio el primogénito). Y, así, hizo que en su presencia y antes de su muerte le jurasen por emperador y señor del imperio de Grecia y de Bulgaria. Y cumplido que fue su malino deseo, dio fin a su mala y soberbia vida.

Pues como el príncipe Valentiniano se viese desheredado de sus proprios reinos y sin ningún auxilio ni favor de los grandes dél, determinó secretamente de ausentarse del reino, yendo a pedir socorro y favor al emperador de Constantinopla para desposeer a su hermano de los reinos que injustamente heredaba y poseía. Y para más disimular su intento se partió solo y arribó a un canal del mar Adriático que sirve de abrigado puerto a los navíos, a buscar embarcación para proseguir su intento. Y solamente halló una ligera barca que de un pesado viejo era regida y gobernada, que le ofreció le pondría con mucha brevedad do pretendía. Y como aquel que tanto deseaba llegar al imperio de Constantinopla, sin reparar en la pequeña barca y viejo marinero, se embarcó con mucha presteza y sin temor alguno, cual otro César en la barca de Amiclas, aunque en contraria suerte. Porque sabréis, señores, que el dicho barquero era el viejo rey Dárdano, que, cuando tuvo al príncipe Valentiniano dentro en el ancho golfo, hirió con su pequeña vara las saladas aguas y luego se dividieron, haciendo dos fuertes murallas, y descendió el espantado príncipe al mágico palacio. El cual, admirado de ver tan excelente fábrica, quedó muy contento de verse allí, y el rey Dárdano le informó quién era y el respecto por que allí habitaba. Y luego que vido a la infanta Serafina, quedó tan preso de su amor, que tuvo a mucha dicha el haber bajado a aquellos hondos abismos del mar, y pidióla con muchos ruegos al rey su padre por su legítima esposa y mujer, que del viejo padre luego le fue concedida su justa demanda. Y con grande regocijo y alborozo se hicieron las reales bodas por arte mágica, pues vinieron a ellas mágicamente muchos príncipes y reyes, con hermosísimas damas, que residían en todas las islas del mar océano.

Pues justo será que los dejemos en tanto placer y regocijo y volvamos a tierra: a Juliano, nuevo emperador de Grecia y de Bulgaria, hijo menor del ya muerto Nicíforo, el cual se había ido a casar con una hija del emperador de Roma, acompañado de los grandes de toda Grecia. Y por no seros prolijo dejaré de contar el soberbio recebimiento que se le hizo en Roma y las costosas fiestas olimpíadas y juegos pitios y apolinares, nemeos, circenses, juvenales que por dar contento al emperador mandaban hacer los cónsules, dictadores, prefectos, censores y tribunos. Solo diré que, volviéndose a sus reinos con su amada esposa, acompañados de muchos príncipes romanos, se embarcó en Pescara, sulcando con grandísimo ejército de naves las saladas ondas del mar Adriático.

Y una mañana, al tiempo que el resplandeciente Febo salía de bañar sus ígneos caballos del espacioso mar, estando las naves en el paraje y diámetro del abismo do estaba el rey Dárdano celebrando las reales bodas de su única hija Serafina en sus mágicos palacios, comenzaron las olas del mar a ensoberbecerse, incitadas de un furioso nordueste. Túrbase el cielo en un punto de muy obscuras y gruesas nubes, pelean contrarios vientos de tal suerte, que arranca y rompe los gruesos mástiles, las carruchas y gruesas gúmenas rechinan, los gobernalles se pierden, al cielo suben las proas, las popas bajan al centro, las jarcias todas se rompen, las nubes disparan piedras, fuego, rayos y relámpagos. Tragaron las hambrientas olas la mayor parte de los navíos, la infinidad de rayos que cayeron abrasaron los que restaron, excepto cuatro, en los cuales iba el nuevo emperador Juliano y su nueva esposa y su real casa y recámara, y algunos príncipes griegos y romanos, que con estos quiso el cielo mostrarse piadoso. Daban los navíos, sumergidos del agua y abrasados del fuego, en los hondos abismos del mar, inquietando con su estruendo a los que estaban en el mágico palacio en las reales bodas de la hermosa Serafina. De modo que, alterado el dios Neptuno de tan extraordinario alboroto y movimiento, determinó salir a ver quién alteraba sus húmedos reinos con tanto atrevimiento y desacato, con presupuesto de herir con su tridente a los restantes navíos. Mas le fue impedido del rey Dárdano, diciéndole no era cosa conveniente a su deidad que él saliese. Y, así, el mágico rey Dárdano subió sobre las aguas, descubriéndose hasta la cinta, mostrando una antigua y venerable persona, con sus canos y largos cabellos, así en la cabeza como en la barba. Y vuelto a las naves que habían quedado, adonde iban el emperador y príncipes, encendidos los ojos en rabiosa cólera les habló de esta manera:

—¿Qué es esto, injusto y soberbio emperador? ¿No basta que tu tirano padre con crueldad luciferina me usurpó mis proprios reinos, maltratando a mis obedientes vasallos, derribando mis sumptuosos palacios, echando por el suelo mis reales armas, hurtando mis adqueridos tesoros y ajenándome de toda la tierra (pues me fue forzoso decender a estos hondos abismos adonde moro y habito), sino que tú, con la paterna crueldad y heredada soberbia, has querido derribar mis fuertes y mágicos palacios, echando sobre ellos muchas y muy gruesas áncoras de hierro, con otros mil instrumentos de guerra? ¡Oh ambición altiva y soberbia de los hombres, peor que tigre cruel de Hircania! ¡Que seas tan sedienta cual áspide de Libia y ponzoñoso basilisco de Cirene, que estando trópicos de veneno desean beber humana sangre! ¡Que dándole Dios al hombre una tan amena y deleitosa tierra, con tanta infinidad de populosas ciudades, adornadas de amenos y graciosos jardines y sombríos valles y encumbrados montes que producen cristalinas fuentes, verdaderas causas de caudalosos ríos, y muchas y riquísimas minas que tributan oro y plata sin interés alguno; y no contento con esto, lleno de codicia, fabrican sobre las aguas unas nuevas casas, para correr sin temor ni asombro sus anchos senos, inquietando a los marinos reyes y nereidas, ninfas y pacíficos pescados, haciéndoles con vuestro orgullo retirar a sus mojadas linfas! Pues lo que te sé decir, injusto emperador, en correspondencia del daño que me has hecho, que no gozarás tu injusto imperio mucho tiempo.

Y acabado que hubo el rey Dárdano de hacer su parlamento, se zambulló sin aguardar respuesta en las amargas aguas del mar, volviéndose a su mágico palacio, quedando el emperador Juliano de pechos en la dorada popa de su nave, acompañado de la nueva emperatriz su mujer y de algunos príncipes que con él se habían embarcado, que de haber visto casos tan lastimosos y trágicos estaban tristes y afligidos, y particularmente de haber visto al viejo rey Dárdano metido en las saladas aguas del mar—porque lo tenían ya por muerto—, quejándose con tan justas quejas, pronosticándoles el espantable presagio del poco tiempo que su emperador Juliano reinaría en el imperio. Que no fue falso pronóstico, pues apenas hubo llegado a la ciudad de Delcia, donde tenía su real ceptro y silla, cuando la solícita Parca con sus agudos filos le cortó el corto hilo de su vida.

Fue tanto el sentimiento de la mal lograda emperatriz, que en breve tiempo pasó tambien el río Cocito, en busca de su apenas conocido marido, de modo que quedó todo el imperio de Grecia con grandísima pena y tristeza de tan desastrados fines y muertes. Y, así, entraron en consejo toda la nobleza de Grecia y trataron del justo azote y castigo que Dios les había dado y daba por haber jurado por emperador a Juliano, el hijo menor, viniéndole de derecho a Valentiniano, el mayor, y así bien por haber consentido la guerra injusta contra el viejo rey Dárdano y haberle usurpado todo su reino, echándole dél con increíble crueldad. Y determinaron en acuerdo de enviar embajadores por diversas partes del mundo en busca del príncipe Valentiniano, para darle el ceptro y corona de lo que tan justamente era suyo.

Mas como el rey Dárdano no había menester correos para saber la muerte de Juliano emperador y de la emperatriz su mujer, determinó de salir de aquellos mágicos palacios con su querido yerno Valentiniano y su hija Serafina y ir a la ciudad de Delcia a que le recibiesen por emperador. Y puesto por obra, con nuevo contento deshicieron el mágico palacio, cogiendo la mayor riqueza dél, y en una nave que los días pasados se había anegado subieron sobre las gruesas aguas del mar, y con próspero viento fueron navegando al puerto y ciudad de Delcia, adonde con grande regocijo fueron recebidos de toda la gente de Grecia, admirados de ver al viejo rey Dárdano con tanta riqueza y majestad, y fueron luego a darle las llaves de todo su usurpado reino. Mas fue doblado el contento cuando entendieron que el príncipe Valentiniano estaba casado con la infanta Serafina.

Y, así, con grande alborozo y costosísimas fiestas, dieron el ceptro y corona de todo el imperio a Valentiniano, el cual reinó como piadoso y clemente treinta y dos años, que fueron por otros tantos que el emperador su padre reinó tiranizando. Y el viejo rey Dárdano desde luego renunció todo su reino en su yerno Valentiniano, y por cumplir el solemne juramento que tenía hecho de no habitar jamás en la tierra, nunca quiso desembarcarse, antes hizo hacer de madera sobre cinco naves un bastante palacio en el puerto, el cual venía a hacer trabazón con el palacio real de su yerno, de donde era servida su persona. Vivió desta suerte dos años, dejando fama de príncipe, de justo, pacífico y verdadero.

## RINCONETE Y CORTADILLO
(Miguel de Cervantes, *Novelas ejemplares*)

En la venta del Molinillo, que está puesta en los fines de los famosos campos de Alcudia, como vamos de Castilla a la Andalucía, un día de los calurosos del verano se hallaron en ella acaso dos muchachos de hasta edad de catorce a quince años, el uno ni el otro no pasaban de diez y siete, ambos de buena gracia, pero muy descosidos, rotos y maltratados. Capa no la tenían, los calzones eran de lienzo y las medias de carne. Bien es verdad que lo enmendaban los zapatos, porque los del uno eran alpargates, tan traídos como llevados, y los del otro, picados y sin suelas, de manera que más le servían de cormas que de zapatos. Traía el uno montera verde de cazador; el otro, un sombrero sin toquilla, bajo de copa y ancho de falda. A la espalda y ceñida por los pechos traía el uno una camisa de color de camuza, encerada y recogida toda en una manga; el otro venía escueto y sin alforjas, puesto que en el seno se le parecía un gran bulto, que, a lo que después pareció, era un cuello de los que llaman valones, almidonado con grasa, y tan deshilado de roto, que todo parecía hilachas. Venían en él envueltos y guardados unos naipes de figura ovada, porque de ejercitarlos se les habían gastado las puntas, y porque durasen más se las cercenaron y los dejaron de aquel talle. Estaban los dos quemados del sol, las uñas caireladas y las manos no muy limpias. El uno tenía una media espada y el otro un cuchillo de cachas amarillas, que los suelen llamar vaqueros.

Saliéronse los dos a sestear en un portal o cobertizo que delante de la venta se hace, y sentándose frontero el uno del otro, el que parecía de más edad dijo al más pequeño:

—¿De qué tierra es vuesa merced, señor gentilhombre, y para adónde bueno camina?

—Mi tierra, señor caballero—respondió el preguntado—, no la sé, ni para dónde camino tampoco.

—Pues en verdad—dijo el mayor—que no parece vuesa merced del cielo, y que este no es lugar para hacer su asiento en él, que por fuerza se ha de pasar adelante.

—Así es—respondió el mediano—, pero yo he dicho verdad en lo que he dicho, porque mi tierra no es mía, pues no tengo en ella más de un padre que no me tiene por hijo y una madrastra que me trata como alnado; el camino que llevo es a la ventura, y allí le daría fin donde hallase quien me diese lo necesario para pasar esta miserable vida.

—¿Y sabe vuesa merced algún oficio?—preguntó el grande.

Y el menor respondió:

—No sé otro sino que corro como una liebre y salto como un gamo y corto de tisera muy delicadamente.

—Todo eso es muy bueno, útil y provechoso—dijo el grande—, porque habrá sacristán que le dé a vuesa merced la ofrenda de Todos Santos porque para el Jueves Santo le corte florones de papel para el monumento.

—No es mi corte desa manera—respondió el menor—, sino que mi padre, por la misericordia del cielo, es sastre y calcetero, y me enseñó a cortar antiparas, que, como vuesa merced bien sabe, son medias calzas con avampiés, que por su propio nombre se suelen llamar polainas, y córtolas tan bien, que en verdad que me podría examinar de maestro, sino que la corta suerte me tiene arrinconado.

—Todo eso y más acontece por los buenos—respondió el grande—, y siempre he oído decir que las buenas habilidades son las más perdidas. Pero aún edad tiene vuesa merced para enmendar su ventura. Mas si yo no me engaño y el ojo no me miente, otras gracias tiene vuesa merced secretas y no las quiere manifestar.

—Sí tengo—respondió el pequeño—, pero no son para en público, como vuesa merced ha muy bien apuntado.

A lo cual replicó el grande:

—Pues yo le sé decir que soy uno de los más secretos mozos que en gran parte se puedan hallar. Y para obligar a vuesa merced que descubra su pecho y descanse conmigo, le quiero obligar con descubrirle el mío primero, porque imagino que no sin misterio nos ha juntado aquí la suerte, y pienso que habemos de ser, deste hasta el último día de nuestra vida, verdaderos amigos. Yo, señor hidalgo, soy natural de la Fuenfrida, lugar conocido y famoso por los ilustres pasajeros que por él de contino pasan. Mi nombre es Pedro del Rincón. Mi padre es persona de calidad, porque es ministro de la Santa Cruzada; quiero decir que es bulero, o buldero, como los llama el vulgo. Algunos días le acompañé en el oficio y le aprendí de manera que no daría ventaja en echar las bulas al que más presumiese en ello. Pero habiéndome un día aficionado más al dinero de las bulas que a las mismas bulas, me abracé con un talego y di conmigo y con él en Madrid, donde, con las comodidades que allí de ordinario se ofrecen, en pocos días saqué las entrañas al talego y le dejé con más dobleces que pañizuelo de desposado. Vino el que tenía a cargo el dinero tras mí, prendiéronme, tuve poco favor, aunque, viendo aquellos señores mi poca edad, se contentaron con que me arrimasen al aldabilla y me mosqueasen las espaldas por un rato y con que saliese desterrado por cuatro años de la corte. Tuve paciencia, encogí los hombros, sufrí la tanda y mosqueo y salí a cumplir mi destierro, con tanta priesa, que no tuve lugar de buscar cabalgaduras. Tomé de mis alhajas las que pude y las que me parecieron más necesarias, y entre ellas saqué estos naipes—y a este tiempo descubrió los que se han dicho, que en el cuello traía—, con los cuales he ganado mi vida por los mesones y ventas que hay desde Madrid aquí, jugando a la veintiuna. Y aunque vuesa merced los ve tan astrosos y maltratados, usan de una maravillosa virtud con quien los entiende, que no alzará que no quede un as debajo. Y si vuesa merced es versado en este juego verá cuánta ventaja lleva el que sabe que tiene cierto un as a la primera carta, que le puede servir de un punto y de once; que con esta ventaja, siendo la veintiuna envidada, el dinero se queda en casa. Fuera desto aprendí de un cocinero de un cierto embajador ciertas tretas de quínolas y del parar, a quien también llaman el andaboba; que así como vuesa merced se puede examinar en el corte de sus antiparas, así puedo yo ser maestro en la ciencia vilhanesca. Con esto voy seguro de no morir de hambre, porque aunque llegue a un cortijo hay quien quiera pasar tiempo jugando un rato. Y desto hemos de hacer luego la experiencia los dos: armemos la red y veamos si cae algún pájaro destos arrieros que aquí hay. Quiero decir que jugaremos los dos a la veintiuna como si fuese de veras, que si alguno quisiese ser tercero, él será el primero que deje la pecunia.

—Sea en buen hora—dijo el otro—, y en merced muy grande tengo la que vuesa merced me ha hecho en darme cuenta de su vida, conque me ha obligado a que no le encubra la mía, que, diciéndola más breve, es esta: yo nací en El Pedroso, lugar puesto entre Salamanca y Medina del Campo. Mi padre es sastre. Enseñóme su oficio, y de corte de tisera, con mi buen ingenio, salté a cortar bolsas. Enfadóme la vida estrecha del aldea y el desamorado trato de mi madrastra, dejé mi pueblo, vine a Toledo a ejercitar mi oficio, y en él he hecho maravillas, porque no pende relicario de toca ni hay faldriquera tan escondida, que mis dedos no visiten ni mis tiseras no corten, aunque le estén guardando con los ojos de Argos. Y en cuatro meses que estuve en aquella ciudad nunca fui cogido entre puertas ni sobresaltado ni corrido de corchetes ni soplado de ningún cañuto. Bien es verdad que habrá ocho días que una espía doble dio noticia de mi habilidad al corregidor, el cual, aficionado a mis buenas partes, quisiera verme. Mas yo, que, por ser humilde, no quiero tratar con personas tan graves, procuré de no verme con él. Y, así, salí de la ciudad con tanta priesa, que no tuve lugar de acomodarme de cabalgaduras ni blancas ni de algún coche de retorno, o por lo menos de un carro.

—Eso se borre—dijo Rincón—, y pues ya nos conocemos, no hay para qué aquesas grandezas ni altiveces. Confesemos llanamente que no teníamos blanca ni aun zapatos.

—Sea así—respondió Diego Cortado, que así dijo el menor que se llamaba—. Y pues nuestra amistad, como vuesa merced, señor Rincón, ha dicho, ha de ser perpetua, comencémosla con santas y loables ceremonias.

Y levantándose Diego Cortado, abrazó a Rincón, y Rincón a él, tierna y estrechamente, y luego se pusieron los dos a jugar a la veintiuna con los ya referidos naipes, limpios de polvo y de paja mas no de grasa y malicia, y a pocas manos alzaba tan bien por el as Cortado como Rincón, su maestro.

Salió en esto un arriero a refrescarse al portal y pidió que quería hacer tercio. Acogiéronle de buena gana, y en menos de media hora le ganaron doce reales y veinte y dos maravedís, que fue darle doce lanzadas y veinte y dos mil pesadumbres. Y creyendo el arriero que por ser muchachos no se lo defenderían, quiso quitalles el dinero, mas ellos, poniendo el uno mano a su media espada y el otro al de las cachas amarillas, le dieron tanto que hacer que, a no salir sus compañeros, sin duda lo pasara mal.

A esta sazón pasaron acaso por el camino una tropa de caminantes a caballo que iban a sestear a la venta del Alcalde, que está media legua más adelante, los cuales, viendo la pendencia del arriero con los dos muchachos, los apaciguaron, y les dijeron que si acaso iban a Sevilla, que se viniesen con ellos.

—Allá vamos—dijo Rincón—, y serviremos a vuesas mercedes en todo cuanto nos mandaren.

Y sin más detenerse, saltaron delante de las mulas y se fueron con ellos, dejando al arriero agraviado y enojado, y a la ventera admirada de la buena crianza de los pícaros, que les había estado oyendo su plática sin que ellos advirtiesen en ello. Y cuando dijo al arriero que les había oído decir que los naipes que traían eran falsos, se pelaba las barbas y quisiera ir a la venta tras ellos a cobrar su hacienda, porque decía que era grandísima afrenta y caso de menos valer que dos muchachos hubiesen engañado a un hombrazo tan grande como él. Sus compañeros le detuvieron y aconsejaron que no fuese, siquiera por no publicar su inhabilidad y simpleza. En fin, tales razones le dijeron, que, aunque no le consolaron, le obligaron a quedarse.

En esto, Cortado y Rincón se dieron tan buena maña en servir a los caminantes, que lo más del camino los llevaban a las ancas. Y aunque se les ofrecían algunas ocasiones de tentar las valijas de sus medios amos, no las admitieron, por no perder la ocasión tan buena del viaje de Sevilla, donde ellos tenían grande deseo de verse. Con todo esto, a la entrada de la ciudad, que fue a la oración y por la puerta de la Aduana, a causa del registro y almojarifazgo que se paga, no se pudo contener Cortado de no cortar la valija o maleta que a las ancas traía un francés de la camarada. Y, así, con el de sus cachas le dio tan larga y profunda herida, que se parecían patentemente las entrañas, y sutilmente le sacó dos camisas buenas, un reloj de sol y un librillo de memoria, cosas que cuando las vieron no les dieron mucho gusto, y pensaron que pues el francés llevaba a las ancas aquella maleta, no la había de haber ocupado con tan poco peso como era el que tenían aquellas preseas. Y quisieran volver a darle otro tiento, pero no lo hicieron, imaginando que ya lo habrían echado menos y puesto en recaudo lo que quedaba.

Habíanse despedido antes que el salto hiciesen de los que hasta allí los habían sustentado, y otro día vendieron las camisas en el malbaratillo que se hace fuera de la puerta del Arenal, y dellas hicieron veinte reales. Hecho esto, se fueron a ver la ciudad, y admiróles la grandeza y suntuosidad de su mayor iglesia, el gran concurso de gentes del río, porque era en tiempo de cargazón de flota y había en él seis galeras, cuya vista les hizo suspirar y aun temer el día que sus culpas les habían de traer a morar en ellas de por vida. Echaron de ver los muchos muchachos de la esportilla que por allí andaban; informáronse de uno dellos qué oficio era aquel y si era de mucho trabajo y de qué ganancia. Un muchacho asturiano, que fue a quien le hicieron la pregunta, respondió que el oficio era descansado, y de que no se pagaba alcabala, y que algunos días salía con cinco y con seis reales de ganancia, con que comía y bebía y triunfaba como cuerpo de rey, libre de buscar amo a quien dar fianzas y seguro de comer a la hora que quisiese, pues a todas lo hallaba en el más mínimo bodegón de toda la ciudad.

No les pareció mal a los dos amigos la relación del asturianillo ni les descontentó el oficio, por parecerles que venía como de molde para poder usar el suyo con cubierta y seguridad, por la comodidad que ofrecía de entrar en todas las casas. Y luego determinaron de comprar los instrumentos necesarios para usalle, pues lo podían usar sin examen. Y preguntándole al asturiano qué habían de comprar, les respondió que sendos costales pequeños, limpios o nuevos, y cada uno tres espuertas de palma, dos grandes y una pequeña, en las cuales se repartía la carne, pescado y fruta, y en el costal el pan. Y él los guió donde lo vendían, y ellos del dinero de la galima del francés lo compraron todo, y dentro de dos horas pudieran estar graduados en el nuevo oficio, según les ensayaban las esportillas y asentaban los costales. Avisóles su adalid de los puestos donde habían de acudir: por las mañanas, a la Carnicería y a la plaza de San Salvador; los días de pescado, a la Pescadería y a la Costanilla; todas las tardes, al río; los jueves, a la Feria.

Toda esta lición tomaron bien de memoria, y otro día bien de mañana se plantaron en la plaza de San Salvador. Y apenas hubieron llegado cuando los rodearon otros mozos del oficio, que por lo flamante de los costales y espuertas vieron ser nuevos en la plaza. Hiciéronles mil preguntas, y a todas respondían con discreción y mesura. En esto llegaron un medio estudiante y un soldado, y convidados de la limpieza de las espuertas de los dos novatos, el que parecía estudiante llamó a Cortado y el soldado a Rincón.

—En nombre sea de Dios—dijeron ambos.

—Para bien se comience el oficio—dijo Rincón—, que vuesa merced me estrena, señor mío.

A lo cual respondió el soldado:

—La estrena no será mala, porque estoy de ganancia y soy enamorado, y tengo de hacer hoy banquete a unas amigas de mi señora.

—Pues cargue vuesa merced a su gusto, que ánimo tengo y fuerzas para llevarme toda esta plaza. Y aun si fuere menester que ayude a guisarlo, lo haré de muy buena voluntad.

Contentóse el soldado de la buena gracia del mozo y díjole que si quería servir, que él le sacaría de aquel abatido oficio. A lo cual respondió Rincón que, por ser aquel día el primero que le usaba, no le quería dejar tan presto, hasta ver a lo menos lo que tenía de malo y bueno. Y cuando no le contentase, él daba su palabra de servirle a él antes que a un canónigo. Rióse el soldado, cargóle muy bien, mostróle la casa de su dama para que la supiese de allí adelante y él no tuviese necesidad, cuando otra vez le enviase, de acompañarle. Rincón prometió fidelidad y buen trato. Diole el soldado tres cuartos, y en un vuelo volvió a la plaza, por no perder coyuntura, porque también desta diligencia les advirtió el asturiano, y de que cuando llevasen pescado menudo—conviene a saber, albures o sardinas o acedías—bien podían tomar algunas y hacerles la salva, siquiera para el gasto de aquel día, pero que esto había de ser con toda sagacidad y advertimiento, porque no se perdiese el crédito, que era lo que más importaba en aquel ejercicio.

Por presto que volvió Rincón ya halló en el mismo puesto a Cortado. Llevóse Cortado a Rincón y preguntóle que cómo le había ido. Rincón abrió la mano y mostróle los tres cuartos; Cortado entró la suya en el seno y sacó una bolsilla que mostraba haber sido de ámbar en los pasados tiempos. Venía algo hinchada. Y dijo:

—Con esta me pagó su reverencia del estudiante, y con dos cuartos. Mas tomadla vos, Rincón, por lo que puede suceder.

Y habiéndosela ya dado secretamente, veis aquí do vuelve el estudiante, trasudado y turbado de muerte. Y viendo a Cortado le dijo si acaso había visto una bolsa de tales y tales señas, que con quince escudos de oro en oro y con tres reales de a dos y tantos maravedís en cuartos y en octavos le faltaba, y que le dijese si la había tomado en el entretanto que con él había andado comprando. A lo cual, con extraño disimulo, sin alterarse ni mudarse en nada, respondió Cortado:

—Lo que yo sabré decir desa bolsa es que no debe de estar perdida, si ya no es que vuesa merced la puso a mal recaudo.

—¡Eso es ello, pecador de mí!—respondió el estudiante—, que la debí de poner a mal recaudo, pues me la hurtaron.

—Lo mismo digo yo—dijo Cortado—. Pero para todo hay remedio, si no es para la muerte. Y el que vuesa merced podrá tomar es lo primero y principal tener paciencia, que de menos nos hizo Dios, y un día viene tras otro día, y donde las dan las toman; y podría ser que, con el tiempo, el que llevó la bolsa se viniese a arrepentir y se la volviese a vuesa merced sahumada.

—El sahumerio le perdonaríamos—respondió el estudiante.

Y Cortado prosiguió diciendo:

—Cuanto más, que cartas de descomunión hay paulinas, y buena diligencia, que es madre de la buena ventura. Aunque a la verdad no quisiera yo ser el llevador de tal bolsa, porque si es que vuesa merced tiene alguna orden sacra, parecermeía a mí que había cometido algún grande incesto o sacrilegio.

—¡Y cómo que ha cometido sacrilegio!—dijo a esto el adolorido estudiante—, que puesto que yo no soy sacerdote, sino sacristán de unas monjas, el dinero de la bolsa era del tercio de una capellanía que me dio a cobrar un sacerdote amigo mío, y es dinero sagrado y bendito.

—Con su pan se lo coma—dijo Rincón a este punto—, no le arriendo la ganancia: día de Juicio hay donde todo saldrá en la colada, y entonces se verá quién fue Callejas y el atrevido que se atrevió a tomar, hurtar y menoscabar el tercio de la capellanía. ¿Y cuánto renta cada año? Dígame, señor sacristán, por su vida.

—¡Renta la puta que me parió! ¿Y estoy yo agora para decir lo que renta?—respondió el sacristán con algún tanto de demasiada cólera—. Decidme, hermano, si sabéis algo. Si no, quedad con Dios, que yo la quiero hacer pregonar.

—No me parece mal remedio ese—dijo Cortado—, pero advierta vuesa merced que no se le olviden las señas de la bolsa ni la cantidad puntualmente del dinero que va en ella, que si yerra en un ardite no parecerá en días del mundo, y esto le doy por hado.

—No hay que temer deso—respondió el sacristán—, que lo tengo más en la memoria que el tocar de las campanas. No me erraré en un átomo.

Sacó en esto de la faldriquera un pañuelo randado para limpiarse el sudor, que llovía de su rostro como de alquitara; y apenas le hubo visto Cortado, cuando le marcó por suyo. Y habiéndose ido el sacristán, Cortado le siguió y le alcanzó en las Gradas, donde le llamó y le retiró a una parte. Y allí le comenzó a decir tantos disparates, al modo de lo que llaman bernardinas, cerca del hurto y hallazgo de su bolsa, dándole buenas esperanzas, sin concluir jamás razón que comenzase, que el pobre sacristán estaba embelesado escuchándole. Y como no acababa de entender lo que le decía, hacía que le replicase la razón dos y tres veces. Estábale mirando Cortado a la cara atentamente y no quitaba los ojos de sus ojos. El sacristán le miraba de la misma manera, estando colgado de sus palabras. Este tan grande embelesamiento dio lugar a Cortado que concluyese su obra, y sutilmente le sacó el pañuelo de la faldriquera. Y despidiéndose dél, le dijo que a la tarde procurase de verle en aquel mismo lugar, porque él traía entre ojos que un muchacho de su mismo oficio y de su mismo tamaño, que era algo ladroncillo, le había tomado la bolsa, y que él se obligaba a saberlo dentro de pocos o de muchos días.

Con esto se consoló algo el sacristán y se despidió de Cortado, el cual se vino donde estaba Rincón, que todo lo había visto un poco apartado dél. Y más abajo estaba otro mozo de la esportilla que vio todo lo que había pasado y cómo Cortado daba el pañuelo a Rincón. Y llegándose a ellos les dijo:

—Díganme, señores galanes, ¿voacedes son de mala entrada o no?

—No entendemos esa razón, señor galán—respondió Rincón.

—¿Que no entrevan, señores murcios?—respondió el otro.

—No somos de Teba ni de Murcia—dijo Cortado—. Si otra cosa quiere, dígala. Si no, váyase con Dios.

—¿No lo entienden?—dijo el mozo—. Pues yo se lo daré a entender y a beber con una cuchara de plata. Quiero decir, señores, si son vuesas mercedes ladrones. Mas no sé para qué les pregunto esto, pues ya sé que lo son. Mas díganme, ¿cómo no han ido a la aduana del señor Monipodio?

—¿Págase en esta tierra almojarifazgo de ladrones, señor galán?—dijo Rincón.

—Si no se paga—respondió el mozo—, a lo menos regístranse ante el señor Monipodio, que es su padre, su maestro y su amparo. Y, así, les aconsejo que vengan conmigo a darle obediencia, o si no, no se atrevan a hurtar sin su señal, que les costará caro.

—Yo pensé—dijo Cortado—que el hurtar era oficio libre, horro de pecho y alcabala, y que si se paga es por junto, dando por fiadores a la garganta y a las espaldas. Pero pues así es, y en cada tierra hay su uso, guardemos nosotros el desta, que por ser la más principal del mundo será el más acertado de todo él. Y, así, puede vuesa merced guiarnos donde está ese caballero que dice, que ya yo tengo barruntos, según lo que he oído decir, que es muy calificado y generoso, y además hábil en el oficio.

—¡Y cómo que es calificado, hábil y suficiente!—respondió el mozo—. Eslo tanto, que en cuatro años que ha que tiene el cargo de ser nuestro mayor y padre no han padecido sino cuatro en el *finibusterrae*, y obra de treinta envesados y de sesenta y dos en gurapas.

—En verdad, señor—dijo Rincón—, que así entendemos esos nombres como volar.

—Comencemos a andar, que yo los iré declarando

por el camino—respondió el mozo—con otros algunos que así les conviene saberlos como el pan de la boca.

Y, así, les fue diciendo y declarando otros nombres de los que ellos llaman germanescos o de la germanía en el discurso de su plática, que no fue corta, porque el camino era largo. En el cual dijo Rincón a su guía:

—¿Es vuesa merced por ventura ladrón?

—Sí—respondió él—, para servir a Dios y a las buenas gentes, aunque no de los muy cursados, que todavía estoy en el año del noviciado.

A lo cual respondió Cortado:

—Cosa nueva es para mí que haya ladrones en el mundo para servir a Dios y a la buena gente.

A lo cual respondió el mozo:

—Señor, yo no me meto en tologías. Lo que sé es que cada uno en su oficio puede alabar a Dios, y más con la orden que tiene dada Monipodio a todos sus ahijados.

—Sin duda—dijo Rincón—debe de ser buena y santa, pues hace que los ladrones sirvan a Dios.

—Es tan santa y buena—replicó el mozo—, que no sé yo si se podrá mejorar en nuestro arte. Él tiene ordenado que de lo que hurtáremos demos alguna cosa o limosna para el aceite de la lámpara de una imagen muy devota que está en esta ciudad. Y en verdad que hemos visto grandes cosas por esta buena obra, porque los días pasados dieron tres ansias a un cuatrero que había murciado dos roznos, y con estar flaco y cuartanario, así las sufrió sin cantar como si fueran nada. Y esto atribuimos los del arte a su buena devoción, porque sus fuerzas no eran bastantes para sufrir el primer desconcierto del verdugo. Y porque sé que me han de preguntar algunos vocablos de los que he dicho, quiero curarme en salud y decírselo antes que me lo pregunten. Sepan voacedes que *cuatrero* es ladrón de bestias, *ansia* es el tormento, *roznos*, los asnos, hablando con perdón, *primer desconcierto* es las primeras vueltas de cordel que da el verdugo. Tenemos más, que rezamos nuestro rosario, repartido en toda la semana, y muchos de nosotros no hurtamos el día del viernes ni tenemos conversación con mujer que se llame María el día del sábado.

—De perlas me parece todo eso—dijo Cortado—, pero dígame vuesa merced, ¿hácese otra restitución o otra penitencia más de la dicha?

—En eso de restituir no hay que hablar—respondió el mozo—, porque es cosa imposible, por las muchas partes en que se divide lo hurtado, llevando cada uno de los ministros y contrayentes la suya; y, así, el primer hurtador no puede restituir nada. Cuanto más que no hay quien nos mande hacer esta diligencia, a causa que nunca nos confesamos, y si sacan cartas de excomunión, jamás llegan a nuestra noticia, porque jamás vamos a la iglesia al tiempo que se leen, si no es los días de jubileo, por la ganancia que nos ofrece el concurso de la mucha gente.

—¿Y con solo eso que hacen dicen esos señores—dijo Cortadillo—que su vida es santa y buena?

—¿Pues qué tiene de malo?—replicó el mozo—. No es peor ser hereje o renegado, o matar a su padre y madre, o ser solomico?

—*Sodomita* querrá decir vuesa merced—respondió Rincón.

—Eso digo—dijo el mozo.

—Todo es malo—replicó Cortado—. Pero pues nuestra suerte ha querido que entremos en esta cofradía, vuesa merced alargue el paso, que muero por verme con el señor Monipodio, de quien tantas virtudes se cuentan.

—Presto se les cumplirá su deseo—dijo el mozo—,

que ya desde aquí se descubre su casa. Vuesas mercedes se queden a la puerta, que yo entraré a ver si está desocupado, porque estas son las horas cuando él suele dar audiencia.

—En buena sea—dijo Rincón.

Y adelantándose un poco el mozo, entró en una casa no muy buena, sino de muy mala apariencia, y los dos se quedaron esperando a la puerta. Él salió luego y los llamó, y ellos entraron, y su guía les mandó esperar en un pequeño patio ladrillado, que de puro limpio y aljimifrado parecía que vertía carmín de lo más fino. A un lado estaba un banco de tres pies y al otro un cántaro desbocado, con un jarrillo encima no menos falto que el cántaro. A otra parte estaba una estera de enea, y en el medio un tiesto—que en Sevilla llaman maceta—de albahaca.

Miraban los mozos atentamente las alhajas de la casa en tanto que bajaba el señor Monipodio. Y viendo que tardaba, se atrevió Rincón a entrar en una sala baja, de dos pequeñas que en el patio estaban, y vio en ella dos espadas de esgrima y dos broqueles de corcho, pendientes de cuatro clavos, y una arca grande, sin tapa ni cosa que la cubriese, y otras tres esteras de enea tendidas por el suelo. En la pared frontera estaba pegada a la pared una imagen de Nuestra Señora, destas de mala estampa, y más abajo pendía una esportilla de palma, y, encajada en la pared, una almofía blanca, por do coligió Rincón que la esportilla servía de cepo para limosna, y la almofía, de tener agua bendita; y así era la verdad.

Estando en esto, entraron en la casa dos mozos de hasta veinte años cada uno, vestidos de estudiantes, y de allí a poco, dos de la esportilla y un ciego, y, sin hablar palabra ninguno, se comenzaron a pasear por el patio.

No tardó mucho cuando entraron dos viejos de bayeta, con antojos, que los hacían graves y dignos de ser respectados, con sendos rosarios de sonadoras cuentas en las manos. Tras ellos entró una vieja halduda, y, sin decir nada, se fue a la sala. Y habiendo tomado agua bendita, con grandísima devoción se puso de rodillas ante la imagen, y a cabo de una buena pieza, habiendo primero besado tres veces el suelo, y levantados los brazos y los ojos al cielo otras tantas, se levantó y echó su limosna en la esportilla y se salió con los demás al patio. En resolución, en poco espacio se juntaron en el patio hasta catorce personas de diferentes trajes y oficios. Llegaron también de los postreros dos bravos y bizarros mozos de bigotes largos, sombreros de grande falda, cuellos a la valona, medias de color, ligas de gran balumba, espadas de más de marca, sendos pistoletes, cada uno en lugar de dagas, y sus broqueles pendientes de la pretina; los cuales, así como entraron, pusieron los ojos de través en Rincón y Cortado, a modo de que los extrañaban y no conocían. Y llegándose a ellos les preguntaron si eran de la cofradía. Rincón respondió que sí, y muy servidores de sus mercedes.

Llegóse en esto la sazón y punto en que bajó el señor Monipodio, tan esperado como bien visto de toda aquella virtuosa compañía. Parecía de edad de cuarenta y cinco a cuarenta y seis años, alto de cuerpo, moreno de rostro, cejijunto, barbinegro y muy espeso, los ojos hundidos. Venía en camisa, y por la abertura de delante descubría un bosque, tanto era el vello que tenía en el pecho. Traía cubierta una capa de bayeta casi hasta los pies, en los cuales traía unos zapatos enchancletados. Cubríanle las piernas unos zaragüelles de lienzo anchos y largos hasta los tobillos. El sombrero era de los de la hampa, campanudo de copa y tendido de falda. Atravesábale un tahalí por espalda y pechos, a do colgaba una espada ancha y corta, a modo de las del perrillo. Las manos eran cortas, pelosas, y los dedos gordos, y las uñas hembras y remachadas. Las piernas no se le parecían, pero los pies eran descomunales, de anchos y juanetudos. En efeto, él representaba el más rústico y disforme bárbaro del mundo. Bajó con él la guía de los dos, y trabándoles de las manos los presentó ante Monipodio, diciéndole:

Estos son los dos buenos mancebos que a vuesa merced dije, mi sor Monipodio: vuesa merced los desamine y verá como son dignos de entrar en nuestra congregación.

—Eso haré yo de muy buena gana—respondió Monipodio.

Olvidábaseme de decir que así como Monipodio bajó, al punto todos los que aguardándole estaban le hicieron una profunda y larga reverencia, excepto los dos bravos, que a medio magate, como entre ellos se dice, se quitaron los capelos, y luego volvieron a su paseo por una parte del patio. Y por la otra se paseaba Monipodio, el cual preguntó a los nuevos el ejercicio, la patria y padres.

A lo cual Rincón respondió:

—El ejercicio ya está dicho, pues venimos ante vuesa merced; la patria no me parece de mucha importancia decilla, ni los padres tampoco, pues no se ha de hacer información para recebir algún hábito honroso.

A lo cual respondió Monipodio:

—Vos, hijo mío, estáis en lo cierto, y es cosa muy acertada encubrir eso que decís, porque si la suerte no corriere como debe, no es bien que quede asentado debajo de signo de escribano ni en el libro de las entradas: «Fulano, hijo de Fulano, vecino de tal parte, tal día le ahorcaron o le azotaron» o otra cosa semejante, que, por lo menos, suena mal a los buenos oídos. Y, así, torno a decir que es provechoso documento callar la patria, encubrir los padres y mudar los propios nombres, aunque para entre nosotros no ha de haber nada encubierto, y solo ahora quiero saber los nombres de los dos.

Rincón dijo el suyo, y Cortado también.

—Pues de aquí adelante—respondió Monipodio—quiero y es mi voluntad que vos, Rincón, os llameis *Rinconete*, y vos, Cortado, *Cortadillo,* que son nombres que asientan como de molde a vuestra edad y a nuestras ordenanzas, debajo de las cuales cae tener necesidad de saber el nombre de los padres de nuestros cofrades, porque tenemos de costumbre de hacer decir cada año ciertas misas por las ánimas de nuestros difuntos y bienhechores, sacando el estupendo para la limosna de quien las dice de alguna parte de lo que se garbea. Y estas tales misas, así dichas como pagadas, dicen que aprovechan a las tales ánimas por vía de naufragio. Y caen debajo de nuestros bienhechores el procurador que nos defiende, el guro que nos avisa, el verdugo que nos tiene lástima, el que cuando uno de nosotros va huyendo por la calle y detrás le van dando voces: «¡Al ladrón, al ladrón! ¡Deténganle, deténganle!», uno se pone en medio y se opone al raudal de los que le siguen, diciendo: «¡Déjenle al cuitado, que harta mala ventura lleva! Allá se lo haya, castíguele su pecado». Son también bienhechoras nuestras las socorridas que de su sudor nos socorren, ansí en la trena como en las guras, y también lo son nuestros padres y madres, que nos echan al mundo, y el escribano, que si anda de buena no hay delito que sea culpa ni culpa a quien se dé mucha pena. Y por todos estos que he dicho hace nuestra hermandad cada año su adversario con la mayor popa y soledad que podemos.

—Por cierto—dijo Rinconete, ya confirmado con este nombre—que es obra digna del altísimo y profundísimo ingenio que hemos oído decir que vuesa merced, señor Monipodio, tiene. Pero nuestros padres aún gozan de la vida. Si en ella les alcanzáremos, daremos luego noticia a esta felicísima y abogada confraternidad para que por sus almas se les haga ese naufragio o tormenta o ese adversario que vuesa merced dice, con la solenidad y pompa acostumbrada, si ya no es que se hace mejor con popa y soledad, como también apuntó vuesa merced en sus razones.

—¡Así se hará o no quedará de mí pedazo!—replicó Monipodio.

Y llamando a la guía, le dijo:

—Ven acá, Ganchuelo. ¿Están puestas las postas?

—Sí—dijo la guía, que Ganchuelo era su nombre—: tres centinelas quedan avizorando y no hay que temer que nos cojan de sobresalto.

—Volviendo, pues, a nuestro propósito—dijo Monipodio—, querría saber, hijos, lo que sabéis, para daros el oficio y ejercicio conforme a vuestra inclinación y habilidad.

—Yo—respondió Rinconete—sé un poquito de floreo de Vilhán, entiéndeseme el retén, tengo buena vista para el humillo, juego bien de la sola, de las cuatro y de las ocho, no se me va por pies el raspadillo, verrugueta y el colmillo, éntrome por la boca del lobo como por mi casa y atreveríame a hacer un tercio de chanza mejor que un tercio de Nápoles, y a dar un astillazo al más pintado mejor que dos reales prestados.

—Principios son—dijo Monipodio—, pero todas esas son flores de cantueso viejas, y tan usadas, que no hay principiante que no las sepa, y solo sirven para alguno que sea tan blanco, que se deje matar de medianoche abajo. Pero andará el tiempo y vernos hemos, que asentando sobre ese fundamento media docena de liciones, yo espero en Dios que habéis de salir oficial famoso, y aun quizá maestro.

—Todo será para servir a vuesa merced y a los señores cofrades—respondió Rinconete.

—Y vos, Cortadillo, ¿qué sabéis?—preguntó Monipodio.

—Yo—respondió Cortadillo—sé la treta que dicen mete dos y saca cinco, y sé dar tiento a una faldriquera con mucha puntualidad y destreza.

—¿Sabéis más?—dijo Monipodio.

—No, por mis grandes pecados—respondió Cortadillo.

—No os aflijáis, hijo—replicó Monipodio—, que a puerto y a escuela habéis llegado donde ni os anegaréis ni dejaréis de salir muy bien aprovechado en todo aquello que más os conviniere. Y en esto del ánimo, ¿cómo os va, hijos?

—¿Cómo nos ha de ir—respondió Rinconete—sino muy bien? Ánimo tenemos para acometer cualquiera empresa de las que tocaren a nuestro arte y ejercicio.

—Está bien—replicó Monipodio—, pero querría yo que también le tuviésedes para sufrir, si fuese menester, media docena de ansias sin desplegar los labios y sin decir esta boca es mía.

—Ya sabemos aquí—dijo Cortadillo—, señor Monipodio, qué quiere decir ansias, y para todo tenemos ánimo, porque no somos tan ignorantes que no se nos alcance que lo que dice la lengua paga la gorja, y harta merced le hace el cielo al hombre atrevido, por no darle otro título, que le deja en su lengua su vida o su muerte. ¡Como si tuviese más letras un *no* que un *sí*!

—Alto, no es menester más—dijo a esta sazón Monipodio—. Digo que sola esta razón me convence, me obliga, me persuade y me fuerza a que desde luego asentéis por cofrades mayores y que se os sobrelleve el año del noviciado.

—Yo soy dese parecer—dijo uno de los bravos.

Y a una voz lo confirmaron todos los presentes, que toda la plática habían estado escuchando, y pidieron a Monipodio que desde luego les concediese y permitiese gozar de las inmunidades de su cofradía, porque su presencia agradable y su buena plática lo merecía todo. Él respondió que, por dalles contento a todos, desde aquel punto se las concedía, advirtiéndoles que las estimasen en mucho, porque eran no pagar media nata del primer hurto que hiciesen, no hacer oficios menores en todo aquel año, conviene saber, no llevar recaudo de ningún hermano mayor a la cárcel ni a la casa de parte de sus contribuyentes, piar el turco puro, hacer banquete cuando, como y adonde quisieren sin pedir licencia a su mayoral, entrar a la parte desde luego con lo que entrujasen los hermanos mayores, como uno dellos, y otras cosas que ellos tuvieron por merced señaladísima, y los demás con palabras muy comedidas las agradecieron mucho.

Estando en esto, entró un muchacho corriendo y desalentado, y dijo:

—¡El alguacil de los vagabundos viene encaminado a esta casa, pero no trae consigo gurullada!

—Nadie se alborote—dijo Monipodio—, que es amigo y nunca viene por nuestro daño. Sosiéguense, que yo le saldré a hablar.

Todos se sosegaron, que ya estaban algo sobresaltados, y Monipodio salió a la puerta, donde halló al alguacil, con el cual estuvo hablando un rato. Y luego volvió a entrar Monipodio y preguntó:

—¿A quién le cupo hoy la plaza de San Salvador?

—A mí—dijo el de la guía.

—¿Pues cómo—dijo Monipodio—no se me ha manifestado una bolsilla de ámbar que esta mañana en aquel paraje dio al traste con quince escudos de oro y dos reales de a dos y no sé cuántos cuartos?

—Verdad es—dijo la guía—que hoy faltó esa bolsa, pero yo no la he tomado ni puedo imaginar quién la tomase.

—¡No hay levas conmigo!—dijo Monipodio—. La bolsa ha de parecer porque la pide el alguacil, que es amigo y nos hace mil placeres al año.

Tornó a jurar el mozo que no sabía della. Comenzóse a encolerizar Monipodio de manera que parecía que fuego vivo lanzaba por los ojos, diciendo:

—¡Nadie se burle con quebrantar la más mínima cosa de nuestra orden, que le costará la vida! Manifiéstese la cica, y si se encubre por no pagar los derechos, yo le daré enteramente lo que le toca y pondré lo demás de mi casa, porque en todas maneras ha de ir contento el alguacil.

Tornó de nuevo a jurar el mozo y a maldecirse, diciendo que él no había tomado tal bolsa ni vístola de sus ojos, todo lo cual fue poner más fuego a la cólera de Monipodio y dar ocasión a que toda la junta se alborotase, viendo que se rompían sus estatutos y buenas ordenanzas.

Viendo Rinconete, pues, tanta disensión y alboroto, parecióle que sería bien sosegalle y dar contento a su mayor, que reventaba de rabia. Y aconsejándose con su amigo Cortadillo, con parecer de entrambos sacó la bolsa del sacristán y dijo:

—Cese toda cuestión, mis señores, que esta es la bolsa, sin faltarle nada de lo que el alguacil manifiesta; que hoy mi camarada Cortadillo le dio alcance, con un pañuelo que al mismo dueño se le quitó por añadidura.

Luego sacó Cortadillo el pañizuelo y lo puso de manifiesto. Viendo lo cual Monipodio, dijo:

—Cortadillo el Bueno (que con este título y renombre ha de quedar de aquí en adelante) se quede con el pañuelo y a mi cuenta se quede la satisfación deste servicio. Y la bolsa se ha de llevar el alguacil, que es de un sacristán pariente suyo, y conviene que se cumpla aquel refrán que dice: «No es mucho que a quien te da la gallina entera tú des una pierna della». Más disimula este buen alguacil en un día que nosotros le podemos ni solemos dar en ciento.

De común consentimiento aprobaron todos la hidalguía de los dos modernos y la sentencia y parecer de su mayoral, el cual salió a dar la bolsa al alguacil, y Cortadillo se quedó confirmado con el renombre de Bueno, bien como si fuera don Alfonso Pérez de Guzmán el Bueno, que arrojó el cuchillo por los muros de Tarifa para degollar a su único hijo.

Al volver que volvió Monipodio, entraron con él dos mozas, afeitados los rostros, llenos de color los labios y de albayalde los pechos, cubiertas con medios mantos de anascote, llenas de desenfado y desvergüenza, señales claras por donde, en viéndolas Rinconete y Cortadillo, conocieron que eran de la casa llana, y no se engañaron en nada. Y así como entraron se fueron con los brazos abiertos la una a Chiquiznaque y la otra a Maniferro, que estos eran los nombres de los dos bravos, y el de Maniferro era porque traía una mano de hierro en lugar de otra que le habían cortado por justicia. Ellos las abrazaron con grande regocijo y les preguntaron si traían algo con que mojar la canal maestra.

—¿Pues había de faltar, diestro mío?—respondió la una, que se llamaba la Gananciosa—. No tardará mucho a venir Silbatillo, tu trainel, con la canasta de colar atestada de lo que Dios ha sido servido.

Y así fue verdad, porque al instante entró un muchacho con una canasta de colar cubierta con una sábana. Alegráronse todos con la entrada de Silbato, y al momento mandó sacar Monipodio una de las esteras de enea que estaban en el aposento y tenderla en medio del patio, y ordenó asimismo que todos se sentasen a la redonda, porque en cortando la cólera se trataría de lo que más conviniese. A esto dijo la vieja que había rezado a la imagen:

—Hijo Monipodio, yo no estoy para fiestas, porque tengo un váguido de cabeza dos días ha que me trae loca, y más que antes que sea mediodía tengo de ir a cumplir mis devociones y poner mis candelicas a Nuestra Señora de las Aguas y al santo crucifijo de Santo Agustín, que no lo dejaría de hacer si nevase y ventiscase. A lo que he venido es que anoche el Renegado y Centopiés llevaron a mi casa una canasta de colar, algo mayor que la presente, llena de ropa blanca, y en Dios y en mi ánima que venía con su cernada y todo, que los pobretes no debieron de tener lugar de quitalla, y venían sudando la gota tan gorda, que era una compasión verlos entrar ijadeando y corriendo agua de sus rostros, que parecían unos angelicos. Dijéronme que iban en seguimiento de un ganadero que había pesado ciertos carneros en la carnicería, por ver si le podían dar un tiento en un grandísimo gato de reales que llevaba. No desembanastaron ni contaron la ropa, fiados en la entereza de mi conciencia, y así me cumpla Dios mis buenos deseos y nos libre a todos de poder de justicia, que no he tocado a la canasta y que se está tan entera como cuando nació.

—Todo se le cree, señora madre—respondió Monipodio—, y estése así la canasta, que yo iré allá a boca de sorna y haré cala y cata de lo que tiene y daré a cada uno lo que le tocare bien y fielmente, como tengo de costumbre.

—Sea como vos lo ordenáredes, hijo—respondió la vieja—. Y porque se me hace tarde, dadme un traguillo, si tenéis, para consolar este estómago, que tan desmayado anda de contino.

—¡Y qué tal lo beberéis, madre mía!—dijo a esta sazón la Escalanta, que así se llamaba la compañera de la Gananciosa.

Y descubriendo la canasta, se manifestó una bota a modo de cuero con hasta dos arrobas de vino, y un corcho, que podría caber sosegadamente y sin apremio hasta una azumbre. Y llenándole la Escalanta, se le puso en las manos a la devotísima vieja, la cual, tomándole con ambas manos y habiéndole soplado un poco de espuma, dijo:

—Mucho echaste, hija Escalanta, pero Dios dará fuerzas para todo.

Y aplicándosele a los labios, de un tirón, sin tomar aliento, lo trasegó del corcho al estómago. Y acabó diciendo:

—De Guadalcanal es, y aun tiene un es no es de yeso el señorico. Dios te consuele, hija, que así me has consolado, sino que temo que me ha de hacer mal, porque no me he desayunado.

—No hará, madre—respondió Monipodio—, porque es trasañejo.

—Así lo espero yo en la Virgen—respondió la vieja. Y añadió:

—Mirad, niñas, si tenéis acaso algún cuarto para comprar las candelicas de mi devoción, porque con la priesa y gana que tenía de venir a traer las nuevas de la canasta se me olvidó en casa la escarcela.

—Yo sí tengo, señora Pipota—(que este era el nombre de la buena vieja) respondió la Gananciosa—. Tome, ahí le doy dos cuartos: del uno le ruego que compre una para mí y se la ponga al señor San Miguel; y si puede comprar dos, ponga la otra al señor San Blas, que son mis abogados. Quisiera que pusiera otra a la señora Santa Lucía, que, por lo de los ojos, también le tengo devoción, pero no tengo trocado. Mas otro día habrá donde se cumpla con todos.

—Muy bien harás, hija, y mira no seas miserable, que es de mucha importancia llevar la persona las candelas delante de sí antes que se muera, y no aguardar a que las pongan los herederos o albaceas.

—Bien dice la madre Pipota—dijo la Escalanta.

Y echando mano a la bolsa le dio otro cuarto y le encargó que pusiese otras dos candelicas a los santos que a ella le pareciesen que eran de los más aprovechados y agradecidos. Con esto se fue la Pipota, diciéndoles:

—Holgaos, hijos, ahora que tenéis tiempo, que vendrá la vejez y lloraréis en ella los ratos que perdistes en la mocedad, como yo los lloro. Y encomendadme a Dios en vuestras oraciones, que yo voy a hacer lo mismo por mí y por vosotros, porque Él nos libre y conserve nuestro trato peligroso sin sobresaltos de justicia.

Y, con esto, se fue. Ida la vieja, se sentaron todos alrededor de la estera, y la Gananciosa tendió la sábana por manteles. Y lo primero que sacó de la cesta fue un grande haz de rábanos y hasta dos docenas de naranjas y limones, y luego una cazuela grande llena de tajadas de bacallao frito. Manifestó luego medio queso de Flandes y una olla de famosas aceitunas y un plato de camarones y gran cantidad de cangrejos, con su llamativo de alcaparrones ahogados en pimientos, y tres hogazas blanquísimas de Gandul. Serían los del almuerzo hasta catorce, y ninguno dellos dejó de sacar su cuchillo de cachas amarillas, si no fue Rinconete, que sacó su media espada. A los dos viejos de bayeta y a la guía tocó el escanciar con el corcho de colmena. Mas apenas habían comenzado a dar asalto a las naranjas, cuando les dio a todos gran sobresalto los golpes que dieron a la puerta. Mandóles Monipodio que se sosegasen, y entrando en la sala baja y descolgando un broquel, puesto mano a la espada, llegó a la puerta, y con voz hueca y espantosa preguntó:

—¿Quién llama?

Respondieron de fuera:

—Yo soy, que no es nadie, señor Monipodio: Tagarete soy, centinela desta mañana, y vengo a decir que viene aquí Juliana la Cariharta toda desgreñada y llorosa, que parece haberle sucedido algún desastre.

En esto llegó la que decía, sollozando, y sintiéndola Monipodio, abrió la puerta, y mandó a Tagarete que se volviese a su posta y que de allí adelante avisase lo que viese con menos estruendo y ruido; él dijo que así lo haría. Entró la Cariharta, que era una moza del jaez de las otras y del mismo oficio. Venía descabellada y la cara llena de tolondrones, y así como entró en el patio se cayó en el suelo desmayada. Acudieron a socorrerla la Gananciosa y la Escalanta, y desabrochándola el pecho, la hallaron toda denegrida y como magullada. Echáronle agua en el rostro y ella volvió en sí, diciendo a voces:

—¡La justicia de Dios y del rey venga sobre aquel ladrón desuellacaras, sobre aquel cobarde bajamanero, sobre aquel pícaro lendroso, que le he quitado más veces de la horca que tiene pelos en las barbas! ¡Desdichada de mí! ¡Mirad por quién he perdido y gastado mi mocedad y la flor de mis años, sino por un bellaco desalmado, facinoroso e incorregible!

—Sosiégate, Cariharta—dijo a esta sazón Monipodio—, que aquí estoy yo que te haré justicia. Cuéntanos tu agravio, que más estarás tú en contarle que yo en hacerte vengada. Dime si has habido algo con tu respecto, que si así es y quieres venganza, no has menester más que boquear.

—¿Qué respecto?—respondió Juliana—. ¡Respectada me vea yo en los infiernos si más lo fuere de aquel león con las ovejas y cordero con los hombres! ¿Con aquel había yo de comer pan a manteles ni yacer en uno? ¡Primero me vea yo comida de adivas estas carnes que me ha parado de la manera que ahora veréis!

Y alzándose al instante las faldas hasta la rodilla, y aun un poco más, las descubrió llenas de cardenales.

—¡Desta manera—prosiguió—me ha parado aquel ingrato del Repolido, debiéndome más que a la madre que le parió! ¿Y por qué pensáis que lo ha hecho? ¡Montas que le di yo ocasión para ello! No por cierto: no lo hizo mas sino porque estando jugando y perdiendo, me envió a pedir con Cabrillas, su trainel, treinta reales, y no le envié más de veinte y cuatro, que el trabajo y afán con que yo los había ganado ruego yo a los cielos que vayan en descuento de mis pecados. Y en pago desta cortesía y buena obra, creyendo él que yo le sisaba algo de la cuenta que él allá en su imaginación había hecho de lo que yo podía tener, esta mañana me sacó al campo, detrás de la

Güerta del Rey, y allí entre unos olivares me desnudó, y con la pretina (sin excusar ni recoger los hierros, que en malos grillos y hierros le vea yo) me dio tantos azotes, que me dejó por muerta. De la cual verdadera historia son buenos testigos estos cardenales que miráis.

Aquí tornó a levantar las voces, aquí volvió a pedir justicia y aquí se la prometió de nuevo Monipodio y todos los bravos que allí estaban. La Gananciosa tomó la mano a consolalla, diciéndole que ella diera de muy buena gana una de las mejores preseas que tenía porque le hubiera pasado otro tanto con su querido.

—Porque quiero—dijo—que sepas, hermana Cariharta, si no lo sabes, que a lo que se quiere bien se castiga. Y cuando estos bellacones nos dan y azotan y acocean, entonces nos adoran. Si no, confiésame una verdad, por tu vida: después que te hubo Repolido castigado y brumado, ¿no te hizo alguna caricia?

—¿Cómo una?—respondió la llorona—. ¡Cien mil me hizo, y diera él un dedo de la mano porque me fuera con él a su posada! Y aun me parece que casi se le saltaron las lágrimas de los ojos después de haberme molido.

—No hay dudar en eso—replicó la Gananciosa—, y lloraría de pena de ver cuál te había puesto, que estos tales hombres, y en tales casos, no han cometido la culpa cuando les viene el arrepentimiento. Y tú verás, hermana, si no viene a buscarte antes que de aquí nos vamos y a pedirte perdón de todo lo pasado, rindiéndosete como un cordero.

—¡En verdad—respondió Monipodio—que no ha de entrar por estas puertas el cobarde envesado si primero no hace una manifiesta penitencia del cometido delito! ¿Las manos había él de ser osado ponerlas en el rostro de la Cariharta ni en sus carnes, siendo persona que puede competir en limpieza y ganancia con la misma Gananciosa que está delante, que no lo puedo más encarecer?

—Ay—dijo a esta sazón la Juliana—, no diga vuesa merced, señor Monipodio, mal de aquel maldito, que con cuan malo es le quiero más que a las telas de mi corazón, y hanme vuelto el alma al cuerpo las razones que en su abono me ha dicho mi amiga la Gananciosa, y en verdad que estoy por ir a buscarle.

—Eso no harás tú por mi consejo—replicó la Gananciosa—, porque se extenderá y ensanchará y hará tretas en ti como en cuerpo muerto. Sosiégate, hermana, que antes de mucho le verás venir tan arrepentido como he dicho. Y si no viniese, escribirémosle un papel en coplas que le amargue.

—Eso sí—dijo la Cariharta—, que tengo mil cosas que escribirle.

—Yo seré el secretario cuando sea menester—dijo Monipodio—, y aunque no soy nada poeta, todavía si el hombre se arremanga se atreverá a hacer dos millares de coplas en daca las pajas. Y cuando no salieren como deben, yo tengo un barbero amigo, gran poeta, que nos hinchirá las medidas a todas horas. Y en la de agora acabemos lo que teníamos comenzado del almuerzo, que después todo se andará.

Fue contenta la Juliana de obedecer a su mayor, y, así, todos volvieron a su *gaudeamus,* y en poco espacio vieron el fondo de la canasta y las heces del cuero. Los viejos bebieron *sine fine,* los mozos adunia, las señoras los quiries. Los viejos pidieron licencia para irse; diósela luego Monipodio, encargándoles viniesen a dar noticia con toda puntualidad de todo aquello que viesen ser útil y conveniente a la comunidad. Respondieron que ellos se lo tenían bien en cuidado, y fuéronse. Rinconete, que de suyo era curioso, pidiendo primero perdón y licencia, preguntó a Monipodio que de qué servían en la cofradía dos personajes tan canos, tan graves y apersonados. A lo cual respondió Monipodio que aquellos, en su germanía y manera de hablar, se llamaban avispones, y que servían de andar de día y por toda la ciudad avispando en qué casas se podía dar tiento de noche, y en seguir los que sacaban dinero de la Contratación o Casa de la Moneda para ver dónde lo llevaban y aun dónde lo ponían; y en sabiéndolo, tanteaban la groseza del muro de la tal casa y diseñaban el lugar más conveniente para hacer los guzpátaros—que son agujeros—para facilitar la entrada. En resolución, dijo que era la gente de más o de tanto provecho que había en su hermandad, y que de todo aquello que por su industria se hurtaba llevaban el quinto, como su majestad de los tesoros. Y que, con todo esto, eran hombres de mucha verdad y muy honrados y de buena vida y fama, temerosos de Dios y de sus conciencias, que cada día oían misa con extraña devoción.

—Y hay dellos tan comedidos, especialmente estos dos que de aquí se van agora, que se contentan con mucho menos de lo que por nuestros aranceles les toca. Otros dos que hay son palanquines, los cuales, como por momentos mudan casas, saben las entradas y salidas de todas las de la ciudad y cuáles pueden ser de provecho y cuáles no.

—Todo me parece de perlas—dijo Rinconete—, y querría ser de algún provecho a tan famosa cofradía.

—Siempre favorece el cielo a los buenos deseos—dijo Monipodio.

Estando en esta plática, llamaron a la puerta. Salió Monipodio a ver quién era, y preguntándolo, respondieron:

—Abra voacé, sor Monipodio, que el Repolido soy.

Oyó esta voz Cariharta, y alzando al cielo la suya, dijo:

—¡No le abra vuesa merced, señor Monipodio, no le abra a ese marinero de Tarpeya, a ese tigre de Ocaña!

No dejó por esto Monipodio de abrir a Repolido, pero viendo la Cariharta que le abría, se levantó corriendo y se entró en la sala de los broqueles, y cerrando tras sí la puerta desde dentro, a grandes voces decía:

—¡Quítenmele de delante a ese gesto de por demás, a ese verdugo de inocentes, asombrador de palomas duendas!

Maniferro y Chiquiznaque tenían a Repolido, que en todas maneras quería entrar donde la Cariharta estaba. Pero como no le dejaban, decía desde afuera:

—No haya más, enojada mía. Por tu vida que te sosiegues, ansí te veas casada.

—¿Casada yo, malino?—respondió la Cariharta—. ¡Mirá en qué tecla toca! ¡Ya quisieras tú que lo fuera contigo, y antes lo sería yo con una sotomía de muerte que contigo!

—Ea, boba—replicó Repolido—, acabemos ya, que es tarde, y mire no se ensanche por verme hablar tan manso y venir tan rendido, porque, ¡vive el Dador!, si se me sube la cólera al campanario, que sea peor la recaída que la caída. Humíllese y humillémonos todos y no demos de comer al diablo.

—¡Y aun de cenar le daría yo—dijo la Cariharta— porque te llevase donde nunca más mis ojos te viesen!

—¿No os digo yo?—dijo Repolido—. ¡Por Dios que voy oliendo, señora trinquete, que lo tengo de echar todo a doce, aunque nunca se venda!

A esto dijo Monipodio:

—En mi presencia no ha de haber demasías. La Cariharta saldrá no por amenazas, sino por amor mío, y todo se hará bien, que las riñas entre los que bien se quieren son causa de mayor gusto cuando se hacen las paces. ¡Ah Juliana! ¡Ah niña! ¡Ah Cariharta mía! ¡Sal acá fuera, por mi amor, que yo haré que el Repolido te pida perdón de rodillas!

—Como él eso haga—dijo la Escalanta—, todas seremos en su favor y en rogar a Juliana salga acá fuera.

—Si esto ha de ir por vía de rendimiento que güela a menoscabo de la persona—dijo el Repolido—, no me rendiré a un ejército formado de esguízaros. Mas si es por vía de que la Cariharta gusta dello, no digo yo hincarme de rodillas, pero un clavo me hincaré por la frente en su servicio.

Riyéronse desto Chiquiznaque y Maniferro, de lo cual se enojó tanto el Repolido, pensando que hacían burla dél, que dijo, con muestras de infinita cólera:

—¡Cualquiera que se riere o se pensare reír de lo que la Cariharta contra mí o yo contra ella hemos dicho o dijéremos, digo que miente y mentirá todas las veces que se riere o lo pensare, como ya he dicho!

Miráronse Chiquiznaque y Maniferro de tan mal garbo y talle, que advirtió Monipodio que pararía en un gran mal si no lo remediaba. Y, así, poniéndose luego en medio dellos, dijo:

—No pase más adelante, caballeros; cesen aquí palabras mayores y desháganse entre los dientes. Y pues las que se han dicho no llegan a la cintura, nadie las tome por sí.

—Bien seguros estamos—respondió Chiquiznaque—que no se dijeron ni dirán semejantes monitorios por nosotros, que si se hubiera imaginado que se decían, en manos estaba el pandero que lo supieran bien tañer.

—También tenemos acá pandero, sor Chiquiznaque—replicó el Repolido—, y también, si fuere menester, sabremos tocar los cascabeles. Y ya he dicho que el que se huelga miente, y quien otra cosa pensare sígame, que con un palmo de espada menos hará el hombre que sea lo dicho dicho.

Y diciendo esto, se iba a salir por la puerta afuera. Estábalo escuchando la Cariharta, y cuando sintió que se iba enojado, salió diciendo:

—¡Ténganle no se vaya, que hará de las suyas! ¿No ven que va enojado y es un Judas Macarelo en esto de la valentía? ¡Vuelve acá, valentón del mundo y de mis ojos!

Y cerrando con él, le asió fuertemente de la capa, y acudiendo también Monipodio, le detuvieron. Chiquiznaque y Maniferro no sabían si enojarse o si no, y estuviéronse quedos, esperando lo que Repolido haría, el cual, viéndose rogar de la Cariharta y de Monipodio, volvió diciendo:

—Nunca los amigos han de dar enojo a los amigos ni hacer burla de los amigos, y más cuando ven que se enojan los amigos.

—No hay aquí amigo—respondió Maniferro—que quiera enojar ni hacer burla de otro amigo. Y pues todos somos amigos, dense las manos los amigos.

A esto dijo Monipodio:

—Todos voacedes han hablado como buenos amigos, y como tales amigos se den las manos de amigos.

Diéronselas luego, y la Escalanta, quitándose un chapín, comenzó a tañer en él como un pandero. La Gananciosa tomó una escoba de palma nueva que allí se halló acaso, y, rascándola, hizo un son que, aunque ronco y áspero, se concertaba con el del chapín. Monipodio rompió un plato y hizo dos tejoletas, que, puestas entre los dedos y repicadas con gran ligereza, llevaba el contrapunto al chapín y a la escoba. Espantáronse Rinconete y Cortadillo de la nueva invención de la escoba, porque hasta entonces nunca la habían visto. Conociólo Maniferro y díjoles:

—¿Admíranse de la escoba? Pues bien hacen, pues música más presta y más sin pesadumbre ni más barata no se ha inventado en el mundo. Y en verdad que oí decir el otro día a un estudiante que ni el Negrofeo, que sacó a la Arauz del infierno, ni el Marión, que subió sobre el delfín y salió del mar como si viniera caballero sobre una mula de alquiler, ni el otro gran músico que hizo una ciudad que tenía cien puertas y otros tantos postigos nunca inventaron mejor género de música, tan fácil de deprender, tan mañera de tocar, tan sin trastes, clavijas ni cuerdas, y tan sin necesidad de templarse. Y aun voto a tal que dicen que la inventó un galán desta ciudad que se pica de ser un Héctor en la música.

—Eso creo yo muy bien—respondió Rinconete—, pero escuchemos lo que quieren cantar nuestros músicos, que parece que la Gananciosa ha escupido, señal de que quiere cantar.

Y así era la verdad, porque Monipodio le había rogado que cantase algunas seguidillas de las que se usaban. Mas la que comenzó primero fue la Escalanta, y con voz sutil y quebradiza cantó lo siguiente:

—Por un sevillano rufo a lo valón
tengo socarrado todo el corazón.

Siguió la Gananciosa, cantando:

—Por un morenico de color verde
¿cuál es la fogosa que no se pierde?

Y luego Monipodio, dándose gran priesa al meneo de sus tejoletas, dijo:

> —Riñen dos amantes, hácese la paz;
> si el enojo es grande, es el gusto más.

No quiso la Cariharta pasar su gusto en silencio, porque, tomando otro chapín, se metió en danza y acompañó a las demás, diciendo:

> —Detente, enojado, no me azotes más,
> que si bien lo miras, a tus carnes das.

—Cántese a lo llano—dijo a esta razón Repolido—y no se toquen hestorias pasadas, que no hay para qué. Lo pasado sea pasado y tómese otra vereda y basta.

Talle llevaban de no acabar tan presto el comenzado cántico si no sintieran que llamaban a la puerta apriesa; y, con ella, salió Monipodio a ver quién era, y la centinela le dijo como al cabo de la calle había asomado el alcalde de la justicia, y que delante dél venían el Tordillo y el Cernícalo, corchetes neutrales. Oyéronlo los de dentro y alborotáronse todos de manera que la Cariharta y la Escalanta se calzaron sus chapines al revés, dejó la escoba la Gananciosa, Monipodio sus tejoletas y quedó en turbado silencio toda la música, enmudeció Chiquiznaque, pasmóse el Repolido y suspendióse Maniferro, y todos, cuál por una y cuál por otra parte, desaparecieron, subiéndose a las azoteas y tejados, para escaparse y pasar por ellos a otra calle. Nunca disparado arcabuz a deshora ni trueno repentino espantó así a banda de descuidadas palomas como puso en alboroto y espanto a toda aquella recogida compañía y buena gente la nueva de la venida del alcalde de la justicia. Los dos novicios, Rinconete y Cortadillo, no sabían qué hacerse. Estuviéronse quedos, esperando ver en qué paraba aquella repentina borrasca, que no paró en más de volver la centinela a decir que el alcalde se había pasado de largo sin dar muestra ni resabio de mala sospecha alguna.

Y estando diciendo esto a Monipodio, llegó un caballero mozo a la puerta, vestido, como se suele decir, de barrio. Monipodio le entró consigo y mandó llamar a Chiquiznaque, a Maniferro y al Repolido, y que de los demás no bajase alguno. Como se habían quedado en el patio Rinconete y Cortadillo, pudieron oír toda la plática que pasó Monipodio con el caballero recién venido, el cual dijo a Monipodio que por qué se había hecho tan mal lo que le había encomendado. Monipodio respondió que aún no sabía lo que se había hecho, pero que allí estaba el oficial a cuyo cargo estaba su negocio, y que él daría muy buena cuenta de sí. Bajó en esto Chiquiznaque y preguntóle Monipodio si había cumplido con la obra que se le encomendó de la cuchillada de a catorce.

—¿Cuál?—respondió Chiquiznaque—.¿Es la de aquel mercader de la encrucijada?

—Esa es—dijo el caballero.

—Pues lo que en eso pasa—respondió Chiquiznaque—es que yo le aguardé anoche a la puerta de su casa, y él vino antes de la oración. Lleguéme cerca dél, marquéle el rostro con la vista y vi que le tenía tan pequeño, que era imposible de toda imposibilidad caber en él cuchillada de catorce puntos. Y hallándome imposibilitado de poder cumplir lo prometido y de hacer lo que llevaba en mi destruición...

—*Instrucción* querrá decir vuesa merced—dijo el caballero—, que no *destruición*.

—Eso quise decir—respondió Chiquiznaque—. Digo que viendo que en la estrecheza y poca cantidad de aquel rostro no cabían los puntos propuestos, porque no fuese mi ida en balde di la cuchillada a un lacayo suyo, que a buen seguro que la pueden poner por mayor de marca.

—Más quisiera—dijo el caballero—que se la hubiera dado al amo una de a siete que al criado la de a catorce. En efeto, conmigo no se ha cumplido como era razón, pero no importa: poca mella me harán los treinta ducados que dejé en señal. Beso a vuesas mercedes las manos.

Y diciendo esto, se quitó el sombrero y volvió las espaldas para irse, pero Monipodio le asió de la capa de mezcla que traía puesta, diciéndole:

—Voacé se detenga y cumpla su palabra, pues nosotros hemos cumplido la nuestra con mucha honra y con mucha ventaja: veinte ducados faltan, y no ha de salir de aquí voacé sin darlos, o prendas que lo valgan.

—¿Pues a esto llama vuesa merced cumplimiento de palabra—respondió el caballero—, dar la cuchillada al mozo habiéndose de dar al amo?

—¡Qué bien está en la cuenta el señor!—dijo Chiquiznaque—. Bien parece que no se acuerda de aquel refrán que dice: «Quien bien quiere a Beltrán bien quiere a su can».

—¿Pues en qué modo puede venir aquí a propósito ese refrán?—replicó el caballero.

—¿Pues no es lo mismo—prosiguió Chiquiznaque—decir: «Quien mal quiere a Beltrán mal quiere a su can»? Y, así, Beltrán es el mercader, voacé le quiere mal, su lacayo es su can, y dando al can se da a Beltrán, y la deuda queda líquida y trae aparejada ejecución; por eso no hay más sino pagar luego sin apercebimiento de remate.

—Eso juro yo bien—añadió Monipodio—, y de la

boca me quitaste, Chiquiznaque amigo, todo cuanto aquí has dicho. Y, así, voacé, señor galán, no se meta en puntillos con sus servidores y amigos, sino tome mi consejo y pague luego lo trabajado. Y si fuere servido que se le dé otra al amo de la cantidad que pueda llevar su rostro, haga cuenta que ya se la están curando.

—Como eso sea—respondió el galán—, de muy entera voluntad y gana pagaré la una y la otra por entero.

—No dude en esto—dijo Monipodio—más que en ser cristiano, que Chiquiznaque se la dará pintiparada, de manera que parezca que allí se le nació.

—Pues con esa seguridad y promesa—respondió el caballero—, recíbase esta cadena en prendas de los veinte ducados atrasados y de cuarenta que ofrezco por la venidera cuchillada. Pesa mil reales, y podría ser que se quedase rematada, porque traigo entre ojos que será menester otros catorce puntos antes de mucho.

Quitóse en esto una cadena de vueltas menudas del cuello y diósela a Monipodio, que al color y al peso bien vio que no era de alquimia. Monipodio la recibió con mucho contento y cortesía, porque era en extremo bien criado. La ejecución quedó a cargo de Chiquiznaque, que solo tomó término de aquella noche. Fuese muy satisfecho el caballero, y luego Monipodio llamó a todos los ausentes y azorados. Bajaron todos, y poniéndose Monipodio en medio dellos, sacó un libro de memoria que traía en la capilla de la capa y diósela a Rinconete que leyese, porque él no sabía leer. Abrióle Rinconete, y en la primera hoja vio que decía: «Memoria de las cuchilladas que se han de dar esta semana. La primera, al mercader de la encrucijada. Vale cincuenta escudos. Están recebidos treinta a buena cuenta. Secutor, Chiquiznaque».

—No creo que hay otra, hijo—dijo Monipodio—. Pasá adelante y mirá donde dice: «Memoria de palos».

Volvió la hoja Rinconete y vio que en otra estaba escrito: «Memoria de palos». Y más abajo decía: «Al bodegonero de la Alfalfa, doce palos de mayor cuantía, a escudo cada uno. Están dados a buena cuenta ocho. El término, seis días. Secutor, Maniferro».

—Bien podía borrarse esa partida—dijo Maniferro—, porque esta noche traeré finiquito della.

—¿Hay más, hijo?—dijo Monipodio.

—Sí, otra—respondió Rinconete—que dice así: «Al sastre Corcovado, que por mal nombre se llama el Silguero, seis palos de mayor cuantía, a pedimiento de la dama que dejó la gargantilla. Secutor, el Desmochado».

—¡Maravillado estoy—dijo Monipodio—cómo todavía está esa partida en ser! Sin duda alguna debe de estar mal dispuesto el Desmochado, pues son dos días pasados del término y no ha dado puntada en esta obra.

—Yo le topé ayer—dijo Maniferro—y me dijo que por haber estado retirado por enfermo el Corcovado no había cumplido con su débito.

—Eso creo yo bien—dijo Monipodio—, porque tengo por tan buen oficial al Desmochado, que, si no fuera por tan justo impedimento, ya él hubiera dado al cabo con mayores empresas. ¿Hay más, mocito?

—No, señor—respondió Rinconete.

—Pues pasad adelante—dijo Monipodio—y mirad donde dice: «Memorial de agravios comunes».

Pasó adelante Rinconete y en otra hoja halló escrito: «Memorial de agravios comunes, conviene a saber, redomazos, untos de miera, clavazón de sambenitos y cuernos, matracas, espantos, alborotos y cuchilladas fingidas, publicación de nibelos, etc.».

—¿Qué dice más abajo?—dijo Monipodio.

—Dice—dijo Rinconete—: «Unto de miera en la casa...».

—No se lea la casa, que ya yo sé dónde es—respondió Monipodio—y yo soy el *tuáutem* y esecutor desa niñería, y están dados a buena cuenta cuatro escudos, y el principal es ocho.

—Así es la verdad—dijo Rinconete—, que todo eso está aquí escrito. Y aun más abajo dice: «Clavazón de cuernos...».

—Tampoco se lea—dijo Monipodio—la casa ni adónde, que basta que se les haga el agravio sin que se diga en público, que es un gran cargo de conciencia. A lo menos, más querría yo clavar cien cuernos y otros tantos sambenitos, como se me pagase mi trabajo, que decillo sola una vez, aunque fuese a la madre que me parió.

—El esecutor desto es—dijo Rinconete—el Narigueta.

—Ya está eso hecho y pagado—dijo Monipodio—. Mirad si hay más, que, si mal no me acuerdo, ha de haber ahí un espanto de veinte escudos; está dada la mitad, y el esecutor es la comunidad toda y el término es todo el mes en que estamos, y cumpliráse al pie de la letra sin que falte una tilde, y será una de las mejores cosas que hayan sucedido en esta ciudad de muchos tiempos a esta parte. Dadme el libro, mancebo, que yo sé que no hay más, y sé también que anda muy flaco el oficio, pero tras este tiempo vendrá otro y habrá que hacer más de lo que quisiéremos, que no se mueve la hoja sin la voluntad de Dios, y no hemos de hacer nosotros que se vengue nadie por fuerza, cuanto más que cada uno en su casa suele ser valiente y no quiere pagar las hechuras de la obra que él se puede hacer por sus manos.

—Así es—dijo a esto el Repolido—, pero mire vuesa merced, señor Monipodio, lo que nos ordena y manda, que se va haciendo tarde y va entrando el calor más que de paso.

—Lo que se ha de hacer—respondió Monipodio—es que todos se vayan a sus puestos y nadie se mude hasta el domingo, que nos juntaremos en este mismo lugar y se repartirá todo lo que hubiere caído, sin agraviar a nadie. A Rinconete el Bueno y a Cortadillo se les da por distrito hasta el domingo desde la Torre del Oro, por defuera de la ciudad, hasta el postigo del Alcázar, donde se puede trabajar a sentadillas con sus flores, que yo he visto a otros de menos habilidad que ellos salir cada día con más de veinte reales en menudos, amén de la plata, con una baraja sola, y esa con cuatro naipes menos. Este districto os enseñará Ganchoso, y aunque os extendáis hasta San Sebastián y San Telmo, importa poco, puesto que es justicia mera mixta que nadie se entre en pertenencia de nadie.

Besáronle la mano los dos por la merced que se les hacía y ofreciéronse a hacer su oficio bien y fielmente, con toda diligencia y recato. Sacó en esto Monipodio un papel doblado de la capilla de la capa donde estaba la lista de los cofrades y dijo a Rinconete que pusiese allí su nombre y el de Cortadillo. Mas, porque no había tintero, le dio el papel para que lo llevase y en el primer boticario los escribiese, poniendo: «Rinconete y Cortadillo, cofrades. Noviciado, ninguno. Rinconete, floreo; Cortadillo, bajón», y el día, mes y año, callando padres y patria. Estando en esto entró uno de los viejos avispones y dijo:

—Vengo a decir a vuesas mercedes como agora agora topé en Gradas a Lobillo el de Málaga, y díceme que viene mejorado en su arte de tal manera, que con naipe limpio quitará el dinero al mismo Satanás, y que por venir maltratado no viene luego a registrarse y a dar la sólita obediencia, pero que el domingo será aquí sin falta.

—Siempre se me asentó a mí—dijo Monipodio—que este Lobillo había de ser único en su arte, porque tiene las mejores y más acomodadas manos para ello que se pueden desear, que para ser uno buen oficial en su oficio tanto ha menester los buenos instrumentos con que le ejercita como el ingenio con que le aprende.

—También topé—dijo el viejo—en una casa de posadas de la calle de Tintores al Judío, en hábito de clérigo, que se ha ido a posar allí por tener noticia que dos peruleros viven en la misma casa, y querría ver si pudiese trabar juego con ellos, aunque fuese de poca cantidad, que de allí podría venir a mucha. Dice también que el domingo no faltará de la junta y dará cuenta de su persona.

—Ese Judío también—dijo Monipodio—es gran sacre y tiene gran conocimiento. Días ha que no le he visto, y no lo hace bien, pues a fe que si no se enmienda, que yo le deshaga la corona, que no tiene mas órdenes el ladrón que las tiene el Turco ni sabe más latín que mi madre. ¿Hay más de nuevo?

—No—dijo el viejo—, a lo menos que yo sepa.

—Pues sea en buen hora—dijo Monipodio—. Voacedes tomen esta miseria—y repartió entre todos hasta cuarenta reales—y el domingo no falte nadie, que no faltará nada de lo corrido.

Todos le volvieron las gracias. Tornáronse a abrazar Repolido y la Cariharta, la Escalanta con Maniferro y la Gananciosa con Chiquiznaque, concertando que aquella noche, y después de haber alzado de obra en la casa, se viesen en la de la Pipota, donde también dijo que iría

Monipodio al registro de la canasta de colar, y que luego había de ir a cumplir y borrar la partida de la miera. Abrazó a Rinconete y a Cortadillo, y, echándolos su bendición, los despidió, encargándoles que no tuviesen jamás posada cierta ni de asiento, porque así convenía a la salud de todos. Acompañólos Ganchoso hasta enseñarles sus puestos, acordándoles que no faltasen el domingo, porque, a lo que creía y pensaba, Monipodio había de leer una lición de posición acerca de las cosas concernientes a su arte. Con esto se fue, dejando a los dos compañeros admirados de lo que habían visto.

Era Rinconete, aunque muchacho, de muy buen entendimiento y tenía un buen natural. Y como había andado con su padre en el ejercicio de las bulas, sabía algo de buen lenguaje, y dábale gran risa pensar en los vocablos que había oído a Monipodio y a los demás de su compañía y bendita comunidad. Y más cuando por decir *per modum sufragii* había dicho *por modo de naufragio*, y que sacaban el estupendo—por decir *estipendio*—de lo que se garbeaba; y cuando la Cariharta dijo que era Repolido como un marinero de Tarpeya y un tigre de Ocaña—por decir *Hircania*—, con otras mil impertinencias—especialmente le cayó en gracia cuando dijo que el trabajo que había pasado en ganado los veinte y cuatro reales lo recibiese el cielo en descuento de sus pecados—a estas y a otras peores semejantes; y sobre todo le admiraba la seguridad que tenían y la confianza de irse al cielo con no faltar a sus devociones, estando tan llenos de hurtos y de homicidios y de ofensas de Dios. Y reíase de la otra buena vieja de la Pipota, que dejaba la canasta de colar hurtada guardada en su casa y se iba a poner candelillas de cera a las imágenes, y con ello pensaba irse al cielo calzada y vestida. No menos le suspendía la obediencia y respecto que todos tenían a Monipodio, siendo un hombre bárbaro, rústico y desalmado. Consideraba lo que había leído en su libro de memoria y los ejercicios en que todos se ocupaban. Finalmente, exageraba cuán descuidada justicia había en aquella tan famosa ciudad de Sevilla, pues casi al descubierto vivía en ella gente tan perniciosa y tan contraria a la misma naturaleza, y propuso en sí de aconsejar a su compañero no durasen mucho en aquella vida tan perdida y tan mala, tan inquieta y tan libre y disoluta. Pero con todo esto, llevado de sus pocos años y de su poca experiencia, pasó con ella adelante algunos meses, en los cuales le sucedieron cosas que piden más luenga escritura. Y, así, se deja para otra ocasión contar su vida y milagros, con los de su maestro Monipodio, y otros sucesos de aquellos de la infame academia, que todos serán de grande consideración y que podrán servir de ejemplo y aviso a los que los leyeren.

## CUENTO DEL RICO DESESPERADO
(Alonso Fernández de Avellaneda, *Segundo tomo del ingenioso hidalgo don Quijote de la Mancha*)

En el ducado de Brabante, en Flandes, en una ciudad llamada Lovaina, principal universidad de aquellas provincias, había un caballero mancebo llamado monsiur de Japelín, de edad de veinte y cinco años, buen estudiante en ambos derechos, civil y canónico, y dotado tan copiosamente de los bienes que llaman de fortuna, que pocos había en la ciudad que se le pudiesen igualar en riqueza. Quedó el mancebo, por muerte de su padre y madre, señor absoluto de toda ella; y, así, con la libertad y regalo—alas que sacan a volar y precipitarse mocedades pródigas, con peligrosos pronósticos de infelices fines—, comenzó a aflojar en el estudio y a andar envuelto en mil géneros de vicios con otros de su edad y partes, sin perder ocasión de convites y borracheras, que en aquella tierra se usan mucho.

Sucedió, pues, andando en estos pasos, que un domingo de Cuaresma dirigió acaso los suyos a oír un sermón en un templo de padres de Santo Domingo, por predicarle un religioso eminente en dotrina y espíritu; donde, tocándole Dios al libre y descuidado oyente en el corazón con la fuerza y virtud de las palabras del predicador, salió de la iglesia trocado, de suerte que comenzó a tratar consigo proprio de dejar el mundo con toda su vanidad y pompa y entrarse en la insigne y grave religión de los predicadores. Encargó en este presupuesto toda su casa y hacienda a un pariente suyo para que se la administrase algunos días, en que pensaba hacer una precisa ausencia, con cargo de que le diese fiel cuenta della cuando se la pidiese. Tras esto se fue a Santo Domingo, y hablando con el religioso predicador le descubrió su pecho. En resolución, como era hombre de prendas singulares y conocido por ellas de todos, fue fácil darle luego el hábito, como en resolución se le dio en dicho convento.

Vivió en él con mucho gusto y muestras de ejemplar religioso por espacio de diez meses. Pero nuestro general adversario—que anda dando vueltas como león rabioso, buscando a quién tragarse, como dice en no sé qué parte la Escritura—para daño de su conciencia trajo a aquella universidad dos amigos suyos que habían estado ausentes de Lovaina algunos meses, no poco viciosos y aun sospechosos de la fe, plaga que ha cundido no poco, por nuestros pecados, en aquellos estados y en los circunvecinos suyos. Sabido por ellos como Japelín, su amigo, se había entrado religioso dominicano, lo sintieron en el alma y propusieron de ir al convento y persuadirle con las mayores veras que les fuese posible dejase el camino que había comenzado a seguir y volviese a sus estudios. Efectuáronlo de suerte que lo determinaron, y la mesma tarde del concierto fueron a verle, y obtenida licencia para ello del prior—que por allá no se observa el rigor que en nuestra España en hacer guardar el debido recogimiento a los novicios el año de su noviciado—le abrazaron con mucho amor, y después de haber hablado mil cosas diferentes y de gusto, el que debía de ser más libre comenzó a decirle las siguientes razones:

—Maravillado estoy, monsiur de Japelín, de ver que, siendo vos tan prudente y discreto y un caballero en quien toda esta ciudad tiene puestos los ojos, hayáis dejado vuestros estudios, contra la esperanza que todos teníamos de veros antes de muchos años catedrático de prima y celebrado por vuestra rara habilidad no solo en Lovaina, sino en todas las universidades de Flandes y aun en las de todo el mundo; porque vuestro divino entendimiento y feliz memoria claros presagios daban de que habíades de alcanzar esto y todo lo demás a que aspirásedes. Y lo que aumenta el espanto es ver hayáis querido, contra el gusto de toda esta ciudad y aun contra vuestra reputación y la de vuestros deudos, tomar el hábito de religioso, como si fuérades hombre a quien faltasen bienes de fortuna o fuérades persona simple y desamparentada, y por eso obligado a tomar semejante profesión de pobreza. ¿No sabéis, señor, que la cosa más preciosa que el hombre posee es la libertad, y que vale más, como dice el poeta, que todo el oro que la Arabia cría? ¿Pues por qué la queréis perder tan fácilmente y quedar sujeto y hecho esclavo de quien, siendo menos docto y principal que vos, os mandará mañana, como dicen, a zapatazos, y por cuyas manos habrán de llegar a las vuestras hasta las cartas y papeles que para consuelo vuestro os escribiremos los amigos? Miradlo, señor, bien, y acordaos que vuestro padre, que buen siglo haya, no podía ver pintados los religiosos. Y, así, amigo del alma, os suplico, por la ley del amistad que os debo, que volváis sobre vos y desistáis desta necedad, o, por mejor decir, ceguera, y volváis a vuestra hacienda, que anda toda como Dios sabe por faltarle vos. Volved a vuestros estudios, pues, si os pareciere, siendo vos, como sois, tan principal y rico, os podéis casar con una de las damas hermosas y de hacienda desta tierra, en el cual estado os podéis muy bien salvar y alegrar a vuestros parientes, los cuales están muy tristes por lo que habéis hecho, teniéndoos ya por muerto en vida. No os quiero, señor, decir más de que metáis la mano en vuestro pecho, que sé que con esto echaréis de ver que os digo la verdad y como amigo que desea en todo vuestro bien. Y pues agora tenéis tiempo (que no ha más de diez meses que entrastes aquí) para enmendar el yerro empezado y dar contento a los que os amamos, dádnosle cumplido con vuestra salida, que os prometo, a fe de quien soy, que no os arrepintáis de haber tomado mi consejo, como dirá el tiempo.

Estuvo el religioso mancebo callando a todo lo que el ministro del demonio le decía y mirando al suelo con suma turbación y melancolía. Y, en fin, como era flaco y estaba poco fundado en las cosas tocantes a la perfección y mortificación de sus apetitos, convenciéronle las razones frívolas y pestilenciales avisos que aquel falso amigo y verdadero enemigo de su bien le había dado. Y, así, le respondió diciendo:

—Bien echo de ver, señor mío, que todo lo que me habéis dicho es mucha verdad, y estoy yo ya tan arrepentido de lo hecho más ha de ocho días, que si no fuera por el qué dirán y por mi propria reputación, me hubiera ya salido deste convento. Pero, con todo eso, estoy determinado de seguir el consejo y parecer de quien tan sin pasión y con tan buenas entrañas me dice lo que me está bien. Yo, en suma, me resuelvo de pedir hoy por todo el día mis vestidos y volver a mi casa y hacienda, que ya tengo echado de ver lo que me importa. Y con esto no hay sino que os vais y me aguardéis a cenar esta noche en vuestra posada, seguros de que no faltaré a la cena. Pero tenedme secreta, os suplico, esta mi resolución.

Con notable alegría, abrazándole, se despidieron todos dél, por la buena nueva. Y el engañado mancebo se fue derecho a la celda del prior y le dijo le mandase volver luego sus vestidos de secular, porque le importaba a su reputación volver a su casa y hacienda, tras que no podía llevar los trabajos de la orden de vestir lana, no comer carne, levantarse todas las noches a maitines y los demás que en ella se profesaban. Demás desto le dijo, mintiendo, como había dado palabra de casamiento a una dama, y que forzosamente se la había de cumplir casándose con ella, a que le obligaba la conciencia y las recebidas prendas de su honra. Maravillóse no poco el prior de oír lo que el novicio le decía, y, lleno de suspensión, le respondió diciendo:

—Espántome, monsiur de Japelín, de vuestra indiscreción, y que tan poco os hayan aprovechado los ejercicios espirituales en que en diez meses de religioso habéis tratado y los buenos consejos míos que como padre os he siempre dado. ¿No os acordáis, hijo, haberme oído decir muchas veces que mirásedes por vos, principalmente este año de noviciado, porque el demonio os había de hacer crudelísima guerra en él, procurando con todas sus astucias y fuerzas persuadiros, como ahora lo ha hecho, a que dejéis la religión, volviendo a las ollas de Egipto, que eso es volver a la confusión del siglo, en que él sabe que con mejor facilidad os podrá engañar y hacer caer en graves pecados, a manos de los cuales perdáis no solo la vida del cuerpo, sino, lo que peor es, la del alma? Acordaos también, hijo, que me habéis oído decir como hasta hoy ninguno dejó el hábito que una vez tomó de religioso que haya tenido buen fin, que justo juicio es de Dios que quien siendo llamado por su divina vocación a su servicio, si después le deja de su voluntad en vida, que el mismo Dios le deje a él en muerte, siendo esto lo que Él dijo a los tales por su profeta: «Vocavi et renuistis. Ego quoque in interitu vestro ridebo». Verdad es que he visto por mis ojos mil esperiencias, y plegue a Dios, como se lo ruego, no la haga su divina justicia en vuestra ingratitud y precipitada determinación; que lo temo, por veros tan engañado del demonio, que las razones que vos me decís claramente descubren no ser forjadas en otra fragua sino en la infernal que él habita. Advertid que si al principio halláis la dificultad que decís en la religión, no hay que maravillarse dello, pues, como dice el Filósofo, todos los principios son dificultosos, y más los que lo son de cosas arduas. Los hijos de Israel, después de haber pasado a pie enjuto el mar Bermejo, enviaron ciertas espías a reconocer la tierra de promisión para la cual caminaban, y volviendo ellas con un grandísimo racimo de uvas, tan grande que menos que en un palo traído en hombros de dos valerosos soldados no le podían traer, dijeron: «Amigos, esta fruta lleva la tierra que vamos a conquistar, pero sabed que los hombres que la defienden son tan grandes como unos pinos»; conque dijeron que el principio de la conquista de aquella fertilísima tierra era dificultoso, siendo sus habitadores gigantes. Desa manera, hijo mío, os ha acontecido a vos, me parece, al principio de vuestra conversión, en la cual ha permitido Dios sintáis las presentes dificultades con que pretende probar vuestra perseverancia, a fin de obligaros a que acudáis a él solo a pedirle favor para salir con vitoria, si bien veo os habéis dado por vencido de vuestros enemigos a los primeros encuentros, dejándoos atar por ellos las manos, sin haber acudido a quien las tiene liberalísimas y promptas para remediaros, de lo cual nace el venirme a pedir con tan ciega resolución vuestros vestidos. Por la pasión que Cristo padeció por vos, os ruego, amado Japelín, que hagáis una cosa por mí, y es que os reportéis por tres o cuatro días, y en ellos hagáis oración a Dios; que yo, de mi parte, os prometo de hacer lo mesmo con todos los religiosos desta casa, y veréis cómo usa Su Majestad con vos de misericordia, haciéndoos salir vitorioso desta infernal tentación.

Todas estas razones que el santo prior dijo al inquieto novicio no fueron bastantes para apartarle de su propósito, antes al cabo dellas le dijo:

—No hay, padre mío, que dar ni tomar más sobre este negocio, que estoy resuelto en lo que tengo dicho y lo tengo muy bien mirado y tanteado todo.

Él, en efeto, se salió aquella noche del convento y se fue derecho, como lo tenía concertado, a la posada de sus dos amigos, donde le esperaban a cenar. Diéronle un bravo convite y brindáronse en él con mucho contento y abundancia los unos a los otros.

Volvió tras esto Japelín a tomar posesión de su hacienda y comenzó a seguir de nuevo el humor de sus compañeros, andando de día y de noche con ellos, sin hacerse convite o fiesta en toda la ciudad donde los tres disolutos mancebos no se hallasen. Sucedió, pues, que un día se fue a hablar muy de pensado con un caballero algo pariente suyo, el cual tenía una sobrina en estremo hermosa, discreta y rica, y pidiósela por mujer, atento que ya antes que entrase a ser religioso le había hecho muchos días del galán, con demostraciones de afición, en un monasterio de religiosas donde había estado encomendada. Viendo el caballero cuán bien le venía el casamiento a su sobrina, por ser Japelín en todo su igual, se la prometió con gusto suyo y della, a la cual su mismo tío aún no había un mes entero que también la había sacado del convento de religiosas en que, como queda dicho, había estado encomendada a una prima suya perlada, sin haberle consentido que fuese monja en él, como sus padres habían deseado y procurado en vida, fin para el cual, desde niña, la habían hecho criar bajo de su clausura.

Casáronse, en efeto, los dos recién salidos de sendos conventos, con grandes fiestas y universales regocijos, y estuvieron casados tres años, al cabo de los cuales concibió la dama. Y viéndola su marido preñada, perdía el juicio de contento, sin haber regalo en el mundo que no fuese para su mujer, acariciándola y poniéndola sobre su cabeza con increíble desvelo y mil amorosas ternuras.

Pero sucedió que, a los seis meses de su preñez, un tío deste caballero, que era gobernador de un lugar en los confines de Flandes que se llama Cambray, murió. Y sabido por el sobrino, partió para Brucellas, donde está la corte, y negoció sin mucha dificultad—representadas sus prendas y los buenos servicios de su tío—le diesen aquel gobierno, del cual fue luego a tomar posesión, con intento de volver después por toda su casa y hacienda. Antes de la partida se despidió de su mujer con harto sentimiento de entrambas partes, diciendo:

—Señora mía, yo voy a dar asiento a las cosas de mi difunto tío el gobernador y a poner en cobro la hacienda que por su muerte heredo, cosa que, como sabéis, no la puedo escusar. De allí pienso llegarme a Brucellas a pretender sucederle en el cargo y a que me hagan Sus Altezas merced dél por los buenos servicios de mi tío, cosa que creo me será fácil de alcanzar. Lo que os suplico es miréis por vos en esta ausencia y que al punto que pariéredes me aviséis para que me halle en el bautismo, que lo haré sin falta, y creo será de igual regocijo para mí vuestra vista, que la del hijo o hija que pariéredes.

Prometióselo ella, de quien, despidiéndose con mil abrazos y amorosas lágrimas, se partió para Cambray, donde y en Brucellas negoció muy a su gusto lo que pretendía, como queda dicho, tardando en los negocios y en volver a su casa casi tres meses. Antes que lo hiciese le dieron a la señora los dolores del parto, la cual, luego que se le sintió, despachó un correo a su marido, rogándole partiese, vista la presente, pues ya lo estaba el día de su parto.

No tardó Japelín a ponerse a caballo y dar la vuelta para su casa más de lo que tardó en leer la deseada carta. A la que llegaba cerca de la ciudad de Lovaina, encontró por el camino un soldado español, a quien preguntó, en emparejando con él, adónde caminaba. Y respondiéndole el soldado que iba a Amberes a holgarse con ciertos amigos que le habían enviado a llamar, y que estaba de guarnición en el castillo de Cambray, le fue preguntando por el camino muchas cosas acerca de cómo lo pasaban los soldados en el castillo, a todo lo cual respondía el español con mucha discreción, porque era no poco prático, aunque mozo. Ya que llegaban a las puertas de la ciudad le dijo Japelín:

—Señor soldado, si vuestra merced esta noche no ha de pasar adelante, podrá, si gustare, venirse conmigo a mi casa, adonde se le dará alojamiento. Y aunque no será conforme su valor merece, recibirá a lo menos el buen deseo deste su servidor, dueño de una razonable casa y del caudal que para sustentarla con el aderezo y fausto que vuestra merced verá en ella es necesario. Porque sepa soy muy aficionado a la nación española, y el ser della vuestra merced y sus prendas me obligan a usar desta llaneza. Reposará, y por la mañana podrá emprender la jornada con más comodidad, habiendo precedido el descanso de una acomodada noche.

El soldado le respondió que le agradecía la merced

que le ofrecía no poco, y que, por ella y la voluntad con que iba envuelta, le besaba las manos mil veces, y que le parecería pasar los límites de la cortesía que su nación profesaba el dejar de aceptar el ofrecimiento; conque se resolvió quedar esa noche en Lovaina, aunque por ello perdiera la comodidad de su jornada.

Llegaron ambos, yendo en estas pláticas, a la deseada puerta de la casa de Japelín, de la cual salía acaso una criada, que, viéndole, volvió corriendo, sin hablarle palabra, la escalera arriba, dando una mano con otra, con muestras de regocijo y diciendo, turbada:

—¡Monsiur de Japelín! ¡Monsiur de Japelín!

Y tras esto volvió a bajar a su amo con las mismas muestras de contento, diciéndole:

—¡Albricias, señor, albricias, que mi señora ha parido esta noche un niño como mil flores!

Apeóse del caballo con la nueva él como un viento y subió en dos saltos la escalera, sin que el gozo le diese lugar de hacer comedimientos con el soldado. Y puesto en la sala, vio a su mujer que estaba en la cama, y saludándola y abrazándola, llegado a ella, muchas veces le dijo:

—¡Dad, mi bien, un millón de gracias al cielo por la merced que nos ha hecho agora en darnos hijo que, siendo heredero de nuestra hacienda, pueda ser báculo de nuestra senectud, consuelo de nuestros trabajos y alegría de todas nuestras aflicciones!

Sentóse en esto en una silla que estaba en la cabecera de la cama, teniéndola siempre asida de la mano, platicando los dos, ya del camino y buen suceso de sus negocios, ya del venturoso parto y cosas de su casa.

A la que se hizo de noche mandó que le pusiesen allí junto a la cama la mesa, porque gustaba de cenar con su mujer. Hizo llamar al soldado luego para que se asentase a cenar también con ambos, lo cual él hizo con mucha cortesía, y no con el recato que debiera tener en los ojos en orden a mirar a la dama, porque le pareció, desde el punto que la vio, la más bella criatura que hubiese visto en todo Flandes. Y éralo sin duda, según me refirieron los que me dieron noticia del cuento, que eran personas que la conocieron.

Trajeron abundantísimamente de cenar, pero el español, que había hecho pasto de sus ojos a la hermosura de la partera y la gracia con que estaba asentada sobre la cama, algo descubiertos los pechos—que usan más llaneza las flamencas en este particular que nuestras españolas—, comió poquísimo, y eso con notable suspensión. Acabada la cena y quitados los manteles, mandó Japelín a un paje que le trajese un clavicordio, que él tocaba por estremo; que en aquellos países se usa entre caballeros y damas el tocar este instrumento, como en España la arpa o vihuela. Traído y templado, comenzó a tañer y a cantar en él con estremada melodía las siguientes letras, de las cuales él mismo era autor; porque, como queda dicho, tenía gallardo ingenio y era universal en todo género de ciencias:

—Celebrad, instrumento,
el ver que no podrá el tiempo variable
alterar mi contento
ni hacerme con sus fuerzas miserable,
pues hoy, con regocijo,
me ha dado un ángel bello un bello hijo.

Alzóme la Fortuna
sobre lo más costante de su rueda,
y aunque ella es como luna,
le manda mi ventura que esté queda

y que la tenga firme
y su poder en mi favor confirme.

Y, así, señora mía,
no temáis que ella nuestro bien altere
jamás, porque este día
el mismo cielo nuestro aumento quiere,
que eso dice el juntarnos
en uno a ambos para más amarnos.

Sin duda fui dichoso
cuando me aconsejaron dos amigos
no fuese religioso,
pues los gustos que gozo son testigos
de que su triste suerte
en vida les iguala con la muerte.

Razón es, pues soy rico,
que viva alegre, coma y me regale,
y que el avaro inico
me tema siempre, y nunca ese me iguale,
pues puedo en paz y en guerra
honrar a los más nobles desta tierra.

Que viva sin zozobras
también mil años, libre de cuidados,
es justo, pues mis sobras
invidian muchos de los más honrados,
viendo como de renta
más de diez mil el año, a buena cuenta.

Y sobre todo aquesto,
mi brazo, mi fortuna y buena estrella

echaron hoy su resto
en darme un hijo de una diosa bella,
por quienes, noble y mozo,
mil parabienes y contentos gozo.

Acabóse la música con la letra y comenzó la suspensión del español a subir de punto, por haber oído los suavísimos de la garganta del rico flamenco, dichoso dueño del serafín por quien ya se abrasaba.

Llegó un paje por mandado de su amo, en dando fin al canto, a quitarle de delante el clavicordio, que ya era tarde y tiempo de dar lugar al soldado a que descansase. Y para que lo hiciese, mandó luego tras esto a otro criado tomase uno de los candeleros de la mesa y le fuese alumbrando con él al aposento primero del cuarto en que solía dormir su paje de cámara—que era vecino de la cuadra en que la dama estaba acostada—, con orden de que le diese al mayordomo o dispensero para que tuviesen, en amaneciendo, aderezado un buen almuerzo para aquel señor soldado, con deseo de que pudiese salir de madrugada de Lovaina y hacer de un tirón la jornada, llevando hecha la alforja y saliendo desayunado.

Despidióse agradecidísimo deste cuidado y de la merced y regalo recibido del caballero y de su esposa el soldado, con mil corteses ofrecimientos. Y puesto en su aposento y acostado en él, fue tal la batería que le dieron las memorias del bello ángel que adoraba, que totalmente estaba fuera de sí. Reprehendía su temeridad, representándosele la imposibilidad del negocio a que aspiraba, y procuraba desechar de su ánimo una imaginación tal cual lo que daba garrote a su sosiego.

El caballero, al cabo de breve rato que se hubo ido a reposar el soldado, hizo lo proprio, despidiéndose de su esposa con las muestras de amor que del suyo, tras tan larga ausencia, se puede creer, guardando el debido decoro al parto recién sucedido; que, para no ponerse en ocasión de lo contrario, se entró en otro aposento más adentro del en que la partera estaba.

Tuvo el paje que llevó a acostar al soldado consideración a que venía cansado, y por no haberse de obligar a darle mala noche le dijo se iría a dormir en otro aposento con otros criados, y, así, que sin cuidado de su vuelta reposase, pues lo haría mejor estando solo, que para el mismo efecto su señor también había apartado cama y se había acostado en una que había en otra pieza más adentro.

Fuese con esto, dejando sus últimas razones con más confusión al amartelado español, porque del entender dormía la dama sola y tan vecina dél, y del verse—contra el orden de Japelín—sin compañía en el aposento, nació la resolución diabólica que tomó, en ofensa de Dios, infidelidad de su nación y en agravio del honrado hospedaje que le había hecho su noble huésped, que a todo le precipitó el vehemente fuego y rabiosa concupiscencia en que se abrasaba. Resolvióse, pues, en levantarse de su cama, de ir a la de la dama sin ser sentido, persuadido de que ella, por su honra y por no dar pesadumbre a su marido ni alborotar la casa, callaría, y aun podría ser que se le aficionase de manera que, yéndose su marido, le diese libre entrada y le regalase. Y si bien consideraba el peligro de la vida que corría si acaso ella, como era justo, daba voces, pues a ellas era fuerza saliese el marido y se matasen el uno al otro, de lo cual sucederían notables escándalos y graves inconvenientes, todavía su gran ceguera rompió con todas estas dificultades.

Levantóse, pues, a medianoche, en camisa, y entró en

la sala de la dama. Y llegándose a ella sin zapatos, por no ser sentido, estuvo un rato en pie, sin acabarse de resolver; pero hízolo de volver a su aposento y de tomar la espada que tenía en él, y sacándola desenvainada, volvió muy pasito a la cama de la flamenca. Y poniendo la espada en tierra, alargó la mano, y metiéndola debajo de las sábanas muy quedito, la puso sobre los pechos de la señora, que despertó al punto alborotada, y asiéndosela, pensando que fuese su marido—que no imaginaba ella que otro que él en el mundo pudiese atreverse a tal—, le dijo:

—¿Es posible, señor mío, que un hombre tan prudente como vos haya salido a estas horas de su aposento y cama para venirse a la mía, sabiendo estoy parida de ayer noche y por ello imposibilitada de poder, por ahora, acudir a lo que podéis pretender? Tened, por mi vida, señor, un poco de sufrimiento, y pues soy tan vuestra, y vos mi marido y señor, lugar habrá, en estando como es razón, para acudir a todo aquello que fuere de vuestro gusto, como lo debo por las leyes de esposa.

No había acabado ella de decir estas honestas razones cuando el soldado la besó en el rostro, sin hablar palabra. Y pensando ella siempre fuese su marido, le replicó:

—Bien sé, señor, que de lo que intentáis hacer tenéis harta vergüenza, pues por tenerla no me osáis responder palabra, y echo de ver también que el intentar tal proceda del grandísimo amor que me tenéis y de la represa de tan larga ausencia; pues a no ser eso, no saliérades de vuestra cama para venir a la mía, sabiendo me habíais de hallar en ella de la suerte que me halláis.

Oyendo el soldado estas razones y coligiendo dellas el engaño en que la dama estaba, alzó la ropa callando y metióse en la cama, do puso en ejecución su desordenado apetito. Porque, viendo ella su resolución, no quiso contradecirle por no enojarle—como le tenía por su marido—, si bien quedó maravillada no poco de que no le hubiese hablado palabra. Porque, sin decirle cosa, se levantó, hecha su obra, y tomando con todo el silencio que pudo su desnuda espada, se volvió a su aposento y cama, harto apesarado de lo que había hecho; que, en fin, como se consigue a la culpa el arrepentimiento y al pecado la vergüenza y pesar, túvole tan grande luego de su maldad, que maldecía por ello su poco discurso y sufrimiento y su maldita determinación, imaginando el delito que había cometido y el peligro en que estaba si acaso el ofendido marido se levantase antes que él.

También a la dama asaltaron sus pensamientos, poniéndola en cuidado el no haberle hablado palabra quien con ella había estado si sería su marido o no. Pero resolvióse en que sería él y que la vergüenza de haber hecho cosa tan indecente en tiempo que no estaba ella para semejantes burlas le habría cerrado la boca. Con todo, propuso—que no debiera—en su corazón darle por lo hecho, a la mañana, una reprehensión amorosa, afeándole su poca continencia.

Llegada la madrugada y apenas vistas sus primeras luces se levantó el soldado, que no había podido pegar las de sus ojos con la rabia que tenía de lo hecho. Y estando aún la dama durmiendo, pidió a los primeros criados que topó le abriesen la puerta y le escusasen con su señor de no aceptar el preparado almuerzo y provisión, pues la prisa de la jornada no le daba lugar para detenerse ni sus obligaciones permitían aumentase las muchas con que quedaba a toda aquella casa. Y aunque los criados porfiaron con él, queriendo ponerle en la alforja lo que para almorzar le tenían aparejado, no hubo remedio consintiese lo hiciesen, diciendo no era de su humor el ir cargado, y que, así, le tuviesen por escusado; a más de que una legua de allí en el camino había una famosa hostería y en ella pensaba detenerse a almorzar. Con lo cual se despidió dellos y salió del lugar.

Ido el soldado con la cortedad referida y cargado de miedo y vergüenza, salió de su aposento el noble y descuidado Japelín a la hora en que el bullicio de la gente de casa dio muestras de que era ya la de levantarse. Y llegándose a la cama de su esposa a darle los buenos días, y cuidadoso de saber cómo había pasado la noche, asegurándola de que con el contento de verse él en su casa y con heredero della no había podido apenas sosegar, rióse su mujer de la disimulación que mostraba en sus razones y en tomarle la blanca mano. Y mostrando un fingido enojo con su risa, le dijo, retirando hacia adentro el brazo:

—¡Por cierto, señor mío, que sabéis disimular lindamente y que anda ahora bien ligera esa lengua que anoche tan muda tuvistes conmigo! ¡Idos de ahí con Dios y no me habléis por lo menos hoy en todo el día, que bien lo habré menester todo para desenojarme del enojo que tengo con vos tan justamente! Y aun después de pasado os será menester me pidáis perdón, y no será poco si os lo concedo.

Rióse Japelín del descuido, y cayéndole en gracia, a pesar suyo la besó en el rostro, diciendo:

—Por mi vida, señora, que me digáis el enojo que os he hecho, que gustaré infinito de sabello. Si bien ya, poco más o menos, sospecho yo será porque habréis imaginado que he dormido dentro con compañía, en ofensa vuestra; y muera yo en la de Dios si jamás os la he hecho ni con el pensamiento. Y, así, quíteseos del vuestro, os suplico, ese temerario juicio, que con él me ofendéis no poco.

—Por cierto—dijo ella de nuevo—que sabéis encubrir bien y negar mejor ahora lo que fuera justo negarais a vuestro apetito antes de ejecutalle tan sin consideración, que, si la tuvierais, no efectuara un hombre tan prudente y discreto como vos lo que tan contra toda razón os pedía vuestro desordenado deseo. Corrida estoy no poco de ver no lo estéis más de lo que lo estáis de haber tenido atrevimiento de llegar a mi cama esta noche a tratar conmigo, sabiendo de la suerte que estoy, y siento muchísimo ver hayan podido tan poco con vos mis justos ruegos, que no bastasen a obligaros a que, volviéndoos a vuestra cama, dejaseis de entrar en la mía, con los excesos de afición que la primer noche de nuestras bodas. Y añadiendo agravio a agravio, habéisme dejado sin hablar palabra, si bien doy por disculpa de vuestro silencio el justo empacho que os causó el atrevimiento. No ignoro, señor, diréis nació él del sobrado amor que me tenéis. Y aunque esa parezca bastante disculpa, no la admito por tal, pues habíais de considerar el tiempo y indisposición mía, teniendo algún respeto y sufrimiento a tan justo obstáculo, que no se perdía el mundo en ser continente siete o ocho días más cuando mucho. Pero pase esta, que os la perdona mi grande amor, con esperanzas de enmienda en lo por venir.

No se puede pintar la suspensión que cayó en el ánimo de Japelín cuando oyó a su esposa tales razones y dichas con tantas veras y circunstancias. Y como era de agudo ingenio, sospechó luego todo lo que podía ser, imaginando, como era la verdad, que el soldado español habría dormido solo por inconsideración del paje de guarda, el cual pensaba él le haría compañía en el aposento sin dejarle a solas; y que, así, con la ocasión, que es madre de graves maldades, habría cometido aquel delito con artificioso silencio. Y disimulando cuanto pudo, le dijo a la dama:

—No haya más, mis ojos, por vida de los vuestros, que del amor excesivo que os tengo ha nacido el desorden de que os quejáis. Pero yo os prometo, a la ley de quien soy, corregirme, y aun vengaros cabalmente de todo.

Y volviéndose a otro lado decía entre dientes, bramando de cólera:

—¡Oh vil y alevoso soldado! ¡Por el cielo santo juro de no volver a mi casa sin buscarte por todo el mundo y hacerte pedazos doquiera que te encontrare!

Tras lo cual, disimulando con su mujer con notable artificio, se despidió della, fingiendo cierta necesidad precisa. Llamó luego aparte un mozo, diciéndole:

—Ensíllame al punto, sin decir cosa, el alazán español, que me importa ir fuera en él con brevedad.

Mientras el caballo se ensillaba se acabó de vestir, y entrando en un aposento do tenía diferentes armas, sacó dél un famoso venablo.

Violo la dama, y, recelosa, le preguntó qué pensaba hacer de aquel venablo.

—Quiérole—dijo él—inviar a un vecino nuestro que ayer me le pidió prestado.

—¿Qué vecino puede ser nuestro—replicó ella—que no tenga armas en su casa y necesita de venir por ellas a la nuestra? En verdad, mi bien, que si no lo recebís por enojo que me habéis de decir para qué es.

Él la respondió que no le importaba nada a ella el saberlo, pero que, con todo, lo sabría dentro de breves horas.

Salióse tras esto fuera de la sala, demudado el rostro, y despidiendo un sospiro tras otro se bajó la escalera abajo y se puso a pasear delante la caballeriza, aguardando le sacasen el caballo. Y mientras el criado tardaba a hacello, decía con rabioso despecho entre sí:

—¡Oh perverso y vil español, qué mal me has pagado la buena obra que te hice en darte alojamiento, que no debiera! ¡Aguarda, traidor, adúltero a costa de la inocencia de mi engañada esposa, que te juro por las vidas della, de mi hijo y mía, que te cueste la tuya la alevosía! ¡Vuela, infame, y mueve los pies, que yo haré que los de mi caballo igualen al pensamiento con que voy en tu busca, con determinación de no volver a mi patrio suelo hasta hallarte, aunque te escondas en las entrañas del mismo siciliano Etna!

No había bien dicho estas razones cuando el criado, que las había oído todas estando en la caballeriza, sacó della el caballo, en el cual subió Japelín como un viento, diciéndole a él que se quedasen todos, sin acompañarle ninguno, pues no necesitaba de compañía en la breve jornada que iba a hacer. Y tomando el venablo salió de casa, dando de espuelas al caballo, hecho un frenético, guiándole así a la parte y camino que entendía llevaba el soldado, dejando maravillados a los criados de su casa la furia y repentina jornada con que la dejaba, si bien de las palabras que decía haberle oído el que le ensilló el caballo colegían iba tras el soldado, por haberle hurtado algo de casa o por haber dicho al salir della algunas palabras deshonestas a su esposa; y que, como tan celoso y noble, pretendía tomar venganza de quien con solo el pensamiento le agraviaba.

El caballero, en fin, se dio tan buena maña en caminar tras el soldado, que dentro de una hora le alcanzó. Y calándose el sombrero antes de emparejar con él, porque no le conociese, en medio de un valle, sin que se recelase el soldado ni tener testigos a quienes poder remitir la disposición de su violenta muerte, con la mayor presteza que pudo, sin hablar palabra, le escondió el robusto y agraviado Japelín la ancha cuchilla o penetrante hierro del milanés venablo por las espaldas, sacándosele más de dos palmos por delante, a vista de los lacivos ojos que en su honestísima esposa puso, sin darle lugar de meter mano ni defenderse de tan repentino asalto. Cayó luego en tierra el mísero español...

—¡Oh, buena Pascua le dé Dios y buen San Juan! —dijo don Quijote—.Ese sí que fue buen caballero! En verdad que puede agradecer a su buena diligencia el haberme ganado por la mano la toma de la venganza de ese delito, que si no, juro por la vitoria que espero presto alcanzar del rey de Chipre, que la tomara yo dél tan inaudita, que pusiera terror hasta a las narices de los míseros y nefandos sodomitas, a quien abrasó Dios.

—Pues a fe que si vuestra merced, mi señor, no lo hiciera, que yo acudiera a mi obligación—dijo Sancho—, y que cuando eso de Sodoma y Gomorra que vuestra merced dice faltara, le ahogara yo con un diluvio de gargajos como aquel del tiempo de Noé.

—Pues no para en esto, señores, la tragedia—dijo Bracamonte—ni la venganza que Japelín tomó del soldado. Porque luego, tras lo dicho, se apeó del caballo, y sacando el venablo del cuerpo del cadáver, le volvió a herir con él cinco o seis veces, haciéndole pedazos la cabeza, y hechos con una crueldad inexplicable, pagando bien con muerte de las dos vidas (a lo que se puede presumir) y con fin tan aciago el pequeño gusto de su desenfrenado apetito, quedando allí revolcado en su propia sangre para ejemplo de temerarias deliberaciones y comida de aves y bestias.

El caballero, algo aconsolado con la referida venganza que de su ofensor había tomado, se volvió poco a poco hacia su casa. En el tiempo que él tardó della quiso la desgracia que su mujer, viendo eran más de las diez y no le veía ni sabía adónde estaba, preguntó a un paje por él, y respondiéndole el indiscreto criado luego, le dijo:

—Señora, mi señor ha ido fuera a caballo, con un venablo en la mano, más ha de dos horas, sin criado alguno, y no podemos imaginar adónde ni adónde no. Solo sé que iba demudadísimo de color y dando algunos pequeños suspiros, mirando al cielo.

Llegaron, estando en estas razones, el mozo de caballos, una criada y la ama que criaba el niño, y la dijeron:

—Vuestra merced, mi señora, ha de saber que hay algún grande mal, porque mi señor ha estado paseándose a la puerta de la caballeriza todo el rato que yo tardé—dijo el mozo—a ensillarle el caballo, suspirando y quejándose de aquel soldado español que esta noche durmió en la cama y aposento del paje de cámara, llamándole (aunque pensó que nadie le oía) perverso y vil traidor y adúltero a costa de la inocencia de su engañada esposa, tras lo cual juró por su vida, la de vuestra merced y de su hijo, de hacerle pedazos, siguiendo hasta alcanzarle. Pero no le oí jamás quejar de vuestra merced, antes me parece que en sus razones la iba disculpando. Tras lo cual, en sacándole el caballo, subió en él y salió de casa como rayo, en busca suya.

Cuando la noble flamenca oyó los últimos acentos desta sospechosa nueva, cayó sobre la almohada de los brazos de la criada que la había levantado y sentada en la cama, con un mortal desmayo. Y volviendo en sí al cabo de breve rato, comenzó a llorar amargamente, sospechando —como era así— que aquel que la noche antes había llegado a su cama sin duda había sido el soldado español, con quien, como ella misma tenía confesado a su marido, había cometido adulterio, teniéndole por su esposo. Comenzó, pues, con esta imaginación a maldecir su fortuna, diciendo:

—¡Oh traidora, perversa y adúltera de mí! ¿Con qué ojos osaré mirar a mi noble y querido esposo, habiéndole quitado en un instante la honra que en tantos años de propio valor y natural nobleza heredado tenía? ¡Oh ciega y desatinada hembra! ¿Cómo es posible no echases de ver que el que con tanto silencio se metía en tu honesto lecho no ser tu marido, sino algún aleve, tal cual el falso español? ¡Desdichada de mí, y con qué cara osaré parecer delante de mi querido Japelín, pues no hay duda sino que no seré creída dél, por más que con mil juramentos le asegure de mi inocencia, habiendo dado lugar a que otros pies violasen su honrado tálamo! Con razón, dulce esposo mío, podrás quejarte de mí de aquí adelante y negarme los amorosos favores que me solías hacer en correspondencia de la fe grande que siempre he profesado guardarte. Pero ya justamente (pues he desdicho de mi fedelidad, aunque tan sin culpa cuanto sabe el cielo) seré aborrecible a tus ojos, pesada a tus oídos, desabrida a tu gusto, enojosa a tu voluntad e inútil, finalmente, a todas las cosas de tu provecho. Vuelve presto, señor mío, si acaso has ido a matar al adúltero español; con el mismo venablo con que le castigares traspasa este desconocido y desleal pecho, que pues fui cómplice en el adulterio, justa cosa es iguale también con él en la muerte. Ven, digo, y toma entera venganza de mi desconcierto, con la seguridad que puedes tener de quien, por mujer y culpada, no sabrá hacerte resistencia. Pero no es bien aguarde que tú vengas a vengarte ni a castigar con el yerro del venablo el mío, sino que es justo que yo te vengue, de suerte que digas lo estás al igual de mi alevosía y de la ofensa hecha.

Y diciendo esto, la desesperada señora—que lo estaba de pasión, cólera y corrimiento—saltó de la cama, mesándose las rubias y compuestas trenzas y esmaltando sus honestas mejillas con un diluvio de menudo y espeso aljófar que de sus nublados ojos salía. Y poniéndose un faldellín, se comenzó a pasear por la sala con tan descompuestos pasos, acompañados de sospiros, sollozos y quejas por lo hecho, que no bastaban a consolarla todos los de casa, antes su pena les tenía a todos necesitados de consuelo, por lo mucho que les enternecía.

Estando, pues, de la suerte que digo, turbados ellos, el marido ausente, el adúltero muerto y ella fuera de sí, se salió al patio a vista de todos. Y después de haber hecha una nueva repetición de las quejas dichas, se arrojó de cabeza en un hondo pozo que en medio del patio había, sin poder ser socorrida de los que presentes estaban, haciéndosela dos mil pedazos, de suerte que, cuando llegó al suelo el cuerpo, había ya llegado su alma, libre dél, en bien diferente lugar del en que yo querría llegase la mía a la hora de mi muerte.

Aumentáronse las voces y gritos de los de casa con el nuevo y funesto espectáculo, y con la turbación unos acudían a mirar el pozo, otros a dar gritos a la calle, con los cuales se alborotó toda, de suerte que en un instante se vio la casa llena de gente, afligida toda y toda ocupada o en consolar a los de ella o en echar sogas y cuerdas, aunque en vano, pensando podría ser socorrida quien ya no estaba en estado de poderlo ser.

Entre esta universal turbación sucedió llegar a su casa el desdichado Japelín, ignorante de la desgracia que acababa de suceder en ella. Y maravillado de ver tantas personas juntas en su patio, unas de pies sobre el brocal del pozo, otros al derredor dél, y todos llorando, entró con su caballo y el venablo ensangrentado en la mano. Y preguntando qué había de nuevo, llegaron los criados de casa, dando una mano con otra y arañándose la cara, diciendo:

—¡Ay, mi señor, que acaba de suceder la mayor desgracia que los nacidos hayan visto! Pues mi señora, sin que sepamos por qué, quejándose de aquel maldito español que esta noche durmió en casa, llamándose engañada y adúltera y diciendo palabras que moviera a compasión a una peña, arrancándose a puños los cabellos, se echó, sin que la pudiésemos remediar, de cabeza en este hondo pozo, donde se hizo pedazos antes de llegar al suelo.

El caballero, en oyendo tal, se quedó atónito, sin hablar palabra por grande rato. Y de allí a poco, vuelto en sí, se arrojó del caballo y, teniéndose en el suelo, empezó a lamentarse amargamente, suspirando y arrancándose con dolor increíble las barbas, diciendo en presencia de todos:

—¡Ay, mujer de mi alma! ¿Qué es esto? ¿Cómo te apartaste de mí? ¿Cómo me dejaste, serafín mío, solo y sin llevarme contigo? ¡Ay, esposa mía y bien mío! ¿Qué culpa tenías si aquel enemigo español te engañó fingiendo ser tu amado marido? Él solo tenía la culpa, pero ya pagó la pena. ¡Ay, prenda de mis ojos! ¿Cómo será posible que yo viva un día entero sin verte? ¿Adónde te fuiste, señora de mis ojos? ¡Aguardaras siquiera a que yo volviera de vengarte, como agora vengo, y matáraste después, que yo te acompañara en la muerte como lo he hecho en vida! ¡Ay de mí!, ¿Qué haré, triste de mí? ¿Adónde iré o qué consejo tomaré? ¡Pero ya le tengo tomado conmigo!

Y diciendo esto, se levantó muy furioso, y metiendo mano a la espada, decía:

—¡Juro por Dios verdadero que el que llegare a estorbarme lo que voy a ejecutar ha de probar los filos de mi cortadora espada, sea quien se fuere!

Llegóse tras esto al brocal del pozo, haciendo una grandísima lamentación, diciendo:

—Si tú, oh mujer mía, te desesperaste sin razón ninguna, y tu ánima está en parte adonde no puedo acompañarla si no te imito en la muerte, razón será y justicia, pues tanto te amé y quise en vida, que no procure estar eternamente sino en la parte en que estuvieres. Y, así, no temas, dulcísima prenda mía, que tarde en acompañarte.

Como la gente que presente estaba, que no era poca, y entre quien había muchos caballeros y nobles de la ciudad, oyeron lo que decía, porque no sucediese alguna desgracia se llegaron a él a darle algún consuelo, el cual estuvo escuchando echado de pechos sobre el brocal del pozo. Y volviendo la cabeza de allí a un rato, vio cerca de sí a la ama que criaba su hijo, llorando amargamente con el niño en los brazos. Y llegándose a ella con una furia diabólica, se le arrebató, y asiéndole por la faja, dio con él cuatro o seis golpes sobre la piedra del pozo, de suerte que le hizo la cabeza y brazos dos mil pedazos, causando en todos esta desesperada determinación increíble lástima y espanto. Si bien, con todo, ninguno osaba llegársele, temiendo su diabólica furia. Con lo cual comenzó tras esto a darse de bofetadas, diciendo:

—¡No viva hijo de un tan desventurado padre y de

madre tan infeliz, ni haya tampoco memoria de un hombre cual yo en el mundo!

Y diciendo esto, comenzó a llamar a su mujer y a decir:

—Señora y bien mío: si tú no estás en el cielo, ni yo quiero cielo ni paraíso, pues donde tú estuvieres estaré yo consoladísimo, siendo imposible que la pena del infierno me la dé estando contigo, porque donde tú estás no puede estar sino toda mi gloria. ¡Ya voy, señora mía! ¡Aguarda, aguarda!

Y con esto, sin poder ser detenido de nadie, se arrojó también de cabeza en el mismo pozo, haciéndosela mil pedazos y cayendo su desventurado cuerpo sobre el de su triste mujer. ¡Aquí fue el renovar los llantos cuantos presentes estaban, aquí el levantar las voces al cielo y el hinchirse la casa y calle de gente, maravillados cuantos llegaban a ella de semejante caso! A las nuevas dél vino luego el gobernador de la ciudad, y, informado del desdichado suceso, hizo sacar los cuerpos del pozo, y, con parecer del obispo, los llevaron a un bosque vecino a la ciudad, do fueron quemados, y echadas sus cenizas en un arroyo que cerca dél pasaba.

## HISTORIA DEL DOCTOR SAGREDO Y SU MUJER
(Vicente Espinel, *Relaciones de la vida del escudero Marcos de Obregón*)

...Y porque la materia de suyo es algo pesada, quiero aligeralla con decir lo que me pasó sirviendo al más desazonado colérico del mundo. Porque tras de muchos infortunios que toda mi vida he sufrido, me vine a hallar desacomodado al cabo de mi vejez, de manera que, porque no me prendiesen por vagamundo, hube de encomendarme a un amigo mío, cantor de la capilla del obispo—que estos todo lo conocen, si no es a sí propios—, y él me acomodó por escudero y ayo de un médico y su mujer, tan semejante el uno al otro en la vanidad de valentía y hermosura, que no les quedó qué repartir en los vecinos, con los cuales me pasaron lances harto dignos de saberse.

Llamábase el doctor Sagredo, hombre mozo, de muy gentil disposición, algo locuaz y aun loco, más colérico y fácil de enojarse que gozque de panadero, presuntuoso y estimador de su persona. Y, para que no se echasen a perder dos casas, sino una, casado con una mujer de su misma condición, moza y muy hermosa, alta de cuerpo, cogida de cintura, delgada y no flaca, derecha de espaldas, el movimiento con mucho donaire, ojos negros y grandes, pestaña larga, cabello castaño que tiraba un poco a rubio, briosa y no muy poco soberbia, vana y presuntuosa.

Llevóme a su casa el buen doctor, y lo primero que encontré fue una mula muy flaca en una caballeriza, tan ajustada con ella, que si tuviera alas no pudiera caber dentro. Subimos una escalerilla y representóseme luego la sala donde estaba la señora doña Mergelina de Aybar—que ansí se llamaba—, a quien yo miré de muy buena gana; que, aunque viejo, incapaz de semejantes apetitos por razón y por edad, la miré como a hermosa, que a todos ojos es la hermosura agradable. Dijo el doctor:

—Veis aquí a quien habéis de servir, que es mi mujer.

Yo le dije:

—Por cierto bien merece tan gentil dama a tal galán.

Ella respondió como mujer hermosa ignorante; o, por mejor decir, preguntó:

—¿Quién os mete a vos en eso?

—Señora—dije yo—, advierta vuesa merced que cuando la llamé gentil no quise decir que no era cristiana, sino que tenía muy gentil talle y cuerpo.

—Que bien os entendí—dijo ella—, sino que no quiero que nadie se me atreva a decirme requiebros.

—Es la honra del mundo—dijo el doctor—. Servidla con gusto y cuidado, que yo os lo pagaré muy bien.

Miré la casa muy de espacio, aunque se podía ver muy de presto, porque no vi en toda ella si no es un espejo muy grande en un poyo muy pequeño de una ventana, y unas redomillas que lo acompañaban, con un cofrecillo pequeñuelo; y mirando a un rincón, vi un montante con ciertas espadas de esgrima, dagas y espadas blancas, una rodela y broquel. Díjome el doctor:

—¿Qué os parece de mi recámara? Miradla bien, que en Alcalá era temida aquella espada.

—No miraba—dije yo—sino adónde estaban los libros, que soy aficionado a ellos.

—Estos son—dijo—mis Galenos y mis Avicenas, que por la negra y la blanca nadie me igualó en Alcalá, y que no se meneó contra mí hombre de noche que no fuese lastimado de mis manos.

—Luego vuesa merced—dije yo—más aprendió a matar que a sanar.

—Yo aprendí—respondió él—lo que los demás médicos, y por haber poco que vine de mis estudios no me he reparado de libros, que bien parecen en los profesores de las facultades tener cada uno los de la suya. Pero dejemos eso y llevad a vuestra ama a misa, que es ya tarde.

Púsose su manto mi señora doña Mergelina, y llevéla o acompañéla hasta San Andrés—que vivían en la Morería vieja—, y en el camino, como es costumbre, muchos de los que la topaban le decían alguna cosa de su buen talle y rostro, a lo cual ella respondía tan acedamente, que todos iban desgustados de sus respuestas. Yo le decía:

—Mire, señora, que ya que no responda bien, a lo menos tiene obligación de callar, como mujer principal, que en el silencio no puede haber que notar.

—No soy yo mujer—decía ella—a quien nadie ha de perder el respeto.

Si alguno le decía que era muy hermosa, ella le decía: «Y él hermoso majadero». Díjole un día un mozalbillo, no de mal talle: «Así se me tornen las pulgas en la cama», al cual muy de propósito respondió: «Debe de dormir en alguna zahúrda el lechón».

Era tan descortés y sacudida, que todos lo iban de sus respuestas, y ella lo quedaba de mis reprehensiones. A cierto clérigo de San Andrés, pequeño de cuerpo y grande de ánimo, conocido mío, que yendo muy pulido con una sobrepelliz muy blanca, porque le dijo que no saliese de casa a hacer el oficio de la muerte, le replicó: «¡También habla el escarabajo hinchado!», que con aquel sacudimiento tenía mucho donaire y gusto en cualquiera materia. Yo, entre muchas veces que le reprendí su vanidad, me arrojé una a decirle todo lo que me pareció; que, aunque ella estaba confiada en su buen parecer, quise ver si podía enmendalla con el mío. Y le dije:

—Vuesa merced usa de su hermosura lo peor del mundo, porque, pudiendo ser querida y loada de cuantos andan en él, quiere ser aborrecida de todos. Quien dice hermosura dice apacibilidad, dulzura, suavidad de condición y trato, y mezclándola con soberbia y desapacibilidad se viene a convertir en odio lo que había de ser amor. Que un don tan excelente como la hermosura, concedido por merced de Dios, es razón que tenga alguna correspondencia con el ánimo; que, si no parece lo uno a lo otro, arguye mal entendimiento o poco agradecimiento a la merced que Dios hace a quien lo da. Hermosura con mala condición es una fuente clarísima que tiene por guarda una víbora, y es sobrescrito y carta de recomendación que, en abriéndola, tiene un demonio dentro. ¿Hay en el mundo quien quiera ser aborrecido? ¿Hay quien quiera ser estimado en poco? No, por cierto. Pues quien tiene consigo por que le amen y estimen, ¿por qué quiere que le aborrezcan y menosprecien? ¿Es por fuerza que la hermosura ha de estar acompañada con vanidad, desdorada con ignorancia y conservada con locura? ¿Por qué cuando se mira vuesa merced al espejo no procura que lo interior se parezca a lo exterior? Pues adviértole que suele el tiempo, y aun Dios, castigar de manera las vanidades, que los montes se allanan y las torres vienen al suelo. ¡Cuántas hermosuras se han visto y ven cada día en esta máquina o ejemplo del mundo rendidas a mil desdichas y calamidades, por faltarles el gobierno y cordura! Que aunque la hermosura el tiempo que dura es querida y estimada, en marchitándose no le queda otra prenda sino las que granjeó, y el crédito y amistades que a fuerza de buen término conquistó cuando estaba en su fuerza y vigor. Y es el mundo de tan baja condición, que a nadie acaricia por lo que tuvo, sino por lo que tiene. ¿Qué hermosura se ha visto que no se estrague con el tiempo? ¿Qué vanidad que no venga a dar en mil bajíos? ¿Qué estimación propia que no padezca mil azares? Cierto que fuera bien que como hay para las mujeres maestros de danzar y bailar, los hubiese también de desengaño, y que como se enseña el movimiento del cuerpo, se enseñase la constancia del ánimo. Yo digo, y aun aconsejo a vuesa merced, lo que como hombre de experiencia me parece que es razón y lleva camino: mire no la castigue su presunción y demasiada estimación de su persona.

Estas y otras muchas cosas le dije y decía cada día, pero ella se estuvo siempre en sus trece. Y quien no admite consejo para escarmentar en cabeza ajena, seréle forzoso escarmentar en la suya por seguir las inclinaciones propias, como sucedió a la señora doña Mergelina, teniendo las suyas por ley y al tiempo por verdugo dellas desta manera:

Venía casi todas las noches a visitarme un mocito barbero, conocido mío, que tenía bonita voz y garganta. Traía consigo una guitarra con que, sentado al umbral de la puerta, cantaba algunas sonadillas, a que yo le llevaba un mal contrabajo, pero bien concertado—que no hay dos voces que, si entonan y cantan verdad, no parezcan bien—, de manera que con el concierto y la voz del mozo, que era razonable, juntábamos la vecindad a oír nuestra armonía. El mozuelo tañía siempre la guitarra, no tanto por mostrar que lo sabía como por rascarse con el movimiento las muñecas de las manos, que tenía llenas de una sarna perruna.

Mi ama se ponía siempre a escuchar la música en el corredorcillo, y el doctor, como venía cansado de hacer sus visitas—aunque tenía pocas—, no reparaba en la música ni en el cuidado con que su mujer se ponía a oírla. Como el mozuelo era continuo todas las noches en venir a cantar, si alguna faltaba mi ama lo echaba menos, preguntaba por él, con alguna demostración de gustar de su voz. Vino a parecerle tan bien el cantar, que cuando el mozuelo subía un punto de voz, ella bajaba otro de gravedad, hasta llegar a los umbrales de la puerta, para oírle más cerca las consonancias. Que la música instrumental de sala tanto más tiene de dulzura y suavidad cuanto menos de vocería y ruido; que como el juez—que es el oído—está muy cerca, percibe mejor y más atentamente las especies que envía al alma, formadas con el aplauso de la media voz.

El mozuelo dejó de venir cinco o seis noches, por no sé qué remedio que tomaba para curarse. Y las cosas que son muy ordinarias, en faltando hacen mucha falta. Y, así, mi ama cada noche preguntaba por él. Yo le respondí, más por cortesía que por falta que él hiciese:

—Señora, este mozuelo es oficial de un barbero, y como sirve, no puede siempre estar desocupado. Fuera de que agora se está curando un poquillo de sarna que tiene.

—¿Qué hacéis—dijo ella—de aniquilalle y disminuille? ¿Mozuelo? ¿Barbero? ¿Sarna? ¡Pues a fe que no falta quien, con todas esas que vos le ponéis, le quiera bien!

—Bien puede ser—dije yo—, que el pobrecillo es humilde y fácil para lo que le quieren mandar. Y cierto que muchas veces le guardo yo de mi ración un bocadillo que cene, porque no todas veces ha cenado.

—En verdad—dijo ella—que a tan buena obra os ayude yo.

Y de allí adelante siempre le tenía guardado un regalillo todas las noches que venía, una de las cuales entró quejándose porque de una ventana le habían arrojado no sé qué desapacible a las narices. A las quejas suyas salió mi ama al corredor, y bajó al patio estándose limpiando el mozuelo, y con grande piedad le ayudó a limpiar y sahumó con una pastilla, echando mil maldiciones a quien tal le había parado.

Fuese el mozuelo con su trabajo, sintiéndolo la señora doña Mergelina, tan llena de cólera como de piedad y con harta más demonstración de la que yo quisiera, loando la paciencia del mozuelo y agravando la culpa de quien le había salpicado con tanto extremo, que me obligó a preguntarle por qué lo sentía tanto, siendo sucedido inadvertidamente y sin malicia. A que me respondió:

—¿No queréis que sienta ofensa hecha a un corderillo como este, a una paloma sin hiel, a un mocito tan humilde y apacible, que aun quejarse no sabe de una cosa tan mal hecha? Cierto que quisiera ser hombre en este punto para vengarle, y luego mujer para regalarle y acariciarle.

—¡Señora!—le dije yo—. ¿Qué novedad es esta? ¿Qué mudanza de rigor en blandura? ¿De cuándo acá piadosa? ¿De cuándo acá sensible? ¿De cuándo acá blanda y amorosa?

—Desde que vos—respondió ella—venistes a mi casa, que trujistes este veneno envuelto en una guitarra. Desde que me reprendistes mis desdenes. Desde que, viendo mi bronca y áspera condición, quise ver si podía quedar en un medio lícito y honesto, y he venido de un extremo a otro: de áspera y desdeñosa a mansa y amorosa, de desamorada y tibia a tierna de corazón, de sacudida y soberbia a humilde y apacible, de altiva y desvanecida a rendida y sujeta.

—¡Oh, pobre de mí—dije yo—, que agora me quedaba por llevar una carga tan pesada como esta! ¿Qué culpa puedo yo tener en sus accidentes de vuesa merced, o qué parte en sus inclinaciones? ¿Hay quien sea superior en voluntades ajenas? ¿Hay quien pueda ser profeta en las cosas que han de suceder a los gustos y apetitos? Pero pues por mí comenzó la culpa, por mí se atajará el daño—porque no venga a ser mayor—con hacer que él no vuelva más a esta casa, o irme yo a otra; que si con la ocasión creció lo que yo no pude pensar, con atajarla tornarán las cosas a su principio.

—No lo digo—dijo ella—por tanto, padre de mi alma, que la culpa yo la tengo, si hay culpa en los actos de voluntad. No os enojéis por mis inadvertencias, que estoy en tiempo de hacer y decir muchas, antes os admirad de las pocas que viéredes y oyéredes en mí; ni hagáis lo que habéis dicho, si queréis mi vida como queréis mi honra, porque estoy en tiempo que con poca más contradición haré algún borrón que tizne mi reputación y la deje más negra que mi ventura. No estoy para que me desampareís ni para admitir reprehensión, sino para pedir socorro y ayuda. ¡Bien me decíades vos que mi presunción y vanidad habían de caer de su trono! Cuanto me podéis repetir y traer a la memoria yo lo doy por dicho y lo confieso. Favorecedme y no me desamparéis en esta ocasión, y no me matéis con decir que os iréis desta casa.

Y con esto y otras cosas que dijo, lloró tan tiernamente, cubriendo el rostro con un lienzo, que por poco fuera menester quien nos consolara a entrambos. Y si fue grande la reprehensión que le di por soberbia, mayor fue el consuelo que le di por afligida. Mas, animándome en lo que era más razón, acudiendo a mi obligación, a su consuelo y honra de su casa, le dije, con la mayor demonstración que pude:

—¿Es posible que en tan extraordinaria condición ha podido caber tanta mudanza, y que por ojos tan llenos de hermosura y desdenes hayan salido tan piadosas lágrimas, y que por mejillas tan recatadas haya corrido un licor tan precioso, que, siendo bastante a enternecer las entrañas de Dios, se haya derramado y echado a mal por un miserable hombre? Y ya que se había de precipitar y arrojarse y desdecir de sí propia, ¿no hiciera elección de una persona de muchas partes y merecimientos? Ya que se rinda quien no podía ser rendida, ¿había de ser a una sabandija tan desventurada? ¡Que se rinda la hermosura a la fealdad, la limpieza a la inmundicia y asquerosidad! No sé qué me diga de tal elección y tan abominable gusto.

—¡Oh, cuán engañados—dijo ella—están los hombres en pensar que las mujeres se enamoran por elección ni por gentileza de cuerpo o hermosura de rostro ni por más o menos partes, grandeza de linaje, soberbia de estado, abundancia de riqueza! Trato de lo que verdaderamente es amor. Pues para que se desengañen, sepan que en las mujeres el amor es una voluntad continuada, que de la vista nace y con la vista crece, y con la comunicación se cría y conserva, sin hacer elección deste ni de aquel; y la que no se guardare desto caerá sin duda. Desta continuación ha nacido mi llama, y con ella se ha criado hasta ser tan grande, que me tiene ciegos los ojos para ver otra cosa, y las orejas cerradas para admitir reprehensión, y la voluntad incapaz de recebir otro sello. Y cuanto más lo deshacéis y aniquiláis, tanto más se enciende la voluntad y el deseo. ¿Por ventura los barberos son de diferente metal que los demás hombres, para que aniquiléis un oficio que tanta merced hace a los hombres en tornallos de viejos mozos? ¿Llamáisle sarnoso por unas rascadurillas que tienen las muñecas, que parecen hojas de clavel? ¿No echáis de ver aquella honestidad de rostro, la humildad de sus ojos, la gracia con que mueve aquella voz y garganta? No me le deshagáis ni reprehendáis mi gusto, que no está para contradecillo ni rechazallo.

—¡Ojalá—dije yo—fuera pelota, que yo la chazara y rechazara! Pero, pues ha llegado a tan estrecho paso, haré con vuesa merced lo que con mis amigos, que es en la elección aconsejarles lo mejor que sé y en la determinación ayudarles lo mejor que puedo.

Díjele esto por no desconsolarla, hasta que poco a poco fuese perdiendo el cariño que pudiera traerla a ofensa de Dios y de su marido. Y con esto me aparté aquella noche della, espantándome de ver cuán poderosa es la comunicación y considerando cuán mal hacen los hombres que donde tienen prendas que les duela consienten visitas ordinarias o comunicaciones que duren, y cuánto peor hacen los padres que dan a sus hijas maestros de danzar, tañer, cantar o bailar si han de faltar un punto de su presencia; y aun es menos daño que no lo sepan: que si han de ser casadas, bástales dar gusto a sus maridos y criar sus hijos y gobernar su casa, y si han de ser monjas, apréndanlo en el monasterio, que la razón de estar algunas disgustadas quizá es por haber ya tenido fuera comunicaciones de devociones, que, por honestas que sean, son de hombres y mujeres sujetos al común orden de naturaleza.

El día siguiente vino el mozuelo más temprano de lo que solía, puesto un cuello al uso, como hombre que se veía favorecido de tan gallarda mujer. Sucedió que dentro de tres o cuatro días vinieron a llamar al doctor Sagredo, su marido y mi amo, para ir a curar un caballero extranjero que estaba enfermo en Caramanchel, ofreciéndole mucho interese por la cura, de que él recibió mucho contento por el provecho y ella mucho más por el gusto. Cogió su mula y lacayo y un braco que siempre le acompañaba, y a las cuatro de la tarde dio con su persona en Caramanchel.

Ella, visto la buena ocasión, hízome aderezar de cenar lo mejor que fue posible, regalándome con palabras y prometiéndome obras, no entendiendo que yo le estorbaría la ejecución de su mal intento. Vino el mozuelo al anochecer, y comenzando a cantar como solía, ella le dijo que no era lícito ni parecía bien a la vecindad, estando su marido ausente, cantar a la puerta; y, así, mandó que entrase más dentro. Mandó sentar al mozuelo a la mesa, deseando que la cena fuese breve, porque la noche fuese larga. Pero apenas se comenzó la cena cuando entró el braco, haciendo mil fiestas a su ama con las narices y la cola.

—¡El doctor viene!—dijo ella—. ¡Desdichada de mí! ¿Qué haremos? ¡Que no puede llegar lejos, pues ha llegado el perro!

Yo cogí al mozuelo y púsele en un rincón de la sala, cubriéndolo con una tabla que había de ser estante para los libros, de suerte que no se podía parecer. Cuando entró el doctor por la puerta, diciendo:

—¿Hay bellaquería semejante, que envíen a llamar a un hombre como yo y por otra parte llamen a otro médico? ¡Vive Dios, si en años atrás me cogieran, que no se habían de burlar conmigo!

—¿Pues deso tenéis pena—dijo ella—, marido mío?

¿No vale más dormir en vuestra cama y en vuestra quietud, que desvelaros en velar un enfermo? ¿Qué hijos tenéis que os pidan pan? Vengáis muy enhorabuena, que, aunque pensé tener diferente noche, con todo eso me dio el espíritu que había de suceder esto, y, así, os tuve, por sí o por no, aderezada la cena.

—¿Hay tal mujer en el mundo?—dijo el doctor—. Ya me habéis quitado todo el enojo que traía. Váyanse con el diablo ellos y sus dineros, que más precio veros contenta que cuanto interés hay en la tierra.

—¡Cuántos engaños—dije yo entre mí—hay destos en el mundo, y cuántas, a fuerza de artificio y bondad fingida, se hacen cabezas de su casas, que merecen tenerlas quitadas de los hombros!

Apeóse de la rucia el doctor y el lacayo púsola en razón, y fuese a su posada con su mujer, que le daban ración y quitación. Sentóse el doctor a cenar muy sin enojo, loando mucho el cuidado de su mujer. El diablo del braco, que por la fuerza que estos animalejos tienen en el olfato no hacía sino oler la tabla que encubría al mozuelo, rascando y gruñendo: de manera que el doctor lo echó de ver, y preguntó qué había detrás de la tabla. Yo, de presto, respondí:

—Creo que está allí un cuarto de carne.

Tornó el braco a rascar y gruñir, y aun ladrar algo más alto. Mi amo lo miró con más cuidado que hasta allí. Yo eché de ver el daño que había de suceder si no se remediaba, y conociendo la condición del doctor, di en una advertencia buena, que fue decir que iba por unas aceitunas sevillanas, de que eran muy amigos, y estúveme al pie de la escalerilla, esperando su determinación.

El braco no dejaba de rascar y ladrar, tanto, que mi amo dijo que quería ver por qué perseveraba tanto el perro en ladrar. Entonces yo púseme en la puerta y comencé a dar voces, diciendo:

—¡Señor, que me quitan la capa! ¡Señor doctor Sagredo, que me capean ladrones!

Él, con su acostumbrada cólera y natural presteza, se levantó corriendo y, de camino, arrebató una espada, poniéndose de dos saltos en la puerta y preguntando por los ladrones. Yo le respondí que como oyeron nombrar al doctor Sagredo echaron a huir por la calle arriba como un rayo. Fue luego en seguimiento suyo, y ella echó al mozuelo de casa, sin capa y sin sombrero, poniendo el cuarto de carne detrás de la tabla, como yo le había dado la advertencia.

Hasta aquí bien había caminado el negocio, mas el mozuelo iba tan turbado, lleno de miedo y temblor, que no pudo llegar a la puerta de la calle tan presto que no topase mi amo con él a la vuelta. Aquí fue menester valernos de la presteza en remediar este segundo daño, que tenía más evidencia que el primero. Y, así, antes que él preguntase cosa, le dije:

—También han capeado y querido matar a este pobre mocito, y por eso se coló aquí dentro huyendo, que de temor no osa ir a su casa. ¡Mire vuesa merced qué lástima tan grande!

Y como es muy de coléricos la piedad, túvola mi amo del mozuelo y dijo:

—No tengáis miedo, que en casa del doctor Sagredo estáis, donde nadie os osará ofender.

—¿Ofender?—dije yo—. ¡En oyendo nombrar al doctor Sagredo les nacieron alas en los pies!

—Yo os aseguro—dijo el doctor—, si los alcanzara, que os había de vengar a vos y a mi escudero, de manera que para siempre no capearan más.

Mi ama, que estaba hasta allí turbada y temblando en el corredor, como vio tan presto reparado el daño y vuelta en piedad la que había de ser sangrienta cólera, ayudó a la compasión del marido de muy buena gana, diciendo:

—¿Hay lástima como esta? No dejéis ir a ese pobre mozo. Bástanle los tragos en que se ha visto, no le maten esos ladrones.

—No le dejaré—dijo el doctor—hasta que yo le acompañe. ¿Y cómo sucedió esto, gentilhombre?

—Iba, señor—respondió el mozo—a hacer una sangría por Juan de Vergara, mi amo, a cierta señora, del tobillo y con harto gusto. Pero como no duerme este ángel de los pies aguileños, sucedió lo que vuesa merced ha visto.

—Que no faltará ocasión para hacella—dijo la señora—. Sosiéguese agora, hermano, que en casa del doctor Sagredo está.

—Subidos acá—dijo el doctor—, que, en cenando, yo os llevaré a vuestra casa.

El braco, aunque salió a los ladrones imaginados, no por el ruido dejó de tornar a la tema de su tabla, y si antes había rascádola por el mozuelo, entonces lo hacía por la tentación de sus narices contra la carne. Mi amo, como vio perseverar al braco, fue a la tabla y halló el cuarto de carne detrás de la tabla, conque se sosegó, loando mucho el aliento de su perro. Ella, aunque se había librado destos trances, todavía durando en su intento, me dio a entender que no dejase ir al mozuelo, que era lo que yo más aborrecía.

Cenaron, y el que primero había sido cabecera de mesa después comió en la mano como gavilán, y no como galán en la mesa, que la fuerza puede más que el gusto. En cenando, quiso el doctor llevarle a su casa, y aunque yo le ayudé, mi ama dijo que no quería que fuese a ponerse en riesgo de topar con los capeadores, especialmente habiendo de pasar por el pasadizo de San Andrés, donde suele haber tantos capeadores retraídos.

—Y aunque esto—dijo—para vuestro ánimo es poco, será para mí de mucho daño, porque estoy en sospecha de preñada, y podría sucederme algún accidente o susto que pusiese mi vida en cuidado. Que ese mocito podrá dormir con el escudero, que es conocido suyo, y por la mañana irse a su casa.

—Alto—dijo el doctor—, pues vos gustáis deso, sea enhorabuena. Yo me quiero acostar, que estoy un poco cansado.

Fuéronse a la cama juntos, que siempre llevaba la mujer por delante, aunque como ella vivía con diferentes pensamientos, no dio lugar al sueño hasta que dio en una traza endiablada, que le costó pesadumbre y le pudiera costar la vida.

La sala era tan pequeña, que desde mi cama a la suya no había cuatro pasos, y cualquiera movimiento que se hacía en la una se sentía en la otra; y, así, no le pareció bien lo que por aquí podía intentar. La mula era de manera inquieta que, en viéndose suelta, alborotaba toda la vecindad antes que pudiesen cogella: parecióle a la señora doña Mergelina que desatándola podría volver a la cama antes que su marido despertase para ir a ponerla en razón, y en el espacio que se había de gastar en cogella y traballa le tendría ella para destrabar su persona.

Y como las mujeres son fáciles en sus determinaciones, en sintiendo al marido dormido levantóse paso entre paso de la cama, y yendo a la caballeriza desató la mula, entendiendo que pudiera volver a la cama antes que la mula hiciese ruido y el marido despertase, conque tendría lugar para ejecutar su intento. Pero parece que la mula y él se concertaron, la mula en salir presto de la caballeriza, haciendo ruido con los pies, y él sentillo tan presto, que se levantó en un instante de la cama, dando al diablo la mula y a quien se la había vendido. Y si no se entrara la mujer en la caballeriza, topara con ella el marido. Él cogió una muy gentil vara de membrillo y pególe a la mula, que, huyendo a su estrecha caballeriza, apenas cupiera, por la huéspeda que halló dentro. Ella no tuvo donde encubrirse, por la estrecheza, sino con la misma mula, de suerte que alcanzó, como la vara era cimbreña, gran parte de los muchos varazos que le dio con los tercios postreros en aquellas blancas y regaladas carnes.

Yo estaba en la escalera, como si aguardara al verdugo que me echara della, turbado y sin consejo, porque veía lo que pasaba sin poder remedialIo. El braco, sintiendo el ruido y oliendo carne nueva en mi cama, comenzó a darle buenos mordiscones al mozuelo y a ladralle. De suerte que la mujer en manos del marido y el mozuelo en los dientes del braco pagaron lo que aún no habían cometido. Yo, viendo la ejecución de su cólera sin saber lo que hacía, le dije:

—¡Mire vuesa merced lo que hace, que cuantos palos da en la mula los da en el rostro de mi señora, que la quiere de manera, por andar vuesa merced en ella, que no consiente que la toque el sol!

—¡Agradeced, señora mula, lo que me han dicho de vuestra ama, que hasta la mañana os estuviera pegando! ¿Hay con qué trabar esta mula?

Yo respondí:

—En ese corralillo hallará vuesa merced una soguilla, que yo estoy con un dolorcillo de ijada y no me atrevo a salir.

Así como fue por ella púseme a la puerta, haciendo pala a la señora, y subióse a su cama callando, aunque lastimada.

Yo, como siempre, procuré que no llegase la ofensa a ejecución, aunque no iba con mucho gusto para ello. En saliendo el doctor le tomé la soguilla y enviélo a la cama. Trabé la mula y subíme a reposar a la mía, donde hallé al mozuelo quejándose del braco y a ella en la suya llorando tiernamente. Y preguntándole el marido la causa, respondió muy enojada:

—¡Vuestras cóleras y arrebatamientos, que como tan de repente os alborotastes y yo estaba en lo mejor del sueño, sobresaltada y despavorida caí detrás de la cama y di con el rostro en mil baratijas que están aquí, con que me he lastimado muy bien!

Sosególa el marido lo mejor que pudo, y pudo muy bien, porque las mujeres honradas, cuando tropiezan y no caen en el yerro, caen en la cuenta, que, habiendo de ser muy estrecha, es de perdones. Y como vio que a tres va la vencida, y ella lo quedó saliendo mal dellas, no quiso probar la cuarta. Al mozuelo, con los peligros y los dientes del braco se le quitó el poco amor y desvanecimiento como con la mano.

## LA CONSTANTE CORDOBESA
(Gonzalo de Céspedes y Meneses,
*Historias peregrinas y ejemplares*)

En los años pasados de 520, gobernando estos reinos por el ausencia de la católica y cesárea majestad de Carlos V el cardenal de Tortosa, su maestro, que después, con el nombre de Adriano, fue pontífice máximo, vivía en esta ciudad don Diego Fernández de Córdoba y Montemayor, nobilísimo mancebo, en sangre esclarecido, poderoso en hacienda y por sus buenas partes amable entre sus ciudadanos, y una de sus mayores cabezas.

A este caballero, habiéndose primero servido dél en sus primeros años, casó la majestad de Carlos con una ilustrísima señora llamada doña Aldonza Osorio, tanto a fin de aquistar algunas diferencias cuanto por hacerle con mujer tan poderosa—que lo era mucho esta dama—una grande y señalada merced. Reconocíalo así don Diego, y deseando se conociese en sus obras, convocó a sus casamientos la nobleza mayor del Andalucía, a quien con esplendor, magnificencia y gastos festejó, siendo asimismo las fiestas, los torneos y máscaras tan grandes, tan continuos y varios, que dejó su nombre conocido en España; aunque no lo es poco el de su antigua estirpe, el de progenitores valerosos, cuya originaria valentía y magnanimidad parece que, de padres a hijos heredada, es tan perdurable y excelente, ya en la famosa casa de Aguilar, ya en la de los condes de Alcaudete, Sésar, Feria, Guadalcázar y otras innumerables que, como ramas de su firme tronco, se han extendido por lo mejor de Europa, mientras durare en ella la memoria de los hombres. Y, así, no pienso yo que debe aquella generosa ciudad a ningún hijo suyo más honrosas hazañas en su provecho ni mayores servicios en su defensa que a los de aquestas casas referidas, de quien, si me fuera lícito contarlas, fácilmente desempeñara mi verdad su crédito.

Pero, aunque se alargue algo el suceso, ya que no las mayores, diré, entre tantas, dos en que—supuesto que voy a realzar y engrandecer más convenientemente el héroe principal de esta historia—habrá de suplírseme su breve dilación. Fuera de que también apetecerá el curioso saber con gusto, con la antigüedad y excelencia de sus claros ascendientes de don Diego, la causa original y tan decantada en España de haberse llamado *Campo de la verdad* aquel llano extendido que tiene su ciudad pasado el puente; y aun antes desto, el hecho memorable y de pocos sabido que comprendió Martín Alonso de Montemayor en el cerco y socorro de Castro el Río.

Y, así, con esta salva, digo que Alonso Fernández de Córdoba, hijo de don Fernán Núñez de Temez y Donora, señor de Dos Hermanas, que fue Adelantado del Andalucía y dueño del lugar y Torres de Cañete, tuvo dos hijos: Martín Alonso, que heredó a Dos Hermanas, y Hernando Alonso, que sucedió en Cañete. Martín casó con doña Aldonza de Haro, hija de don Lope, el que llamaron el Chico, mayordomo mayor del rey don Alonso, y a quien, porque se vea cuán grande estimación se hacía entonces de esta familia, diré lo que en el tal casamiento acaeció. Parece ser que se dispuso este sin sabiduría del rey, de lo cual muy sentido, reprendiendo a don Lope, le dijo que cómo sin su orden se había atrevido a casar con ningún su vasallo a su hija. A que cuentan haber respondido don Lope con despejo y valor que no lo había hecho según debía temiendo que Su Alteza lo había de impedir y estorbar para casar su yerno con la infanta su hija; que ciertamente fue gallarda satisfacción y estimable salida al enfado y enojo de su rey.

Mas dejando esto aparte, después de algunos días viniendo moros contra Castro el Río, lugar entonces de estimación e importancia notable, fue cercado con innumerable gentío, para cuyo remedio, siendo el dárselo a cargo de la ciudad, se juntó en ella lo mejor de la provincia. Pero no conviniéndose en el modo y creciendo con la dilación el peligro, Martín Alonso, como verdadero hijo de su patria, dijo que si le prometiesen socorro, él se aventuraría a meter en la villa, por medio de sus enemigos, gente y bastimento que entretuviese su ayuda. Ofreciéronlo así y juraron de acudirle con mayor prevención, con lo cual, sin detenerse un punto, partió a Montemayor, castillo inexpugnable y a quien él había fundado, en donde y en Espejo, juntando alguna gente, al romper del alba, con ánimo audacísimo, rompió él juntamente, y no así comoquiera por diez o doce mil hombres, sino por un espantoso e innumerable ejército de doscientos mil moros, por el cual, en un instante, acaudillando sus buenos soldados, llegó a la fortaleza. Y bien se deja entender si en tan grande peligro mostraría necesariamente su valentía y esfuerzo—y si en el que ahora, pasados los reales, le sobrevino, sería preciso conformarlo—, porque es de saber que cuando, más acosado, pensó tener su ánimo atrevido algún reparo, el que halló fue tapiadas las puertas del castillo, y encima de su poca gente el numeroso y contrario ejército, de quien rodeado, sin defensa o murallas, comenzó nuevamente a verse compelido. Y ciertamente que parece increíble que tan poco número pudiese sustentarse un solo instante. Mas era león fuerte el capitán, y, así, aunque sus soldados fueran mansos corderos, hicieran aún mayores efectos. Y viose claramente esta verdad, pues sin turbarle el temeroso riesgo, volviendo a romper por desiguales tropas y peleando a veces con valor invencible, a pesar de tan grande morisca, rodeó la fuerza, y por un pequeño postigo descargó el bastimento, metió su compañía y socorrió el lugar casi perdido, granjeando la mayor fama, opinión y nombre que tuvo capitán de su tiempo. Y tanto, que en oyendo el rey moro el dueño del suceso, desconfió del suyo y alzó el real, volviéndose afrentado. De suerte que podemos decir que el valor admirable de este hombre atropelló un príncipe tan poderoso y a un ejército tan desproporcionado.

No fue esta hazaña el servicio menor que de tan buenos hijos recibió su ciudad, pues no mucho después don Alonso Fernández, hijo de este caballero, emprendió el hecho memorable de quien al campo referido le quedó el nombre *de la verdad*. El cual pasó de esta manera:

Parece ser que como el justiciero rey don Pedro fácilmente se dejase engañar de algunos malintencionados y quisiere, por ciertas sospechas, hacer matar a nuestro don Alonso y a don Gonzalo Fernández de Córdoba, su primo y señor de Aguilar, porque aun por chismes y consejas solas no era menor el castigo de este príncipe, envió a este efecto al maestre de Calatrava, don Martín López de Córdoba, que, mejor informado y cierto de la falsa relación que al rey se le había hecho, sobreseyó en su voluntad, de lo cual fue tanto el coraje y sentimiento que recibió su sangriento ánimo, que, sin más suspenderlo, bramando por venganza, se avino con el rey de Granada, y al fin de disponerla con su poder, le prometió a Córdoba, y con tal conveniencia sacaron los dos el mayor ejército que jamás se vio en aquellos contornos. Y dando vista a la ciudad y mayor temor a sus moradores desapercibidos, porque nunca creyeron de su príncipe y señor natural semejante resolución, fue tan notable su fidelidad y su lealtad tan maravillosa, que aun viendo entrar por el alcázar viejo los contrarios no hubo hombre que se les opusiese, respetando la presencia de su rey, queriendo antes perderse que tomar las armas en su contra. Y pasara adelante este ademán si, advirtiéndolo algunas principales señoras, no salieran por las calles y con ruegos tristes y tiernas lágrimas les quitaran de tan necia perseverancia, y con tan buen efecto, que no solo los obligaron a compeler a los que entraban, retirándolos con muchas muertes, sino que, nombrando por su capitán al noble don Alonso, se dispusieron a mayores empresas.

Y, así, hecha su elección y junta buena parte de gente, envió al rey un mensajero pidiéndole se sirviese de aquella ciudad y como su príncipe y señor entrase en ella y dispusiese de sus vidas y haciendas como mejor le pareciese, mas que esto fuese sin semejante compañía, de quien, respecto de ser enemigos de Dios, estaban resueltos a defender su religión y fe. A lo cual, como la indignación de don Pedro no admitía ruegos ni intermisiones, la respuesta que dio fue más llena de amenazas, pues juró de castigar de tal manera la ciudad, que solo de los pechos de las mujeres se llenase el pilar de la Corredera, y bebiesen los vivos sangre en vez del agua que entonces corría.

Esta fiera y cruel resolución cubrió las gentes de lágrimas y miedo; digo al vulgo y común, que, como novelero, sin atender a más, viendo a su valiente capitán que salía a pelear, se persuadió a que se iba a concertar con los moros, y creció de suerte su infame presunción, que llegó a los oídos de doña Aldonza de Haro, madre del dicho don Alonso y de don Lope Gutiérrez de Córdoba, alcalde mayor de la ciudad y señor de Montilla, de quien descienden los de Guadalcázar. La cual, saliendo al paso de sus hijos y encontrándolos debajo de los arquillos de la iglesia, sin mayor advertencia, a grandes voces les dijo:

—¡Ah, don Alonso! Advertid que estas gentes me han dicho que vais a entregarnos a los moros. Y si esto ha de ser así, permita el cielo quitarme antes la vida, que ninguno me llame la madre del traidor.

Mas no dejándola proseguir su noble hijo, arrojándose del caballo y besándola la mano, la satisfizo respondiéndola:

—Cuando yo no tuviera sangre vuestra, aún se pudiera dudar mal de mi lealtad; cuanto y más siendo vuestro hijo.

Y tomando el caballo con más cólera, levantando la voz, discurrió diciendo:

—Quedaos a Dios, madre y señora mía, que al campo salgo donde se sabrá la verdad.

Esta es la causa y el origen famoso de su nombre, mayormente con lo que luego sucedió. Porque saliendo con gallardo denuedo, en pasando la puente mandó echarla por el suelo, licenciando primero, intrépido y feroz, a cuantos de los suyos se quisieron volver. Y con semejante hazaña, resueltos a morir él y los que le acompañaban, no solo, ayudados del cielo, rompieron los dos reyes, sino que, siguiéndoles hasta Castro el Río, dejaron hecho de su sangriento estrago lloroso y memorable acuerdo para sus enemigos, y a sus descendientes y hijos eterno y perdurable renombre, dándosele asimismo a aquel campo, extendido teatro de sus grandes hazañas.

Tales han sido y fueron los troncos nobilísimos de adonde, entre otros ramos, procedió el principal héroe de esta historia, si bien es justo disculpemos primero lo que en ella pareciere degenerable a su sangre, pues la amorosa causa que obligó sus muchos desacuerdos bastantemente disculpara mayores yerros. Cortamos, pues, el hilo del discurso dejándole casado y entretenido en los regocijos y fiestas de sus bodas, en medio de las cuales nació el asunto de sus desvelos y mayor ocasión de sus disgustos. Porque no fueran ellos contentos y alegrías de la tierra si no trujeran tras de sí fracasos tristes y desastres lastimosos.

Hacíanse, por remate y fin de tantas fiestas, en una de estas noches ciertos torneos y máscaras, para cuyo efecto, atajando lo suficiente de la plaza y calle de don Diego, igualaron con ventanajes y andamios de madera los cercanos edificios. Y siendo mantenedor él, hubo tanto que admirar y tantas galas, cifras, invenciones y letras que ver, que, a pretender particularizarlo todo, creciera sin propósito este volumen. Y, así, por escribir solamente lo importante al intento, diré el fin que tuvieron, pues no fue menos lastimoso y terrible que venirse con estrépito y rumor espantoso uno de aquellos artificiosos ventanajes al suelo, que, oprimido de la innumerable gente que le ocupaba, fue el estrago que hizo no poco miserable y sangriento.

No quedó a tan impensada ruina hombre en ventana, plaza ni tablado que no acudiese al remedio de ella, y hasta los caballeros del palenque, arrojando las armas, las plumas y libreas, fueron de los primeros. Con esto, el rumor fue aumentándose, y, así, la temerosa confusión, al paso que los tristes gemidos, llantos y voces, parece que crecía, y mayormente no oyéndose ni viéndose otra cosa que miembros desgarrados, cuerpos partidos, golpes y terribles heridas y, sobre todo, arroyos de sangre, que, envueltos con los tristes gemidos y quejas de los que la derramaban, formaba junto un horrible y lloroso espectáculo.

En este concurso de desdichas y en medio de miserias tan grandes no fue, pues, quien menos asistió a su remedio don Diego de Córdoba, antes juzgándose por el más obligado, con noble y generoso espíritu, acompañado de criados y luces, atajó muchos males. Y, así, sacando casi ahogados a los que ya anhelaban con la muerte, y haciendo abrigar y recoger en su misma casa a los que, con más cierto peligro, necesitaban de sacramentos y otras medicinas forzosas, sin parar discurría a unas partes y a otras. Hasta que, no habiendo más que hacer, cansado aunque no satisfecho en sus piadosas obras, al volverse a su casa, como para salir a lo ancho, quisiese saltar unos andamios, yendo a poner los pies en los maderos rotos de sus últimas ruinas, parece que se le enmollecieron. Y sintiendo blandura, no sin particular providencia del cielo sospechando algún daño, muy aprisa mandó quitar las tablas y maderos, debajo de las cuales, no sin grande lástima, halló que en medio de un tapete de estrado y casi en él amortajada y revuelta estaba una mujer, cuyo adorno precioso, pocos años y hermosísimo rostro, si bien matizado de reciente sangre, acrecentó no solo el sentimiento, mas el cuidado de su remedio, pareciéndole persona de suerte. Y, así, con nueva compasión, tomándola en sus brazos, aunque siempre juzgó que estaba muerta, con todo no paró hasta ponerla en los de su esposa, que en este ínterin, no con menos piedad, había mostrado con los muchos heridos que se acogieron a su amparo la nobleza y ternura de su pecho. Conque pocas palabras fueron bastantes a que al daño presente tratasen de remedio, ya previniendo cirujanos y médicos, ya como en tan grandiosa casa, albergue y hospedaje conveniente. Todo lo cual aun se aventajó con más extremo luego que, conocida de unos y otros, se advirtió su calidad.

Era, pues, esta señora herida—o, por mejor decir, medio difunta—una doncella, aunque pobre, hija de padres nobilísimos y caballeros no poco conocidos en aquella ciudad, no obstante que a esta sazón, viuda su madre, vivía en su poder y compañía, de adonde sacándola, a su pesar, para el torneo unas parientas suyas, ocasionaron su desgracia y aun participaron de iguales daños. Y, así, entendido esto, sin mayor dilación mandó avisar don Diego a su afligida madre, la cual, aunque al momento vino cubierta de tiernas lágrimas e insistió en llevársela, todavía no le fue permitido, antes los piadosos huéspedes la obligaron a que también se quedase acompañándola: fuera lo demás poner la dama en notoria contingencia por su mortal peligro. Conque le fue preciso obviarle y asistir a los muchos y eficaces remedios que para volverla en su acuerdo se le hacían, como, en efecto, el más esencial punto y consistencia de su vida; la cual, fomentada con tantas medicinas como buenos deseos, al cabo de dos días, volviendo algún tanto en sí, mejoró su esperanza y consoló a los presentes. Y yendo poco a poco recobrando el espíritu, al mismo paso que se morigeraron los tumores, los golpes cárdenos y la sangre esparcida, fue descubriendo en su rostro un portento admirable, un retrato del cielo: tan bello era el sujeto, que pudiera, en su efigie, no solo ponderarse lo más hermoso de la tierra, mas conocerse juntamente la suma perfección de su Criador.

Dejó esta impensada y peregrina vista, cuando llegó al punto y perfección que he referido, tan asombrada y suspendida la familia de don Diego, que no se hablaba en otra materia. Y aunque todos, en general, contentos, no así igualmente doña Aldonza y su esposo—digo, no a un mismo fin—, porque si ella con piadosas entrañas juzgaba alegre el haberla hecho el cielo segunda causa y instrumento en la vida de aquel ángel hermoso, don Diego, arrepentido y triste de haber traído a su casa el incendio de ella, no solo blandeaba en la debida fe a su nuevo estado, mas, compelido de una secreta y poderosa fuerza, temía y aun lloraba su perdición. Si bien, como discreto, procurando en los principios atajar su fuego cuanto podía, retiraba la vista de su hermoso huésped, divertiendo el alma y pensamiento entre los amorosos y tiernos lazos de su mujer, pues no solo por la virtud de su alma, mas aun por las partes graciosas de su cuerpo, por su nobleza grande y riquezas sin número, era digna de correspondencia y voluntad perseverante.

Pudiera yo, considerando tantas razones, admirarme, y no poco, de la fragilidad de este caballero, la cual, advertida en lo superficial, muestra gran mengua, indigno proceder, corta afición y menos voluntad con tal persona. Porque ni en su excusa militan ni aun podemos juzgar en su favor las disculpas del lecho cotidiano, de la mesa común, del ordinario hastío y, finalmente, de una posesión continuada y prolija, porque aunque todas son razones impías y de malos casados y peores cristianos, no podía don Diego valerse de ninguna, pues apenas mudó estado, tomó la posesión de su esposa, cuando mudó también de pensamiento, prevaricando sus honrados propósitos. Empero, ahondando más este particular, no obstante que parece imposible hallarle causas que disculpen su yerro, todavía no con pequeño esfuerzo lo obscurece y deshace el haberse casado don Diego, según ya queda dicho, más por conveniencias de estado y materias iguales que por confrontación de estrellas—hablo más claro: que por inclinación dulce de amor—, y, así, no sin razón bastante pensó bien el que dijo ser infeliz el hombre que se casaba sin enamorarse primero de su mujer.

En efecto, insistiendo por ahora cuerdamente en huir la ocasión, no solo el tierno mozo se esforzaba atrevido, mas juntamente solicitaba la cura y convalecencia de la enferma, pareciéndole que, siendo así preciso el volverla a su casa, quitada la causa principal cesarían los efectos de su operación. Mas engañóse en esto notoriamente, porque apenas doña Elvira en salud, rindiendo con su madre humildes gracias y ofrecimientos, dejó su casa, cuando en la privación de su vista creció el fuego mayor de sus deseos, de quien dejándose vencer, precipitadamente cayó en un inmenso piélago de amor, y no obstante la cuerda resistencia, sometió la cerviz al fiero yugo y la voluntad libre y exenta a una injusta tiranía que dominó en su alma, en sus potencias y sentidos, de suerte que, aun después de largos días y prolijos disgustos, fue necesario, para sacarle de tan duras cadenas, medios y fuerzas sobrenaturales y portentosas.

Llevó, pues, con tal solución la correspondencia adelante, visitando a doña Elvira y su madre, y ellas diversas veces a doña Aldonza. Halló don Diego pobrísimo el menaje de su casa, las paredes desnudas, la sala sin estrados y, en conclusión, un grande y antiguo solar lleno de arneses viejos, de adargas rotas, de lanzas y banderas, trofeos honrosos del padre de su dama, pero en cuanto a lo demás, vacía de lo forzoso y necesario, y aun de sillas en que poder sentarse; con lo cual, pareciéndole camino para obligarla, trató de que secretamente se remediase con larga mano tanta incomodidad.

Mas ya la hermosa doncella, cuando intentó estos medios, había penetrado por sus ojos lo interior de su pecho, porque, aunque era niña y de corta experiencia, es tal la enfermedad de amor, que aun deja conocerse de los más incapaces; y, así, con discreción y blandura, rechazó el recibir lo que otro día trajese tras de sí la paga o una aparejada ejecución en su honra. Ejemplar puede ser este en las muchas ocasiones de nuestros tiempos, en quien no hay firme roca, no hay castillo inexpugnable que el interés no venza y avasalle: siendo esta dama, aunque noble, pobrísima, y, por el consiguiente, cargada de mayor pundonor y obligaciones, ninguna fue parte a torcer su propósito, antes viendo que, picado, don Diego continuaba las visitas, y que de ellas, ni sus entradas ni salidas, podía resultarle mejor crédito, por no perder el granjeado trató de parecer primero descortés; y, así, con tal intento, o se negaba declaradamente o, si alguna vez la cogía descuidada, con desabridos ojos daba a entender su poco gusto.

De esta manera vino a saber su amante el ruin efecto de sus cuidados y la mala acogida de su voluntad, conque, perdiendo el alegría y aun la conversación de sus amigos, estuvo en poco de perder la paciencia. Había hasta aquel punto conservado el secreto, mas viéndose irremediable y falto de consejo para tomarle y consolarse mejor en tan ciega pasión, dio cuenta de ella a su mayor amigo, a un caballero de su misma sangre y con quien solía comunicar sus más arduos negocios. Y aunque don García—era este su nombre—procuró desvanecérsela en los principios, ya afeándosela con la obligación de su nuevo estado y ya dificultándole la empresa, viéndole firme en ella hubo de ponerle los hombros; y de común acuerdo, juzgando por remedio el declararse, y que esto fuese mediante otra mujer y con algún billete, sin mayor dilación lo dispusieron, porque don García buscó un valiente tercio, y tal, que ni la famosa Celestina o Claudina igualaron sus obras, ni Tulio ni Demóstenes su perversa elocuencia. Y, así, don Diego, habiendo escrito según su motivo el siguiente papel, se le entregó en sus manos.

Nunca entendí, señora, que el haber piadosamente reducido a mi casa el fuego abrasador de vuestros ojos, y deseado con tantas veras vuestra vida y salud, hubiera redundado todo mi daño y perdición, pues es cierto que de uno y otro no solo nacerá el incendio y ruina de mis cosas, mas juntamente, al peso de vuestra ingratitud, mis mayores desacuerdos y penas. Yo estoy, reconociéndolas, tan impaciente—o, por mejor decir, falto de discurso, viendo cuán mal estimáis esta vida—, que temo y muy en breve, si no mudáis estilo, hallarme arrepentido y pesaroso de haber, con la que os restauró mi propio brazo, dádoos armas y avilantez para tantos desprecios, porque aunque, como quien soy, confieso no merecer vuestros favores, por otra parte alcanzo que pudiérades moderar el desdén y conocer que me debéis la vida. Y cuando esto no queráis entender, a lo menos, por fin de este papel, os ruego que siquiera creáis no ser buen camino reprimir el raudal de mi furioso amor con el mayor incentivo de despreciarle. Respondedme resuelta, y no de suerte que experimentéis el triste estado en que me reconozco, el cual es tal, que juzgo mil desdichas en mi crédito e irreparables daños en mi salud.

Por cierto maravillosa muestra de un ciego, loco y desatinado deseo. Y bien hace don Diego en llamarle furioso amor, porque semejante papel, tal discurso y palabras,

¿quién las escribiera menos que arrebatado del frenesí de su voluntad? Mas disculpémosla en alguna manera, no afeemos del todo la opinión de aqueste caballero. Sírvale, pues, la excusa, lo mismo que le sirvió de objeto y culpa: la furia de su amor, el incendio de su alma, las llamas vivas de sus deseos crueles, y, finalmente, la yesca: el incentivo poderoso de los desprecios y desdenes de su dama, la ingratitud de sus buenas obras, el olvido de tan grandes beneficios y mal conocimiento que, a su parecer, mostraba a la restauración de su vida y ser. Y si alguno dijere que estas mismas razones militan mejor en alabanzas de doña Elvira, pues sin reparar las atropella a todas por conservarse honesta, a esto responderé que no por otro inconveniente pintaron ciego al poderoso Amor, y que así, ciegamente, nuestro perdido amante pudo mal conocer semejante verdad, mal tan ajustadas y bien digeridas causas. Conque, faltándole un sentido tan esencial, fuerza es que había de dar en mil tropiezos y barrancos mayores. En fin, el papel se le dio a su dama por mano de la mujer que he dicho, en que no menos se mostró la ceguedad del que la envió, pues llano era que el valerse de sujeto tan vil había de llorar afrentosamente doña Elvira. Mas, con todo, la cauta Celestina, con achaque a propósito, llegó a su presencia, y proponiéndola primero la fuerza con que temerosa y compelida de un mozo poderoso y arrebatado venía a tal diligencia, juntamente la propuso en su idioma el miserable estado en que se hallaba, las obligaciones que ella le debía y la facilidad y secreto con que podía hallarse brevemente riquísima y fuera de necesidades tan largas; y, en conclusión, abrevió su plática pidiéndola leyese el billete y la resolución de su respuesta.

Había doña Elvira, desde que atendió a su razón primera, determinado en sí el dársela a la vieja tan áspera y terrible, que quedase por memoria de su atrevimiento sepultada en una asquerosa sima. Mas cuando llegó a leer el billete y en él a conocer tan ásperos discursos, tan nuevo estilo de enamorar y pretender, con mejor acuerdo reprimió su enojo, y advirtiendo en el caso y aun en el mensajero, miró por sí y por las asechanzas y encantos suyos. Y no hizo poco en esto, antes presumo que consistió en su recato, su contento y salud. Porque otra fuerza totalmente la niego a los hechizos: turban estos el juicio, ahogan y ofuscan los espíritus, y como realmente todos, a la larga o a la corta, son venenos, quitan la vida. Pero pensar que tocan en la voluntad libre, en el racional albedrío, es disparate indigno de escribirse, cuanto y más de creerse.

A este último fin, a esta, pues, desesperada medicina de sus deseos, había ofrecídose la diabólica vieja; y, así, por esta causa más que por otra, y con el pretexto del billete que he dicho, se valieron de ella los dos amigos. Mas la virtuosa doncella advertidamente dejó en vacío su intención depravada, no permitiendo la tocasen sus manos y despachándola en un punto con decir que don Diego viniese el siguiente día por la tarde y tendría su resolución y última voluntad por respuesta.

Y sin más esperarse, quedó aguardando a su madre, con la cual, enterada del caso y previniendo este aviso, la dejaremos, volviendo a su abrasado amante, que, habiendo oído de la tercera el despidiente, y creído por él que sus designios tomaban mejor rumbo, aunque alegre, siglos eternos juzgó los átomos de la hora asignada, en quien con nuevas galas y mayor bizarría se fue a la posada de doña Elvira, adonde, en vez de hallarla más amorosa y menos intratable, lo que halló fue la casa desembarazada, yermos los aposentos—o al menos con su humilde pobreza— y, en lugar de su dama, un escudero viejo por guardián. Del cual, absorto y suspendido, recibiendo un papel con intrínseca pena de su alma, acabó de salir de su engaño y confusión leyendo en él estas razones:

Si entendiera que, por haber recibido de vuestras nobles manos la vida que reconozco por su hechura, se me había de pedir tan desigual recompensa, creed, señor don Diego, que primero me dejara morir mil veces que admitir semejante beneficio. Fuera de que ni aun parece compatible querer por él vuestro generoso ánimo tan incomparable y mayor interés. Yo confieso que, como vos decís, sois juntamente el acreedor de mi vida, mas no por esto podréis negar ahora que, en pedirme por ella la misma honra, usáis conmigo de cruel tiranía, pues es llano que cuanto más participa aquella de perecedera y mortal, tiene esta de inmortalidad y estimación. Además que ¿a qué mayor desdicha pudo reducirme mi suerte, si es indubitable y certísimo que es afrentoso y desgraciado el día que se sustenta sin honor? Resuelta, pues, a perseverar en él y deseosa de satisfacer las buenas obras que me habéis hecho, he querido dejar mi tierra y desamparar mi casa, para que, quitada con mi ausencia la ocasión de vuestras inquietudes, aunque tan a costa de mi sosiego, vos le tengáis, en tanto que, peregrinando pobre y miserablemente, llora mi alma esta malograda hermosura que a vos por mí tanto os ha divertido, y a mí por vos tanto mal hecho.

¿Quién, pues, en este punto supiera ponderar la locura y furor que se apoderó de este perdido mozo? ¿Quién el sangriento ánimo con que se puso en términos de quitarse la vida? ¿Quién la opresión y enajenamiento de su espíritu? De mí puedo afirmar que no me atrevo, y, así, solo diré que fue no poca suerte el haber escapado sin lesión de sus manos el anciano escudero, al cual, ya algo divertido el raudal de su cólera, haciéndole intrincadas preguntas, y conocido de ellas y sus respuestas que asimesmo su dama había dél recatado sus intentos y que no sabía de ella, de su madre y una criada que las acompañaba, volviendo las espaldas y buscando a don García le contó el suceso, y, lleno de pasión, reventó en mujeriles lágrimas parte del fuego que le abrasaba el pecho. Mas no el llorar, en casos de tan irremediable amor, es injuria o afrenta de los hombres.

No se halló el discreto amigo poco indeterminable y ofuscado, y mayormente por la corta y dificultosa noticia de doña Elvira, dudó el remedio conveniente a don Diego. Mas viendo que su valor y sentimiento le había de reducir a alguna mortal desventura, deseando atajarla o por lo menos entretenerla, consoló sus cuidados, divirtiéndolos con esperanzas de salir presto de ellos. Y, así, brevemente, por caminos y atajos, despachó a todas partes diferentes personas, diferentes espías y centinelas, que, habiendo gastado muchos días sin fruto, se volvieron ayunos y sin saber particularidad o circunstancia de aquello que buscaban, cosa que en los dos caballeros y aun en otro cualquiera pareciera imposible, y no así creedero que tres mujeres, y de la calidad que he referido, se hubiesen ocultado y encubierto de suerte, y con tan grande brevedad y priesa, que, como si se las hubiere tragado la tierra, así dejaron el rastro y la noticia. Y, así, no sirvió de más la diligencia del buscarlas que dejar el secreto amor del infeliz don Diego al albedrío y gusto de semejantes hombres.

Y como su dolor impaciente crecía al paso que se le imposibilitaban, sin dilatarlo más, previniendo para su noble e ignorante esposa causa de obligación y achaques más forzosos, acompañado de algunos criados de su caro amigo dio vuelta, en pocos días, a toda el Andalucía, gran parte de Castilla y Extremadura. Y corriendo la sierra, sin haber antes dejado ciudad, villa ni aldea sin inquirir, se volvió a Córdoba con no mejor noticia, pero tan sin esfuerzo y esperanza, que sin poderse ir a la mano cayó en una melancolía profundísima, y de suerte mortal y peligrosa, que se dudó en su buen juicio y se temió muy mucho su locura y perdición. Porque no a menos desdichados términos trujo su ciega voluntad a este caballero, y doile tan tristes atributos por parecerme que no pudo hombre humano llegar a estado semejante, a desesperación tan terrible, a enfermedad tan incurable, sin que para excusarle de ella le valiesen su calidad, su sangre, sus riquezas, sus amigos y aun sobre todo el ser persona de claro entendimiento y discurso, que es la más eficiente causa para reprimir tales afectos. Por donde mejor conoceremos nuestra frágil y vil naturaleza, y cuán breves y limitadas son las fuerzas y trazas de los hombres.

Un año y más se le pasó a don Diego en tan amarga vida, y aun sospecho que toda se la pasara así si el cielo no le abriera—y quizá para su mayor castigo—el camino y luz que tanto había deseado y con tantas costas y trabajos buscado. Pero antes que a él le demos esta alegre nueva y que el lector se despene en ella, quiero yo dar también cuenta bastante de su hermosa dama, del lugar de su existencia y juntamente de los sucesos de su ausencia larga.

Y, así, bien os acordaréis que, según queda dicho, en recibiendo doña Elvira aquel billete, la dejamos dispuesta a tratar con su madre la última resolución de sus intentos. Diola, pues, cuerdamente noticia de la pretensión de don Diego, de sus ofrecimientos y últimamente del papel, cuyas razones libres y arrojadas les dieron bien claro a presumir en qué estaban y el detrimento que corría su honor. Con lo cual, juzgando por forzoso el prevenirse, y ayudando a su miedo la sospecha cruel en que además la puso la hechicera, justamente resueltas por fin de sus consejos, eligieron remedio; que sin duda hubiera sido suficiente si la fortuna o suerte de su amante no rodeara las cosas en su favor y tan a tiempo crudo, que a tardarse más días el saberse de ellas, por lo menos el hallar a doña Elvira fuera en diferente estado, y con tales arrimos y respetos, que tuviera don Diego por preciso llorar su desengaño eternamente.

Habían en este tiempo las afligidas damas, antes de salirse de Córdoba, vendido una posesión que solamente les había quedado, con propósito de trazar con su precio algún empleo que las adelantase el provecho. Y, así, hallándose en la ocasión presente con el dinero, que sería mil ducados, facilitando su jornada, la dispusieron la noche de aquel día. Y comenzada con secreto inviolable, y en tres mulas o cuatro forasteras que por ventura estaban en un mesón, cerraron por todas partes las puertas a la noticia y rastro de su viaje. Y de esta suerte, caminando las noches, al alba del tercero día llegaron al fin de él a un lugar apacible de hasta quinientas casas, en quien al levante de la sierra vivía en razonable puesto un antiguo criado de su casa, el cual, admirado de su venida y lastimado de la causa de ella, se resolvió a ampararlas con su misma familia. Y haciendo por su mano empleos del dinero y facilitándolos con su solicitud, pasaban las pobres señoras, aunque incómodamente, aquel honroso y voluntario destierro con menos zozobras y temores. Y esto con tan grande recato y advertencia, que pudieron en breve no solo granjear la estimación del pueblo, sino hacerse invisibles a cuantos ojos las buscaron.

Seis meses pasarían en estos intermedios cuando, sin pensar en tal acaecimiento, se vio en no pequeña inquietud ni menor desasosiego la honesta dama. Y mayormente siendo en la misma parte que ella había elegido para su receptáculo y custodia, pues por lo menos fue hallar debajo de las propias almohadas de su cama un billete amoroso, suceso que no tan solamente la dejó turbada, mas aumentó su pena y disgusto, tanto por el cuidado de otro peligro semejante al pasado, cuanto por presumir de las razones del papel y de la ignorancia de su dueño, que de su casa misma, o al menos de algún criado de ella, nacía la tercería de aquel atrevimiento. Y, así, estimando esta sospecha en más que su pesar, sin esperar mayores lances trató de mudar casa y con excusa honesta dejar la de su criado. Efectuóse todo, y pareciéndola que aún no estaba segura, no volvió en muchos días a salir a misa ni la vieron en puerta ni en ventana.

Olvidábaseme escribir la continencia del billete, sus razones discretas y el propósito y fin a que se enderezaba. El cual, si leyó doña Elvira, no fue tanto curiosa cuanto cuerda y prudente, juzgando convenir a sus cosas el entender y prevenir cualquiera inconveniente. Y, así, con semejante pensamiento, abriéndole en aquella sazón, vio que decía las palabras siguientes:

Mi buena suerte—o mi mayor desdicha, porque uno y otro pongo en vuestras manos—me trujeron habrá cuarenta días a pasar mis estudios a esta aldea, seguro de que en el sosiego de sus soledades pudiera hallar ocasión que inquietara mi alma y divirtiera mis sentidos. De suerte que adonde presumí salir aprovechado en la facultad que profeso, he aprendido otra nueva doctrina, otros documentos de Amor, y en vez de repasar leyes del reino, paso en la tiranía de las suyas amargas horas y desconsuelos sin medida. Esta suma aflicción y barruntos bastantes de vuestra nobleza y honestidad incomparable animaron este atrevimiento, si bien de lo primero no pretendo remedio contra vuestra honra, y de lo segundo, aunque soy caballero, puedo decir que aun me juzgo por indigno de vuestra sombra. Y de suerte reconozco esta verdad, que ni por noble sangre ni por generosa humildad siento sujeto que os merezca, conque yo mismo vengo a ser el castigo de mis libres ojos y un abrasado estío de mi corta esperanza. Pero no obstante estará a todos vientos perdurable mi fe, o ya haciéndome el cielo dichoso en vuestra gracia y respuesta, o ya dejándome consumir en vuestro olvido e indignación.

DON JUAN DE ZÚÑIGA

Este discurso breve y amoroso, y aun igualmente cortesano y humilde, con la segura oferta, hicieron en el honesto acuerdo de la dama tan ruin efecto, que antes, puedo afirmar, sintió la traza de su arrojamiento como si se le hubiera hecho una afrenta. Y, así, atribuyendo a algún descuido de sus ojos o a alguna mengua de su recato aquella libertad, reprimió sus salidas, acortó sus pasos y cerró sus ventanas, hasta que después de cuatro meses, pareciendo que ya el incógnito amante habría vuelto a sus estudios, se dejó ver del mundo, dando más luz sus ojos desde aquel pobre albergue que los rayos del sol desde su esfera.

Salió a misa el disanto, llevando tras de sí las almas y dos mil bendiciones de aquellos rústicos. Y finalmente, sin pensar, en la iglesia—porque muy de pensada se le había puesto enfrente—vio de repente un mozo tan gallardo y bien hecho, que pudiera hacer ruido en la mayor ciudad, cuanto y más en una aldea; en quien no sólo el hábito, mas el rostro agradable, hacía la misma diferencia que el lucero a las demás estrellas. Arrebatóle un espacio la vista su presencia, y tanto, que cuando cayó en su desmán, de empacho y de vergüenza cubrió el rostro de nácar y el manto hasta los pechos, pero aunque de su parte dio cárcel al deseo, la novedad solicitaba a los ojos y estos a la voluntad, y no sé si también anduvo inquieta el alma y aun deseosa de que fuese el dueño del papel referido semejante sujeto.

Mas con aquestas dudas y su acostumbrado encogimiento se volvió a su casa, no obstante que, tomándola primero la vuelta de la calle, antes de entrar en ella se le volvió a ofrecer la misma persona. Y haciendo con la gorra y el pecho humildes cortesías, de que aun más bien pagada, doña Elvira en recompensa levantó un poco el manto, y el galán prosiguió su camino, dejando aquel pecho de mármol con unos calofríos, que si no procedieron de amor, al menos creo que se inclinaron algo de su parte, porque—lo que hasta entonces no le había sucedido—comió poco gustosa y durmió sin sosiego, y no solo aquel día, sino otros quince, que, forzando animosa a sus propios deseos, quiso con remedios tan graves morigerarlos y rendirlos; si bien al cabo ella se halló vencida honestamente, y, sobre todo, ignorante en la causa.

¡Oh, cuántos razonables discursos propuso en este tiempo, cuántos protestos castos, cuántos honrosos medios, y con cuánta facilidad, tomando unos y tripulando otros, cuando quiso valerse de consejo se halló imposibilitada de él! Porque aunque más deseó reprimir sus ojos, volviendo otro disanto al mismo sacrificio, no solo la fue casi imposible, más aun dio avilantez a aquel mancebo para que, al volverse a su casa, la arrojase disimuladamente en sus umbrales un billete, el cual alcanzado de ella, si en conociendo que era la propia letra del pasado le pidieran albricias, diera su corazón, aunque no sé si ya se le hallaran en el pecho, porque los efectos presentes tiranizaban y oprimían lo mejor de él.

Holgóse sumamente doña Elvira coligiendo que el cielo tan a su honra y condición honesta abría la puerta a su remedio, pues siendo tal la calidad del sujeto, y según lo ponderado en el papel de ahora y el pasado, no podía codiciar su limpio intento cosa más a propósito, dueño más a medida de su deseo. Y, así, aun antes de darle el menor favor ni de imaginar la respuesta, llamando aquel su criado antiguo y consultando el caso con su madre, propuso al uno y otro la pretensión de don Juan de Zúñiga, y advirtiéndoles en su perseverancia, en sus dilatados desdenes, enseñó los billetes y el fin de su demanda, que era su casamiento. Con lo cual, dejándose informar del criado, que muy bien conocía al caballero, sabiendo que lo era y natural de Úbeda, hermano de cierto mayorazgo, alimentado razonablemente, y las grandes esperanzas de sus estudios, con más sano consejo que hasta entonces acordó por buen medio el que para remate de sus trabajos la ofrecía su ventura. Y, así, con semejante presupuesto, se dispuso a escribirle, digo a responderle, estos breves renglones:

La primera vez que para escribir a hombre humano he tomado con voluntad la pluma, quisiera mucho, señor don Juan, que creyérades es la presente; y, juntamente, que, según tan exquisita novedad, estimárades el servicio que os hago. Si bien antes de ahora no ha sido pequeño, en conformidad de mi encogimiento y recato, el haber leído muchas veces vuestros papeles, y aun el crédito que he dado a sus razones. Y, así, pues ya sabéis estas verdades de mi pecho y no ignoráis que soy tan rica de calidad y buena fama como pobre de bienes de fortuna, agradándoos tal dote, madre tengo, y vos deudos y hermanos que dispongan lo demás. Encomendadlo a ellos, pues ni mi estado pide otra cosa ni a vos os está a cuento querer más que saber lo intentáis con mi gusto.

El papel referido tuvo don Juan la misma tarde, porque poco cuidado bastó a ponérsele delante, valiéndose al pasear la calle de su propia lición, conque, fuera de sí en leyéndole, estuvo para hacer extremos locos. Y, en conclusión, para abreviar con ello, tales réplicas, demandas y respuestas hubo de por medio, que doña Elvira se dispuso a hablarle. Y con tan gran favor, si a don Juan le suspendían algunos inconvenientes—porque realmente quisiera que el casarse y las nuevas llegaran a su hermano a un mismo tiempo—, fácilmente quedaron atropellados, haciendo al punto que dos criados suyos, huyendo el cuerpo a Úbeda, se partiesen a Córdoba y en ella previniesen las galas, preseas y joyas más precisas al caso. De adonde resultó todo su daño, y el saberle el afligido y enamorado don Diego, porque quiso su suerte que el oficial a quien lo encomendaron acertase a ser no solo el mismo sastre de su casa y persona, sino uno de aquellos que por orden de don García salieron en busca de doña Elvira. Y, así, apenas oyó ahora de los necios criados el nombre, señas y casamiento, cuando, como la mejor noticia del lugar, dio aquella nueva alegre a quien se le pagó tan bien, que quedó rico.

Bien pienso que se podrá creer, según lo referido, que si a tan impensado suceso no acabó el tierno amante de perder los sentidos, o sería ayuda milagrosa o hallar templado su gusto y alegría, con el desconsuelo de las futuras bodas. Aunque este esencial punto más le irritó el espíritu que le acrecentó la voluntad, porque esta no podía subir a mayor altura ni su celosa rabia levantarla de punto. Y, así, desde aquel mismo en que tuvo el aviso, llamando a don García y doce hombres para cualquiera afrenta, arrancó por la posta, llevando ya resuelto no dejarse morir como amante cortés, sino quitársela por fuerza a quien se le opusiese.

En este ínterin, como en negocio hecho y por excusarse de mayor nota, las más noches entraba a verse con su dama don Juan, si bien nunca estas visitas pasaron los límites honestos. Ni aunque él lo pretendiera, ni aun tomarla una mano sirviera de otra cosa que perder a doña Elvira y caer para siempre en su indignación, con lo cual en conversación amorosa dulcemente entretenían las horas que sus criados dilataban la vuelta, valiéndose para estas entradas y visitas de medios que excusasen escándalos y que, sin intervención de terceros, guardasen mejor que ellos el secreto.

Llegó, pues, en esta coyuntura don Diego y su compañía—que, a tardarse algo más, hallara hechas las bodas—. De quien, apenas se apeó en una posada, cuando, creyendo el huésped que venían convidados, les dijo, aun sin preguntárselo, la casa de su dama. Cenaron luego con tan cierta noticia, porque aunque era bien cerrada la noche, no tenían la hora por conveniente. Mas como el corazón de don Diego no sosegaba aun con el bocado en la boca, dejó a su gente prosiguiendo la cena y bien ajenos de imaginar lo que hizo, que fue tomar las señas y sin más compañía hacerse explorador de la aventura, y no con otro intento que de hartar sus deseos y aun sus ojos viendo y tocando los umbrales que pisaba su empleo y las paredes altas que ocultaban su luz. Y, así, discurriendo a tiento de unas partes a otras, al volver de una esquina, sin pensar, le tocó en el rostro y parte de la vista una cinta que colgaba de una ventana de reja; a la cual, movido tanto más de su propio enfado que de lo que resultó, apenas dándola con la mano tiró de ella cuando se asomó una mujer que en baja voz le dijo que esperase a la puerta, de cuya novedad, admirado y confuso, juzgando que no solo en las grandes ciudades se hallaban semejantes sucesos, suspendiendo el que más le importaba, sin más acuerdo se acercó a la puerta que ya estaban abriendo. Y aunque de la parte de adentro se divisaba una pequeña luz, atropellando por todo se arrojó al zaguán, en quien no dio tres pasos cuando se halló casi en los dulces brazos de su dama, en la deseada y hermosa presencia de doña Elvira, la cual, conociéndole asimismo, no tuvo esfuerzo ni ánimo para moverse, si bien, aunque turbada y ciega, dio voces, a que, despertando don Diego como de un pesado sueño, conociendo ser ciertas sus sospechas y celos, quedó más desmayado que la ocasión pedía y aun de lo que fuera menester, según el peligro en que se vio. Porque como el uno y el otro, con su impensada vista, olvidaron la puerta, aún no había dado doña Elvira dos gritos cuando se entró por ella un hombre con tan grande alboroto y inadvertencia, que hubiera de dar de ojos con don Diego al mismo instante que su furor celoso estaba en términos que, a tardarse el socorro, diera de puñaladas a su dama, que, conociendo ahora a su esperado dueño—digo al galán don Juan—, a quien ya respetaba como a esposo, con nuevo aliento se amparó de su lado, tratando él de defenderse y defenderla tan venturosamente, que no solo retiró hasta la calle a su contrario, mas, en tanto que cerraba doña Elvira las puertas, le dio algunas heridas, tan peligrosas y crueles, que a no llegar entonces don García y su gente que le andaban buscando, dejara el buen don Diego entre sus manos y armas la vida y pensamientos. Y si bien, aunque huyendo don Juan tantas ventajas, se puso en cobro, no fue tan a su salvo, que no llevase juntamente que curar muchos días, no obstante que al volverse los que le habían seguido, hallaron a su dueño tan desmayado y herido que, cargándole a hombros, les fue preciso suspender su venganza y tratar muy aprisa de su vida y su alma.

Corrió, aun a aquellas horas, la voz de este suceso por todo el lugarcillo, y asimismo, sin poderlo excusar, la ocasión y el personaje herido, conque otro día no solo no quedó hombre con hombre, pero llegó hasta Córdoba la nueva. Don Juan, entendiendo la verdad, mal curado y peor prevenido, no se hallando seguro, mudó de tierra, y aunque no los pensamientos amorosos, perseverante en ellos, tanto como satisfecho en la integridad y pureza de su querida prenda, no el atrevido y loco intento de su opuesto bastó a menguar un punto su aflicción ni a desacreditarla en su pecho; fuera de que a esta sazón ya él sabía los infructuosos cuidados de don Diego y juntamente las peregrinaciones y trabajos de su honrada resistencia. Y, así, aunque el peligroso estado de tal suceso le metió en Portugal, y después el saber que allí le buscaban la muerte le sacó a vagar por el mundo, siempre amartelado. Y no pienso que en ausencias tan largas—aunque en su correspondencia hubo olvidos y grande intermisión—fue menos deseado y aun llorado por doña Elvira, a quien—volviendo a nuestra historia—, sin respetar su sangre y su decoro, los villanos alcaldes pusieron guardas y en son de presa la aseguraron en su casa, hasta que respecto de tan gran caballero, aun sin pedirlo él, de oficio envió la Audiencia real a la averiguación de sus heridas. Para lo cual, y para la comprobación de otros indicios, llevaron a ella, a su madre y criada a Córdoba, adonde, sabido por don Diego, a quien primero habían traído en una litera, como ninguno mejor entendía su inocencia, cargando en sí la culpa de todo, no solo las hizo dar por libres, mas con declaraciones y protestas honrosas volvió por su opinión y buena fama, si bien esta, aunque faltara semejante diligencia, no padeció nunca detrimento, antes en medio de tribulaciones tan graves permaneció intacta y durable, y al peso que las unas crecieron lució más su verdad y se acrisoló con mayores quilates su constancia y firmeza.

Con la publicidad a que se reducieron tales negocios, fue forzoso entenderlos la noble y generosa doña Aldonza, de quien, no obstante agasajado y recibido su distraído esposo, mientras con paciencia cristiana trataba de curarle, dispuso también, con gusto y beneplácito de doña Elvira y su madre, su más segura vida y su mayor comodidad y consuelo. Y, así, alimentadas con mano liberal y piadosa, se encerraron en un convento, resueltas a esperar el fin de sus infelices bodas y al dueño que había escogido para esposo, o acabar unas y otras, con su clausura, sus persecuciones y vida.

Mas ni tan sano acuerdo fue de importancia, porque ni la prudencia ni sufrimiento de su santa mujer ni los consejos de sus deudos y amigos bastaron a que, en convaleciendo don Diego, se excusase de volver a su amoroso tema, y con deseos tan vivos y nuevas fuerzas, que parece cobraban más vigor en sus mayores resistencias y que competían en inmortal pelea dos afectos tan poderosos y contrarios: el desdén y aborrecimiento de su dama y su incurable amor y voluntad. Y, así, entendido el lugar adonde estaba, renovando las pasadas fiestas de sus casamientos, no hubo día en quien la plaza del convento no sirviese de teatro a sus invenciones, a sus máscaras y regocijos y otros públicos juegos, conque no solo turbó la paz, quietud y recogimiento de aquellas mujeres, sino que juntamente las obligó a que, advirtiendo el descrédito de su religión y el escándalo de la ciudad, lo remediasen con sacar de su compañía la ocasión. Conque las afligidas señoras, con lágrimas del alma y pidiendo venganza de sus injurias a los cielos, se hubieron de acoger a su antigua morada, resolviendo en su pecho doña Elvira morir con varonil ánimo en ella antes que volver a más peregrinaciones ni verse por don Diego escarnecida.

En este tiempo, habiéndose pasado, después de las heridas, tres años, y habiendo en el primero de ellos aportado don Juan de Zúñiga a Bolonia y tenido diferentes sucesos, de tal suerte, llevando adelante sus estudios, aprovechó en ellos, resplandeciendo su ingenio y letras, que, sin contradicción, por común voto llegó a ser su concepto el más calificado y su opinión y jurisprudencia la primera silla de aquella insigne universidad. Y tanto, que yendo en la misma sazón la majestad de Carlos V a celebrar en Bolonia el acto solemnísimo de su coronación, teniendo de tan grande sujeto larga noticia y queriendo servirse de él, le entretuvo consigo hasta venir a España.

Si bien antes de aquesto sucedieron en Córdoba cosas notables, porque prosiguiendo don Diego en sus locos devaneos, sin un mínimo alivio o esperanza de fruto en tantos años, corría ligero el curso de su vida, engañando sus penas y divirtiendo sus pasiones con pasear la calle, con besar las paredes y rejas de su dama, sin que el erizado y prolijo invierno ni el abrasado y seco estío pusiesen límite a tantos desconciertos.

Estaba entonces la ciudad, y aun la resta de España, sumamente afligida y sumamente apretada de una peste mortal que, infeccionando el aire, la circundó con estrago cruel y lastimoso; y, así, pocas o ninguna casa se libraron en Córdoba de esta plaga y azote. Y no obstante, sin temor seguía don Diego su carrera. Cifraba, como dije, su consuelo mayor en sus paseos, en quien bien de ordinario, ya con la diversión de su plática, ya con el gusto de su compañía, ayudaba su amigo don García, no habiendo día ni hora que no diesen mil vueltas a la casa de la honesta doncella. Cuyas puertas, aunque siempre estuvieron con recato y clausura, pareciéndoles que en aquesta sazón casi tres días continuos las hallaban en una misma forma, notando tales muestras, con mayor advertencia no solo confirmaron sus dudas, mas de ellas y del silencio grande y sobre todo del no salir persona ni oírse ni entenderse indicios o barruntos de que la hubiese dentro, presumieron otra segunda ausencia, otra impensada fuga o semejante determinación a la pasada; con lo cual, como realmente al afligido amante no le había quedado otro alivio, otro refrigerio y descanso, viendo perdido aqueste, no hay ingenio que pueda encarecer sus ansias, sus congojas y penas. Habló mil desatinos, dijo mil tristes lástimas, llamó a voces su dama, injurió su fortuna y finalmente lloró con tiernas lágrimas sus rigores crueles y sus resoluciones ingratas. Y tal le vio su amigo, tal le consideró, que, movido a lástima o regido de otra superior causa, deseando aplacarle, procuró juntamente no solo hacerle creer la presunción por falsa, sino que, sin quejarse a los vientos ni hacer más fundamento en esperanzas, entrasen en casa de doña Elvira y acabasen, hallándola, por fuerza lo que tantos suspiros, congojas y tormentos no habían de grado conseguido.

Y, así, con tan vivo incentivo, alentado don Diego, en siendo más de noche, con dos linternas fácilmente penetraron la entrada por una puerta falsa que a pocos golpes, abrumada del tiempo y de su ancianidad, se dejó franquear. Y con aquesto, rodeando los patios, no hallando tan frágil resistencia en otra que de ellos subía a los altos corredores, sirviéndoles de escalas sus pilares, en un punto uno y otro se hallaron allá arriba. Mas no oyendo rumor ni viendo que aun del suyo, con ser bien grande, resultaba alboroto, perdiendo la esperanza y volviendo a su tema se quisieron salir por donde entraron. Y sin duda lo hicieran, si entonces la curiosidad y frenesí del amartelado caballero, deseando ver el aposento—o, según él decía, el relicario y lecho de su dama, aquel testigo mudo de su más secreta hermosura—, no les pasara adelante, hasta que, atravesando dos tan despejados como crecidos aposentos, al entrar al tercero, casi les hubiera suspendido largo espacio el aire contagioso y ardiente que salía de él. Mas, con todo, animados, arrojándose dentro, apenas dio la luz de las linternas alguna claridad, cuando en pobres y diferentes lechos miraron desmayadas o en términos de muertas a la hermosa doña Elvira, a su madre y, en un colchón algo distante de ellas, a su fiel criada, si bien esta, como de natural más robusta, con algún acuerdo.

No hay duda sino que semejante espectáculo, vista tan lastimosa y nunca de don Diego imaginada, haría en su pecho sangrienta operación, pues es cosa bien cierta que, teniendo librados su gusto, su alegría y su mayor riqueza en la vida y salud de esta mujer, aun estando en su desgracia, aun siendo su cuchillo, hoy que a su parecer la hallaba muerta, sin cura, sin regalo y aun sin una mortaja, que había de ser grande su pena y grande su valor, pues pudo resistir golpe tan duro.

En este medio, habiendo don García, más libre de pasión, llegado a doña Elvira y su madre, hallándolas con pulsos y teniendo por cierto que el humor pestilencial las tenía en tal estado, y su pobreza y falta de remedios en semejante peligro, advertido a don Diego, dejando el llanto, sin mayor tardanza el uno fue por médicos y lumbre y el otro por personas que asistiesen a su cura y regalo, dando el amante a todo tan fácil expediente como el caso y su afición pedían. Y con tanto, dejando a la criada cantidad de dineros, sin saber doña Elvira por entonces quién en tan grave aprieto habia sido el restaurador de su vida, se volvieron a sus casas. Y ella y su madre, recobrado el sentido con los muchos remedios y eficaces antídotos opuestos al veneno, juzgaron su mejoría por sobrenatural y su regalo y cura por milagrosa. Y aunque con justa razón debieron así atribuirlo, todavía de la misma criada entendieron las segundas causas y el brazo piadoso con que se habían dispuesto, si bien ni el verse dos veces—digámoslo así—resucitada por una mano, por un sujeto mismo, pudo trocar su pensamiento ni mudar su intención en esta parte, porque aunque es verdad que, agradecida y con pecho obligado, reconocía tan grandes beneficios, primero se dejara herrar el rostro, vender por esclava, y primero ofreciera dos mil veces su vida por salir de tal deuda, que rendir su firme voluntad al ciego y torpe fin de sus deseos.

Bien presumo que muchos, oyendo entonces dureza semejante y ahora leyendo tan admirables pruebas del amor de aqueste caballero, disculparán sus yerros y aun culparán en su dama tantas ingratitudes. Y no me admiraré, porque los hombres así juzgamos el fondo de las cosas, presumiendo de las virtudes vicios y de la perseverancia y pureza tema y locura. Llegó, pues, esto a tanto, que aun de su misma madre, de su fiel criada, vino a ser persuadida y aun a ser reputada por ingrata: tal es el imperioso brazo de un interés y de las buenas obras recibidas, pues aun disponiéndose a malos fines rinden las voluntades y echan duras cadenas al más libre y prudente juicio.

Mucho se temió doña Elvira viendo así blandear a su madre y criada. Y con justa razón, porque enemigos tan caseros, golpes tan continuados, avisos tan secretos y guardas tan sobornadas no hay que pensar sino que una vez u otra habían de dar entrada a su contrario, y con ella al traste con su honra. Y, así, de nuevo cuidadosa y solícita, apenas se vio convaleciente de su mal cuando se halló rodeada por tan graves temores; que, para que más se acrecentasen y la causa creciese, no pararon en las que he referido sus obligaciones ni las generosas obras y beneficios de su amante, porque sobre la plaga pestilente, de que no se veía libre aquella ciudad, la castigó el cielo con otra en su tanto mayor: con un hambre general, con una carestía espantosa, que así ahora se caían los hombres por las calles hambrientos como poco antes por el contagio y pestilencia. Es muy ordinario seguirse a ésta semejante desdicha. Y, así, hallándose doña Elvira en igual trabajo, su madre con el discurso de los días pereciendo y su criada sin alientos ni fuerza, pasándose los dos y aun los cuatro sin comer, y los más con muy frágil sustento, vino a descaecerse y consumirse la virtud natural, de suerte que sus cuerpos, en breve término, se volvieron anatomías de huesos y esqueletos descarnados. Y como el tierno amante, aunque sabía sus aprietos, tenía cerradas las puertas para remediarlos, porque aun la pasada cura se dispuso por los mismos médicos, ella corría ahora por la posta a la sepultura, y su pobre madre y criada los mismos pasos, sin querer dar lugar, no digo a su deshonra—que aun tanto daño pudiera reprimirla—, sino aun solo volver blandos los ojos; y digo menos, a una ligera permisión, pues bastara esta para salir de mayores trabajos y para que don Diego la entregara su hacienda.

En conclusión, firme en morir rabiando antes que verse deshonrada de sus lacivos lazos, permaneció en su dureza doña Elvira. Hasta que, cediendo a sus ayunos y vigilias el flaco y tierno espíritu, mirando morir su triste madre y su criada perecer, con lastimosas lágrimas y suspiros celebraba sus obsequias y muerte. Mas a esta misma hora, que serían las once de la noche, como nunca la mano liberal de Dios faltó en el mayor aprieto, en la mayor necesidad, estando como he dicho esta constante y famosa mujer, oyó un grande golpe, que a su parecer había sonado en otro diferente aposento, cuyas altas ventanas caían a una calle excusada y sin salida. Con un varonil esfuerzo, animándose lo mejor que pudo y tomando una luz, guió con su madre y criada hacia aquella parte. Mas aunque su valor procuraba alentarse, todavía corazón mujeril, turbada y temerosa llegó al aposento, en quien, en vez de algún vestigio o sombra, halló en medio de él un costal grande, que, abriéndole al momento, para su desdicha y miseria fue tierra de promisión, y una oficina llena de apacibles conservas, de carnes adobadas, de cecinas y empanadas diversas. Con lo cual y un bolsillo de quinientos escudos remediaron no solo la presente necesidad, pero el reparo de otras cosas forzosas. Y, así, no queriendo la dama inquirir tan nuevo modo de milagro sin hacer sobre él discursos y quimeras, dio al cielo muchas gracias, y su madre y criada, aun sin saber lo cierto, juntamente mil bendiciones al piadoso don Diego, el cual, no pudiendo soportar con su alma el ver más padecer al dueño hermoso de ella, aunque dilató tan buena traza presumiendo rendirla por hambre, al fin él se hubo de vencer primero; y con dos escaleras bien ligadas, por ser la ventana muy alta, con un criado y su mayor amigo previno este milagro tan a tiempo, que a suspenderle un día se hallara sin su dama, y ella desesperadamente sin vida.

Hasta este punto y ocasión pudo seguir su madre, y aun perseverar en su honrada opinión. Mas ahora, gobernando su juego por diferentes rumbos y siendo la criada del mismo parecer, trazaron entre las dos, con notable secreto, la satisfacción y premio de tantos beneficios y el asegurar sus aumentos para otra semejante desventura. Y, así, con semejante acuerdo, tomando por su cuenta el disponerlo, sin mayor dilación se vio la criada con don Diego, y con la misma, sin usar de preámbulos y figuras retóricas, en liso y llano estilo rindió gracias humildes a tantas mercedes, a tantas buenas obras y beneficios. Y pasando adelante, culpando la entereza y cruel condición de doña Elvira, su aspereza y desdén de parte de su madre, y con su beneplácito y gusto, dio fin a su demanda, ofreciéndosela liberalmente, con que él, como noble y generoso caballero, tomase su remedio y el darla estado por su cuenta.

Tal fue el recaudo y orden de la gentil criada, tal la resolución de quien la gobernaba y tal, en conclusión, oyendo tan increíbles y no pensadas nuevas, el alborozo de don Diego, que dudo mucho y con razones justas que, según he leído en autores diversos, pueda matar un súbito contento, una alegría impensada, pues, siendo esta tan grande y superior a sus fuerzas, le dejó con la vida, y no así comoquiera, sino con más vigor, con mayores alientos.

Dio a la criada dos mil abrazos, y tras cada pregunta

repetido este extremo, no sabiendo cómo satisfacerla, aun su gran mayorazgo juzgaba por corta recompensa y a su misma persona por indigna de tanto bien. En efecto, asentado el concierto y asegurado un rico y grande dote, al presente la criada volvió con muchas joyas y no menor promesa. Y don Diego, quedando previniéndose, hizo llamar a don García, a quien, loco y fuera de sí, dio parte de su gusto, y asimismo de como su entrada en casa de doña Elvira había de ser aquella tarde y antes de anochecer; era este último aviso y prevención de la criada, pareciéndola que, esperando a más tarde, sería dificultoso meterle en casa sin advertencia de la ya sospechosa doña Elvira. Con lo cual, igualmente gozosos los amigos, esperaron la hora, si bien como en don Diego los muy cortos minutos fuesen años prolijos, aun antes de llegar dispusieron su ida, entreteniendo lo restante del tiempo en la iglesia y parroquia de su dama, por caerles muy cerca y aun casi enfrente de sus mismas ventanas, adonde, paseándose por una hermosa nave, anduvieron buen rato confiriendo sus cosas y desmembrando los diversos caminos por donde, sin pensar, se hallaba dueño de ella.

Así era la cuenta que se hacía don Diego, y quizá en tiempo que la inocente corderilla vendida por su sangre—o, por mejor decir, destinada a tan detestable sacrificio—por ventura estaría con más fervor y lágrimas pidiendo a Dios remedio. Veíase ya la afligida doncella perseguida de su madre, insistida de su criada y, finalmente, de aquellas que tantas veces fueron su consuelo y tantas el arrimo y apoyo de su perseverancia. Y no teniendo ahora a quién volver los ojos, fuerza era que con mayor aliento acudiese a su único Amparo, al verdadero Padre de los huérfanos, al Consuelo de los afligidos y al siempre Vengador de tan graves injurias.

En fin, volviendo a mi propósito, siendo ya las cinco de la tarde, y poco menos del término aplazado, alegre el tierno amante y su amigo contento, viendo llegar la hora con más nuevo placer, de una vuelta y otra dividían la espaciosa nave, ya haciendo breves pausas en su conversación y ya volviendo a ella con donaires y motes, cuando, en medio de su mayor discurso, casi impensada y repentinamente, parando don García, se quedó embelesado mirando al suelo; cosa que, advirtiéndose con admiración y cuidado por su amigo, viéndole así pasmado, le tiró del brazo, y de tal suerte, que como si despertara de un pesado sueño así le hizo volver el rostro. Y no parando aquí, oyendo que don Diego preguntaba admirado la causa de su suspensión, con nuevo espanto, volviéndose a él, le dijo:

—¿Cómo es posible, amigo y compañero, que vos me preguntéis lo mismo que habéis visto? ¿Acaso en este punto no os hallasteis conmigo? ¿No veníades a mi propio lado? ¿No os sucedió lo que a mí, o por ventura vivís tan sin sentido, discurrís tan sin ojos, sumergido en vuestro ciego amor, que no habéis visto, oído ni entendido que, al pasar, estas losas, estos mármoles, cubiertas de sepulcro, se han levantado con nosotros del suelo portentosamente? Yo colijo sin duda que si este estupendo caso se os ha pasado en blanco, o he perdido el sentido o vos la vista, la memoria y el juicio.

Aquí, sin dejarle pasar adelante, con descompuesta risa, gritos y voces desentonadas, atajándole don Diego, discurrióse por la iglesia, haciendo extremos tales, que cualquiera juzgara se había soltado de la cadena o casa de los locos: tales extremos ocasionó el asombro de su turbado amigo, con quien, volviéndose a juntar, con trisca y burla celebraba las suyas. Pues nunca atribuyó su mejor acuerdo a cosa semejante, y aun pienso que hoy estuviera en igual parecer, y don García corrido del crédito y engaño de su presunción, si a esta hora, más sosegados y quietos, volviendo a su paseo, no se hallaran inopinadamente desengañados y aun perdidos. Porque apenas, en el mismo ejercicio y aun con la misma risa y desenvoltura, quisieron juntos atravesar la losa, cuando, al poner los pies en ella, con horrible estampido, alzándose con ellos, los arrojó como con un trabuco seis pasos adelante. Y luego, sin suspenderse allí el suceso espantoso, mientras los dos se pusieron en pie, no sin horrible turbación vieron que del sepulcro se iba levantando poco a poco un hombre que, en vez de la mortaja, vestía un hábito francisco; el cual, destocándose el rostro y habiendo con sumisión profunda reverenciado a los altares y simulacros, volviéndose hacia ellos, con tremulante voz y mirando al mísero don Diego, daba principio a las razones siguientes:

—¿Hasta cuándo has pensado, oh atrevido mancebo, que habrán de suspender los justos cielos el castigo y azote de tus detestables intentos? ¿Hasta cuándo con tan graves ofensas y pecados has de irritar su tremenda justicia, teniendo juntamente lleno el mundo de escándalos, alborotada esta ciudad y cubiertos de lágrimas y miedos los ojos castos y pecho virtuoso de mi desdichada y perseguida hija? Pues aun no han perdonado, en la prosecución de tus torpes deseos y mi afrenta, hollar tus pies estas losas y mármoles, asilo de mis huesos, y por tantas razones lugar digno de mayor respeto y veneración. ¡Vuelve, vuelve ya sobre ti, miserable hombre, antes que tu perseverancia detestable apresure el castigo! Para el cual, como hoy se me ha permitido la amenaza, entonces se me cometerá la ejecución de su ira, y tú satisfarás en desgracia de Dios siglos eternos el tiempo malgastado de tu vida!

Aquí llegaba la temerosa voz, cuando, sin poder el ánimo y valor de los dos caballeros escuchar más razones, dieron consigo totalmente en el suelo. Y al mismo punto, haciendo, como al principio, una reverencia humilde, aquel bulto espantoso se volvió a su lugar, cubriéndose la losa por sí misma, con tan grande estampido, que no solo acabó de quitarles a los dos el sentido, sino que juntamente su novedad y rumor trujo al puesto en que estaban algunos clérigos y otras muchas personas de la vecindad, que, hallándolos en tan triste estado, brevemente se extendió su noticia por toda la ciudad, y sin poderlo remediar asimismo a los oídos de la virtuosa y noble doña Aldonza.

A esta sazón, aunque se me ha olvidado referirlo, no obstante las inquietudes de su esposo estaba la afligida señora preñada, y muy vecina a dar a luz con su parto al fruto que esperaba para sosiego y paz de su casa y marido. Mas como las determinaciones y juicios de Dios sean tan investigables y secretos, muy al contrario se dispusieron sus propósitos, siendo aquello sin duda lo que más convendría. Porque apenas entendió la afligida señora la triste nueva—pues indiscretamente añadida fue no menos de que habían hallado muerto a don Diego en aquella parte—cuando, rompiendo la fuerza del dolor y sobresalto lo interior del pecho, abortó un hijo, y con tan grandes ansias y mortales fatigas, que en breves horas rindió el alma. Y poco después, con general sentimiento y lágrimas de toda la ciudad, la siguió el tierno infante, que cuando el cielo empieza a enojarse y sentirse, no suelen ser menores los efectos de su ira. Y, así, justa aunque desastradamente, comenzó a experimentar don Diego su espantoso aviso; el cual ya a esta hora—que fue el siguiente día—, volviendo en sí, estaba, aunque ignorante de tal pérdida, en términos de seguir a su esposa; y no en mejor su amigo, porque uno y otro en muchos días se levantaron de la cama, sobreviniéndoles tales accidentes, que fue milagro escapar con la vida; y más cuando entendió don Diego los daños de su casa, la muerte de su mujer y sucesor, el perdido dote y la falta de otras comodidades y conveniencias, que pudieran dar al traste con su salud y aun con su sufrimiento. Mas, como caballero cristiano, reconociendo cuerdo y humilde de adónde y por qué causa le venían tales azotes, protestando grandes enmiendas y conformándose con la voluntad del cielo esperó mejoría y convalecencia.

Habíase en este tiempo extendido aun lo más esencial del secreto por toda Córdoba, adonde en diferentes concursos y pláticas, añadiendo y acrecentando circunstancias, se contaba con horror y general admiración. Porque aunque se pretendió encubrir por justos respetos, de adonde menos se esperaba salió en público, y fue de la misma casa de doña Elvira, en quien, no quedándose sin castigo su madre, como más culpada, le tuvo a la hora misma que a don Diego le vino, apareciéndola otra semejante sombra que la dejó no menos mortal, mas antes llena de horribles miedos y tan espantosos temores, que dieron, con sus quejas, con su cura y poco ánimo, al traste con el justo secreto, haciendo patente el caso, la culpa y aun su ruin determinación. Si bien tocado de más superior brazo, atendiendo don Diego al remedio y satisfacción de tan graves escándalos y quiebras, resuelto a darla, propuso a sus deudos y amigos su última voluntad. Y aplaudida de todos, aunque todavía indispuesto, asignó para el siguiente día a esta junta su ejecución y el hacer notorio al mundo el remate de su amor y deseos, pues era no menos que llenar el vacío de la difunta y noble doña Aldonza con la invencible, casta y virtuosa doña Elvira.

Y, así, acompañado de lo más generoso e ilustre de aquella nobilísima ciudad, sin dar aviso de este intento a su dama, porque quiso que la prevención y el hecho la cogiesen a una, guió a su casa, adonde, aunque pensó hallarla en el recato y soledad que siempre, no así le sucedió, antes muy llena de alboroto, las puertas principales abiertas, la calle con cuatro coches de camino, literas, acémilas y recámara y, finalmente, el patio y corredores con muchos criados de librea, alguaciles con varas, y todos forasteros y de ninguno conocidos, cosa que sobre tantos sobresaltos y penas dejó a don Diego suspendido y a su compañía en duda y confusión.

Creció este escándalo cuando, entendida la causa, se supo la verdad, pues era por lo menos venirse a casar con doña Elvira no menos que un ministro gravísimo de uno de los más principales y superiores tribunales de España. Y no fue tan grande este cuidado ni sentido de don Diego con tan largos extremos como cuando, enterándose del caso, acabó de apearle y de saber que era su antiguo competidor, el que le sacó tanta sangre del pecho, y, finalmente, don Juan de Zúñiga, cuyos grandes estudios y partes traían por primicias a aquella plaza, y otros acostamientos generosos del César Carlos Quinto. Conque, acabando su cólera de ponerse en su punto, acrecentándola su celosa rabia, dio a los circunstantes parte de todo, y juntamente de su justa venganza y resolución. Y aunque algunos quisieran que estando en tales términos las cosas se guiaran con mayor cordura, como el pecho abrasado de don Diego no estaba ya para admitir consejos, siguiendo el suyo entraron en la casa de doña Elvira, que bien ajena de semejante novedad, alegre y gustosamente recibía entonces, si ya no por amor, por último remedio de sus males, al que en don Juan le ofrecía su fortuna. Mas como aún no estaba esta cansada de afligirla, cuando pensó haberla puesto un clavo, vio en términos de perderse su casa y honra; porque sin guardar otro mejor decoro, otro respeto, a pesar de don Juan y de toda su gente, la hizo meter en una silla, y diciendo que llevaba a su mujer, mandó guiar con ella a su posada, aunque esto se hiciera no sin algunas muertes y mayor dificultad. Porque, determinándose don Juan a resistir tan descarada injuria, animado con la autoridad de su oficio, comenzaba una terrible sedición, si a este tiempo no la atajara el corregidor, que, avisado de todo, y siendo un grave y prudente personaje, su blandura y respeto mitigó a don Diego, dando lugar a que su pretensión tuviese más justificación. Y, así, de su consentimiento fue puesta la hermosa dama en un convento, adonde por términos jurídicos conoció el eclesiástico de la causa y sus impedimentos.

No obstante que teniendo tanto poder, don Juan dio parte de su agravio al Consejo, que, proveyendo en ello como mejor convino, remitió orden particular para que, sin embargo de lo actuado y escrito, el corregidor pusiese en libertad a doña Elvira, para que con ella, y sin perjuicio de los dos pretendientes, pudiese en su presencia elegir a su voluntad quien de ellos más bien le estuviese. Y, así, no atreviéndose el apasionado don Diego a pervertir tan estrecho mandato, perdidas totalmente las esperanzas de buen suceso, hubo mal de su grado de obedecer y asistir, aunque por cumplimiento, a aquel acto, el cual no sin grande concurso de la ciudad se dispuso en su casa del corregidor, adonde sacando él por la mano a la honestísima doncella, allí en público la propuso la orden, y juntamente la dijo hiciese su elección. Conque, esperando todos los circunstantes pendientes de su boca, cubierto el rostro de virginal vergüenza, vuelta a don Juan de Zúñiga, dio principio a este breve discurso:

—Aunque en esta ocasión pudiera justamente quejarme de vuestro largo olvido y corta correspondencia, y aun del haber acordádoos más de vuestros acrecentamientos que de mis grandes persecuciones y trabajos, todavía no es mi intento, don Juan, contradecir el vuestro con semejantes causas, pues ninguna fuera suficiente ni excusara el ser vuestra esposa a no tener delante el mayor ejemplo de amor y perseverancia que vieron los mortales, y a quien no una, sino tres veces debo la vida, y no solo la vida, mas asimismo, por mi propia ocasión—aunque sin culpa mía—la pérdida de sus mejores prendas: de su santa mujer, de su hijo y hacienda, cosas por cierto indignas de ingratitud, y por quien con justísima causa pudiera el mundo desestimarme y aborrecerme, si ya en términos tales yo faltase a tantas obligaciones y deudas, a que vos no habéis de dar lugar por las muchas vuestras, ni menos yo he de quitar a don Diego el premio y galardón que merece.

Y pasando adelante sin esperar respuesta, cubiertos los ojos de aljofaradas lágrimas, abrazando a don Diego, prosiguió su oración, diciendo:

—Vos sí, dueño y señor mío, debéis serlo de mi alma, y a vos, en contrapuesto de todo el mundo, elegirá mi boca y obedecerán mis sentidos mientras me durare la vida.

Y sin poder proseguir, atajada del aplauso y voces de los presentes, de la vergüenza y disgusto de don Juan, de los estrechos lazos de su nuevo esposo, cesando su discurso, comenzó el de sus alegres bodas, en cuya prosecución el opuesto amante, corrido y no poco afrentado, prosiguió su jornada, y don Diego alcanzó el fin deseado de su larga y bien resistida voluntad.

## LOS TRES MARIDOS BURLADOS
(Tirso de Molina, *Cigarrales de Toledo*)

En Madrid, hija heredera emancipada de nuestra imperial Toledo, que, habiéndola puesto en estado y casado sucesivamente con cuatro monarcas del mundo, uno Carlos Quinto y tres Filipos, agora que se ve corte, menos cortesana y obediente que debiera, quebrantando el cuarto mandamiento, le usurpa, con los vecinos que cada día le soborna, la autoridad de padre tan digno de ser venerado, vivían pocos tiempos ha tres mujeres hermosas, discretas y casadas; la primera, con el cajero de un caudaloso ginovés, en cuyo servicio ocupado siempre, tenía lugar de asistir en su casa solamente los medios días a comer y las noches a dormir; la segunda tenía por marido a un pintor de nombre, que, en fe del crédito de sus pinceles, trabajaba más había de un mes en el retablo de un monasterio de los más insignes de aquella corte, sin permitirle sus tareas más tiempo para su casa que al primero, pues las fiestas, que daban treguas a sus estudios, eran necesarias para divertir melancolías que la asistencia contemplativa deste ejercicio comunica a sus profesores; y la tercera padecía los celos y años de un marido que pasaba de los cincuenta, sin otra ocupación que de martirizar a la pobre inocente, sustentándose los dos de los alquileres de dos casas razonables que, por ocupar buenos sitios, les rentaba lo suficiente para pasar, con la labor de la afligida mujer, con mediana comodidad la vida.

Eran todas tres muy amigas, por haber antes vivido en

una misma casa, aunque agora habitaban barrios no poco distantes; y, por el consiguiente, los maridos profesaban la misma amistad, comunicándose ellas algunas veces que iban a visitar a la mujer del celoso, porque la pobre, si su marido no la llevaba consigo, era imposible poderles pagar las visitas; y ellos, los días de fiesta, o en la comedia o en la esgrima y juego de argolla, andaban de ordinario juntos.

Un día, pues, que estaban las tres amigas en casa del celoso, contándoles ella sus trabajos, la vigilancia impertinente de su marido, las pendencias que le costaba el día que salía a misa—que, con ser al amanecer y en su compañía, aun de las puntas del manto, porque la llegaban a la cara, tenía celos—, y ellas, compadeciéndose de sus persecuciones, la consolaban, habiendo venido los suyos y estando merendando todos seis, concertaron para el día de San Blas, que se acercaba, salir al sol y a ver al rey, que se decía iba a Nuestra Señora de Atocha aquella tarde; y, por ser un día de Jueves de Compadres, llevar con que celebrar, en una güerta allí cercana, la solenidad desta fiesta—que, aunque no está en el calendario, se solemniza mejor que las de Pascua—, habiendo hecho no poco en alcanzar licencia para que la del celoso necio se hallase en ella.

Cumplióse el plazo, y la merienda, después de la cual, asentadas ellas al sol, que lo hacía apacible, oyendo muchas quejas de la malmaridada, y ellos jugando a los bolos en otra parte de la misma güerta, sucedió que, reparando en una cosa que relucía en un montoncillo de basura, a un rincón della, dijese la mujer del celoso:

—¡Válgame Dios! ¿Qué será aquello que brilla tanto?

Miráronlo las dos, y dijo la del cajero:

—Ya podría ser joya que se le hubiese perdido aquí a

alguna de las muchas damas que se entretienen en esta huerta semejantes días.

Acudió solícita a examinar lo que era la pintora, y sacó en la mano una sortija, de un diamante hermoso y tan fino, que a los reflejos del sol parece que se transformaba en él. Acodiciáronse las tres amigas al interés que prometía tan rico hallazgo, y alegando cada cual en su derecho, afirmaban que le pertenecía de justicia el anillo. La primera decía que, habiéndolo sido en verle, tenía más acción que las demás a poseerle; la segunda afirmaba que, adivinando ella lo que fue, no había razón de usurpársele; y la tercera replicaba a todas que, siendo ella quien le sacó de tan indecente lugar, hallando por experiencia lo que ellas se sospecharon en duda, merecía ser solamente señora de lo que le costó más trabajo que a las demás.

Pasara tan adelante esta porfía, que, viniendo a noticia de sus maridos, pudiera ser ocasionaran en ellos alguna pendencia sobre la acción que pretendía cada una dellas, si la del pintor, que era más cuerda, no las dijera:

—Señoras, la piedra, por ser tan pequeña y consistir su valor en conservarse entera, no consentirá partirse. El venderla es lo más seguro y dividir el precio entre todas, antes que venga a noticia de nuestros dueños y nos priven de su interés o sobre su entera posesión riñan, y sea esta sortija la manzana de la discordia. Pero ¿quién de nosotras será su fiel depositaria sin que las demás se agravien o haya segura confianza de quien se tiene por legítima poseedora desta pieza? Allí está paseándose con otros caballeros el conde mi vecino: comprometamos en él, llamándole aparte, nuestras diferencias, y pasemos todas por lo que sentenciare.

—Soy contenta—dijo la cajera—, que ya le conozco, y fío de su buen juicio y mi derecho que saldré con el pleito.

—Y yo y todo—respondió la malcasada—. Pero ¿cómo me atreveré a informarle de mi justicia estando a vista de mi escrupuloso viejo, siendo el conde mozo y ciertos los celos, con el juego de manos tras ellos?

En esta confusa competencia estaban las tres amigas, cuando, diciendo que pasaba el rey por la puerta, salieron corriendo sus maridos entre la demás gente a verle. Y aprovechándose ellas de la ocasión, llamaron al conde y le propusieron el caso, pidiéndole la resolución dél antes que sus maridos volviesen y el más celoso llevase que reñir a casa, poniéndole la sortija en las manos para que la diese a quien juzgase merecerla.

Era el conde de sutil entendimiento, y con la cortedad del término que le daban, respondió:

—Yo, señoras, no hallo tan declarada la justicia por ninguna de las litigantes, que me atreva a quitársela a las demás. Pero, pues habéis comprometido en mí, digo que sentencio y fallo que cada cual de vosotras, dentro del término de mes y medio, haga una burla a su marido, como no toque en su honra. Y a la que en ella se mostrase más ingeniosa, se le entregará el diamante, y más cincuenta escudos que ofrezco de mi parte, haciéndome entretanto depositario dél. Y porque vuelven vuestros dueños, manos a la labor, y adiós.

Fuese el conde, cuya satisfacción abonó la seguridad de la joya, y su codicia las persuadió a cumplir lo sentenciado. Vinieron sus maridos. Y porque ya la cortedad del día daba muestras de recogerse, lo hicieron todos a sus casas, revolviendo cada cual de las competidoras las librerías de sus embelecos, para estudiar por ellos uno que la sacase vitoriosa en la agudeza y posesión del ocasionador diamante.

El deseo del interés—tan poderoso en las mujeres, que la primera, por el de una manzana, dio en tierra con lo más precioso de nuestra naturaleza—pudo tanto en la del codicioso cajero, que, habiendo sacado por el alquitara de su ingenio la quintaesencia de las burlas, hizo a su marido la que se sigue:

Vivía en su vecindad un astrólogo, grande hombre de sacar por figuras los sucesos de las casas ajenas, cuando quizá en la propia, mientras él consultaba efemérides, su mujer formaba otras que, criándose a su costa, le llamaban padre. Este, pues, tenía conocimiento en la de su vecino contador, y deseos no tan lícitos cuanto disimulados de ser su ayudante en la fábrica del matrimonio. Había la astuta cajera caládole los pensamientos, y aunque, por ser ella tan estimadora de su honra cuanto el amante entrado en días, se los rechazaba, quiso en la necesidad presente valerse de la ocasión y aprovecharse de sus estudios, para lo cual, mostrándosele menos intratable que otras veces, le dijo que, para cierto fin ridículo con que quería regocijar aquellas Carnestolendas, le importaba hiciese creer a su marido que dentro de veinticuatro horas pasaría desta vida a dar cuenta a Dios de la que hasta entonces había mal empleado. Prometióselo, contento de tenerla gustosa, sin inquirir su pretensión. Y mientras, ella, llamando al pintor amigo y celoso necio, concertó con ellos lo que habían de hacer para colorear este disparate, persuadiéndolos que era para regocijarse con semejante burla en días tan ocasionados para ellas. Haciéndose el astrólogo encontradizo con el ignorante cajero, que, cansado de pagar letras, se venía a acostar, le dijo:

—¡Mala color traéis, vecino! ¿Sentís acaso alguna mala disposición en vos?

—Gracias al cielo—le respondió—, si no es el enfado de haber contado hoy más de seis mil reales en vellón, no me he sentido más bueno en mi vida.

—La color a lo menos—replicó—no conforma con vuestra satisfacción. Dadme acá ese pulso.

Diósele, turbado, el ignorante vecino, y arqueando las cejas, con muestras de sentimiento amigable, el cauteloso embelecador dijo:

—Vecino mío, cuando yo no haya sacado otro fruto del conocimiento de los cursos celestes sino el que se me sigue de avisaros de vuestro peligro, doy por bien empleados mis desvelos. Para estas ocasiones son los amigos; no lo fuera yo vuestro si no os avisara de lo que os conviene y menos cuidado os da. Disponed de vuestra hacienda y casa, o, lo que importa más, de vuestra alma, porque yo os digo, por cosa infalible, que mañana a estas horas habréis experimentado en la otra vida. ¡Cuánto mejor os estuviera haber ajustado cuentas con vuestra conciencia que con los libros de caja de vuestros dueños!

Entre turbado y burlón le respondió el pobre moscatel:

—Si este juicio sale tan verdadero como el pronóstico que del año pasado hicistes, todo al revés de como sucedieron sus temporales, más larga vida me prometo de lo que imaginaba.

—Ahora bien—replicó el astrólogo—, yo he cumplido en esto con las leyes de cristiano y amigo. Haced vos lo que mejor os estuviere, que yo sé que no llevaréis queja de mí al otro mundo de que no os lo avisé, pudiendo.

Y dejándole con la palabra en la boca, echó la calle arriba. Turbado y confuso guió a su casa el amenazado cajero, tentándose por el camino los pulsos y más partes de donde podía temer algún asalto repentino y mortal. Pero hallándolo todo en su debida disposición, y no siendo el crédito del adivinante muy abonado, medio burlándose dél y medio temeroso entró en su casa, y sin decir nada a su esposa, por no darla pena, pidió de cenar, que le trujo ella diligente, habiendo conjeturado de sus acciones que ya se había dado principio a aquel estratagema. Comió poco y mal. Y diciendo le hiciesen la cama, se comenzó a desnudar, suspirando de cuando en cuando. Preguntóle lo que tenía, fingiendo sentimientos amorosos, la codiciosa burladora, a que satisfizo fingiendo disgustos con el ginovés que le habían desazonado. Consolóle ella lo mejor que supo. Acostáronse, y fue aun menos el sueño que la cena, notando ella, aunque fingía dormir, cuán buenas disposiciones se iban introduciendo para el fin de sus deseos. Y acudiendo a su ejercicio acostumbrado, fueron de suerte las ocupaciones de aquel día, que no pudo ir a comer a su casa, dándoselo en la del ginovés su amo.

Al anochecer, cuando se tornaba a su posada, estaban a la esquina de una calle, por donde forzosamente había de pasar, el tiniente de su parroquia y otro clérigo con dos o tres hombres, prevenidos por el pintor a instancia de la dicha cajera, diciendo, cuando llegaba cerca dellos, fingiendo no verle y de modo que pudiese oírlos:

—Lastimosa muerte por cierto ha sido la del malogrado Lucas Moreno—que así se llamaba el escuchante.

—Lastimosa—respondió el otro clérigo—, pues sin sacramentos ni otra prevención cristiana le hallaron muerto en su cama esta mañana, estando su mujer, que le amaba tiernamente, de puro dolor cerca de hacerle compañía.

—Lo peor es—dijo otro del corrillo—que el astrólogo su vecino afirma que se lo avisó ayer, y haciendo burla de su pronóstico, sin desmarañar las trampas que los de su oficio traen entre manos, se dejó morir como una bestia.

—Dios tenga misericordia de su alma—replicó el cuarto—, que es de quien podemos tener compasión; que la viuda con dote queda, de lo que quizá él ganó mal, con que asegundar el matrimonio. Y vámonos a acostar, que hace mucho frío.

Iba el pobre Lucas Moreno a satisfacerse dellos y saber si había otro de su nombre que se hubiese muerto aquel día, pero ellos, de industria, dándose las buenas noches, se desaparecieron, dejándole con la turbación que podéis imaginar. Caminó confuso adelante, y en una calle antes de la suya halló al astrólogo hablando con el pintor, que, en viéndole venir, dijo, como que proseguían la plática de su muerte:

—No me quiso creer a mí cuando ayer le dije que se había de morir dentro de veinticuatro horas. ¡Hacen burla los ignorantes de la evidente ciencia de la astrología! Tómese lo que le vino, que yo sé que es esta la hora en que está bien arrepentido de no haberme dado crédito.

Respondió el pintor:

—Era notablemente cabezudo el mal logrado de Lucas Moreno, y no poco glotón. Debió de comer alguna fiambrera ginovesa y daríale alguna apoplejía. Dios le tenga en su gloria y consuele a su afligida mujer, que cierto que habemos perdido un buen amigo.

No pudo sufrirlo el confuso cajero, y, llegándose a ellos, les dijo:

—Señores, ¿qué es esto? ¿Quién me hace las honras

en vida o tomando mi forma se ha muerto por mí? Que yo bueno me siento, gracias a Dios.

Echaron a huir entonces todos, fingiendo espantosos asombros y diciendo a voces: «¡Jesús sea conmigo, Jesús mil veces! ¡El alma de Lucas Moreno anda en pena! ¡Alguna restitución pide que hagamos de su hacienda, por la que debe de haber mal ganado! ¡Conjúrote, de parte de Dios, que no me sigas, sino que desde donde estás me digas qué quieres!», dejándole con esto a pique de sacarlos verdaderos, según el sobresalto que le causó tan apoyada mentira.

Prosiguió, medio desmayado y sin pulsos, hasta cerca de su casa, y junto a ella vio al amigo celoso, que fingía salir della, y le estaba esperando para acabar de desatinarle. Hízosele encontradizo, y al emparejar con él volvió los pasos atrás, y haciéndose mil cruces dijo:

—¡Ánimas benditas del purgatorio! ¿Es ilusión la que veo o es Lucas Moreno difunto?

—Lucas Moreno soy, pero no esotro, amigo Santillana—dijo el asombrado mentecato—. ¿De qué os santiguáis, o cuándo me he muerto yo para hacer tantos aspavientos?

Asióle entonces de la capa, porque no huyese. Y él, dejándosela en las manos, se fue dando gritos, santiguándose y diciendo:

—¡Abrenuncio, espíritu maligno! ¡No debo a Lucas Moreno sino seis reales que me ganó a los bolos el otro día, pero *quod non ponitur non solvitur*; si vienes por ellos, vende esa capa, que no quiero trabacuentas con gente del otro mundo!

Fuese huyendo con esto, quedando nuestro Moreno tan pasmado, que faltó poco para no dar consigo en tierra.

—Alto, no hay más: ¡yo debo de haberme muerto!—decía entre sí muchas veces—. Dios debe de enviarme a esta vida en espíritu, para que disponga de mi hacienda y haga testamento. Pero, válgame Dios, si me morí de repente, ¿cómo ni vi a la hora postrera al demonio ni me han llamado a juicio ni puedo dar señal alguna del otro mundo? Y si soy alma, y el cuerpo quedó en la sepultura, ¿cómo estoy vestido, veo, toco y uso de los sentidos corporales? ¿Si he resucitado? Pero si fuera ansí, ¿no hubiera visto o oído algún ángel que de parte de Dios me lo mandara? Mas ¿qué sé yo de lo que se usa en el otro mundo? Puede ser que me hayan otra vez revestido de mi primera carne, y no se acostumbre allá hablar con escribanos; y como mi oficio es de pluma, tendrán por caso de menos valor tratar con gente de trabacuentas. Lo que yo veo es que todos huyen de mí y me tienen por muerto, hasta los que son mis mayores amigos; y según esto, debe de ser verdad. Pero si dicen que el más amargo trago es el de la muerte, ¿cómo no la he sentido ni me ha dolido nada? Las repentinas deben de entrarse, sin duda, por una puerta y salirse por otra, sin dar lugar al dolor para hacer su oficio. Pero ¿si fuese alguna burla de mis amigos? Que el tiempo es acomodado para ellas, y hasta agora ninguno de los que me encuentran por la calle hace aspavientos de verme sino ellos. ¡Válgate Dios por muerte tan a poca costa!

Haciendo estos discursos desvariados llegó a su casa, y hallándola cerrada, llamó con grandes golpes. La noche estaba fría y escura, y la cavilosa mujer estaba prevenida de lo que había de hacer, y avisada de lo que había pasado. Tenía sola una criada en casa, habiendo de industria enviado dos leguas de allí con un recado fingido a dos criados que vivían en ella. La moza era tan bellaca como su señora, y en oyendo llamar, respondió con una voz lastimada:

—¿Quién está ahí?

—¡Ábreme, Casilda!—dijo el difunto vivo.

—¿Quién llama—replicó—a esta hora en casa donde solo vive el desconsuelo y la viudez?

—¡Acaba ya, necia—volvió a decir—, que soy tu señor! ¿No me conoces? ¡Abre, que llovizna y hace más frío del que permite este lugar!

—¿Mi señor?—respondió ella—. ¡Pluguiera a Dios! ¡Ya le pudre la tierra! Ya está en parte donde, por lo que sabía de cuentas, le habrán hecho cajero mayor del infierno (que allí todas se pagan a letra vista), si Dios no ha tenido misericordia de su ánima.

No pudo entonces, impaciente, sufrir tantas verificaciones de su muerte. Y, así, dando un puntapié al postigo, que no estaba para aguardar otro, quebrando la aldaba, le abrió, huyendo la criada y dando las voces que los demás que habían encontrado en la calle. Salió a ellas la mujer, en hábito de viuda recoleta, fingiéndose alborotada. Y en viéndole, se cayó desmayada, diciendo: «¡Jesús, qué veo!». Faltó poco para no hacer lo mismo el asombrado marido, y tuvo por infalible que estaba muerto. Con todo eso, en pago de las muestras de sentimiento que en su mujer había visto, la llevó en brazos a la cama, desnudándola y echándola en ella—que, aunque lo sentía todo, se daba por medio difunta—. La moza se encerró en otro aposento, disimulando la risa y vendiendo miedos que no tenía.

En fin, el pobre ánima en pena, sin averiguar si comían o no los del otro mundo, abrió un escritorio y dio tras una gaveta de bocados de mermelada, acompañándola con bizcochos y ciruelas de Génova, que ayudó a pasar con los empellones de una bota, cuya alma le había infundido la Membrilla, pareciéndole que no era tan trabajosa la otra vida, pues hallaban tal ayuda de costa los que caminaban por ella. Diose tan buena maña nuestro Lucas Moreno en fortalecer el corazón desfallecido con el cordial remedio, que, cogiéndole algo flaco y desvanecido con las ilusiones burlescas, y subiéndosele el licor de Noé, si no a las barbas, a la cabeza, se halló en la gloria de Baco, desnudándose a zancadillas y echándose al lado de la que todavía disimulaba su desmayo y se tragaba la risa, con no poca resistencia della, que reventaba por salir. En fin, él se acostó entre desmayado y lo otro, embistiendo el sueño con aceros vinosos, que no hay tal jarabe de adormideras como el que saca un lagar. Él durmió hasta la mañana, soñando infiernos, purgatorios y glorias. Y entretanto vinieron los burlones amigos a informarse de lo que pasaba de la criada, y celebrando la buena elección que el difunto había hecho, amortajándose por dentro, de pies a cabeza, con las telas que teje Baco.

Amaneció, viendo que todavía estaba durmiendo su marido, la cautelosa cajera, y se levantó y vistió de gala, enviando fuera de casa el monjil viudo y las hipócritas tocas. Compuso la cara de fiesta y, volviendo a la cama, despertó al aparente finado, diciéndole:

—¿Hasta cuándo habéis de dormir, marido mío? ¿Aún no se han digirido los humos con que anoche os acostastes?

Estremecióle los brazos, tirándole de las narices, conque, dando bostezos, volvió en sí, y viendo a su mujer tan compuesta, la casa de regocijo y sin los lutos y llanto de la noche pasada, admirado de nuevo, dijo:

—Polonia, ¿adónde estoy? ¿Haste tú también muerto como yo, y en fe del amor que me tenías en el siglo y te ha sacado dél vienes a celebrar en este mundo nuevo segundas bodas? ¿De qué enfermedad o cómo salí de la otra vida? Que vive Dios (si en esta se puede jurar) que no sé cómo me he muerto ni a qué partes me ha echado el cielo. ¿Hay camas y aposentos por acá? ¿Véndese vino y bizcochos? ¿Qué arriero me trujo a mi escritorio, que yo anoche saqué dél provisión bastante a consolar la soledad que sin ti sentía por estos países no conocidos?

—¡Buen humor—respondió la astuta fisgona—crían en vos, marido mío, las Carnestolendas! ¿Qué chilindrinas son esas? Acabad, levantaos, que ha enviado a llamaros el ginovés dos veces.

—¿Luego no estoy muerto ni me enterraron ayer?—replicó él.

—En vos a lo menos—respondió entonces ella—debió de enterrarse anoche el alma de nuestra bota, según está de macilenta, pues decís esos disparates.

—Si las almas se entierran, Polonia de mi vida—volvió a decir—, es verdad que anoche la hice las honras, pero ya yo lo estaba en la parroquia, lastimado el tiniente, tristes nuestros amigos, llorando Casilda y enlutada vos.

—¡Acabad agora de ensartar chanzas—replicó ella—, que os llama nuestro ginovés!

—¿Luego también los hay acá?—preguntó él—. No debo yo de estar en carrera de salvación, pues puedo ir donde habitan cambios y se hospedan trampistas.

—Dejémonos de pullas—dijo Polonia—y levantaos de ahí, que parece que habláis de veras y estáis echando bernardinas.

—¡Mujer, por nuestro Señor—respondió Lucas Moreno—que ha veinticuatro horas que estoy muerto y no sé cuántas enterrado! Preguntádselo a Casilda, al tiniente cura de nuestra parroquia, al pintor nuestro amigo, a

Santillana el celoso, al astrólogo nuestro vecino y a vos misma, viuda anoche y enlutada, y agora, a lo que imagino, muerta como yo; que si no me acuerdo mal, anoche os llevé sin pulsos ni aliento a la cama, y os debió de costar el espanto de verme la vida, y sin saber cómo, de la suerte que yo estáis en esta y no lo acabáis de creer.

—¿Qué tropelías son estas, marido mío?—dijo la fingida turbada—. ¿Anoche no nos acostamos buenos y sanos? ¿Qué entierros, difuntos o otros mundos son estos? Casilda, llámame al astrólogo nuestro vecino, que también es médico, y nos dirá lo que le ha dado a mi buen Lucas Moreno, que estas mujercillas con quien trata le deben de haber trastornado el seso.

No sabía qué decir el atronado marido, ni si estaba loco, muerto o vivo, ni la mujer podía sacarle de que era espíritu que volvía a poner orden en su hacienda.

En esto entraron los dos ayudantes de la burla, y refiriendo ella lo que pasaba, le afirmaron, no sin reírse, de que estaba no solo en este mundo, pero en Madrid y su casa, y que si daba todavía en su tema, pararía en la del Nuncio. Vino luego el astrólogo, llamado de la criada, y afirmó que el desvanecimiento de sus libros de caja y cuentas le tenían barrenado el celebro. Conque él, consolado de que vivía y airado de que le tuviesen por loco, les dijo:

—Pues si es verdad que no estoy muerto, ¿de qué sirvieron los espantos y conjuros con que ayer huistes de mí, haciéndoos más cruces que tiene una procesión de penitentes?

—¿Vos me vistes a mí?—replicó el astrólogo—. ¿Cómo puede eso ser, si estuve encerrado todo el día en mi estudio, levantando figura sobre descubrir los ladrones de una joya de diamantes?

—Yo a lo menos—dijo el pintor—no salí del monesterio donde trabajo hasta las once de la noche.

—Pues yo—acudió el viejo—tampoco vi ayer la calle, ocupado en despachar un propio a la Montaña, mi tierra.

—¡Peor está que estaba!—dijo el casi loco de veras—. Vos, señor vecino, ¿no me dijistes anteayer por la noche que, según la mala color, los índices del pulso y pronóstico de vuestras figuras, había de morirme dentro de veinticuatro horas?

—¿Yo?—replicó él—. Pues ha más de cuatro días que no nos vemos ¿y agora salís con eso? Volved en vos, señor Lucas Moreno, que lo debéis de haber soñado esta noche.

—¡Como ello sea sueño y no pura verdad—replicó—, yo haré la costa del martes de Carnestolendas, en albricias de la vida que no sé si tengo!

—Acetamos la fiesta—respondieron todos—. Y para que os acabéis de desengañar, vestíos y vamos a oír misa a la parroquia. Veréis lo que puede en vos la imaginación vehemente.

Hízolo así el incrédulo finado. Y para no cansaros, le sucedió lo mismo con los clérigos que vio el día pasado tratar de su entierro que con los demás amigos. Riyéronse y diéronle picones, que, por no hallarse con caudal para sufrirlos, le obligaron, después de haber cumplido con el convite, a que se ausentase de Madrid a negocios del ginovés por quince días, dando en ellos lugar al olvido, que en la corte sepulta brevemente todos los sucesos, por peregrinos que sean, dejando concertado su mujer con todos los participantes en la burla no dijesen el misterio della a su marido, sino que le persuadiesen a que fue sueño, temerosa de que no hiciesen sus espaldas la costa della.

Entretanto que nuestro cajero experimentaba ausente que estaba vivo, y se moría la fama de su entierro en sueños, no se descuidó la mujer del pintor de ejecutar la burla que tenía imaginada, envidiosa de la buena salida que había tenido la de su competidora. Para lo cual, concertándose con un hermano suyo, amigo de entretenerse a costa ajena, le envió el jueves siguiente a la plazuela de la Cebada a que comprase una puerta, de las muchas que tales días traen a vender allí, que fuese a medida de la que en su casa salía a la calle y por vieja pedía la jubilasen. Trújola con todo secreto de noche, y, escondida donde el pintor no pudiese verla, avisó al burlón hermano de lo que había de hacer y le encerró con otros dos amigos en el sótano.

Vino dos horas después su marido, quedándose en el monesterio donde pintaba los aprendices que tenía moliendo colores, porque se había de acabar el retablo para la Pascua y era necesario darse priesa. Recibióle Mari Pérez—que así se llamaba la codiciosa pintora—con todo cariño y amor. Acostáronse temprano, porque le importaba el madrugar, y durmieron hasta la medianoche—digo el descuidado marido, que ella mal pudiera, preñado el entendimiento con tantas arquitecturas burlescas—. Y llegada aquella hora, comenzó a dar voces y quejarse a gritos la engañosa casada, diciendo: «¡Jesús, que me muero! ¡Marido mío, mi hora es llegada! ¡Tráiganme confesión, presto, presto, que me muero!», y otros extremos semejantes que saben hacer las mujeres cuando se les antoja. Preguntábala, compasivo, su compañero lo que tenía, respondiendo solo:

—¡Jesús! ¡Madre de Dios! ¡Que me muero! ¡Confesión! ¡Sacramentos! ¡Que perezco!

Levantóse a las voces una sobrina que tenía en casa a

suplir los ministerios de una criada, y era partícipe en el engaño; la cual, llorando de verla ansí, aplicándola paños calientes a las tripas, dándola tostadas en vino y canela y haciendo otros remedios semejantes, sin que el dolor cesase, porque la enferma no quería, hubo de obligar al desvelado Morales—que este era el nombre del pintor—a que se levantase, harto contra su voluntad, coligiendo de la complexión que en su mujer conocía, y afirmándolo ella y la sobrina, que aquel accidente era mal de madre, ocasionado de una ensalada que había cenado, cuyo vinagre recio y una rebanada de queso otras veces la habían puesto en el último peligro de la vida. Riñóla de que no escarmentase de tales excesos, y ella le dijo, medio ahogada:

—No es hora, Morales, agora de reprehender lo que no se puede remediar. Vayan a llamar a la comadre Castejona, que sabe mi complexión, y ella sola puede aplicarme con que se me alivie este mal rabioso; o si no, ábranme la sepoltura.

—Mujer mía—respondió el afligido esposo—, la Castejona se ha ido a vivir junto a la puerta de Fuencarral. Nosotros estamos en Lavapiés, la noche es de invierno y, si no mienten las goteras, o llueve o nieva. Aunque yo vaya con todas estas incomodidades, ¿cómo sabemos que se querrá levantar? La otra vez que os apretó ese achaque me acuerdo yo que fue con dos onzas de triaca de esmeralda caliente en la cáscara de media naranja y puesta en la boca del estómago. Yo iré a la botica por ella. Por amor de Dios que os soseguéis y no me consintáis hacer tan larga diligencia, pues ha de ser inútil, y yo tengo de volver con otro mal de madre peor que el vuestro.

Comenzóse a quejar entonces más recio que nunca y a decir:

—¡Bendito sea Dios que tan buena compañía me ha dado! ¡Miren qué imposibles le pido, qué enterrarse conmigo si me muero, qué sangre de sus brazos, qué desperdicios de su hacienda, sino que me llame a una comadre a costa de mojarse un par de zapatos! Ya yo sé que deseáis vos renovar matrimonio y que a cada grito que doy dais vos una cabriola en el corazón, y por eso excusaréis cualquiera diligencia que estorbe vuestros deseos y mis dolores. Volved a acostaros, sosegad y dormid, que, si yo me muriere, declarado dejaré que me distes solimán en la ensalada de anoche.

—¡Mujer, mujer—respondió el marido—, menos libertades, que no tienen los males de madre exenciones de atrevimientos, y podrá ser que con un palo os trasiegue el dolor desde las tripas a las espaldas!

—¿Palos a mi señora tía?—dijo la doncella taimada—. ¡Malos años para vuesa merced y para quien no le sacara los ojos primero con estas uñas!

Iba el pintor a que pusiese la postura a no sé cuántos pretinazos la sacudida moza, que excusó huyendo. Y dando mayores gritos, con alharacas mortales, volvió a pedir la doliente:

—¡Confesión! ¡Comadre! ¡Sacramentos! ¡Que me muero! ¡Ay, que me han dado rejalgar! ¡Jesús! ¡No, no es este mal de madre, sino mal de marido!

Temió alguna burla más pesada de la que sin saberlo le comenzaban a hacer el enojado Morales, y que, si se moría dejando fama que él la había hecho la costa, era echar la soga tras el caldero. Y hubo de apaciguarla con caricias y amores, y encender una linterna, bien necesaria para la escuridad y lodos, poniéndose unas botas, capa aguadera, la capilla sobre el sombrero, y salir en busca de la comadre Castejona, registrándole las goteras que despachaban los tejados a cántaros. Sabía el buen Morales que se había pasado la dicha comadre a la calle de Fuencarral, pero no a qué parte della. Y lloviendo como os he dicho, sin persona en la larga distancia que hay desde Lavapiés a aquel barrio, la noche como boca de lobo y él renegando de su matrimonio, juzgad vosotros si se tardaría buen espacio de tiempo en hallar lo que buscaba y no había menester. Que entretanto que él se va echando en remojo, volveré yo a la enferma de bellaquería y no de males de estómago, la cual, en viendo fuera de casa a su buscón marido, llamó a su hermano, que estaba escondido en la cueva con otros dos amigos, y en un instante quitaron la puerta antigua de la calle y pusieron la nueva, que ya tenía su cerradura y aldaba, y se había ajustado a los quicios y medido, de suerte que, sin ruido, se asentó como de molde. Encima della, en el frontispicio, clavaron una tabla mediana, y escrito en campo blanco, «Casa de posadas». Hecho esto, trujo una caterva de amigos que vivían cerca de allí, con sus mujeres, dos mastines gruñidores, guitarras y castañetas, y de en casa de un figón cena y jira acomodada con el tiempo, celebrando con bailes y borracheras el naufragio del pobre buscacomadres, que, sin hallar la Castejona, no hizo más de importunar aldabas y despertar vecinos.

Con el agua a media pierna y la paciencia al gollete llegó nuestro pintor a su casa. Y oyendo desde la puerta las voces, bailes y grita que pasaba dentro, pensando que la había errado, levantó la linterna; y reconociéndola, vio las puertas nuevas y la tablilla de posadas sobre ella, que le desatinó sobremanera. Volvió a examinar la calle y halló que era la de Lavapiés; recorrió las casas colaterales y conoció que eran las de sus vecinos; reparó en las de enfrente y halló las propias que siempre; volvió a la suya y desconoció la novedad de su puerta y reciente oficio de su título.

—¡Válgame Dios!—dijo, haciéndose cruces—. Hora y media ha que salí de mi casa, donde mi mujer estaba más para llantos que para bailes; en ella solo vivimos los dos y su sobrina; las puertas, aunque menesterosas de reformación, eran las mismas cuando salí que los otros días; casas de posadas en esta calle no las vi en mi vida, y cuando las hubiera, ¿quién puede, de noche y en tan breve tiempo, haberle dado a la mía este ventero privilegio? Pues decir que lo sueño no es posible, que tengo los ojos abiertos y los oídos examinadores deste encantamento. Echar la culpa al vino en tiempo de tanta agua es obligarme a la restitución de su honra. ¿Pues qué puede ser esto?

Tornó a tentar y ver y oír puertas, tablilla y bailes, sin saber a qué atribuir tan repentina transformación. Y asiendo de la aldaba, dio golpes con ella bastantes a despertar el barrio, que no oyeron o no quisieron oír los bailadores huéspedes. Asegundó aldabadas mayores, y después de haberle tenido a curar, como lienzo de Galicia, un buen rato a las goteras, abrió un mozo la ventana de arriba, con un candil encendido en la mano y un tocador en la cabeza, entre sucio y roto, diciendo:

—¡No hay posada, hermano! ¡Vaya con Dios, y menos golpes, que le coronará por necio un orinal de seis días!

—Yo no busco posada que no sea mía—dijo el pintor—, sino que me dejen entrar en mi casa, y me diga el que se hace mandón en ella quién en hora y media la ha dado el nuevo oficio de hostería, habiéndole costado su dinero a Diego de Morales.

—¡De Parras debía de ser—respondió el mozo—el que os desgobierna la lengua, hermano mío! Para quien tan aforrado viene, poco daño le hará el agua de las goteras. ¡Váyase noramala y no toque otra vez a la puerta, que le echaré un mastín que le abra media docena de botanas!

Cerró con esto de golpe la ventana. Prosiguió adentro la jira y bureo, y el pobre pintor, dándose a los diablos, imaginaba que alguna hechicera le hacía estos trampantojos. Menudeaba el cielo cántaros de agua y nieve, a vueltas de un cierzo que le desembarazaba el celebro. La vela de la linterna se había acabado, y, con ella, la paciencia de su portador. Y, ansí, volviendo a dar mayores golpes a la aldaba, oyó que respondía de dentro uno:

—¡Mozo, daca un palo! ¡Suelta esos mastines! ¡Sal allá fuera y hazle a ese borracho una fricación de espaldas con que se le desembarace la cabeza!

Abrióse la puerta entonces y salieron dos perros, que, a no detenerlos el mozo y cerrar tras sí, hicieran que llorara el confuso pintor la burla de veras.

—Hombre del diablo—dijo el ministro—, ¿qué nos queréis aquí con tantos golpes? ¿No os han dicho que no hay posada?

—¡Hermano, esta es la mía!—respondió él—. ¿Quién diablos la ha convertido en mesón, siendo ella, desde mis padres acá, de Diego de Morales?

—¿Qué decís, hermano?—replicó—. ¿Qué morales o azufaifos son esos?

—¡Yo lo soy—dijo—, por la gracia de Dios, pintor conocido en esta corte, estimado en este barrio y habitador desta casa más ha de veinte años! Llamadme a mi mujer, Mari Pérez, si no es que también se ha transformado en mesonera, y sacaráme deste laberinto.

—¿Cómo puede eso ser—prosiguió el mozo—si ha más de seis años que esta casa es hospedería de las más conocidas de cuantos forasteros vienen a Madrid, su dueño Pedro Carrasco, su mujer Mari Molino y yo su criado? ¡Andad con Dios, que, a no teneros lástima, yo os curara por el ensalmo deste garrote la enfermedad vinosa que os deslumbra!

Volvió a cerrar la puerta, entrándose dentro. Y el expelido amo de su casa, atarantado, sin saber qué decir ni hacer, a escuras y atrancando lodos, se fue a la del celoso Santillana. Llamó a ella, y haciéndole levantar, casi a las cuatro de la mañana, encendió luz, creyendo le había sucedido algún desastre o pendencia. Preguntóselo, e informado de lo que pasaba, hizo levantar a su mujer. Y aunque ella sabía el fin a que tiraba la burla, la hizo, en compañía de su marido, del aguado pintor, atribuyéndolo a los hechizos y tropelías que Yepes y San Martín—de quien era no poco devoto—suele hacer en tales noches y tiempos. Encendieron lumbre en que se calentó, dejaron a enjugar su ropa, limpiáronle las botas y, dándole matraca sobre el fieltro, que resistió mejor el agua que sus fisgas, le acostaron en una cama que le hicieron, porfiando él en acreditar lo que había visto, y ellos en afirmar que venía, como dicen, calamocano.

Luego, pues, que la buena Mari Pérez supo por sus espías que se había ausentado su enlodado esposo, asentó la primera puerta, con ayuda de sus convidados, como estaba de antes, quitó la tablilla y, haciendo que se llevasen lo uno y lo otro consigo, los despidió a todos, conjurándolos guardasen secreto. Y quedándose con su sobrina sola, se acostaron, cansados los pies de bailes, las manos de castañetas, los estómagos de comer y las bocas de reír, durmiendo a satisfacción de la cena y entretenimiento hasta la mañana, que volvió su pintor a medio enjugar, en compañía del viejo Santillana, que, casi persuadido con la porfía de nuestro Morales, oyéndole afirmar lo mismo a la mañana que por la noche, deseaba ver esta nueva maravilla. Llegaron en fin a vista de la casa encantada, y hallándola con su puerta antigua, sin tablilla sobre ella, quieta y cerrada, comenzó el viejo a dar cordelejo de nuevo al pobre Morales, y él de nuevo también a desbautizarse, jurando y perjurando que era verdad cuanto le había referido, y alguna arte del demonio aquella, con que pretendía se desesperase. Llamaron, y salió a medio vestir la sobrina, abriendo la embustera puerta. Y en viendo a su casi padrastro, le dijo:

—¿Con qué cara viene vuesa merced, señor tío, a ver a su mujer, ni qué cuenta dará de sí quien, dejándola a la muerte a las doce y enviándole por una comadre, vuelve a las ocho de la mañana sin ella y con esa flema?

—¡Si tú supieras, Brígida—respondió—en lo que por tu tía me he visto esta noche, más lástima tuvieras de mí que quejas! ¡Mañana nos hemos de mudar desta casa, que andan en ella enjambres de demonios!

Oyóle en esto la prevenida enferma, y levantándose como una onza de la cama, en solo manteo, salió dando gritos y diciendo:

—¡Oh, qué solícito marido de la salud de su mujer! ¡Para frío de cuartana valéis lo que pesáis, Morales mío, que no volveréis en toda la vida! ¿Hízoos mal el sereno de anoche? ¿Venís acatarrado? ¡Qué enjuto que os dejó la tempestad pasada! ¡Cerca vivía la piadosa Marta que os hospedó! ¡Bien creístes vos hallarme muerta cuando volviésedes con la Castejona, y entraros por mi dote y hacienda como por viña vendimiada! ¡Pero malos años para vos y para quien tan mal me desea! ¿A qué viene vuesa merced con ese perdido, señor Santillana? Si es a disculparle conmigo, no tiene para qué, que por el siglo de mi madre que he de irme luego al vicario y pedir divorcio. No quiero aguardar otra ensalada cuya sal maliciosa ponga a pique mi vida. Dame de vestir, Brígida. Toma tu manto; huye deste buscacomadres.

—Sosiéguese vuesa merced, señora Mari Pérez—dijo el amigo—, que el señor Morales no tiene la culpa, sino alguna hechicera que, por malos medios, quiere hacerlos malcasados.

—¡Mujer—acudió el afligido pintor—, puesto que os parezca tenéis razón en quejaros de mí, escuchad las mías y hablad menos libre, que me falta paciencia para sufriros, gastada la que tenía en dos embelecos desta noche!

Contóle en esto todo lo que ella mejor se sabía, conque, fingiendo alborotos nuevos, volvió a decir:

—¿A mí con papeles? ¿No ven vuesas mercedes que soy cabos negros y boquiancha? ¿Hay más lindas papandujas que las que me venden? ¿Casa de posadas la mía? ¿Mastines, bureo, bailes y fiestas aquí anoche? ¡Aun si dijeran quejas, maldiciones, suspiros y males acertaran! ¡No lo hubiera hecho mejor conmigo media azumbre del santo y dos mostachones, acompañados de seis bizcochos, que desterraron el mal de madre, que mi cuidadoso marido, que ya mascara tierra la pobre de su mujer!

—Hágaos muy buen provecho, esposa mía—respondió él—, y no permitáis que me entre el mal a mí, dándome tras de una noche tan penosa un día tan pendenciero. ¡Juro a todo lo que puedo jurar, que cuanto os he contado me sucedió! En esta casa debe de haber duendes; con venderla o alquilarla, pasándonos a otra, se remediará todo.

—¡Y cómo que hay duendes, señor tío!—acudió la taimada Brígida—. Las más noches me pellizcan y dan de azotes, aunque blandos, y se ríen a carcajadas.

¿Pues cómo nunca me lo has dicho?—dijo la disimulada tía.

—Porque no imaginasen vuesas mercedes—respondió—que era otra persona, en descrédito de mi opinión y su casa de mis señores tíos.

—Alto, eso debe de ser sin duda—dijo Santillana—. No hay sino perdonarse unos a otros y entrar con buen pie en la Cuaresma, que es mañana.

Hízose así, quedando en ojeriza con los duendes el encantado pintor, y su mujer con esperanza de que premiase su burla el diamante pretendido.

No desmayó la bella malmaridada por ver la prosperidad y sutileza de las burlas de sus dos opositores, antes de un camino satisfizo dos necesidades: el premio de la burla el uno y el otro la cura de su celoso compañero, que dispuso así:

Acababa de llegar a Madrid un religioso hermano suyo por prelado de uno de los monasterios que, fuera de la corte, con la recolección de su vida, apuntalan lo que los vicios tienen a pique de arruinar. No sabía su venida el celoso Santillana, y su mujer, cuando ausente por cartas, y agora presente por papeles y una visita que él la hizo, se le había quejado de la mala vida que sus impertinentes sospechas la daban, y dicho que, si no fuera por su respeto y lo que menoscababa la opinión de las mujeres el poner pleitos a sus maridos y pedir divorcios, se hubiera apartado dél por el vicario. Estaba informado el prudente religioso, de los vecinos y amigos del mal acondicionado viejo, de la razón que su hermana tenía de aborrecerle y vivir desconsolada, deseando hallar un medio con que alumbrarle el entendimiento y, sin romper con el yugo conyugal, persuadirle cuánta satisfacción era justo tuviese de su esposa, y que celos sin ocasión no suelen servir sino de despertar a quien duerme. Pero por más que estudió sobre ello, nunca atinó traza suficiente que venciese la pertinaz malicia que, ya vuelta en costumbre, era casi imposible de desarraigar su sospechosa vejez.

Habíala escrito que mirase ella qué modo le parecía más a propósito para que, sin llegar a dar cuenta de sus trabajos a tribunales causídicos, ella viviese descansada y su marido con sosiego, que, por difícil que fuese, él pondría toda la diligencia imaginable en su ejecución. Ahora, pues, que halló ocasión para ejecutarle en estas promesas, curar al viejo Santillana y de camino llevarse el diamante, una mañana que él se fue a oír misa y sermón, por ser principio de Cuaresma, envió a llamar al bienintencionado fraile, y después de haberse consolado con él, llorándole sus martirios y pesadumbres, le dijo que no hallaba otra traza más a propósito para sacarle de la cabeza aquel tema venenoso de sus celos sino era uno que le propuso, y después sabréis. Refirióselo con toda la elocuencia que dio el artificio persuasivo a las mujeres: con lágrimas, suspiros y encarecimientos, concluyendo en que, si no le ejecutaba, sería imposible no acabar o con sus trabajos descasándose o con su vida rematándola en una viga de su casa por medio de un cordel. El remedio que la mal casada le ofreció tenía muchos inconvenientes, pero, en fin, atropelló con todos el amor de hermano, la piedad de religioso y el deseo de impedir alguna desesperación, creíble de la angustia y sentimiento que nuestra Hipólita—que este era su nombre—mostraba. Prometióla llevar al cabo lo que le pedía. Señalaron el día; despidióse, llegó a su convento y propuso el caso a sus súbditos. Queríanle mucho, y conociendo el provecho que se esperaba de él para la quietud de dos casados, le ofrecieron hacer cuanto les mandase y le animaron a concluirle.

Alentado con esto, envió para el plazo concertado dos onzas de unos polvos eficacísimos para dormir quien los bebiese cuatro o cinco horas, con tanta enajenación de los sentidos, que solo se diferenciaban de la muerte en la breve distancia con que aquellos restituían el alma a sus vitales ejercicios. Recibiólos contenta la astuta Hipólita, asentándose a cenar con su marido; y mezclándolos con el vino, apetitoso a sus años, entre bocado y bocado la daba una reprehensión, y entre trago y trago bebía su sueño. Al último, en fin, sin aguardar a que se levantasen los manteles, cayó como piedra en pozo, siendo tan eficaz la polvareda boticaria, que, a no estar sobre el caso la aplicante y la moza, creyeran—y no las pesara—que había nuestro Santillana desembarazado el matrimonio. Desnudáronle y, echándole en la cama, aguardaron que viniese por él el religioso hermano, que no tardó mucho, pues a las nueve—suficiente hora y quieta para aquel tiempo frío y de invierno—, con dos legos y un coche, se apearon a su puerta. Y entrando dentro, mandó a uno de sus compañeros, que venía prevenido de tijeras y navaja, que le quitase toda la barba y abriese una corona de fraile. No se mostró perezoso el obediente barbero, pues sin bañarle—porque la frialdad del agua no ahogase la virtud de los polvos—le convirtió en reverendo cenobita. Era cerrado de cabellos como de mollera, y, así, salió la corona con toda la perfección, venerable, autorizándola las canas, que se entretejían todo lo posible. Y despachada la barba, no pudo dejar de causarle risa a su mujer, viendo vuelto a su marido de viejo en vieja. Vistiéronle un hábito como el de su hermano, sin sentirlo él más que si esto acaeciera con el conde Partinuplés. Y metiéndole en el coche, encargó el prelado a Hipólita encomendase a Dios el próspero fin de aquel buen principio. Llegó con él a su monasterio, y desembarazando una celda, le desnudaron, acostándole en una cama penitente, dejándole los hábitos sobre una silla y un candil encendido. Juntaron la puerta y se fueron a dormir.

Dos horas había que duraba el éxtasis del ignorante novicio, y dos prosiguió en su dormilona embriaguez, que era el término puesto a la virtud de los polvos, con juridición de solas cuatro horas; y habiéndola comenzado a las ocho, síguese que a las doce fenecería su operación. Tocaron a maitines, como se acostumbra en todos los monasterios, a medianoche, y tras la campana, las matracas con que despiertan a los que se han de levantar, que es un instrumento cuadrado de tablas huecas, llenas de eslabones de hierro, que, cayendo sobre clavos gruesos y meneándolos apriesa, hace un son desapacible para los que despiertan y le conocen, y espantoso para los que coge desapercibidos y bisoños en tan gruñidora música. Así le sucedió al padre Santillana, pues, despertando despavorido, y creyendo que estaba al lado de su mujer y en su cama y casa, dio un grito, diciendo:

—¡Jesús! ¿Qué es esto, Hipólita? ¿Cáese la casa? ¿Hay truenos o vienen por mí los diablos?

Como no le respondió, atentó a los lados, buscando a su mujer. Y no hallándola, lleno de malicias e imaginando que estaba haciéndole fayancas, y con el ruido pasado querían echarle el aposento a cuestas, se levantó furioso y diciendo a voces:

—¿Dónde estás, adúltera? ¡Mala hembra, no dirás ahora que son ilusiones y vejeces las mías! ¿A medianoche fuera de mi cama y aposento, recibiendo por el techo el adúltero? ¡Más leales que tú son para mí las tejas, pues cayéndose me han despertado! ¡Daca mis vestidos, muchacha! ¡Venga la espada, que yo lavaré mi afrenta en la sangre destos traidores!

Esto y buscar los vestidos, hallando en vez dellos los hábitos de fraile, fue todo uno. La novedad de la celda, sin saber cómo o quién le había traído a ella, le tuvo como cada cual podrá juzgar por sí: ni sabía si diese voces, ni si era arte aquella de encantamento, si dormía o velaba. Fue a abrir la puerta, y estaba sobre ella una calavera, que, cayendo sobre la suya los dos huesos de las canillas, le resfriaron la cólera de los celos con la flema del miedo que le causó verse acometido de réquiem. Juzgándolo a mal pronóstico, tomó el candil para ver a qué calle o campo caía aquel aposento encantado, o en qué parte estaba, y vio un tan largo dormitorio, que le cansó la vista, lleno de celdas, con una lámpara en medio.

—¡Válgame Dios! ¿Qué es esto?—dijo, volviéndose a entrar temblando—. ¿No me dormí yo en acabando de cenar anoche? ¿Quién me ha traído aquí ahora, trocando mis vestidos en hábitos? ¿Si estoy en el hospital?, que esta más parece enfermería que habitación política. ¿Si mis celos me han vuelto loco, y para curarme me han traído al Nuncio de Toledo?, que la estrechez deste aposento más parece jaula que hospedería. ¡No sé lo que imagine! Aunque esto último bien puede ser, pues, si no me acuerdo mal, ya andaba mi seso dando zancadillas de puro imaginativo sobre la conservación de mi honra, y no será mucho que haya algunos dos o tres años que me estén curando en el hospital, y ahora, vuelto en mi juicio, me parezca que fue anoche cuando estuve quieto y seguro en mi casa y con mi mujer. Si es esto como imagino, a navaja quitan los cabellos y barbas a los locos y a los galeotes: la mía me sacará deste temor.

Echó mano a ella y hallóla tiple, habiéndola él criado con trabajo; tentóse la cabeza y hallóse coronado por rey de los celosos maridos. Lloró su juicio rematado, teniéndose por conventual del Nuncio, creyendo que por burlarse dél, como suele hacerse con los de su profesión, le habían puesto la cabeza de aquel modo. Con todo eso, se consolaba, pareciéndole que, pues echaba de ver entonces el estado en que estaba, había ya vuelto en su juicio, y, según esto, saldría presto de aquel colegio desacreditado. Solo le desatinaban los hábitos, que le disuadían estas imaginaciones, porque los locos que él había visto en Toledo andaban vestidos de ropas burieladas, pero no de religiosos.

Entre estas confusiones ridículas estaba en su celda, desnudo, sin haberle acordado que se vistiese el frío, ni saber él por dónde o cómo acomodar la diversidad de pliegues y confusión del hábito, que en su vida se había puesto, cuando, entrando el compañero que daba luz a los demás frailes, le dijo:

—¿Cómo no se viste, padre Rebolledo, si ha de ir a maitines?

—¿Quién es aquí Rebolledo, hermano mío, o qué maitines o vísperas son estas que me desatinan?—respondió el casado fraile—. Si sois loco como yo lo he sido y es ese el tema de vuestra enfermedad, ya yo estoy sano por la misericordia de Dios, y no para oír disparates. Decidme dónde hallaré al rector y dejad de rebollearme.

—Con buen humor se levanta, padre Rebolledo— dijo el religioso—. Vístase, que hace frío, y mire que voy a tocar segundo, y que es mal acondicionado el superior.

Fuese con esto, dejándole muy confuso.

—¿Yo Rebolledo?—decía—. ¿Yo fraile y maitines, no habiendo seis horas a mi parecer que al lado de mi Hipólita trataba más en pedirla celos que entonar salmos? ¿Qué es esto, ánimas benditas del purgatorio? ¡Si duermo, quitadme esta molesta pesadilla, y si estoy despierto, reveladme este misterio o restituidme el juicio que sin duda he perdido!

Pasmado se estaba, sin acertar a vestirse, obligándole el frío a traer las frazadas a cuestas, cuando vino otro fraile y le dijo:

—Padre Rebolledo, el vicario de coro dice que por qué no va a maitines, que son cantados, y vuestra reverencia el semanero.

—¡Válgame la corte celestial!—replicó el nuevo fraile—. ¿Que en fin soy padre Rebolledo yo, siendo ayer Santillana? Dígame, religioso, si es que lo es, o hermano loco, si, como imagino, estamos en algún hospital dellos: ¿quién me ha puesto en este estado? ¿Cómo o por qué me han quitado mi casa, mi hacienda, mi mujer, mis vestidos y mis barbas, o qué Urganda la Desconocida o Artús el Encantador anda por aquí y ha rematado con mi seso?

—¡Buena está la flema y disparate—respondió el corista—para la priesa con que vengo a llamarle! Delantero debió de cargar anoche en el refitorio, padre Rebolledo, pues aún no se han despedido los arrobos de Baco. Vístase, y si no acierta, yo le vestiré.

Echóle entonces el hábito encima, y al ponerle la capilla, como era estrecha, creyendo que era algún espíritu malo que quería ahogarle, comenzó a dar gritos:

—¡Arredro vayas, Satanás! ¡Déjame aquí, ángel maldito! ¡Ánimas del purgatorio! ¡Santa Margarita, San Bartolomé, San Miguel, todos abogados contra los demonios, ayuda y favor, y que me ahoga este diablo capilludo!

Y escabulléndosele de las manos, rota la capilla y arañado el fraile, echó a correr por el dormitorio adelante. Atentos y escondidos habían estado oyendo la escarapela ridícula el prelado y súbditos, reventando la risa por romper los límites de la disimulación y silencio que este caso requería; pero, saliendo juntos con las velas encendidas que habían prevenido para el coro, le dijo, severo, el disimulado superior:

—Padre Rebolledo, ¿qué escándalo y descompostura es esta? ¿Al fraile que yo envío para que le llame al coro trata de esa suerte? ¿Las manos pone en un ordenado de grados y corona, y a la culpa de no venir en fiesta doble a hacer su oficio añade el descomulgarse? Aparéjese luego, que con un *Miserere mei* se le aplacarán esos bríos.

—¿Qué es aparejar?—respondió el colérico montañés—. ¿Soy yo bestia? ¡Ya lo estoy para defenderme de vuestras ilusiones! ¡Espíritus condenados, catad la cruz! ¡No tenéis parte en mí, que soy cristiano viejo de la Montaña, bautizado y con crisma! ¡*Fugite, partes adversae*!

Estos y otros desatinos comenzó a ensartar, con no poco tormento de la risa de los circunstantes, que se malograba puertas adentro de la boca; pero, haciéndole agarrar a los donados y diciéndoles el prelado: «Este fraile está loco, mas la pena le hará cuerdo», le asentó en las espaldas de par en par una colación de canelones, que pagó con más cardenales que tiene Roma. Daba gritos que los ponía en el cielo, diciendo:

—Señores, o frailes, o diablos, o lo que sois, ¿qué os ha hecho el pobre Santillana para tratarle con tanta riguridad? Si sois hombres, doleos de otro de vuestra especie, que jamás hizo mal a una mosca ni tiene de qué acusarse, sino de la mala vida que sus celos han dado a su mujer; si sois religiosos, baste la penitencia, pues no cae sobre culpa, que yo sepa; si sois demonios, decidme por qué pecados os permite Dios que me desolléis de esa suerte.

Menudeaba el padre diciplinante azotazos en esto, diciendo:

—¿Todavía da en su tema? Pues veamos quién de los dos se cansa.

—¡Ya lo estoy, padre de mi alma!—respondió el penitente por fuerza—. ¡Por la sangre de Jesucristo que tenga lástima de mí!

—¿Pues enmendaráse de aquí adelante?—preguntó el curador por ensalmo.

—¡Sí, padre mío, yo me enmendaré, aunque no sé de qué!—respondió.

—¿Cómo que no sabe de qué?—replicó—. ¡Miren qué gentil modo de conocer su culpa! Aún no está como ha de estar. Aguarde un poco.

Y diciéndole esto, le taraceaba las espaldas.

—¡Padre de mi corazón—dijo entonces, echándose en el suelo—, confieso que yo soy el más mal hombre que pisa la tierra! ¡Tenga misericordia de mis carnes, pues Dios la tiene de mi alma, que yo me enmendaré!

—¿Sabe—le replicó—que es fraile, y que en los que lo son las culpas veniales son de más escándalo que las mortales del seglar?

—¡Sí, padre—respondía—, fraile soy, aunque indigno!

—¿Sabe la regla que profesó?—proseguía, y él también en responderle—.

—Sí, padre.

—¿Qué regla es?

—La que vuestra paternidad fuere servido. No repare en reglas, aunque entre la del Gran Sofí.

—¿Será desde aquí adelante humilde y cuidadoso en su oficio, padre Rebolledo?

—Seré Rebolledo—respondía—y todo lo que quisieren.

—Pues bese los pies a ese religioso—dijo—maltratado por él, y pídale venia.

—Bésole los pies, padre mío—dijo, llorando de dolor más que de arrepentimiento—, y pídole brevas, o lo que es esto que me mandan le pida.

Soltaron la risa todos entonces, que no pudieron sufrirla. Reprehendiólos el prelado, y diciéndoles:

—¿De qué se ríen, padres, habiendo de llorar la pérdida del juicio de un fraile el mejor que teníamos, y que ha servido quince años este monasterio con la mayor puntualidad que la religión ha visto?

—¿Quince años yo?—decía entre sí el pobre Santillana—. ¿Hay encantamento semejante en cuantos libros de caballerías desvanecen mocedades? Alto, pues tantos lo dicen, verdad debe de ser, aunque no sé el cómo; porque, a no ser así, ¿qué les importaba a estos benditos el maltratarme y afirmallo?

—Véngase al coro con nosotros—le dijo el cuñado que no conocía—.

Obedecióle el celoso, por su daño. Comenzaron a cantar los maitines, y mandóle que entonase la primera antífona. Sabía él de música lo que de vainicas, pero, no osando replicar, temeroso de otra tunda, la cantó regañando, de suerte que, prosiguiendo la risa de todo el coro, y pudiéndola disimular, el superior le mandó llevar al cepo, donde le tuvo tres días, tan fuera de sí, que faltó poco para no renunciar con el siglo el seso. Al cabo dellos le sacaron, y mandó el prelado fuese con un compañero a pedir el pan de limosna que se acostumbra los sábados. Diéronle su talega, y sin replicar palabra, como una oveja, cumplió la obediencia. Llevóle de industria el que le acompañaba a la calle donde vivía su mujer, y reconociendo la casa, alentado y con nuevo espíritu, dijo entre sí:

—¡Aquí de Dios! ¿Esta no es mi casa? ¿Yo no estoy casado con Hipólita? ¿Quién diablos me ha metido en frailías que no apetecí en mi vida? ¡Matrimonio me llamo!

Entróse con esto en el portal, y hallando a su mujer allí, abrazándose con ella, comenzó a decir:

—¡Esposa de mis ojos! ¡Castigo del cielo fue el mío por la mala vida que te he dado! Fraile me han hecho sin saber cómo o por qué, pero desde hoy más buscarán talegueros, que yo matrimonio me llamo.

—¿Qué descompostura es esta?—dijo a voces la malcasada—. ¡Aquí de la vecindad, que este loco atrevido ofende mi honra!

Acudió el compañero y parte de los vecinos, que le desconocieron, por faltarle la longitud de la barba y estar en tan desusado traje, y tan macilento con las penitencias pasadas, que pudiera vender flaqueza a los padres del yermo; y le apartaron a empellones, diciéndole oprobios satíricos.

—Déjenle vuesas mercedes—acudió el compañero— y no se espanten de lo que hace, que ha estado el pobre seis meses loco, y su tema principal es decir a cualquiera mujer que ve que es su esposa. Hémosle tenido en una cadena, y habiendo más ha de dos meses que mostraba tener salud, a falta de frailes, que han ido a predicar por las aldeas esta Cuaresma, me mandaron le trujese conmigo a pedir hoy la limosna, bien contra mi voluntad.

Diéronles todos crédito, lastimados de su desgracia, que cuanto más gritaba afirmando era el marido de Hipólita, más la acreditaba. Llevároncle medio loco de veras, y en son de atado, a su convento. Volviéronle a disciplinar y meter en el cepo, donde, después que purgó más de otro mes los malos días que había dado a su mujer, al cabo dellos y a la medianoche le despertó una voz desde el tejado que estaba sobre la prisión. Y decía en tono triste y sonoroso:

—Hipólita está inocente
de tus maliciosos celos,
y, así, te han hecho los cielos
de ese cepo penitente.
Por necio e impertinente,
en ti su venganza funda
el que te ha dado esa tunda.
Por eso, si sales fuera,
escarmienta en la primera
y no aguardes la segunda.

Repitió esto tres veces la fúnebre voz, y él, puestas las manos, llorando, con la mayor devoción que pudo, respondió:

—¡Oráculo divino o humano, quienquiera que seas, sácame de aquí, que yo prometo verdadera enmienda!

Diéronle después desto de cenar, y la bebida fue de vino, que no lo había probado desde el día primero de su transformación—penitencia más áspera para él que todas las demás—. Bebiólo, y con él dos veces más cantidad de los mismos polvos que primero: durmióse como antes. Habíale crecido el cabello y barba suficientemente. Afeitáronle, dejándole lo uno y lo otro en la disposición antigua, y llevándole en otro coche a su casa, se despidió el religioso, médico de celos, de su hermana, con esperanza de que cuando despertase hallaría sano a su marido y enmendado. Púsole los vestidos seglares sobre un arca cerca de su cabecera; acostóse a su lado. Acabó el sueño junto con la operación de los polvos al amanecer, por haberlos él tomado a las diez de la noche. Despertó en fin, y creyendo hallarse en el cepo, vio que estaba en la cama y a escuras. No lo acababa de creer. Tentó si eran colchones aquellos o madera, y topó a su mujer a su lado. Imaginó que era algún espíritu que proseguía en tentarle; dio voces y ensartó letanías. Estaba velando Hipólita, y aguardando el fin de aquel suceso. Fingió que despertaba, y dijo:

—¿Qué es esto, marido mío? ¿Qué tenéis? ¿Haos dado como suele el mal de ijada?

—¿Quién eres tú que me lo preguntas?—dijo despavorido el ya sano celoso—. Que yo no tengo mal de ijada, sino mal de frailía.

—¿Quién ha de ser la que duerme con vos—respondió—sino vuestra mujer, Hipólita?

—¡Jesús sea conmigo!—replicó él—. ¿Cómo entraste en el convento, mujer de mi vida? ¿No ves que estás descomulgada, y que si lo sabe nuestro mayoral o superior te acanelonará las espaldas, dejándotelas como ruedas de salmón?

—¿Qué convento o qué chanzas son esas, Santillana?—respondió ella—. ¿Dormís todavía, o qué locura es esta?

—¿Luego no soy fraile de quince años ha—preguntado él—y entonador de antífonas?

—Yo no sé lo que os decís con esos latines—replicó ella—. Levantaos, que es mediodía, si habéis de traer que comamos.

Más asombrado que nunca, se tentó la barba y hallóla cumplida, y la cabeza descoronada; mandó abrir la ventana y se vio en su cama y aposento, los vestidos a su lado, sin rastro de cepo ni de hábitos; pidió un espejo y vio otra cara diferente de la que los días pasados le enseñó el de la sacristía. Hacíase cruces, acabando de creer el oráculo coplista. Preguntábale disimulada su mujer que de dónde procedían aquellos espantos. Contóselo todo, concluyendo en que debía de haberlo soñado aquella noche, y Dios le debía de mandar se enmendase y tuviese la satisfacción que era justo de su mujer. Apoyó ella esta quimera diciendo que había prometido nueve misas a las ánimas si le alumbraba a su marido el entendimiento, y que si no, había determinado echarse en el pozo.

—¡No lo permita el cielo, Hipólita de las Hipólitas!—respondió él.

Pidióla perdón, jurando no creer aun lo que viese por sus mismos ojos de allí adelante. Conque, dándola libertad para salir de casa, hubo de ir con las otras dos amigas a la del conde, alegando cada cual su burla, y quedando tan satisfecho él de todas, que por no agraviar a ninguna les dijo:

—El diamante, ocasión de sutilizar, señoras, vuestros ingenios, se me había perdido a mí el día de su hallazgo. Él vale doscientos escudos. Cincuenta prometí de añadidura a la vencedora, que todas merecéis la corona de sutiles en el mundo. Y, así, ya que no puedo premiaros como merecéis, doy a cada una estos trescientos escudos, que tengo por los más bien empleados de cuantos me han granjeado amigos, y quedaré yo muy satisfecho si os servís de esta casa como vuestra.

Encarecieron todas su liberalidad, y volviéndose más amigas que antes, hallaron al cajero vuelto ya de su viaje y olvidada su burla; al pintor, que había vendido su casa y comprado otra, por evitar bellaquerías de duendes; y a Santillana tan satisfecho y enmendado de sus celos, que desde allí adelante veneró a su mujer como a merecedora de oráculos protectores de su buena vida.

## LOS PELIGROS DE LA AUSENCIA
(José Camerino, *Novelas amorosas*)

Ya la madre de las flores, hermosísima Flora, gallarda se mostraba—si llena de regocijo y risa—viendo lisonjeada su venida y gala de mil volátiles escuadrones de músicas avecillas, al mismo tiempo que los apacibles airecillos, retozando entre las flores de los matizados campos, dilataban en el mundo—felices émulos de los de Arabia—sus naturales olores, causando en él universal contento, cuando, en segura paz ya respirando, libre por el valor del capitán Narsete de armas estranjeras la bella Italia, los dos leales amigos Camilo y César, que, siguiendo las banderas del mismo caudillo, habían acreditado en diversas batallas la nobleza que les dio en su nacimiento la triunfante Roma, tristes en el común contento por apartar la suprema autoridad del general, a los que tenía enlazados una amistad verdadera, dejando en la bella Florencia a César, adonde a la sazón estaban, y enviando a Constantinopla a purgar las querellas que había dado de él la envidia a Camilo, con esperanzas de que el César remunerase con liberal mano sus servicios; el cual, viéndose ausentar de los secretos favores de Laudemia, noble y hermosa—tanto, que a ser cuarta en el juicio del pastor de Ida, perdiera la madre de Amor, sin queja de las dos diosas, la manzana de oro—, sentía arrancársele el alma, sin poderse quejar, temiendo no derribar con el descubrimiento de sus penas la honra de su dueño; que, como era verdadero amante, le atormentaba más su imaginada ofensa que la cierta ausencia. Y, así, mendigando descanso, admitiera los diversos arbitrios de quedarse que le proponía Amor para dársele si no los contrastara el honor—verdugo en nobles pechos de las más fuertes pasiones—, que, rasgando el antifaz de placeres que había puesto a la infamia el engañoso amor, le forzó con su espantosa fealdad a aborrecer lo que más deseaba. Pero, recelando mudanzas, determinó, para asegurarse, con el consentimiento de Laudemia—que alcanzó primero—, fiar a su amigo los encubiertos amores. Y lo ejecutó una fresca mañana, paseándose los dos ribera del caudaloso Arno, diciendo:

—A no me asegurar tu mucha prudencia, y desde nuestra niñez en tantas ocasiones la conocida amistad, temiendo sus quejas, dejara enterrado en mi silencio el suceso que, para confirmarla verdadera, te ruego escuches atento:

»En el pasado estío, ensayando incendios, abrasaba con sus ardientes rayos el dios de Delo la tierra, cuando yo, en una de sus más rigurosas fiestas, entre los verdes árboles que poco de la puerta al prado distantes riega con sus líquidos cristales este río, que herviendo entonces buscaba, para alivio del grande calor, de los más cercanos la fresca sombra, resistiendo su fuego con las frondosas ramas, no muy lejos, entre unas verdes matas, con voz lastimosa oía un viejo quejarse de esta manera: «¡Ah, inútil y cansada vejez! ¿Qué aprovechan los bríos del ánimo si faltan para vengar agravios las fuerzas que ha consumido el voraz tiempo, dejándome solamente para desahogo del corazón lagrimas y suspiros? Que, corrido el ser que en sombra solamente de hombre tengo, me fuerza a huir de poblado y hacer testigos de mis quejas a estas plantas que, movidas del aire, parece se lastiman de mis desdichas, que si no las remedia el piadoso cielo, viviré infeliz, sufriendo muertes el tiempo que, descuidada la Parca, no cortare el hilo de esta miserable vida», acompañando el fin de estas razones con muchos sollozos, señales ciertas de las lágrimas que le sacaba el interno dolor; y yo, lastimado y deseoso de saber la causa de él, fuime adonde me pareció lloraba, y a pocos pasos le hallé tendido, bordando con sus canas el verde sitio. El cual, disimulando el llanto en viéndome, levantárase, a no le rogar yo se sirviera de darme parte de sus penas, que, cuando no las pudiese remediar, ayudaría con el sentimiento de mis pocas fuerzas el suyo, tan conocido por grave en las quejas que le había oído. El cual, desencuadernando con su vista mi cuerpo y talle antes que para satisfacer mi curiosidad mandara sentarme, así comenzó su lastimosa historia:

—Nací en esta ciudad y me crié estudiando en hojas de acero la defensa de mi patria, hacienda y honra, como deben hacer los caballeros nobles. Y después de haber en los años de mi juventud, en diversas ocasiones que me dieron las continuas guerras de Italia, mostrando al mundo no haber faltado a las obligaciones de mi nacimiento y crianza, cansado de tanto vagar, en el invierno de mi edad volví a la patria, que dejé en la primavera de mis años, y, deseoso de que heredasen propios hijos la poca hacienda que me había dejado el bélico furor, procuré esposa cuya mocedad no me condenase al rigor de celos (que, atormentados, sufren los viejos que escogen para compañera la que pudiera ser hija) ni con la mucha edad estorbara el fin del santo himeneo. Y, así, después del tiempo que bastó, se hizo preñada, y parió al suyo una niña que le costó la vida, dejándole, en testimonio del amor que la tenía, su propio nombre, que era Laudemia; la cual, creciendo, con el nombre que alcanzó de hermosa acreditó las señales que había dado de ello en su nacimiento. Y, así, siendo ya de edad de trece años, fue vista de un noble caballero de esta ciudad en el templo de nuestro protector, el día que, devotos, celebramos su fiesta, y se mostró tan enamorado, que, siendo mozo y galán, vio en breve tiempo ciertas señales de no ser desfavorecido, conque, animado, intentó rendir a la tierna doncella; pero con la honesta y varonil resistencia, mostrándose mi verdadera hija, las hizo todas vanas. Mas no por esto desistió de su porfía, antes creciendo en la resistencia del desenfrenado apetito y haciendo punto de honra el alcanzar lo que una vez se había determinado a pretender, entró una noche en mi casa, sin consentimiento de Laudemia, ayudado de una doncella suya (que dádivas pudieron obligarla a tanto), en ocasión que dormía descuidada de tal traición. Mas apenas comenzaba a dejar los vestidos cuando despertó, y sintiendo gente cerca de su cama, se amedrentó, y mucho más cuando, no sufriendo dilación el traidor mancebo, se le acercó para manchar con su infame boca la limpia cara de mi hija, cuyas voces le forzaron a dejar la empresa, temeroso de que no le cogiesen. Pero no pudo hacerlo tan a su salvo, que no le conociese y acuchillase un fiel criado de mi casa, que no lo fue en callar tan desdichado suceso. Y, así, habiéndose publicado en Florencia, va mi honra, que con arroyos de sangre he sustentado, fluctuando ahora con la de mi hija en las lenguas de la vil plebe, la cual, inclinada al mal, no hay duda ninguna de que se atreva a infamar mi crédito el menor de ella. Pues Fabio (que este es el nombre del alevoso caballero), que pudiera remediarle casándose con mi hija, en venganza de no haber consentido el cumplimiento de sus injustos deseos no solamente quiere hacerlos, pero viendo que mis canas no pueden cobrar con el acero lo que cobrara del mundo todo en mi florida edad, se burla de ello, y en el infierno de nuestras penas halla su descanso y gloria. Y, así, noble y piadoso caballero, os suplico me dejéis llorar solo las desdichas que me niegan vengar mis pocas fuerzas, pues ya que por no faltar a la cortesía os he contado toda mi lastimosa historia.

»Y con esto calló, regando con diluvios de lágrimas su blanca y venerable barba.

—Aliviara—le respondí—con retóricas razones estas penas si no me forzaran las obligaciones de mi nacimiento, robustas por la marcial crianza, a mostrar con obras el sentimiento que de ellas tengo. Y, así, podéis estar seguro de que si no lavare con la sangre de Fabio vuestra manchada honra, la dejaré anegada en la que derramaré mía, cuando el cielo me niegue la victoria que vuestra justicia me promete.

»Cuya respuesta alegró tanto al afligido viejo, que, siendo estrecha puente la lengua para pasar las tropas de agradecimientos que enviaba el alma, me asió, sin podérselo estorbar, y besó muchas veces las manos; y levantándose, me pidió encarecidamente me fuese con él a su casa para que viese a Laudemia, por quien había de aventurar la vida, y para consultar la traza de la venganza.

»Obedecíle al fin, volviendo a la ciudad por una de las muchas calles cuyos frondosos árboles, crecidos con el blanco cristal de este río, le hacen verdes murallas. Y llegando a su casa, entramos en un jardín que desde la puerta convidaba a verle, y en la más florida parte de él, junto a una fuente que hacía el herido Adonis con el agua que en lugar de sangre echaba por la herida, hallamos a la hermosa Laudemia arrimada a Venus, que aun en mármol mostraba, llorando la muerte del mal logrado mancebo, la fuerza de su hijo; y levantándose a encontrar a su padre, daba mayores quilates de perfección a las flores que pisaba, y las que, alentadas con su vista, aspiraban al imperio de las demás, no dejaban que se atreviese a ser juez el entendimiento en competencia tanta. Y llegando a besarle la mano, no se lo consintió, diciéndole:

—Recibe a este caballero que, lastimado de nuestras desdichas, viene a remediarlas.

»A cuyas palabras volvió sus divinos ojos, dando ya a los claveles (que levantó al trono de su hermosa cara, antes ocupado de blancas azucenas) la corona de todas las flores, y a mí las gracias, que le pareció se debían al pequeño servicio que deseaba hacerle, con razones de mí no entendidas por la gloria que en amoroso éxtasis me repartía Amor; si bien, pasada la turbación, no encubriendo la causa de ella, la aseguré, con lenguaje solamente concedido a los amantes, que me apremiaba con sus leyes y nuevos decretos Amor a cumplir lo que con ruegos había alcanzado la piedad, y solamente aguardaba de su boca la orden para alentar con ella mis fuerzas. Y, así, reprehendiendo con su respuesta mi atrevimiento, mostró en los honrados respetos su nobleza, diciendo:

—La muerte que merece el desacato de Fabio será justo castigo de su culpa, pero no quitará las sospechas de que haya llevado atrevido galán lo que aun a los propios maridos contrastan en los principios las honestas doncellas. Y aunque el justo aborrecimiento pida sangrienta venganza, el honor me obliga a que os suplique le apremiéis borre con el santo matrimonio la mancha que, imaginada solo, no puede lavarse con un inmenso océano de sangre.

»Helando la mía con las honradas y discretas razones que me notificaron en mi pretensión fuerte resistencia, prometí no exceder un punto de su orden. Y despidiéndome, la supliqué me diese, como a su defensor, algún favor con que en los aprietos de la batalla venciese a la Fortuna, las más veces señora de ellas. Y en señal de su casta intención me dio, obedeciendo a su padre, una blanca banda que traía, cuyo favor me volvió a mi casa tan deseoso de merecerle, que envié al punto un billete de desafío a Fabio, en caso que no cumpliese con las obligaciones que la debía; pero le aceptó, con grandísimo contento mío, porque no consentía Amor, aunque me mandaba obedecer, que fuese yo mismo el instrumento de las penas que había de pasar, viendo gozar a otro la hermosura que tanto deseaba. Y habiendo salido de la ciudad a aguardarle, no le dejó su propia conciencia que saliese, y después le busqué en vano dos meses, en los cuales creció tanto el amoroso fuego con las forzosas visitas que le hacía, por darle cuenta de lo que pasaba, que, no habiendo de quitar la vida a Fabio, me holgaba de que no pareciese, esperando que podría ablandar el tiempo su rigor, no habiendo podido en todo este alcanzar un pequeño favor.

»Y, así, una mañana que muy triste me hallaba salí para divertirme en un caballo turco al campo, y habiéndome alejado casi dos leguas de la ciudad, encontré a Fabio, que solo venía en otro, y con él tuve la reñida batalla que supiste, pero no la causa de ella, adonde, venciendo mi razón a su valor, le obligué a casarse con Laudemia. Mas apenas quedó certificada Florencia de este casamiento, cuando secretamente se fue de esta ciudad a la corte del César, adonde ha estado dos años y se halla al presente, sin acordarse de las obligaciones que como a noble caballero le corren, dejando sobre las flacas basas de hermosura y muger (¡necio marido!) el edificio de su honra toda, que cayó finalmente a la continua batería que le dio mi amor, habiendo particularmente con extraordinarias finezas dado muestras de él en una grave y larga enfermedad que casi la trasladó en los brazos de la muerte. Y, así, he vivido en todo este tiempo con la pacífica posesión de mi Laudemia el más venturoso amante que conoció el mismo Amor, sin recelo de que pudiese poderoso contrario privarme de tanto bien, por ser blando el más fuerte diamante a vista de su firmeza, ni yo triunfara en tiempo alguno de su hermosura a no le dar ocasión de rendirse con el menosprecio de ella, que publicó con su ausencia el mal avisado Fabio; que, aborrecida, la mujer más casta venga su agravio con infames modos, respetos que pudieran obligar a tenerlos con las suyas a los más necios maridos; que debe, quien desea perfectamente serlo, mostrar casado las finezas de galán.

»Este dichoso estado turba, deseoso de mis acrecentamientos, el general Narsete, a quien me fuerza obedecer, contra el poder del Ciego Niño. El fuerte honor y temores de no le quitar a mi querida han causado que te encubra mis dichas, que, a poderlo hacer, a mí mismo las ocultara, no siendo verdadero amante el que en daño de su dama publica los favores que le hace. Mas siendo forzoso en mi ausencia encomendarla a persona que la aconseje y ayude en los peligrosos trances, en los cuales forzosamente la pondrá el fruto amoroso que pocos días ha le ocupa el vientre, en el escritorio de tu pecho deposito estos secretos que estoy cierto guardarás, desmintiendo con servirla y regalarla esta ausencia que le haré breve (porque no lo sea mi vida, que, sin el alma, que en Florencia dejo, no puede durar mucho), asegurándote que la obligación en que me pondrá el cuidado que tendrás del mío será tal, que quitará el poder a tu voluntad de obligarme más; y yo, en recompensa, con el César seré ministro del premio que merecen tus famosas hazañas. Y perdone nuestra estrecha amistad los términos que quiere Amor se usen en confiar tan importante caso.

Asomando en los ojos con estas últimas razones las lágrimas, que detuvo, afrentado, el marcial valor. Y César le respondió:

—Por nuestra amistad te prometo y juro servir de manera a tu Laudemia, que dude si de galán o de amigo se les deba nombre a mis finezas.

Y replicándole que no se prometía menos de su voluntad, concertaron de visitar el día siguiente, como hicieron, a Laudemia, y la hallaron retirada a solas, bordando una verde banda para su querido amante, a quien recibió con las ternezas que obligaba la cercana ausencia, sin recelarse de César, por saber le había comunicado Camilo toda su amorosa historia. Y solamente pagó con muestras de agradecimiento los corteses ofrecimientos que le hizo y atajó el amante, diciendo:

—Los amigos, que celebra con grandes encomios la Antigüedad, Damón y Pitia no llegaron, querido dueño, a serlo tan fieles y perfectos como los que aquí tienes: César y Camilo; causa que me ha movido en esta ausencia que me fuerzan hacer los rigurosos hados a dejarte a César, para que, vivo retrato mío, te sirva el tiempo que, acrisolando Amor mi fe con las más acendradas penas de su rigor, estaré, mártir amante, lejos del bien que él mismo, desde el cielo de tu hermosa cara, dejando par obscuro del tercero su antiguo trono, liberalmente reparte; y sea en tantos males segura caravela que de mis angustias lleve nuevas, y alcance en tus cartas socorro de favores que conserven la vida; porque, volviendo a verte, quede Amor asombrado de ver tan grande el nuestro, y que a la Parca quite las esperanzas de poder en tiempo alguno dividirnos. Y, así, podrás fiarle lo que a mí no encubrieras, que nos distingue solamente el nombre, siendo un alma sola la que da vida a entrambos. Y si fuere mi dicha tanta que crezca el pequeño testigo de nuestros amores que tienes en tus entrañas, ya que, cansado de tinieblas, deshaga lazos y quebrante fuerte la cárcel, le dejarás el cuidado de encubrirle y buscar segunda madre que le sustente.

Como de nuevo se ofreció César a cumplirlo, y queriendo renovar Laudemia las gracias, lo estorbó la venida de su padre, causándole no poca turbación, por temerse de que no hubiese entendido lo referido. Pero se la quitó Camilo, diciendo al viejo caballero que, por ser el día siguiente su partida, en la despedida quería dejarle su mayor amigo, para que, en su lugar, en las ocasiones que pudiesen ofrecérsele, le sirviese, mientras él, ausente, se detenía en la corte de Constantinopla. Y con esto le presentó a César, que acompañó con corteses razones las de Camilo, y todas agradeció el viejo, con infinito contento de Laudemia, que, viéndose con esto libre del repentino sobresalto, pidió con muchas veras a Camilo les diese cuenta, en llegando, del discurso de su viaje, seguro de que no podría sucederles cosa de más gusto que saber hubiese sido bueno, y asimismo de sus acrecentamientos, que esperaban serían muy grandes, si correspondiesen a los servicios que en tantas ocasiones había hecho a la imperial corona, y más favoreciéndolos y creditándolos, como testigo de vista, el gran Narsete.

En él respondió que estribaba toda su esperanza, no

pudiendo en merecimientos propios, pero que en deseos de poderles más bien servir le alentaban a que fuese por estremo ambicioso de mayores grandezas, y que les daría parte de todos los buenos o malos sucesos de su vida.

—Recíbala por su compañero el tiempo—replicó, enternecido, el viejo padre de Laudemia—. Y si para alargarla gusta el cielo que deje yo los pocos días que de la mía me quedan, iré glorioso a la otra de haber satisfecho en parte al amor y obligación que os tengo.

Abrazándole con estas últimas razones, que acreditó con lágrimas, deteniendo Laudemia con mucha fuerza las suyas, por no manifestar con ellas mayor y menos loable voluntad, que por entonces pagó con otros cumplimientos, dejando Camilo para la noche—que había de verse con ella—lo que le estorbaba el respeto de su padre, de quien se despidió con muchos abrazos. Y mientras, perezoso a su ver, se detuvo en el cielo con su dorado carro el rubio Apolo, encareció de nuevo a su amigo la hermosura de su dueño, conque no sintió la tardanza de la noche, la cual, para favorecer a los dos amantes, parece que empleó en tinieblas todo su caudal, de cuya ocasión, gozando Camilo, se fue con César a la calle de Laudemia, a tiempo que les pareció que todos estarían sepultados en profundo sueño. Adonde, hecha la acostumbrada seña, una criada suya les abrió la puerta y la hallaron en su cuarto, algo apartada del de su padre. Y, sentados, quedaron los dos amantes suspensos, y, clavados los ojos cada uno en los de su dueño, publicaron con mudas palabras el sentimiento de tan cercana ausencia, que no se atrevía con la lengua a manifestarle el mismo amor. Y después de gran rato desató la suya Camilo, diciendo:

—Si yo pudiese, mi bien, en este trance manifestar las ansias del corazón, bien sé que de mi mal se lastimara la crueldad misma. Y si no me quitare el fiero dolor la vida, ausente de ti, estaré agonizando siempre, teniendo solamente algún alivio cuando sepa que no han podido la ausencia y tiempo hacer en tu amor y fe mudanza alguna, que en mí sus efectos solo serán rigurosos tormentos, porque tan al vivo te llevo retratada en el alma, que antes la perderé que pueda en mi pecho caber sombra de agravio.

—Bien te persuadirás—le respondió, enseñando rocíos el alba con las perlas que llovía de sus hermosos ojos—que has encarecido muy bien tu pena, que, en fin, si bien te apremia el honor, es voluntaria, y que no me dejas lugar de descubrirte la forzosa mía, la cual es tanto mayor cuanto me faltan para manifestarla retóricos encarecimientos, que en la escuela de Amor solo he aprendido a sentir. Y plegue a Dios que no muestre lo mucho que en esto sé con la pérdida de mi vida, que deseo conservar para prueba de mi firmeza y fe, advirtiéndote que la griega no llega a los quilates de la nuestra. Y, así, procura no trocarla en aquella tierra adonde tu voluntad o reputación te lleva.

Dejándose caer con estas razones en sus brazos. Y para volverla en sí no buscó otra agua que la de sus ojos, cediendo ya al amor los marciales bríos. Y viéndola en su primero estado, la juró, por los soles de sus ojos, por los altos cielos y por el firme amor que la tenía, de perder antes mil veces la vida que consentir asomo alguno de desleal pensamiento. Conque, alegrándose algo más, se estuvieron lo restante de la noche en dulces y amorosos coloquios, con nuevos y inusitados requiebros, acreditando el amor que se tenían. Ya que se descubría, descolorida y anhelante, por venir huyendo de su viejo Titón, el alba hermosa, que no se atrevió a bordar de aljófar los campos, temiendo de los líquidos cristales que había derramado Laudemia la conocida ventaja, se despidieron, no les consintiendo Amor otras razones que lágrimas y suspiros, retórica que nunca a los amantes falta.

Y poco después salió de Florencia para Constantinopla, cuyo viaje va haciendo, en tanto que refiero lo que pasó entre su amigo y Laudemia. A quien, con ocasión de consolarla en sus tristezas, visitaba muy de ordinario, de que resultó rendirse tanto a su discreción y noble trato, que juzgaba perdido el día que dispensaba en otras conversaciones. Y, así, frecuentaba la suya con tanto cuidado, que dio causa a curiosos vecinos de notarle, y él a sentir otros nuevos contentos, los cuales, creciendo con el gusto de mirar y contemplar la hermosura que o ciego no había hasta entonces visto o descuidado había mirado, despertaron en poco tiempo deseos de más particulares favores que las ordinarias demonstraciones de voluntad que como amigo de Camilo alcanzaba. Y no habiendo curado el mal, que iba cada día dilatándose, mostró al fin de pocos ser fuerte amor el que, disfrazado en no conocido placer y blandos deseos, se había poco a poco apoderado del alma, la cual ya en incendio de amoroso fuego se abrasaba, sin poder hallar descanso alguno, porque el de manifestar a Laudemia sus penas para que las remediase no dejaba le admitiese la amistad verdadera que desde tiernos años profesaba con Camilo, juzgando más apacible la muerte que romper la prometida fe. Y, así, pasaba la más penosa vida que jamás hubiese probado el más afligido amante. Y no pudiendo finalmente hacer más resistencia, habló a

Laudemia en su jardín junto a una fuente de esta manera, diciendo:

—Hallará mi amor fe y disculpa si, de estos líquidos cristales haciendo espejo, miras la hermosura que, para dechado de nuevas deidades, superior te dio naturaleza. Y si no alcanzare el deseo lo que no se atreve a aguardar sin merecimientos la esperanza, hecho infierno de amor asombraré con mis penas a los que en las tartáreas cuevas pagan con eternos tormentos las maldades que contra el cielo cometieron, escarmentando con mis dilatadas muertes a los más atrevidos de los mortales, que no pretendan ser venturosos por osados, sino que soliciten diligentes los méritos la dicha que desean.

Pero que ya que le respondía Laudemia, arrepentido de haberse declarado desleal amigo, prosiguió:

—¿No os parece, mi señora, que podría yo también mostrarme tierno amante?

A que respondió, no muy segura que fuesen burlas:

—Si tales sabéis hacer los ensayos, ¿cuales serán las veras? Creo que no habrá dama tan altiva, que no se rinda a vuestras lástimas, tan dulcemente os sabéis quejar. Y os certifico que nunca las verdades de Camilo enternecieron mi pecho como vuestros fingimientos, y deseo veros enamorado solamente por no perder el gusto de escuchar vuestra pasión tan bien encarecida.

—La que tengo es tan grande—replicó César—, que, conocida, me promete blando lugar en el pecho más empedernido. Y las leyes de otro amor y voluntad más casta son las que en sí misma la detienen, amenazando infamia si no se encubre, que temo más que la misma muerte, pues esta ya la deseo y llamo a voces que venga a librarme, piadosa, con su rigor de los males que paso, y, enemiga, huye, negando ejercer su funesto oficio en tiempo que no sea dichoso. Y, así, podéis favorecerme, para quedar luego vengada de mis atrevimientos, si os han causado enojos.

—No me guarden los cielos—respondió Laudemia— si no he de escribir a Camilo vuestro donaire, y que procuráis alegrarme con extraordinarios modos, enseñando amores al más perfecto amante.

—A quien lo es de veras—replicó César—nunca el cuerdo descubre semejantes burlas, no solo de los amigos más fieles, pero ni aun de los que la misma naturaleza asegura; y más apartando montes y dividiendo mares a los que bien se quieren, que la ausencia muestra a los amantes, cual obscura noche a tiernos niños en sombras gigantes, terribles celos, que suelen muchas veces quitar con el miedo y su insufrible rigor a unos y otros la vida. Y por cuanto estimo la vuestra no volveré más a mis burlas si no prometéis que en ningún tiempo las sabrá Camilo, que parece no puede escusarlas, a la vista de tanta hermosura, el más compuesto mancebo, por no mostrarse, ya que no le rinde Amor sin conocimiento del bien que admira el mundo.

De cuyas razones, por el temor que mostró en ellas, quedó Laudemia certificada de su amor. Y, disimulando, le aseguró que daría muerte a su primera determinación, por no perder tan gustosos ratos, dejando con esto el amoroso razonamiento, y a César lleno de mil varios pensamientos, no pudiendo persuadirse a que Laudemia, acostumbrada a tretas de amor, no hubiese conocido el suyo, y que, estando cierta de ello, no mostrase algún pequeño sentimiento, señal que juzgó segura de ser admitido. Conque, alimentando las amorosas esperanzas, se vio en poco tiempo tan rico y contento con ellas, que no las trocara por la más firme posesión, y las mismas se la ponían a su voluntad en los brazos del deseo, que, engañado con esto, enfrenaba su acostumbrada impaciencia. Y la perdió cuando el mismo César, pasados tres meses que había salido Camilo de Florencia, llevó a Laudemia una carta suya que, abierta, decía:

Octava maravilla del mundo podré decir con verdad que ha sido llegar yo vivo sin ti a esta ciudad, adonde me ha parecido bien lo que he visto bueno en ella, por ser todo lo hermoso que, o naturaleza o su imitadora, el arte, han producido y hecho bosquejos de tu suma beldad. El César, airado, queda mal satisfecho de mi general, que la envidia deslustra las más famosas hazañas. Yo he sido, si compañero suyo, bien recibido, pero dejaré, si tarda la merced que esto me promete, por desmayar el sufrimiento solo con la imaginación de tan larga ausencia.

De cuyas postreras razones nació tan valiente en Laudemia el contento, que derribó todas las ya crecidas esperanzas de César, a quien enseñó la misma su respuesta, que quiso escribir luego en esta forma:

Desbarataste luego con el aviso de su buena llegada, querido mío, mil ejércitos de temores que me tenían, siendo su caudillo Amor, cercada el alma, y ya se veía en tal aprieto, que estuvo a pique, desesperando de poder resistirlos, de desampararme. Queda muy alentada con la esperanza de su venida, pero advierte que el dilatarla será tenerla en continuo martirio, porque las más breves horas cuentan por siglos los deseos.

Con cuyas enamoradas razones pasó mortales parasismos una sola esperanza, que enferma y flaca había quedado a César de poder quizá con el favor del tiempo y declaradas diligencias rendir la que entonces parecía no poderse desear. Y, así, después de haberle dado mil parabienes de las buenas nuevas que él mismo le había llevado, se fue muy triste y afligido a su casa, adonde, llegando, lastimó la soledad de un retrete con mil enamoradas quejas. Y, cansado, quedó sobre una cama profundamente dormido, en cuyo sueño le pareció que veía una venerable mujer vertiendo de mil heridas otros tantos arroyos de sangre; que, lastimado, quiso socorrerla, y rogándole con muchas veras le dijese quién había sido el inhumano que con tan bárbara crueldad regaba con fuentes de su líquida púrpura el suelo, oyó responderse:

—Tú eres, oh César, el desleal y cruel que, olvidado de tu nobleza y de lo que a tu amigo debes, has hecho en mí el estrago que tú mismo aborreces. Vuelve en ti, y no tuerzan a la razón, de todas nuestras acciones natural señora, halagos amorosos, ni des con tu temor al Ciego Niño las fuerzas que él no tiene, si te lastiman, como muestras, mis males; que son grandes, sí, pero ocultos tienen más fácil el remedio, que quizá manifiestos a mí me darán la muerte y a ti perpetua infamia. Sobra el honor perdido, da muerte al apetito y viva la amistad que siempre profesaste verdadera, que esta victoria puede hacerte tan famoso, que veas obscurecidas con la tuya las antiguas amistades que más celebran las historias.

Y, desapareciendo, le dejó tan confuso y corrido que, por no ser visto de los hombres, se escondía en los más desiertos yermos. Cuya congoja le despertó, con el corazón tan alborotado, que parecía querer faltarle del pecho, el cual estaba con los demás miembros de su cuerpo lleno de sudor frío. Y, sosegado, si bien conoció ser causa de su sueño las descuidadas batallas que, despierto, hacían contra sus deseos allá entre sí prudente la razón, fuerte la voluntad, quedó rendido, no habiendo aún vencido Amor sus nobles respetos. Y desde entonces determinó, sufriendo sus penas y encubriendo su amor, manifestar los quilates de su amistad, procurando cumplir con las obligaciones que tenía a su amigo. Y así lo hizo, guardando a Laudemia de sí mismo y de las fuertes diligencias que hacía Octavio, noble caballero de aquella ciudad, para rendirla, pues con lisonjera violencia profanaba el silencio de las quietas noches con continuas músicas, que, con dulces y suaves acentos, penetrando las paredes, llevaban a Laudemia amorosos recaudos; que si bien no los admitiría la voluntad, el natural deseo que tienen las mujeres de ser festejadas hacía que no le pesase de ello. Y, así, temeroso César de alguna caída—que la facilita quien, fiado en sí mismo, no huye las ocasiones, que el desviarlas se debe a la prudencia y el salir bien de ellas a la fortuna—, se determinó aguardarle una noche. Y apenas empezó la música cuando se le presentó bien armado, con el acero desnudo, y le hizo dejar, muy malherido, con otros dos compañeros, la calle; y sin ser conocido, volvió a su casa. Y rondado todas las noches la de Laudemia, la libró de este peligro.

Y huyendo de manifestarle más su encubierto fuego, le causó—por haberle ya conocido—curiosidad de saber la causa de tan repentina mudanza, celosa, sin amor, de que por otro nuevo la dejase. Y, así, determinó, fingiendo la misma pasión que él había manifestado, dársela con cuidadoso descuido a entender, por verle de nuevo enamorado; que la mujer hermosa no puede sufrir, si bien no favorece, que o por otra hermosura o por su altivez mude el amor quien se le mostró una vez. Y lo ejecutó, haciéndole mil extraordinarios favores y diciéndole tales y tantas ternezas, que, avivando su fuego, le causaba mayores tormentos de los pasados, por obligarle la amistad a resistir la posesión de lo que más deseaba, y a su parecer ya no se la contrastaba sino su misma voluntad.

Pero, resistiendo a tales batallas, llegó el tiempo del parto, y en una aldea adonde Laudemia se había retirado con una fiel criada suya, parió secretamente un hermoso niño, que llamó Silvio, y César le entregó a una labradora que le criase. Y estando para dar aviso de todo a Camilo, le tuvieron con sus cartas de la muerte de Fabio, que se la dio de noche en Constantinopla un caballero griego, celoso amante de una dama a quien él festejaba con recompensa de públicos favores; de cuyas tristes nuevas, haciendo la hermosa Laudemia las debidas demonstraciones, vistió negro luto, en el cual apareció tan superior su belleza, que asombró de nuevo a toda Florencia: causa que mil gallardos caballeros solicitasen su casamiento, sin hallar en ella demonstración alguna de inclinarse a segundas bodas, habiendo crecido extraordinariamente con la muerte de Fabio el amor de Camilo, a quien, respondiendo a su carta, dio cuenta de todo. Y habiéndola él recibido, con la merced que el emperador le había hecho de tres mil ducados de renta, se volvió por la posta a Florencia, adonde le recibió Laudemia con las ternezas que requería el grande amor con que se amaban. Y le acreditaron con los dulces lazos del himeneo, con consentimiento de su padre. Y César, alegre de ver su verdadera amistad triunfante del Ciego Amor, temiendo nuevas ocasiones, dejó a Florencia y al amigo, que, contento del buen suceso de sus amores, vivió lo restante de su vida dichosamente.

## LA PRUDENTE VENGANZA
(Lope de Vega, *La Circe*)

Prometo a vuestra merced que me obliga a escribir en materia que no sé cómo pueda acertar a servirla, que, como cada escritor tiene su genio particular a que se aplica, el mío no debe de ser este, aunque a muchos se lo parezca. Es genio, por si vuestra merced no lo sabe—que no está obligada a saberlo—, aquella inclinación que nos guía más a unas cosas que a otras. Y, así, defraudar el genio es negar a la naturaleza lo que apetece, como lo sintió el poeta satírico. Púsole la Antigüedad en la frente, porque en ella se conoce si hacemos alguna cosa con voluntad o sin ella. Esto es sin meternos en la opinión de Platón con Sócrates y de Plutarco con Bruto, y de Virgilio, que creyó que todos los lugares tenían su genio, cuando dijo:

> Así después habló, y, un verde ramo
> ceñido por las sienes, a los genios
> de los lugares y a la diosa Telus,
> primera entre los dioses, a las ninfas
> y ignotos ríos ruega humildemente.

Advirtiendo primero que no sirvo sin gusto a vuestra merced en esto, sino que es diferente estudio de mi natural inclinación. Y más en esta novela, que tengo de ser por fuerza trágico, cosa más adversa a quien tiene, como yo, tan cerca a Júpiter. Pero pues en lo que se hace por el gusto propio se merece menos que en forzalle, oblíguese más vuestra merced al agradecimiento y oiga la poca dicha en una mujer casada en tiempo menos riguroso, pues Dios la puso en estado que no tiene que temer, cuando tuviera condición para tales peligros.

En la opulenta Sevilla, ciudad que no conociera ventaja a la gran Tebas (pues si ella mereció este nombre porque tuvo cien puertas, por una sola de sus muros ha entrado y entra el mayor tesoro que consta por memoria de los hombres haber tenido el mundo), Lisardo, caballero mozo, bien nacido, bien proporcionado, bien entendido y bienquisto, y con todos estos bienes y los que le había dejado un padre que trabajó sin descanso, como si después de muerto hubiera de llevar a la otra vida lo que adquirió en estas, servía y afectuosamente amaba a Laura, mujer ilustre por su nacimiento, por su dote y por muchos que le dio la naturaleza, que con estudio particular parece que la hizo.

Salía Laura las fiestas a misa en compañía de su madre; apeábase de un coche con tan gentil disposición y brío, que no solo a Lisardo, que la esperaba a la puerta de la iglesia, como pobre, para pedirle con los ojos alguna piedad de la mucha riqueza de los suyos, pero a cuantos la miraban acaso o con cuidado robaba el alma. Dos años pasó Lisardo en esta cobardía amorosa, sin osar a más licencia que hacer los ojos lenguas y el mirar tierno intérprete de su corazón y papel de su deseo. Al fin de los cuales, un dichoso día, vio salir de su casa algún apercebimiento de comida, con alboroto y regocijo de unos esclavos; y preguntando a uno de ellos, con quien tenía más conocimiento, la causa, le dijo que iban a una huerta Laura y sus padres, donde habían de estar hasta la noche. Tiénelas hermosísimas Sevilla en las riberas de Guadalquivir, río de oro, no en las arenas (que los antiguos daban a Hermo, Pactolo y Tajo, que pintaba Claudiano:

> No le hartarán, con la española arena
> preciosa tempestad del claro Tajo,
> no las doradas aguas del Pactolo
> rubio, ni aunque agotase todo el Hermo,
> con tanta sed ardía),

sino en que por él entran tantas ricas flotas, llenas de plata y oro del Nuevo Mundo. Informado Lisardo del sitio, fletó un barco, y con dos criados se anticipó a su viaje y ocupó lo más escondido de la güerta. Llegó con sus padres Laura, y pensando que de solos los árboles era vista, en solo el faldellín, cubierto de oro, y la pretinilla comenzó a correr por ellos, a la manera que suelen las doncellas el día que el recogimiento de su casa les permite la licencia del campo. Caerá vuestra merced fácilmente en este traje, que, si no me engaño, la vi en él un día, tan descuidada como Laura pero no menos hermosa. Ya con esto voy seguro que no le desagrade a vuestra merced la novela, porque como a los letrados llaman ingenios, a los valientes Césares, a los liberales Alejandros y a los señores heroicos, no hay lisonja para las mujeres como llamarlas hermosas. Bien es verdad que en las que lo son es menos, pero si no se les dijese, y muchas veces, pensarían que no lo son y deberían más al espejo que a nuestra cortesía.

Lisardo, pues, contemplaba en Laura, y ella se alargó tanto, corriendo por varias sendas, que cerca de donde él estaba la paró un arroyo, que, como dicen los romances, murmuraba o se reía. Mayormente aquel principio:

Riyéndose va un arroyo,
sus guijas parecen dientes,
porque vio los pies descalzos
a la primavera alegre.

Y no he dicho esto a vuestra merced sin causa, porque él debió de reírse de ver los de Laura, hermosa primavera entonces, que—convidada del cristal del agua y del bullicio de la arena, que, hacia algunas pequeñas islas, pensando detenerla, competían entrambos—se descalzó y los bañó un rato, pareciendo en el arroyo ramo de azucenas en vidro. Fuese Laura (que verdaderamente parece palabra significativa, como cuando decimos: «Aquí fue Troya»); sus padres la recibieron con cuidado, que ya les parecía larga su ausencia, así era grande el amor que la tenían (y le sintió el trágico:

¡Con cuán estrecho lazo
de sangre asido tienes,
naturaleza poderosa, a un padre!).

Hiciéronla mil regalos, aunque riña Cremes a Menedemo que no quería, en Terencio, que se mostrase amor a los hijos.

Avisó en estos medios un criado de Lisardo a Fenisa, que lo era de Laura, de que estaba allí su dueño. Estos dos se habían mirado con más libertad, como su honor era menos, y la advirtió de que habían venido sin prevención alguna de sustento, porque Lisardo solo le tenía de los ojos de Laura (que los criados disimulan menos las necesidades de la naturaleza que sufren con tanta prudencia los hombres nobles). Fenisa lo dijo a Laura, que, encendiéndose de honesta vergüenza como pura rosa, se le alteró la sangre, porque de la continuación de los ojos de Lisardo había tenido que sosegar en el alma con la honra y en el deseo con el entendimiento. Y a hurto de su madre le dijo:

—No me digas eso otra vez.

Creyó Fenisa lo severo del rostro, creyó lo lacónico de las palabras (y advierta vuestra merced que quiere decir 'lo breve', porque eran muy enemigos los lacedemonios del hablar largo; creo que si alcanzaran esta edad se cayeran muertos. Visitóme un hidalgo un día, y habiéndome forzado a oír las hazañas de su padre en las Indias más de tres horas, cuando pensé que era su intento que le escribiese algún libro, me pidió limosna). Fenisa, finalmente, creyó a Laura—que parece principio de relación de comedia—, y como sabía su recato, no le volvió a decir cosa ninguna. Pero viendo Laura que era más bien mandada de lo que ella quisiera, le dijo a solas:

—¿Cómo tuvo ese caballero tanto atrevimiento que viniese a esta huerta, sabiendo que no podían faltar de aquí mis padres?

—Como ha dos años que os quiere—respondió Fenisa.

—¿Dos años?—dijo Laura—. ¿Tanto ha que es loco?

—No lo parece Lisardo—replicó la esclava—, porque tal cordura, tal prudencia, tal modestia en tan pocos años, yo no la he visto en hombre.

—¿De qué le conoces tú?—dijo Laura.

—De lo mismo que tú—respondió Fenisa.

—Pues ¿mírate a ti?—prosiguió la enamorada doncella.

—No, señora—replicó la maliciosa esclava—, que a la cuenta vos sola en Sevilla merecéis el desatinado amor con que os adora.

—¿Con que me adora?—dijo riéndose Laura—. ¿Quién te ha enseñado a ti ese lenguaje? ¿No basta que me quiera?

—Bastara a lo menos—replicó Fenisa—, pues vos no correspondéis a tanto amor, siendo igual vuestro, y que fuera tanta dicha de los dos casaros.

—No tengo yo de casarme—dijo Laura—, que quiero ser religiosa.

—No puede ser eso—respondió Fenisa—, porque sois única a vuestros padres y habéis de heredar cinco mil ducados de renta, y vale vuestro dote sesenta, sin más de veinte que vuestra agüela os ha dejado.

—Mira que te aviso—dijo Laura entonces—que no te pase por la imaginación hablarme más en Lisardo. Lisardo hallará quien merezca ese amor que dices, que yo no me inclino a Lisardo, aunque ha dos años que Lisardo me mira.

—Yo lo haré, señora—replicó Fenisa—, pero muchos Lisardos me parecen esos en tu boca para no tener ninguno en el alma.

Ya se llegaba la hora del comer y ponían las mesas—para que sepa vuestra merced que no es esta novela libro de pastores, sino que han de comer y cenar todas las veces que se ofreciere ocasión—, cuando Laura dijo a Fenisa:

—Lástima es, Fenisa, que ese caballero no coma por mi causa.

—¿No decías—respondió la esclava—que no te hablase en él?

—Así es verdad—replicó Laura—, y yo no hablo en

él, sino en que coma. Haz, por tu vida, de suerte que nuestro cocinero te dé alguna cosa que le lleves, y dásela a su criado como que es tuya esta memoria.

—Que me place—dijo Fenisa—, para merecer algo, como quien lleva al pobre la limosna que otro da, para que sea tuya la piedad y mía la diligencia.

Hízolo así Fenisa, y tomando un capón y dos perdices, con alguna fruta y pan blanco, de que es tan fértil Sevilla, lo llevó al referido y le dijo:

—Bien lo puede comer Lisardo con gusto, que Laura se lo envía.

Túvole de manera este caballero, agradecidísimo a tanto favor, que ya se desesperaban los criados y se atrevieron a decirle:

—Si así come vuestra merced, ¿qué ha de quedar para nosotros?

—No sois—replicó Lisardo—dignos vosotros de los favores de Laura; tanto, que, si algo queda, se me ha de guardar para la tarde.

Crueldad le habrá parecido a vuestra merced la de Lisardo, aunque no sé si me ha de responder: «No me parece sino hambre». Y cierto que tendrá razón si no sabe lo que come un enamorado favorecido a tales horas. Pero, porque no le tenga vuestra merced por hombre grosero, sepa que les dio dos doblones de a cuatro—que era siglo en que los había—para que fuese el uno a Sevilla por lo que tuviese gusto, lo que ellos no hicieron, y, partiendo la moneda, se llegaron hacia la casa de la huerta, donde las criadas los proveían de todo lo necesario.

Algo de esto vía Laura, con harto gusto suyo. Y no se escondiendo a sus padres, quisieron saber quién eran aquellos hombres, que, preguntados, respondieron que músicos. Y deseando alegrar a Laura, dijo el padre que entrasen, de que ellos se holgaron en estremo. Y trayendo un instrumento, que claro está que le había de haber en la huerta o traelle las criadas de Laura, que algunas por lo moreno eran inclinadas al baile, con estremadas voces Fabio y Antandro cantaron así:

—Entre dos mansos arroyos,
que, de blanca nieve, el sol,
a ruego de un verde valle,
en agua los transformó,
mal pagado y bien perdido
—propia de amor condición,
que obliga con los agravios,
y con los favores no—,
estaba Silvio mirando
del agua el curso veloz,
corrido de que riendo
se burle de su dolor.
Y como por las pizarras
iba dilatando el son,
a los risueños cristales
dijo con llorosa voz:
«*Como no saben de celos*
*ni de pasiones de amor,*
*ríense los arroyuelos*
*de ver cómo lloro yo.*
Si amar las piedras se causa
de sequedad y calor,
bien hace en reírse el agua,
pues por fría nunca amó.
Lo mismo sucede a Filis,
que para el mismo rigor
es de más helada nieve
que los arroyuelos son.
Ellos en la sierra nacen

y ella entre peñas nació,
que solo para reírse
ablanda su condición.
Al castigo de sus burlas
tan necia venganza doy,
que estos dos arroyos miran
en mis ojos otros dos.
Lágrimas que dan venganza
notables flaquezas son,
mas deben de ser de ira,
que no es posible de amor.
No me pesa a mí de amar
sujeto de tal valor,
que apenas puede a su altura
llegar la imaginación.
Pésame de que ella sepa
que la quiero tanto yo,
porque siempre vive libre
quien tiene satisfación.
Por eso digo a las aguas
que risueñas corren hoy,
trasladando de su risa
las perlas y la ocasión:
*como no saben de celos*
*ni de pasiones de amor,*
*ríense los arroyuelos*
*de ver cómo lloro yo».*

Dudosa estaba Laura, mientras cantaban Fabio y Antandro estos versos, si se habían hecho por ella. Y aunque en todo convenían con el pensamiento de Lisardo en quejarse de celos, le pareció que difería mucho de su honestidad y recogimiento, si bien esto no satisfacía a la duda, porque los amantes, sin dárselos, tienen celos, y no han menester ocasión para quejarse (a la traza de los niños, que se suelen enojar de lo que ellos mismos hacen). Pidieron los padres de Laura a Fabio no se cansase tan presto, y él y Antandro, en un tono del único músico Juan Blas de Castro, cantaron así:

—*Corazón, ¿dónde estuvistes*
*que tan mala noche me distes?*
¿Dónde fuistes, corazón,
que no estuvistes conmigo?
Siendo yo tan vuestro amigo,
¿os vais donde no lo son?
Si aquella dulce ocasión
os ha detenido ansí,
¿qué le dijistes de mí
y de vos qué le dijistes,
*que tan mala noche me distes*?
A los ojos es hacer,
corazón, alevosía,
pues lo que ellos ven de día,
de noche lo vais a ver.
Ellos me suelen poner
en ocasiones de gloria,
pero vos con la memoria.
Yo no sé dónde estuvistes,
*que tan mala noche me distes.*
Corazón, muy libre andáis,
cuando preso me tenéis,
pues os vais cuando queréis,
aunque yo quiero que os vais.
Allá vivís y allá estáis:
no parece que sois mío.
Si pensáis que yo os envío,
¿qué esperanzas me trujistes,
*que tan mala noche me distes*?

Ya se quedaban los instrumentos con el eco de las consonancias, aunque, si bien me acuerdo, no era más de uno, cuando Laura preguntó a Fabio quién era el escritor de aquellas letras. Fabio le respondió que un caballero que se llamaba Lisardo, mancebo de veinte y cuatro años, a quien ellos servían.

—Por cierto—dijo Laura—que él tiene muy cuerdo ingenio.

—Sí tiene—dijo Antandro—, y acompañado de linda disposición y talle, pero sobre todo de mucha virtud y recogimiento.

—¿Tiene padres?—dijo el de Laura.

—No, señor—respondió Fabio—. Ya murió Alberto de Silva, que vuestra merced habrá conocido en esta ciudad.

—Sí conocí—dijo el viejo—, y era grande amigo mío y de los hombres ricos de esta ciudad. Y me acuerdo de ese caballero su hijo cuando era niño y comenzaba a estudiar gramática, y me alegro que haya salido tan semejante a su padre. ¿No trata de casarse agora?

—Sí trata—dijo Antandro—, y lo desea en estremo, con una hermosa doncella igual a sus merecimientos en dotes naturales y bienes de fortuna.

Con esto los mandó regalar Menandro, que así era el nombre del padre de Laura, y ellos se despidieron, contando entre los árboles a Lisardo todo lo que les había sucedido, que los estaba esperando desesperado.

Laura quedó cuidadosa, llena de solícito temor—que así difine el amor Ovidio—, porque dio en imaginar que aquella doncella con quien quería casarse Lisardo era otra, y que las finezas eran fingidas, no conociendo que Antandro lo había dicho para que Laura entendiese su deseo: así es temeroso el amor, atribuyendo siempre en su daño hasta su mismo provecho. No pudo alegrarse más, y dando prisa a sus padres con no sentirse buena, se volvieron a Sevilla. Durmió mal aquella noche, y el día siguiente la afligió tanto aquel pensamiento, que se vino a resolver en escribirle. Vuestra merced juzgue si esta dama era cuerda, que yo nunca me he puesto a corregir a quien ama. Borró veinte papeles y dio el peor y el último a Fenisa, que, con admiración—que se pudiera llamar espanto—, le llevó a Lisardo, que en aquel punto iba a subir a caballo para pasear su calle. Casi fuera de sí oyó el recado de palabra, y llevándola de la mano a un jardín pequeño, que enfrente de la puerta principal de su casa ofrecía a la vista algunos verdes naranjos, la dio muchos abrazos. Y recibiendo el papel con más salvas que si trujera veneno, abrió la nema, guardó la cubierta y leyó así:

Los años que vuestra merced me ha obligado a su conocimiento parece que me fuerzan en cortesía a darle el parabién de su casamiento, que a mis padres contaron sus criados, mayormente siendo tan acertado, con dama tan hermosa y rica. Pero suplico a vuestra merced que ella no sepa este atrevimiento mío, que me tendrá por envidiosa, y vuestra merced no ha menester hacer gala de mi cortesía para acreditarse, pues no será esa señora tan humilde, que no piense que lo que ella merece vale por sí mismo esta general estimación de todas.

Con una blanda risa, más en los ojos que en la boca, dobló el papel Lisardo, y por lo que había contado Antandro conoció el engaño de Laura, o que se había valido de aquella industria para provocarle a desafío de tinta y pluma, que en las de amor es lo mismo que de espada y capa. Llevó a Fenisa a un curioso aposento, bien adornado de escritorios, libros y pinturas, donde le dijo que se entretuviese mientras escribía. Fenisa puso los ojos en un retrato de Laura que un excelente pintor había hecho al vuelo, de solo verla en misa, y Lisardo escribió, haciendo gala de que fuese aprisa y con donaire. Y, cerrado el papel, abrió un escritorio, y dando cien escudos a Fenisa, le abrió las entrañas. Fuese la esclava, y Lisardo volvió a leer el papel otras dos veces, y poniéndole la cubierta encima, le acomodó en una naveta de un escritorio, donde tenía sus joyas, porque así le pareció que le engastaba. Llegó Fenisa donde Laura esperaba la respuesta con inquietud notable, diole el papel, contóle el gusto con que la había recibido, el aseo de su aposento, la grandeza de su casa y calló los cien escudos, aunque hizo mal, que también esto obliga a quien ama y desea ser amada, pero peor hubiera sido que confesara la mitad, como hacen muchos criados, en ofensa grave de la liberalidad de los amantes. Abrió Laura el papel con menos ceremonias, aunque por ventura con más sentimiento, y leyó así:

La señora que yo sirvo, y lo es de mi libertad, y con quien deseo casarme, es vuestra merced. Y esto mismo dijo Antandro para que en este sentido se entendiese. Con esta satisfación pudiera vuestra merced tener envidia de sí misma, si yo mereciera lo que dice para honrarme, que no tengo ni tendré otro dueño mientras tuviere vida.

Cuando yo llego a pensar por dónde comienzan dos amantes el proemio de su historia, me parece el amor la obra más excelente de la naturaleza. Y en esto no me engaño, pues bien sabe toda la filosofía que consiste en él la generación y conservación de todas las cosas, en cuya unión viven, aunque entre la armonía de los cielos, que el aforismo de que todas las cosas se hacen a manera de contienda, eso mismo que las repugna las enlaza. Y así se ve que los elementos que son los mayores contrarios simbolizan en algunas cosas y comunican sus calidades: convienen el fuego y el aire en el calor, porque el fuego le tiene sumo y el aire moderado; el fuego y la tierra en lo seco; el aire y el agua en lo húmido, y el agua y la tierra en lo frío, de cuya conveniencia es fuerza amarse; y a este ejemplo, las demás de la generación y corrupción de la naturaleza. Pero dirá vuestra merced: «¿Qué tienen que ver los elementos y principios de la generación de amor con las calidades elementales?». Mas bien sabe vuestra merced que nuestra humana fábrica tiene de ellos su origen, y que su armonía y concordancia se sustenta y engendra de este principio, que, como siente el Filósofo, es la primera raíz de todas las pasiones naturales.

Notable edificio, pues, levanta amor en esta primera piedra de un papel que sin prudencia escribió esta doncella a un hombre tan mozo, que no tenía esperiencia de otra voluntad desde que había nacido. ¿Quién vio edificio sobre papel firme, ni qué duración se podrá prometer la precipitada voluntad de estos dos amantes, que desde este día se escribieron y hablaron, si bien honestamente, fundados en la esperanza del justo matrimonio? Y tengo por sin duda que si luego pidiera Lisardo a Laura, Menandro lo hubiera tenido a dicha. Pero el querer primero cada uno conquistar la voluntad del otro—a lo menos asegurarse de ella—dio causa a que la dilación trujese varios accidentes, como suele en todas las cosas donde se acude con la ejecución después del maduro acuerdo, como sintió Salustio.

Tenía Lisardo un amigo que desde sus tiernos años lo había sido, igual en calidad y hacienda, llamado Otavio, procedido de ciertos caballeros ginoveses que en aquella ciudad habían vivido y a quien la mar no había correspondido, ingrata, a lo que en confianza suya habían aventurado. Este amaba desatinadamente una cortesana que vivía en la ciudad, tan libre y descompuesta, que por su bizarría y despejo público era conocida de todos. Pasaba el pobre Otavio sus locuras con inmenso trabajo de su espíritu y no pequeño daño de su hacienda, porque a vuelta de cabeza se la cargaba de infinito peso, mayormente si se descuidaba de comprar por instantes lo que le parecía que tenía adquirido. Amor no se conserva sin esto, yo lo confieso, pero en este género de mujeres es la codicia insaciable. Hame acontecido reparar en unas yerbas que tengo en un pequeño huerto que con la furia del sol de los caniculares se desmayan de forma que, tendidas por la tierra, juzgo por imposible que se levanten, y echándolas agua aquella noche, las hallo por la mañana como pudieran estar en abril después de una amorosa lluvia. Este efeto considero en la tibieza y desmayo del amor de las cortesanas, cuando la plata y oro las despierta y alegra tan velozmente que el galán que de noche fue aborrecido porque no da, a la mañana es querido porque ha dado.

Olvidada finalmente Dorotea—que así se llamaba esta dama—de las obligaciones que tenía a Otavio, puso los ojos en un perulero rico—así se llaman—, hombre de mediana edad y no de mala persona, aseo y entendimiento. A pocos lances conoció Otavio la mudanza, y siguiéndola un día, la vio entrar disfrazada en la casa del indiano referido, donde esperó desatinado a que tomase puerto en la calle de aquella embarcación tan atrevida. Y asiéndola del brazo, la dio, con poco temor del perulero y vergüenza de la vecindad, algunos bofetones. A sus voces y de la criada, que llegando a defenderla partieron la ganancia, salió Fineo—que este fue su nombre, o lo es agora—, y con dos criados suyos le hizo salir de la calle, con menos honor que si se quedara en ella pero con más provecho suyo. Corrido Otavio, como era justo, porque al huir—dice Carranza y lo aprueba el gran don Luis Pacheco—no hay satisfación, dio parte a su amigo Lisardo de su disgusto. Y con los dos criados músicos referidos fueron a esperarle dos o tres noches, porque él no salía sin cuidado de su casa. Y la última, que venía de visitar un amigo (¡Oh noche, qué de desdichas tienes a tu cuenta! No en balde te llamó Estacio acomodada a engaños, Séneca horrenda, y los poetas hija de la tierra y de las parcas, que es lo mismo que de la muerte, pues ellas matan y la tierra consume lo que entierra), saliéronle al paso Otavio y Lisardo con los criados, y dándole muchas cuchilladas, se defendió valerosamente con los suyos hasta que cayó muerto, dejando a Otavio herido de una estocada, de que también murió de allí a tres días. Estos estuvo retraído Lisardo, y queriendo hacer fuerza la justicia en sacarle de la iglesia, le fue forzoso ausentarse, y con grandes lágrimas de Laura y suyas salió de Sevilla; y por ser ocasión en que se partía la flota de Nueva España, aconsejado de amigos y deudos, se pasó a las Indias.

Fue tan difícil de remediar este caso, aunque de entrambas partes había dos muertes, que no pudo volver a Sevilla Lisardo cuando pensaba. En triste ausencia quedó Laura, con tan notable sentimiento de su partida, conocido de sus padres, que con algún advertimiento reparaban en Lisardo, y no les pesara de que fuera su yerno. Pero habiendo pasado dos años de inmensa tristeza, le propusieron algunos casamientos para sacarla de ella, de personas ilustres y dignas de su hermosura, calidad y hacienda. Era de suerte lo que Laura sentía que le tratasen de esto, que cada vez que lo intentaban la tenían por muerta. Pero, habiéndose informado de Fenisa y entendiendo que mientras estuviese en esperanza de casarse con Lisardo no admitiría casamiento alguno, determinó Menandro de fingir una carta que diese nuevas, entre otras relaciones, de que Lisardo se había casado en México, y una aparte para un amigo suyo, que, visitándole, dejase caer al descuido; que, hallada de Laura, decía así:

En este viaje no tengo que advertiros más de que todo se despacha bien, y mejor lo que vos menos pensábades. Llegó bueno el virrey y creo que nos habemos de hallar muy bien con él, porque es un gran príncipe, celoso del servicio de Dios y de Su Majestad. Hacedme placer de saber en qué estado están los negocios de Lisardo de Silva en esa ciudad, porque ya son tan propios míos, que le he casado con mi hija Teodora, con mucho gusto de entrambos, porque se querían mucho. Esto me importa notablemente, porque quiere ir Lisardo a España y pretender un hábito en la corte, y yo deseo ver honrada mi casa y que comience su valor en este caballero, a quien, por el que tiene en todo, he dado en dote sesenta mil ducados.

Cómo quedaría Laura con esta carta, echada con tan falso descuido para darle tan verdadero cuidado, no es posible encarecerlo: pobre amante, que cuando estaba solicitando su libertad para verla, se la estaban quitando con tan notable industria. Y no se engañaron, aunque vuestra merced lo sienta, que, pasados algunos días de lágrimas, se consoló, como lo hacen todas, y dijo a sus padres que quería obedecerlos. Los cuales, así como conocieron el efeto de la industria, trataron de darle marido que deshiciese con su presencia fácilmente la voluntad de Lisardo, que no había podido tan larga ausencia. Había un caballero en la ciudad no de tan gallarda persona, pero de más juicio, años y opinión constante, rico y lustroso de familia, y codiciado de muchos para yerno, porque traía escrita en la frente la quietud y en las palabras la modestia. Tratóse entre los deudos de la una y otra parte el concierto, y estando a todos con igualdad, no fue difícil de llegar a ejecución con la brevedad que los padres de Laura deseaban.

Casóse Laura, y en esta ocasión dijera un poeta si había asistido Himeneo triste o alegre y si tenía el hacha viva o muerta (ceremonia de los griegos, como llamar a Talasio de los latinos). Y porque vuestra merced no ignore la causa por que invocaba la gentilidad en las bodas este nombre, sepa que Himeneo fue un mancebo natural de Atenas, de tan hermoso y delicado rostro, que, con el cuidado de los rizos del cabello, como ahora se usan, era tenido por mujer de muchos. Enamoróse este mancebo ardentísimamente de una hermosa y noble doncella, sin esperanza de fin a su deseo, porque en sangre, hacienda y familia era inferior y desigual con diferencia grande. Con esta desconfianza, Himeneo, para sustentar sus ansias siquiera de la amada vista de esta doncella, vestíase su mismo hábito, y mezclándose con las demás que la acompañaban, ayudado de las colores de su rostro, en amistad honesta vivía con ella y la seguía a las fiestas y campos, sin osar declararse, por no perderla. En este tiempo le sucedió lo que a muchos, que, pensando engañar, lo quedan ellos. Porque, habiendo salido fuera de la ciudad su dama con otras muchas a los sacrificios de Ceres Eleusina, saltaron de improviso en tierra, y, con las demás doncellas, le robaron. Ellos, la presa y la nave tomaron puerto cerca, y habiendo repartido a su gusto lo que a cada uno le tocaba, hicieron fiesta sobre la yerba. Y andando Ceres y Baco dando calor a Venus, con el trabajo del remo y descanso del vino se rindieron al sueño. Himeneo, valerosamente gobernado de su ánimo en ocasión tan fuerte—que la hermosura en los hombres no estorba la valentía del corazón, y yo he visto muchos feos cobardes—, sacó la espada de la cinta al capitán de los piratas, y uno a uno los cortó las cabezas, embarcó las doncellas y con inmenso trabajo volvió a Atenas. Los padres de las cuales, en remuneración de tanto beneficio, solicitaron al de su dama, y se la dio por mujer, con la cual vivió en paz, sin celos, sin disgusto y con muchos hijos. De donde tomaron ocasión los atenienses de invocarle en sus bodas, como a hombre tan dichoso en ellas, y poco a poco se fue introduciendo el cantarle himnos, como a su protector, de que se hallan tantos en los poetas griegos y latinos, y a recebirse su nombre por las mismas bodas. No pienso que le habrá sido a vuestra merced gustoso el episodio, en razón de la poca inclinación que tiene al señor Himeneo de los atenienses, pero por lo menos le desvié la imaginación del agravio injusto que hicieron estas bodas al ausente Lisardo y la facilidad con que se persuadió la mal vengada Laura. Aunque por el camino que fue la industria, ¿a qué mujer le quedara esperanza, cuando no quisiera vengarse? Cosa que apetecen enamoradas con desatinada ira, tanto, que en viendo cualquiera retrato de mujer pienso que es la venganza.

Puso Marcelo—que así se llamaba su marido—ilustre casa, hizo un vistoso coche, el mayor deleite de las mujeres; y en esta parte soy de su parecer, por la dificultad del traje y la gravedad de las personas, y más después que se han subido en un monte de corcho, haciéndose los talles tan largos, que se hincan de rodillas con las puntas de los jubones. Casóse un hidalgo amigo mío de buen gusto, y la noche primera que se había de celebrar el himeneo en griego y la boda en castellano, vio a su mujer apearse de tan altos chapines y quedar tan baja, que le pareció que le habían engañado en la mitad del justo precio. Dijo entonces ella: «¿Qué os parece de mí?». Y él, con poco gusto, le respondió: «Paréceme que me han dado a vuesa merced como a mohatra, pues he perdido la mitad de una mano a otra». A quien yo consolé con la respuesta de aquel filósofo que, diciéndole un amigo suyo que por qué se había casado con una mujer tan pequeña, respondió: «Del mal, lo menos». Mas cierto que todos se engañan, que una mujer virtuosa, o sea grande o pequeña, es honra, gloria y corona de su marido, de que hay tantas alabanzas en las divinas letras. ¡Y ay del enfermo que ellas no curan, el solo que no regalan y el triste que no alegran!

Entre otras cosas que trujo Marcelo a su casa fue un esclavo, de quien fiaba mucho, alarbe de nación, que en una presa del general de Orán había sido cautivo. Este tenía cuenta de los caballos del coche y de otros dos en que paseaba, de los Valenzuelas de Córdoba, que también hay linaje de caballos, con su nobleza. No se olvide, pues, vuestra merced de Zulema, que así se llamaba, que me importa para adelante que le tenga en la memoria.

Casados vivían en paz—aunque sin señales de hijos, que lo suelen ser del matrimonio—Marcelo y Laura, cuando, habiéndose acabado con ruegos y dineros y años, que lo vencen todo, el pleito de Lisardo, apareció en Sanlúcar con los galeones de Nueva España. Y como de su pensamiento no diese parte a nadie, y por coger de improviso a Laura con la alegría de su presencia, ignorante de su casamiento, vino a Sevilla. No le dijeron en su casa nada, o ya ocupados en verle o ya porque pensaron que cosa tan notable para él como estar casada Laura ya la sabría, o por no le recibir con malas nuevas, que suele ser la mayor ignorancia de los deudos y amigos. Con esto, así como estaba y solo, quitándose las espuelas, se fue a su casa. Serían las ocho de la noche, y vio Lisardo en el patio tan diferente ruido, que se le turbó el corazón y heló la sangre. Y después de un rato preguntó a un criado que ayudaba a poner en su lugar aquel vistoso coche, en que debía de haber venido Laura, quién vivía en aquella casa.

—Aquí vive Menandro—le respondió—, y Marcelo, su yerno.

Pasóle el corazón esta palabra, y todo temblando le dijo:

—Pues ¿casó a la señora Laura?

—Sí—replicó el criado con sequedad.

Y se lo pagó Lisardo con muchas lágrimas que de improviso vinieron a los ojos, por ayudar al corazón en tan justo sentimiento. Sentóse en un poyo que estaba junto a la puerta, y no pudiendo hablar porque le ahogaba el dolor, vertió parte del veneno, conque sintió algún alivio. Levantóse finalmente, porque ya reparaban en él, que la buena disposición lo solicitaba, con las galas y plumas del camino, en las cuales fue la primera venganza. Porque, haciéndolas pedazos, sembró de ellas la calle, diciendo:

—Estas y mis esperanzas, todo es uno.

De allí pasó a los guantes, y tirándose de una cadena de piezas, la perdió toda. Bien había hora y media que andaba el afligido mozo por la calle, cuando, habiendo oído algún ruido en una sala, asió las manos a los hierros de su reja, y sin mirar qué hacía, se asomó a uno de los postigos de la ventana, donde vio sentar a la mesa a Laura, a su marido y a sus padres. Aquí perdió el sentido, y cayendo en tierra, estuvo desmayado un rato.

Volvió en sí, y trepando segunda vez por los hierros, vio la ostentación de la plata y familia con que se servían, el contento que mostraban y los platos y regalos que Marcelo hacía a Laura tan amorosamente. Reparaba en su rostro, en su vestido y en el buen aire con que cenaba, que el comer aseadamente y con despejo se cuenta entre las cosas a que está obligado un hombre bien nacido, y le parecía que en su vida había visto hombre más hermoso. ¡Oh celos, qué de cosas feas habéis hecho que parezcan lo contrario! Allí se estendía la imaginación a cosas terribles de sufrir, y entre todas, a creer que Laura estaría enamorada de Marcelo, como era razón y como a él le parecía que era forzoso merecerlo. Suspiraba Lisardo, deseando que le oyese Laura. ¡Qué locura! Mas ¿quién tuviera prudencia en tal desdicha? Acabóse la cena de Marcelo y la paciencia de Lisardo a un mismo tiempo. Ellos se recogieron después de un rato de conversación y él se quedó con todas sus esperanzas en la calle.

La pena de su casa era forzosa, y, así, salieron a buscarle por varias partes, sin que dejasen amigo donde no fuesen. Acordóse Antandro de los pensamientos de Laura, partió a su casa y halló en su calle a su señor poco menos que loco y algo más que desdichado. Quitóle, después de muchas razones y conveniencias, del puesto que había tomado, como soldado de amor, hasta el cuarto del alba. Trújole a su casa con buenos consejos, y, haciéndole acostar, no durmieron entrambos, porque en contarle lo que había visto y lamentarse de Laura llegó el día. Rogó a Antandro que fuese en casa de Menandro y procurase ser visto de Fenisa, lo cual sucedió tan bien, que apenas le vio la esclava, cuando, puesto su manto y aquel sombrero que con tanta bizarría se ponen las sevillanas, salió a buscarle. No habían los dos traspuesto la calle, cuando Fenisa le dio muchos abrazos, y preguntándole por Lisardo, llegó el esclavo Zulema referido, y ella interrumpió la plática y se volvió a su casa.

Reparó el esclavo en el forastero, y algo celoso de Fenisa quiso seguirle, pero Antandro le burló en una de las muchas calles estrechas de aquella ciudad, y dio cuenta a Lisardo de que ya Laura sabría que él estaba en Sevilla. Con aquella ocasión, el tierno amante tomó la pluma, y escribiendo un papel, le dijo a Antandro que le llevase y, si pudiese dársele a Fenisa, le prometiese grandes intereses y regalos por la fe y confianza de este secreto. Sucedió así, y Laura, que ya sabía que había venido, con poca alteración y mucha curiosidad le abrió, severa, y leyó así:

Anoche llegué a Sevilla a vivir en tu vista, de tanta muerte como he padecido en tu ausencia, y cumplir la palabra que te había dado de ser tu marido. La primera cosa que supe fue que le tenías, y la segunda, verle, con tanto dolor mío, que solo pudo impedir el matarme saber que hay alma. Cruelmente has procedido con mi inocencia: no eran esas las palabras en mi partida a México, acreditadas de tantas lágrimas. Pero eres mujer, último consuelo de los hombres. Mas para que veas la diferencia que mi amor hizo al tuyo, mientras dispongo de mi hacienda viviré en Sevilla, y luego me cubrirá un pobre hábito, que quiero fiar del cielo mi remedio, porque en la tierra no le espero de nadie.

Sin alteración dije que abrió el papel Laura, pero no le volvió a cerrar sin mucha. Y dudosa de que podría mentir Lisardo, como suelen muchos cuando la prueba de sus mentiras tiene ultramarino el término, abrió un escritorio donde tenía la carta fingida de su padre, más acaso que con cuidado, y había querido rasgar siempre que la vía; y poniéndole una cubierta, se la envió a Lisardo. Alguna alegría le causó entonces ver papel suyo, pero cuando desconoció la letra y vio la firma fingida de un mercader que él había conocido en México, leyó la carta. Y con un suspiro, en voz triste dijo:

—Este me ha muerto.

Pasó aquel día, y haciendo que le cortasen de vestir de luto, al siguiente salió por la ciudad, tan desconocido, que daba ocasión a todos de preguntalle la causa, para la cual no le faltaba industria. Con esto volvió a escribirla, diciendo así:

Invención de mi fortuna fue esta carta para quitarme todo mi bien. Y aunque parece bastante disculpa, no la puede haber de no haber venido acompañada de una letra sola, que desprecios de lo que se ha querido no dan honra a quien aborrece, ni con ella cortó jamás la espada de los nobles en los que están rendidos. Yo partí de Sevilla por fuerza, navegué sin vida, llegué a México sin alma, viví muerto, guardé lealtad invencible, volví con esperanza, hallé mi muerte, y para todo he hallado consuelo en el engaño de esta carta; mas para tanto desprecio será imposible, que tenerme en poco, aunque sea sobra de contento en el nuevo estado, es falta de discreción en la cortesía.

A este papel respondió Laura el que se sigue:

Lo que pareciera liviandad en mi honor no ha sido descortesía al vuestro, pero cuando la hubiera usado, bien la merece un hombre que niega haberse casado en Indias, pues el luto que trae muestra bien que, porque ha enviudado, quiere que yo crea que no se casó y que es verdadera esa carta.

Aquí pensó rematar el juicio Lisardo, viendo que el luto que se había puesto para obligarla con el sentimiento le había resultado en mayor daño. Quitósele el mismo día, y siéndolo de fiesta, se vistió las mejores y más ricas galas que tenía, y con estremadas joyas se fue a San Pablo, donde Laura vino a misa y le vio en hábito tan diferente, que se certificó que el luto era fineza y la carta mentira. Con esto y la solicitud de Lisardo, comenzó amor a revolver las cenizas del pasado fuego, donde, como suelen algunas centellas, se descubrían algunas memorias. Fenisa terciaba, obligada de dineros y vestidos, Laura miraba amorosa, Lisardo se atrevía, y con esperanzas de algún favor volvió presto en sí y estaba en estremo gentilhombre. Marcelo reparaba poco en las bizarrías de Laura, pareciéndole no estrechar los pocos años a más grave estilo de recogimiento. Con esto, al paso de su descuido, crecía el cuidado de los dos y, a vueltas, el atrevimiento. Ya los papeles eran estafeta ordinaria y se iba disponiendo el deseo a poco honestos fines; que Marcelo no era amoroso ni había estudiado el arte de agradar, como algunos que piensan que no importa y que todo se debe al nombre, no considerando que el casado ha de servir dos plazas, la de marido y la de galán, para cumplir con su obligación y tener segura la campaña. Paréceme que dice vuestra merced: «¡Oh, lo que os deben las mujeres!». Pues le prometo que aquí me lleva más la razón que la inclinación, y que, si tuviera poder, instituyera una cátedra de casamiento donde aprendieran los que lo habían de ser desde muchachos; y que, como suelen decir los padres unos a otros: «Este niño estudia para religioso, este para clérigo», etc., dijeran también: «Este muchacho estudia para casado». Y no que venga un ignorante a pensar que aquella mujer es de otra pasta porque es casada, y que no ha menester servirla ni regalarla porque es suya por escritura, como si lo fuese de venta, y que tiene privilegio de la venganza para traerla mil mujeres a los ojos, sin reparar, como sería justo, en que ha puesto en sus manos todo lo mejor que tiene, después del alma, como es la honra, la vida, la quietud, y aun con ella, que muchos la habrán perdido por esta causa. Diga ahora vuestra merced, suplícoselo, que si es esta novela sermonario. No, señora, responderé yo, por cierto, que yo no los estudio en romance, como ya se usa en el mundo, sino que esto me hallé naturalmente y siempre me pareció justo .

Consolado estaba Lisardo de haber perdido a Laura, pareciéndole que no era perderla estar tan cerca de la posesión que tantos años de pena le había costado, que como los deseos de amor de una y de otra manera tienen un mismo fin, aunque sea por breve hurto y con peligro del deshonor ajeno y daño proprio se buscan y solicitan. Lisardo, favorecido, amaba; Laura, libre y olvidada de lo que se debía a sí misma, no advertía qué fin suelen tener iguales atrevimientos. Antandro era el secretario, Fenisa el paraninfo. En la iglesia se miraban, en la calle se hacían amorosas cortesías y en el campo se hablaban, y algunas veces por las rejas, mientras Marcelo dormía. Y otras que estaba más advertido, Fabio y su amigo, en el mayor silencio de la noche, cantaban así:

—Belisa de mi alma,
de cuyos ojos bellos
el mismo sol aprende
a dar su luz al suelo,
Belisa más hermosa
que en el cielo sereno,
al alba y a la tarde,
el cándido lucero,

que ya por este valle,
de hoy más le llamaremos
la estrella de Belisa,
como hasta aquí de Venus;
dejando tu hermosura,
si yo dejarla puedo,
y celebrando solo
tu raro entendimiento,
¿quién no dirá, señora,
que, cuidadoso, el cielo
puso por alma un ángel
en tu divino cuerpo?
Gloriosa está la mía
de tenerte por dueño,
si bien las esperanzas
me tienen vivo y muerto:
vivo porque me animan
al fin donde no llego,
y muerto en ellas mismas
porque esperando muero.
Todos, Belisa mía,
se quejan que por ellos
el tiempo aprisa pasa
sin poder detenerlo,
y yo, de que camina
tan de espacio me quejo,
que pienso que se para
en mis años el tiempo.
A muchos que han amado
dio Tántalo su ejemplo,
mas como a mí ninguno
con tan alto deseo:
lo que me dan me falta,
no tengo el bien que tengo,
viniendo a ser mis obras
mentales pensamientos;

usa mi amor agora
de los antojos nuevos,
cerca para los ojos,
para los brazos lejos.
Belisa, pues naciste
tesoro de los cielos,
¿quién para mí te hizo
de sueño lisonjero?
Pues cuando más segura
pienso que te poseo,
despierto y no te hallo,
que eres verdad y sueño.
Contigo, dueño mío,
nació mi amor primero,
contigo se ha criado,
contigo fue creciendo.
Aciertan los que juzgan
que es mi pecho pequeño
para un amor tan grande,
mas no para tu pecho.
Y llaman esperanzas
los males que padezco;
pidiendo posesiones
levántanme que espero.
En deseos aprisa
esperanzas de asiento
es muerte dilatada,
no habiendo mar en medio.
¡Qué pocas que me dieran,
si padecieran ellos!
Mas si años hacen penas,
¿qué amante fue más viejo?
Perdona si te canso,
que mientras no te tengo
no puedo amarte más
ni desearte menos.

Así pasaba Lisardo sus esperanzas, unas veces alegre y otras triste. Y Laura, con papeles y favores unas veces le divertía y otras le aseguraba; cuyas dudas y deseos le significó un día en estos versos:

Pensamiento, no penséis
que estoy de vos agraviado,
pues me dejáis obligado
con el daño que me hacéis;
antes pienso que tenéis
queja de mí con razón,
porque he puesto en condición
de quien sabéis la mudanza,
que no merece esperanza
quien no piensa en posesión.
Nunca vos y yo pensamos,
aunque vos sois pensamiento,
vernos en tan alto intento,
que los dos nos envidiamos.
Pues si contentos estamos,
vos del lugar en que estáis
y yo de que le tengáis,
no sufráis que culpa os den
de que no estimáis el bien,
pues que nunca al bien llegáis.
Este imposible forzoso
de alguna noble desdicha
hace dilatar la dicha
al que puede ser dichoso.
De confuso y temeroso,
que no lo digáis consiento,
que en mi grave sentimiento
lo que sabemos los dos
no lo fiara de vos
a no ser mi pensamiento.

Quiero, y no puedo, alargarme
a ejecutar lo que quiero,
espero lo que no espero
por ver si puedo engañarme.
Sin saber determinarme
ya determinado estoy:
a quien me niego me doy,
y en este mortal disgusto
soy Tántalo de mi gusto
y el mismo imposible soy.
Fuerte linaje de mal
es huir el rostro al bien
quien llega a que se le den
con mérito desigual.
En congoja tan mortal
lo mismo que dudo creo,
y en tal estado me veo
sin poderme remediar,
que aun no puedo desear
eso mismo que deseo.
Vos, hermoso dueño mío,
recibid, pues vuestro soy,
del imposible en que estoy
la satisfación que envío.
Contra mis dichas porfío
entre atrevimiento y miedo,
pero en laberinto quedo
donde tengo de morir,
pues cuando voy a salir
pruebo a salir y no puedo.

En estos últimos versos anduvo menos cortesano Lisardo que en los demás que habló con su pensamiento, pues confesaba que había hecho diligencias para salir; si no se ha de entender con lo que dijo Séneca, que el amor tenía fácil la entrada y difícil la salida. No sé qué disculpa halle a este caballero, habiendo sido opinión del mayor filósofo que amor ni lo es para ese fin ni sin él; cosa que me holgara de preguntársela, si viviera agora, aunque fuera desde aquí a Grecia, porque parece que implican contradición esas dos sentencias, si no es que quiere decir que puede haber amor verdadero con deseo de unión y sin él. Vuestra merced juzgue cuál de estos dos tiene ahora en el pensamiento y perdone a los pocos años de Lisardo el no platonizar con la señora Laura. Finalmente, de línea en línea, se acercó Lisardo a la última de las cinco que Terencio le puso en el *Andria*, en cuya final proposición Laura le escribió así:

Si fuera vuestro amor verdadero, él se contentara, Lisardo mío, del estado en que vuestra venida de las Indias halló mi honra, pues bien sabéis que me casé engañada, que os esperé firme y que os lloré casado. No sé cómo queréis que pueda atropellar, por la obligación de mis padres, el honor de mi marido y el peligro de mi fama, cosas tan graves, que por cualquiera de ellas conozco que queréis más vuestro gusto solo que a todas juntas. Mis padres son bien nacidos, mi marido me tiene obligada con su amor y con sus regalos, mi fama es la mayor joya de mi persona. ¿Qué haré si todo lo pierdo por vuestra liviandad? ¿Cómo cobrarán mis padres su autoridad, mi marido su opinión y yo mi nombre? Contentaos, señor mío, con que os amo más que a mis padres, que a mi dueño y que a mí misma, sin que me respondáis que, si fuera ansí, todo lo aventurara por vos. Yo confieso que mirado de presto parece verdad, pero considerado es mentira. Porque podré yo replicaros que, si vos no aventuráis por mí cosa que vos podéis vencer con solo que queráis, ¿cómo queréis que yo por vos aventure lo que no puedo cobrar si una vez lo pierdo por vos? Mirad cuál hará más en esta turbada confusión de nuestro amor: yo, que sufro lo mismo que vos y soy mujer, o vos, que me queréis perder por no sufriros a vos. Quisiera traeros ejemplos de algunas desdichas, pero conozco vuestra condición y sé que habéis de pasar por los renglones de esta materia como quien topa enemigo en la calle, que hace que no le ve hasta que sale de ella. Mas pluguiera a amor que no tuviera esto más inconveniente que perder la vida, que vos viérades que no es el mío tan cobarde, que no la aventurara por vos y me fuera la muerte dulce y agradable. Reciba yo este favor de vos: que con el entendimiento consultéis este papel y no con la voluntad, que ella os templará el deseo y durará nuestro amor, que con lo que vos queréis, corre peligro de acabarse.

Cuando Lisardo estaba por instantes deseando la ejecución de su deseo y el puerto de su esperanza, de que tenía celajes en las cosas que suelen prevenirle, pensó acabar la vida. Lloró, que Amor es niño, y como los que lo son arrojan lo que les dan si no es todo lo que piden, trató el papel sin respeto y dijo a las letras que solía venerar algunas necias injurias. Últimamente puso la pluma en el papel y escribió así:

Mi amor es verdadero, más sin comparación que el de vuestra merced. Y si mi deseo le desacredita, no he tenido yo la culpa, sino quien le ha llevado de la mano a ser tan loco, desdicha que se pudiera haber escusado entre los dos, vuestra merced favoreciéndome y yo engañándome. Sus padres de vuestra merced, su dueño y su fama pongo en los ojos con toda la veneración que debo, y del poco respeto que hasta aquí los he tenido pido perdón, con protestación de tanta enmienda, que venza mi recato por infinita distancia la libertad de mis pasados pensamientos. Y suplico a vuestra merced, también se tenga por servida con ellos, de perdonarme la parte que le alcanza de esta ofensa, que, como la comencé a querer en fe de marido, no era mucho que se continuase aquel deseo por tan honesto fin. Si bien conozco que fue criarle con veneno, y que es tan poderosa esta costumbre, que, no pudiendo, como no puedo, olvidar a vuestra merced, será fuerza ausentarme. Mañana partiré a la Corte a mis pretensiones que la que los dos tratábamos tuvo suspensas, donde o se me olvidará con su variedad este desatinado pensamiento o me dejará presto de cansar tan enojosa vida.

Muchas lágrimas costó a Laura este papel, y pensando que Lisardo no hiciera lo que a ella le pareció que no podía, descuidóse de remediarlo. Aguardó el desesperado mozo dos días, al fin de los cuales salió de Sevilla con Antandro y Fabio, pasando en postas por la calle de Laura, que al ruido de la corneta y al rebato del alma, dejando la labor, se puso a una reja, donde estuvo, sin color, hasta que le perdió de vista.

Lisardo llegó a la Corte con tan poco ánimo, que desde cualquier lugar que llegaban decía que se volviesen. Entretuvo los primeros días en ver el palacio, sus consejos, sus pleiteantes, sus pretendientes; el Prado, eterna procesión de coches; el río de juego de manos, que le ven y no le ven, y ya está en una parte y ya en otra; los caballeros, los señores, las damas, los trajes y la variedad de figuras que de todas las partes de España, donde no caben, hallan en ella albergue. Después comenzó con más conocimiento a continuar visitas, que le pudieran haber divertido si duraran, por más que fuera la hermosura y discreción de Laura: tales ganados crían los prados de la Corte. Pero cuando más desconfiado estaba y creía que todo el amor de Laura había sido engaño, le dieron una carta suya que decía así:

De suerte, señor mío, que en este interés se fundaba vuestro amor y que me queríades tan mal, que, sabiendo que vuestra ausencia me había de matar, os fuistes, y cuando menos a la Corte, acertado remedio, como quien sabía que estaba en ella el río del olvido, donde dicen que se quedan tantos que no vuelven a sus patrias eternamente. No os quiero decir las lágrimas que me costáis y de la manera que me tenéis, pues los que me ven no me conocen, aunque solos son los de mi casa, de donde no he salido. Yo me voy acabando. Si alguna de las muchas ocasiones de ese mar de hermosuras, galas y entendimientos no os tiene asido por el alma, que ya sé que sois tierno, venid antes que me costéis la vida, que ya estoy determinada a vuestra voluntad, sin reparar en padres, en dueño, en honra: que todo es poco para perder por vos.

Realmente, señora Marcia, que cuando llego a esta carta y resolución de Laura, me falta aliento para proseguir lo que queda. ¡Oh imprudente mujer! ¡Oh mujer...! Pero paréceme que me podrían decir lo que el ahorcado dijo en la escalera al que le ayudaba a morir, y sudaba mucho: «Pues, padre, no sudo yo ¿y suda vuestra paternidad?». Si a Laura no se le da nada del deshonor y del peligro, ¿para qué se fatiga el que solo tiene obligación de contar lo que pasó? Que aunque parece novela, debe de ser historia.

Poco menos que loco partió Lisardo de Madrid el mismo día, comprando a sus criados bizarros vestidos de aquella calle milagrosa donde sin tomar medida visten a tantos, y para Laura dos joyas de a mil escudos, porque aunque sea la mujer más rica del mundo, agradece lo que le dan, y más después de ausencia. Las locuras del camino es imposible referirlas, siendo iguales a las dichas, y ellas a los deseos. Llegó a Sevilla. Caso estraño: que al siguiente día, con una larga visita, cumplió Laura su palabra. No hizo fin el amor, como suele en muchos, antes bien se fue aumentando con el trato, y el trato llegó a más libertad de lo que fuera para conservarse justo; que aquello mismo que a los amantes les parece dicha, las más veces resulta en su perdición, y cuando menos en dividirse.

Había muerto en estos medios Rosela, tía de Lisardo, viuda, y fuele fuerza traer a su casa a Leonarda, sobrina suya, moza de trece a catorce años, de linda cara y talle. A pocos días que estuvo en ella, se enamoró Antandro tan desatinadamente de esta doncella, que vinieron a ser públicos sus atrevimientos a las demás criadas de Lisardo, y entre ellos hubo quien le dio aviso de lo que pasaba, con temor de alguna desgracia de las que suelen suceder en la primera ignorancia de las mujeres. ¡Por qué estraños modos camina la fortuna adversa a sus desdichas! Sintió tanto Lisardo este atrevimiento de Antandro, que, habiéndole reñido, y él respondido a su justo enojo con injusto atrevimiento, asió una alabarda que a la cabecera de la cama tenía, y volviendo el asta, le dio de palos, haciéndole una herida en la cabeza, que le duró un mes de cama y otro de convalescencia. Hiciéronse las paces—que nunca se hicieran—y volvió Lisardo a fiar su secreto, con necia confianza, de Antandro; que, habiéndole dejado un día escondido en casa de Laura, como otras veces solía estarlo, llamó a Marcelo, y en el pórtico de una iglesia le dijo que Lisardo le quitaba la honra, refiriéndole muy de espacio lo que tan bien sabía desde el infeliz principio de estos amores. Y que para que creyese que no le engañaba por algún interés o venganza de algún enemigo suyo, fuese a su casa, que le hallaría escondido en ella, y en un aposento junto al jardín, donde se guardaban las esteras del invierno y algunos instrumentos de cultivarle. Marcelo en grande rato no pudo responderle, y habiendo prevenido la prudencia de que era dotado para ocasión tan fuerte, le dijo:

—Venid conmigo, que quiero que seáis el primero, como en el decírmelo, en ver que lo he vengado.

Fuese Antandro con Marcelo y dejóle en el portal de su casa, entrando como dueño de ella solo al aposento referido, donde detrás de una estera halló a Lisardo, a quien dijo estas palabras:

—Mozo desatinado, aunque merecéis la muerte no os la doy, porque no quiero creer que Laura me haya ofendido, sino que vuestros atrevimientos locos os han puesto aquí.

Lisardo, todo turbado, ayudó estas palabras con grandes seguridades y juramentos. Todos fingió Marcelo que los creía, y llevándole al jardín, abrió una puerta falsa que estaba entre unas hiedras y le puso en la calle—que apenas vía el turbado mozo—, desde la cual se fue a su casa, combatido de tantos pensamientos y determinando tantas cosas sin resolver ninguna, que, de cansado, se dejó caer en la cama, deseando la muerte. Salió Marcelo luego que despachó a Lisardo y dijo a Antandro:

—Vos alguna afrenta habéis recibido de este caballero, porque él no está donde decís ni en toda mi casa. Y advertid que no os castigo como merecéis porque os considero tal, que la justicia pública lo hará por mí. ¿Quién os dijo que ese hombre entraba a ofenderme?

—Señor—respondió Antandro, turbado—, una esclava vuestra que se llama Fenisa.

—Pues id con Dios a vuestros negocios, que no sabéis la casa que disfamáis ni la mujer que yo tengo, tan indigna de estos bajos pensamientos.

Con esto se despidió Antandro, turbado, y no osó volver en duda en casa de Lisardo, antes bien procuró esconderse por algunos días. Marcelo, que de la virtud de Laura tenía diferente información en su pensamiento, dudoso entre la confianza y el dolor y afligido entre la opinión y la verdad, se tuvo valientemente con el desengaño hasta hallar ocasión para satisfacerse. A nadie que tenga honor se le ofrezca tan duro campo de batalla.

—¡Oh traidora Laura!—decía—. ¿Es posible que en tanta hermosura y perfección cupo tan deshonesto vicio, que tus compuestas palabras y honesto rostro cubrían un alma de tan infame correspondencia? ¿Tú, Laura, traidora al cielo, a tus padres, a mí y a tus obligaciones? ¿Mas qué lo dudo, habiendo visto con mis ojos y tocado con mis manos el fiero cómplice de tu delito? ¿Cómo puedo yo dudar que aun este sagrado no dejó tu mala fortuna a mi confianza, ni la fiera condición de mi desdicha a las obligaciones de la honra con que nací? Yo lo he visto, Laura; no puedo dudar lo que vi ni hay por donde pueda mi amor escapar mi agravio, aunque con las injurias ajenas le reboce el rostro. ¡Triste de mí, que más haré en solicitar tu muerte que tú en perder la vida, porque la he de quitar a lo que más estimo, en tanto grado, que padezco más en sola esta imaginación que tú en el dolor, con ser de todos el último!

Así hablaba Marcelo entre sí mismo, forzando el rostro a la fingida alegría, en tan inmensa causa de tristeza. Dio en regalar a Laura, como quien se despedía de la víctima para el sacrificio de su honra. Y para justificarle, en estando ella fuera, con llaves contrahechas hizo visita general de sus escritorios. Halló un retrato de Lisardo, algunos papeles, cintas, niñerías, que amor llama favores, y las dos joyas. Los amantes que esto guardan donde hay peligro, ¿qué esperan, señora Marcia? Pues en llegando a papeles, ¡oh papeles, cuánto mal habéis hecho! ¿Quién no tiembla de escribir una carta? ¿Quién no la lee muchas veces antes de poner la firma? Dos cosas hacen los hombres de gran peligro sin considerarlas: escribir una carta y llevar a su casa un amigo, que de estas dos han surtido a la vida y a la honra desdichados efetos.

Ya sabía Laura todo el suceso, y como vía tan alegre a Marcelo, parecíale algunas veces que era de aquellos hombres que con benigna paciencia toleran los defetos de las mujeres propias; y otras, que tener tanta era para aguardar ocasión en que cogerlos juntos, de que a su parecer de entrambos supieron guardarse. Aunque Marcelo no quería juzgar de los agravios por venir, que tenía ya dada la sentencia en los pasados. Con estos pensamientos procuró muchas veces poner odio entre aquel esclavo y Laura, diciéndole a ella que deseaba deshacerse de él, porque le habían dicho que la aborrecía, y que mil veces había estado determinado de matarle, porque no había de tener él en su casa quien no la adorase y sirviese. Laura, en esta parte inocente, dio en tratar mal a Zulema de obra y de palabra, haciéndole castigar en público, de que Marcelo se holgaba notablemente; y esto llegó a estremo que ya la casa toda y aun los vecinos sabían que no había cosa que tanto aborreciese el esclavo como su ama. Laura se daba a entender que debía de ser el dueño de la traición de Antandro, y, con esto, deseaba su muerte y la solicitaba por puntos, sin osar pedir a Marcelo que le vendiese, porque fuera de casa no la deshonrase.

Cuando ya le pareció a Marcelo que este aborrecimiento era bastantemente público, llamó a Zulema, y encerrándose con él en un aposento secreto, después de largos prólogos le incitó a matar a Laura y le dio en una bolsa trecientos escudos. Zulema, al fin bárbaro, airado contra su ama y favorecido de Marcelo, que asimismo le ofrecía un caballo para que se huyese hasta la costa, donde esperase las galeotas de Argel, que la corrían de ordinario desde los Alfaques a Cartagena, en llegando la ocasión, entró con rostro feroz y ánimo determinado, y llegando al estrado de Laura, la dio tres puñaladas, de que cayó sobre las almohadas con tristes voces. A las que daban las criadas entró Marcelo, que cuidadoso esperaba el suceso, y con la misma daga que le quitó de las manos le dio tantas, ayudado asimismo de Fabio y de los demás criados, que sin que pudiese decir quién le había mandado matar a Laura rindió el feroz espíritu. Acudieron a este miserable caso los vecinos, los deudos, la justicia y sus padres, y entre las lágrimas de todos eran las de Marcelo más lastimosas y por ventura más verdaderas. El esclavo fue entregado a los muchachos, brazo poderoso y inexorable en tales ocasiones, que, llevándole al campo, después de arrastrado por muchas calles, le cubrieron de piedras.

—¡Ay—decía el desdichado viejo padre de Laura, teniéndola en los brazos—, hija mía y solo consuelo de mi vejez! ¿Quién pensara que os esperaba tan triste fin, y que vuestra hermosura se viera manchada de vuestra misma sangre por las manos de un bárbaro parto de la tierra más infeliz del mundo? ¡Oh muerte!, ¿para qué reservaste mi vida en tanta edad, o por qué quieres matar tan débil sujeto con veneno tan poderoso? ¡Ay, quién no hubiera vivido, para no morir con el cuchillo de su misma sangre!

Lisardo, que tuvo presto las nuevas de esta desventura, desatinado vino en casa de Laura, y mezclado entre la confusión de la gente, vio tendida su hermosura en aquel estrado, como suele a la tarde, vencida del ardor del sol, la fresca rosa. Allí todos tenían licencia para lágrimas; las suyas eran de suerte que conocía bien Marcelo en qué parte le dolía aquel sangriento acidente de su fortuna. Despejóse la casa, y retirado Lisardo a la suya, no salió en cuatro meses de ella ni le vieron hablar con nadie fuera de su familia: todo era suspiros, todo era lágrimas, de las cuales parecía que vivía más que del común sustento. Entretanto, Marcelo despachó con un veneno a Fenisa, sin que de ninguna persona fuese entendida la causa de su violenta muerte. Y tuvo tanta solicitud en buscar a Antandro, que, habiendo sabido dónde posaba, le aguardó una noche, y llamando a su puerta, le metió por las espaldas dos balas de una pistola. Solo faltaba de su castigo al cumplimiento de su venganza el mísero Lisardo, cuya tristeza le tenía tan recogido, que era imposible satisfacerla.

Bien pudiera contentarse la honra de este caballero con tres vidas. Y si era mancha por las leyes del mundo, ¿qué más bien lavada que con tanta sangre? Pues, señora Marcia, aunque las leyes por el justo dolor permiten esta licencia a los maridos, no es ejemplo que nadie debe imitar, aunque aquí se escriba para que lo sea a las mujeres que con desordenado apetito aventuran la vida y la honra a tan breve deleite, en grave ofensa de Dios, de sus padres, de sus esposos y de su fama. Y he sido de parecer siempre que no se lava bien la mancha de la honra del agraviado con la sangre del que le ofendió, porque lo que fue no puede dejar de ser, y es desatino creer que se quita, porque se mate el ofensor, la ofensa del ofendido. Lo que hay en esto es que el agraviado se queda con su agravio, y el otro, muerto, satisfaciendo los deseos de la venganza, pero no las calidades de la honra, que para ser perfecta no ha de ser ofendida. ¿Quién duda que está ya la objeción a este argumento dando voces? Pues, aunque tácita, respondo que no se ha de sufrir ni castigar. ¿Pues qué medio se ha de tener? El que un hombre tiene cuando le ha sucedido otro cualquiera género de desdicha: perder la patria, vivir fuera de ella donde no le conozcan y ofrecer a Dios aquella pena, acordándose que le pudiera haber sucedido lo mismo si en alguno de los agravios que ha hecho a otros le hubieran castigado. Que querer que los que agravió le sufran a él y él no sufrir a nadie, no está puesto en razón; digo sufrir, dejar de matar violentamente, pues por solo quitarle a él la honra, que es una vanidad del mundo, quiere él quitarles a Dios, si se les pierde, el alma.

Finalmente, pasaron dos años de este suceso, al cabo de los cuales Lisardo, consolado—que el tiempo puede mucho—, salía en los calores de un ardiente verano a bañarse al río. Súpolo Marcelo, que siempre le seguía, y, desnudándose, una noche, fue nadando hacia donde él estaba y le asió tan fuertemente, que con la turbación y el agua perdió el sentido y quedó ahogado; donde con gran dolor de toda la ciudad le descubrió la mañana en las riberas del río. Esta fue la prudente venganza, si alguna puede tener este nombre: no escrita, como he dicho, para ejemplo de los agraviados, sino para escarmiento de los que agravian, y porque se vea cuán verdadero salió el adagio de que los ofendidos escriben en mármol y en agua los que ofenden, pues Marcelo tenía en el corazón la ofensa, mármol en dureza, dos largos años, y Lisardo tan escrita en el agua, que murió en ella.

## LAS DOS HERMANAS
(Baltasar Mateo Velázquez, *El filósofo del aldea*)

El que quiera a otro engañar,
en pena de su pecado
suele ser el engañado.

En Barcelona, ciudad conocidísima así por su nobleza como por su riqueza y hermoso sitio, quedó huérfano de sus padres un mancebo de claro entendimiento y gallarda disposición. Pero como naturaleza en algunas cosas falta, aquí sobró en la ambición y soberbia este hidalgo, pobre de bienes de fortuna y muy hacendado de desvanecidos pensamientos, porque los tenía extraordinarios, en razón de juzgar que no solo en las tres coronas de Cataluña, Aragón y Valencia había hombre tan bien nacido como él, pero ni en las de Castilla, Andalucía y Portugal ni en aquellos antiguos solares de las retiradas Vizcaya, Galicia y en las casas nombradas de la calificación de Navarra y Montañas. Era mayorazgo pero pobrísimo, porque, corriendo los tiempos con desigualdades, habían venido sus padres y abuelos a suma pobreza, habiéndose quedado con solo los títulos y memorias de lo que fueron sus antepasados; como los vestidos de seda, que, gastado el pelo a no poder más, descubren el fondo sobre que se fundó la tela, y ya que no son, dicen quién fueron.

Quedó encargado este mancebo—más vano de lo que debiera ser—de dos hermanas: la mayor, hermosa por extremo, llamada doña Leonor; la segunda, por extremo fea, llamada doña Leonarda. Padecían todos notable miseria, si bien con el mayor recato y disimulo que les era posible, porque don Sancho—que así se llamaba el mayorazgo y hermano de las dos—procuraba en lo exterior que todo sobraba en su casa, siendo verdad que era todo tan al revés, que cuando en las otras tocaban a acostarse, en la suya a buscar con qué desayunarse; pero no por esto jamás descaecía el ornato de las galas antiguas y vestidos de color para el campo y de camino, de negro y de rúa, aunque las sedas en sus labores decían que tenían más noticia de los tiempos del Cid que de los nuestros, y que se habían visto primero cubiertas de polvo que se descubrieran las Indias. Con todo eso, no faltaban sus criados para el señor y sus dos esclavas y negras para las señoras, aunque en razón de vestidos tan desnudos que ellas parecían unas indias y ellos unos adanes. Con todo eso, tenían callos en las rodillas las negras, de hincarlas en el estrado para dar los recados—a fuer de la crianza de ahora—sobre una alfombra de unas ruedas, por quien había dado tantas vueltas si no la fortuna a lo menos la vejez, que ya más parecía envés de las tablas de la tarima que ropa de por sí.

Así pasaba esta noble y pobre gente, aunque el don Sancho no por eso amainaba las velas de su vanidad y locura. Tenía por vecino pared y medio a otro mozo también sin padres, muy rico pero de desigual calidad, porque sus padres lo vinieron a ser tratando en cosas humildes y ordinarias, ya por mar, ya por tierra, quizá allí con los barcos y acá con los mulos. Comoquiera que sea, él gozaba y comía una hacienda floridísima. Y como ya en el mundo no se hace estimación sino del tener o no tener, muchos la hacían de Petronio—que era este su nombre—en tanto grado, que ciudadanos antiguos le convidaban con sus hijas, por incorporar entre sus pocas ventas sus muchos ducados.

Petronio era cuerdo, y hallándose libre y sin pasión, no se atribuía más de lo que era debido. Y como conocía los intentos de los que le pretendían desvanecer, guardaba sus dineros y disimulaba sus faltas, excusándose con que por entonces no tenía resolución de tomar estado. Mas poco duró esta vida con tanta paz en el corazón de Petronio, porque, hallándose un día en una iglesia cerca de sus vecinas doña Leonor y doña Leonarda, la Leonarda, aunque era fea, la empezó a parecer tan bien, que se le aficionó a Petronio, y empezó a sentir lo que los nuevos amantes en la fervorosa edad de la juventud, que quisieran poner alas a sus pensamientos. Y corrían la posta los medios de sus honestos fines para la ejecución de su deseo, que era de pedirla a su hermano. Mas como conocía la locura del don Sancho, cuando más resuelto en hablarle claro se quedaban a obscuras sus propósitos y se convertían en quimeras sus razones.

Con todo eso, como perseverase la pasión y conociese la pobreza de la casa donde deseaba entrar a gastar sus riquezas, parecióle buen camino ir obligando a don Sancho por esto. Y, así, eligió uno bien extraordinario, excusando de que el hidalgo loco no se enojase si le acometía o con dádivas o préstamos—aunque los pudiera tener por ángeles si Petronio se los ofreciera—. Antes lo hizo de otra suerte, que pasó un día a su casa, habida licencia para hablarle, y lo pidió que lo guardase en ella, porque estarían más seguros, como más fuerte y menos visitada, ocho mil escudos en oro y plata. Estimó don Sancho la confianza, y aunque empezó a poner inconvenientes del peligro, obligaciones en que se pone el que quiere guardar lo ajeno, con todo eso admitió el depósito, encargándole el secreto; y más cuando Petronio, entre las palabras del agradecimiento al beneficio que decía hacérsele, añadió estas:

—Y cuando estos ocho mil escudos, señor don Sancho, o los robasen a vuestra merced o los gastasen, gloria a Dios que no se echaría menos en mi casa, adonde esta noche, sin las deudas sueltas en oro y plata y rentas asentadas y seguras, pasan de cien mil ducados los que Dios ha sido servido darme.

—Bendito sea él—respondió don Sancho—, que aunque por acá no nos falta, no nos sobra tanto.

A esto replicó Petronio:

—Vuestra merced está culpado en eso, que se extraña tanto de quien desea servirlo: si las obligaciones apretaren, gaste vuestra merced esos y avíseme, que lo que tengo yo es suyo.

Don Sancho se mostró agradecidísimo, aunque siempre mostrándose muy entero, sin confesar del todo la necesidad que pasaba.

Pasáronse los dineros a su casa, y pasaron muchos días que Petronio no le pidió cuenta de ellos, antes se trabó entre los dos una amistad notable. Y Petronio, por obligar a Leonarda—que aunque no le venía de casta lo tenía de condición el ser liberal—, fingiendo que le venían regalos de las aldeas donde tenía hacienda, lo hacía comprar a sus criados en la plaza y lo enviaba a don Sancho, y estas eran tantas cosas y con tanta continuación, que más era sustentarle que regalarle.

De todo esto no estaba bien enterada Leonarda que se hacía por ella, antes entendía que por la Leonor, como era tan hermosa y discreta. Mas como, por otra parte, conocía los altos pensamientos de su hermano, tampoco estaba bien cierta de la verdad de esta pretensión. Solo la una y la otra, y con ellas las criadas y criados, daban mil gracias a Dios de la amistad que don Sancho había fundado con Petronio, y veían el cielo abierto cuando entraba por las puertas de su casa, porque después que él venía a ella, comían ellas y ellos, y aun tenían otro pelo.

Murmurábase algo de esto ya en la ciudad, y porque, antes que pasase adelante y se hiciese más público, Petronio, conocida la condición de don Sancho, no le impidiese el entrar en su casa ni se perdiese lo servido, un día que se halló a solas con él, rompiendo con los inconvenientes imaginables, le dijo así:

—Yo, señor don Sancho, ha muchos días que deseo hablaros, muchos más de los que ha que he deseado acertar a serviros. Yo quisiera ser hijo de un gran príncipe en la sangre (aunque lo soy en mis buenos pensamientos), vos sois quien sabe toda Cataluña; vos lo mucho que vos propio sabéis y yo lo poco que vos lo conocéis de mí; en vos hay hidalga sangre y en mí hay hacienda rica. Pero, con todo eso, si yo emprendiera el correr parejas con vuestra antigüedad, siendo tan nuevos mis principios, pudierais tenerme, y con razón, por loco, y llamarme ignorante y necio, que me perdía de desvanecido. Más cuerdo soy que me juzgáis, siendo del talle que me veis. Aunque sois tan principal, ya yo sé que no estáis tan sobrado que podáis dar a vuestras hermanas los maridos que ellas se merecen; aunque a vos, señor don Sancho, y a mi señora doña Leonor vuestra hermana, demás de ser quien sois (vos tan discreto y galán y ella tan cuerda y hermosa), ni a vos os ha de faltar un suegro caballero ni a ella un marido señor de vasallos. De mi señora doña Leonarda es fuerza que dispongáis diferentemente. Y aunque su merced merece tanto, si yo valgo para excusar el entregarla, quizá contra su voluntad, al honrado depósito de un convento recogido o darla un marido viudo y viejo, aquí estoy yo, que la dotaré en cincuenta mil ducados. Y en albricias y estrenas de la merced y favor que me haréis en esto, quédense los ocho mil escudos para guantes para vos, señor, y para mi señora doña Leonor.

Don Sancho le oyó con mucha atención, y después de pasadas muchas cortesías y agradecimientos, le respondió que se miraría en ello y hablaría a sus deudos y hermana, como era razón.

Con esto se despidió Petronio, y dando el negocio por hecho. Pero era tan al revés, que no hubo vuelto las espaldas cuando don Sancho no lo pudo sufrir que no llamase a tres o a cuatro mozos de su edad y humor, deudos suyos, y les comunicase el caso, haciendo grande risa y chacota, diciendo:

—¿No es bueno que este villano, de pared en medio de mi casa, le tenga tan desvanecido esa su haciendilla ganada a lo que todos sabéis, que se ha desvergonzado a pedirme a mi hermana doña Leonarda? ¡Por vida de quien soy! ¡A fe de hijo de mis padres que estuve para mandar cerrar la puerta a mis criados y matarle a palos! ¿Yo mi hermana a ese pícaro? ¡Que sería si le hubiesen ensoberbecido cualque niñerías que ha enviado, que se han recibido más por no parecer descorteses que no por hacer caso de ellas, que los criados y las esclavas se las han comido! ¿Cómo os parece que tome venganza de este villanzote harto de ajos, que, habiendo sido sus abuelos lacayos de los míos, le hacen tan olvidadizo de quien es cuatro reales falsos que maneja, que quiere que yo le lleve a mi lado y llamarse marido de mi hermana?

Y tras de esto, unas veces bufaba y pateaba de cólera, y otras hacía chacota y risa del negocio.

Últimamente, de parecer de la junta y acuerdo de aquellos buenos juicios de tanta mocedad y locura, salió acordado que se le hiciese una burla pesada, la cual se puso en ejecución por este camino. El don Sancho habló muy en secreto y a solas con Petronio, y le dijo que él se confesaba agradecidísimo a su voluntad, obligado de sus muchas y buenas obras, y quisiera ser dueño de los ánimos y corazones de sus deudos y amigos, a los cuales había comunicado este negocio, y de ningún modo venían en él; solo doña Leonarda parecía que no se disgustaría de que tuviese efecto. Y con esta resolución y seguro della, para que conociese que él era agradecido y hacía más de lo que podía de su parte, porque viese que era amigo de veras y que estimaba su parentesco, que cumpliendo con los deudos y parientes él quería hacerle su cuñado. Y la forma y modo había de ser esta: que él le señalaría puntualmente una noche y hora, en que don Sancho se dejaría de industria y propósito la puerta de su casa abierta; que el aposento y cama donde doña Leonarda su hermana dormía estaba a tal mano de la casa, en tal cuadra. De todo lo cual le hizo cierto, de modo que no pudo errarlo, que entrase debajo del seguro de su palabra—que él se la daba de no ofenderle—y se acostase en la cama de doña Leonarda, y que a las voces que diese su hermana él saldría con luces y criados y alborotaría el barrio y vecindad, mostrándose tan enojado como ofendido, haciendo con la espada desnuda prueba de que su intento era matarle, pero que tuviese por su parte prevenida a la justicia para esta hora y ocasión, para que entrasen con mano poderosa. Y prendiéndolos a todos, Petronio tuviese constancia y valor en decir que estaba con su mujer, que era doña Leonarda, que con esta confesión y satisfacción, aunque al principio se mostrase muy duro y áspero don Sancho, al fin vendría en que se casase y le perdonase. Que le era forzoso usar de todas estas estratagemas e invenciones para satisfacer a sus parientes, y que no entendiesen que se había hecho con voluntad suya, sino a no poder más, por reparar la afrenta y volver por el honor. Y con aquel suceso había de venir a estar en la boca del vulgo, sujeto al juicio que el pueblo quisiese hacer de él.

Las razones parecían tan verosímiles, y el modo con que las ofrecía don Sancho tan cortés y tan amigable, tan sin turbarse ni mudarse de color, que Petronio lo tuvo por tan cierto como si estuviera ya hecho, y se confesó tan obligado de don Sancho, que no faltó sino echársele a los pies. Pero como se resistiese don Sancho, al fin le dio licencia que le echase los brazos, y con ellos—que quiso que no quiso—una cadena de diamantes de valor de ochocientos escudos. Y con esto Petronio se despidió de él, yendo a prevenir la justicia y amigos para las doce de la noche siguiente, que era cuando habían determinado se pusiese en ejecución el trato hecho.

¡Dura ley del mundo en algunos corazones de los hombres mortales, de tan ásperas entrañas y tan ruin correspondencia que se dejan obligar en sus trabajos y necesidades de los que se les dan por amigos, y pueden más que ellos, y que recibiendo cada día a manos abiertas montones de buenas obras, en llegando a haber menester que ellos usen de liberales en algo de aquello poco que tienen—ora sea de hacienda, ora de honor—, que no solo se muestren escasos con aquellos a quien deben todo el ser, la vida y honra que tienen, sino que los engañen y traten con fraude y dolo! Dura extrañeza es esta y terrible maldad, y, así, no es mucho que permita el cielo que por donde ellos pensaban engañar y afrentar sean engañados y castigados, como se verá en este caso.

Luego que don Sancho se despidió de Petronio, escondiendo la cadena de los ojos de sus hermanas, llamó a doña Leonarda aparte y la dijo que él tenía necesidad de su aposento y cama por aquella noche, que desde las diez para adelante se fuese al de doña Leonor y durmiesen juntas, no dándole cuenta de esto, sino diciéndole que la noche antecedente había sentido no sé qué ruido en su aposento, y que tenía miedo de dormir sola, y que por eso se pasaba al suyo. Tenía tan sujetas a estas sus hermanas don Sancho, que tras de no darlas de comer las daba muy mal trato, cosa bien indigna de un caballero y hombre. Porque a todas estas partes y condiciones le estaba mal el ser descortés y descompuesto con mujeres, y más con hermanas tales, pero era nuestro don Sancho un retrato vivo de don Quijote; y, así, las hermanas jamás le replicaban a cosa que las mandase y dijese, porque temblaban de sus cóleras y arrojamientos. Y, así, doña Leonarda calló y le obedeció, y fue a esperar que llegase la noche y la hora para pasarse con su hermana. Don Sancho, apartándose de ella, llamó a una de las dos esclavas de casa—la más fea—y la dijo que él quería ahorrarla y casarla con cierto mancebo galán del pueblo, y darla con que viviese, y que la razón por que se movía a esto después la sabría; que se entrase en dando las once de la noche el reloj al aposento de doña Leonarda, y que hallaría desocupada su cama; que se acostase en ella y callase.

La negra ni tuvo qué responder ni qué dudar, y, así, no se atrevió a decir más de que lo haría como se lo mandaba, porque, por más mal que le sucediese, le sucedería bien como saliese de aquel hospital honrado y emparedamiento o encanto de libro de caballerías.

Sucedió, pues, que, como llegase la hora, y doña Leonarda, sin haber prevenido a su hermana, se pasase a su aposento, siendo la doña Leonor tan terrible de condición como hermosa, lo llevó tan mal que se le viniese a su cama, que se salió de ella. Doña Leonarda, como era menor y temía al hermano, no se atrevió a pasar a su cuarto y darle parte de esto. Y, así, entre esta confusión y temor, se quedó dormida. Doña Leonor, de rabiosa e impaciente, se pasó al aposento de doña Leonarda, y juró que no había de volver al suyo hasta que lo supiese su hermano. Y acostóse en la cama de su hermana.

La negra, que había de venir, como se le había mandado, allí, habiéndosele hecho grande novedad lo que le había mandado su amo que hiciese, lo comunicó con la otra negra su compañera y le pidió consejo. La cual fue de parecer que no fuese, antes fingiese que se había dormido, que menos mal era que llevase una vuelta de palos por el descuido, que no que le sucediese alguna cosa en que perdiese la vida; porque no podía entender adónde iban a parar tan grandes promesas, y más en un amo que jamás las había mostrado buena cara ni dicho buena razón desde que las heredara de sus difuntos padres, juntado a esto el parecerles todo engaño del prometer que le daría con que viviese, pues no lo tenía él para sí (que no eran tan bozales que no pudieron hacer este discurso). Y con esto se estuvieron quedas en su mala camilla, sin osar la una ni la otra salir de ella.

Llegó al punto de las doce de la noche, y con ellas Petronio a la puerta de don Sancho, acompañado de algunos ministros de justicia y de otros amigos de su edad que venían bien armados y deseosos de sacarle de cualquiera peligro y más, que él los tenía tan obligados a todos, que no hacían mucho, junto con que aquella nación y provincia tiene esto por excelencia, que el que llega a ser amigo de otro lo es de veras; y también al contrario, si hay razón para ello. Petronio, con este seguro, tocó a la puerta, y caminando sin detenerse, con ánimo y valor, al aposento que le había señalado don Sancho, cuya puerta también estaba sin echar la cerradura, porque doña Leonor, con el enojo que llevaba de su hermana, se le olvidó de cerrarla, la cual dormía a este tiempo tan profundamente, que pudo Petronio, habiendo acertado a la cama, entrarse con ella y pasarla a sus brazos, y hasta entonces no despertó. Pero, sintiéndose tocar de otra persona, dio gritos.

Don Sancho, que estaba a la mira y tenía cuatro o cinco mancebos de su humor—parientes y amigos—dentro de su sala, y los criados con luces encendidas, para celebrar la burla y venganza, acudieron con grande grita y risa a ver la negra abrazada de Petronio. Pero sucedió tan al revés, que hallaron a doña Leonor desnuda, derramando muchas lágrimas, dando voces y haciendo pedazos a Petronio por desasirse de él, novedad que los espantó tanto a todos, que casi no sabían de sí. Don Sancho se pasmó, y los parientes se helaron y corrieron. Doña Leonor gritaba y pedía justicia, y Petronio decía que estaba con su mujer, que no la hacía agravio, y no la dejaba que se le escapase, admirado de su resistencia, supuesto lo concertado con su hermano; pero más se admiró cuando vio que era la hermosísima Leonor y no la fea Leonarda. Don Sancho, vuelto en sí, empezó a decir, con la espada en la mano:

—¡Esta es grande maldad y traición! ¡Oh aleve hermana! ¡Oh falso Petronio! ¡A mis manos perderéis entrambos la vida!

Pero Petronio era hombre tan de hecho—demás de venir bien armado—, que, poniendo y asegurando debajo del brazo siniestro a doña Leonor, sacó con el derecho una pistola de tres bocas, amenazando que se la llevaría a tres de una bolada si no le oyesen. Los parientes de don Sancho ni sabían si arremetiesen a matar a Petronio o a su pariente, que entendían expresamente que los había engañado. Y, así, en todo parecía que estaba entre ellos la confusión del infierno mismo. Pero nada pudo llegar a ejecución, porque a las primeras voces que se oyeron en la calle, porque algunas ventanas de estos aposentos caían a ella, entraron los amigos de Petronio, y hubiera entre los unos y los otros una cruel riza y matanza si los ministros de la justicia, que estaban prevenidos y esperaban a la puerta, fingiendo que pasaban de ronda y habían oído las voces, no entraran y se pusieran de por medio. Conque se dio lugar a que Petronio hablase y advirtiese que como se había entrado había sido por haberle dado palabra de casarse con él... iba a decir «doña Leonarda», y como vio que era doña Leonor la que tenía en las manos, calló, mudó de parecer y añadió a las razones dichas:

—Si mi señora doña Leonor, con lo sucedido, no quiere ser mi mujer, deposítela en parte segura la justicia. Mírese en ello, que en todo quiero yo que se anteponga el gusto suyo y de don Sancho, mi señor y hermano que había de ser; a quien remito que diga lo que hay en esto, que lo que su merced dijese, esa será la verdad, que de lo que gustare gusto yo, y la satisfacción que le estuviere mejor esa ofrezco a él y a su hermana y deudos, porque el caso sucedido más parece permisión del cielo que lance de mi buena fortuna, aunque lo es tanto.

La justicia, viéndole tan comedido, procuró templar la pasión y enojo de don Sancho y sus deudos, y queriendo llevar a poner en depósito a doña Leonor, y no queriendo ella salir de la casa de su hermano, casi se volviera a encender la pendencia y a descubrirse la verdad y quién era culpado en todo. Y viendo don Sancho que él lo era y que por aquel camino que había pensado engañar había sido engañado, confundióse y rindióse. Y los parientes, que casi rastrearon algo de ello, mudaron de parecer y fueron en que no había satisfacción para la honra de doña Leonor como Petronio casase con ella y la dotase en cincuenta mil ducados, por si muriese sin tener hijos, lo cual él hizo de muy buena gana. Y ella, viéndose en brazos del primer hombre que había tocado mano a la suya, galán discreto y tan rico; y ella, que había sido tan pobre, tan rica, olvidándose de las desigualdades y desvanecimientos de linajes, vino en ello con mucho gusto. Y porque aquella noche no sucediese desgracia, se dio parte luego a los jueces a quien tocaba del suceso. Y estando presentes los amigos de unos y otros, amaneció el día y Petronio y doña Leonor fueron desposados, habida licencia para ello.

Y enterado de la verdad Petronio de la burla de la negra que se le intentaba y del cómo había venido doña Leonor a la cama y aposento de doña Leonarda, satisfizo a todos en esta forma: compróle a don Sancho la negra y ahorróla y casóla, y llevóse a su mujer a su casa; dio ocho mil ducados a doña Leonarda para ayuda de casarse, por la voluntad que él la había tenido y el casamiento que ella había errado; perdonó los ocho mil ducados a don Sancho, y la cadena y otros empréstitos que le había hecho, con condición que jamás entrase en la casa de Petronio, porque, acordándose de la burla que le había querido hacer con la negra, debiéndole las buenas obras que le debía, no le cegasen la queja y el agravio y se le olvidase el respeto y amor que le debía como a hermano de su mujer.

## EL CASTIGO DE LA MISERIA
### (María de Zayas, *Novelas amorosas y ejemplares*)

A servir a un grande desta corte vino de un lugar de Navarra un hidalgo tan alto de pensamientos como humilde de bienes de fortuna, pues no le concedió esta madrastra de los nacidos más riqueza que una pobre cama, en la cual se recogía a dormir y se sentaba a comer este mozo, a quien llamaremos don Marcos, y un padre viejo, y tanto, que sus años le servían de renta para sustentarse, pues con ellos enternecía los más empedernidos corazones. Era don Marcos, cuando vino a este honroso entretenimiento, de doce años, habiendo casi los mismos que perdió a su madre de un repentino dolor de costado, y mereció en casa deste príncipe la plaza de paje, y con ella los usados atributos: picardía, porquería, sarna y miseria. Y aunque don Marcos se graduó en todas, en esta última echó el resto, condenándose él mismo de su voluntad a la mayor laceria que pudo padecer un padre del yermo, gastando los dieciocho cuartos que le daban con tanta moderación, que, si podía, aunque fuese a costa de su estómago y de la comida de sus compañeros, procuraba que no se disminuyesen, o ya que algo gastase, no de suerte que se viese mucho su falta.

Era don Marcos de mediana estatura, y con la sutileza de la comida se vino a transformar de hombre en espárrago. Cuando sacaba de mal año su vientre era el día que le tocaba servir la mesa de su amo, porque quitaba de trabajo a los mozos de plata, llevándoles la que caía en sus manos más limpia que ellos la habían puesto en la mesa, proveyendo sus faltriqueras de todo aquello que sin peligro se podía guardar para otro día.

Con esta miseria pasó la niñez, acompañando a su dueño en muchas ocasiones, dentro y fuera de España, donde tuvo principales cargos. Vino a merecer don Marcos pasar de paje a gentilhombre, haciendo en esto su amo en él lo que no hizo el cielo. Trocó, pues, los dieciocho cuartos por cinco reales y tantos maravedís, pero ni mudó de vida ni alargó la ración a su cuerpo, antes, como tenía más obligaciones, iba dando más nudos a su bolsa. Jamás se encendió en su casa luz, y si alguna vez se hacía esta fiesta, era el que le concedía su diligencia y el descuido del repostero algún cabo de vela, el cual iba gastando con tanta cordura, que desde la calle se iba desnudando, y en llegando a casa dejaba caer los vestidos, y al punto le daba la muerte. Cuando se levantaba por la mañana tomaba un jarro que tenía, sin asa, y se salía a la puerta de la calle, esperando los aguadores, y al primero que vía le pedía remediase su necesidad; y esto le duraba dos o tres días, porque lo gastaba con mucha estrecheza. Luego se llegaba donde jugaban los muchachos, y por un cuarto llevaba uno que le hacía la cama y barría el aposento. Y si tenía criado, se concertaba con él que no le había de dar ración más de dos cuartos y un pedazo de estera en que dormir. Y cuando estas cosas le faltaban, llevaba un pícaro de cocina que lo hacía todo, y le vertiese una extraordinaria vasija en que hacía las inexcusables necesidades. Era del modo de un arcaduz de noria, porque había sido en un tiempo jarro de miel, que hasta en verter sus excrementos guardó la regla de la observancia. Su comida era un panecillo de un cuarto, media libra de vaca, un cuarto de zarandajas y otro que daba al cocinero porque tuviese cuidado de guisarlo limpiamente; y esto no era cada día, sino solo los feriados, que lo ordinario era un cuarto de pan y otro de queso. Entraba en el estado donde comían sus compañeros, y llegaba al primero y le decía:

—Buena debe de estar la olla, que da un olor que consuela. En verdad que la he de probar.

Y diciendo y haciendo, sacaba una presa, y desta suerte daba la vuelta de uno en uno a todos los platos, que hubo día que, en viéndole venir, el que podía se comía de un bocado lo que tenía delante, y el que no ponía la mano sobre su plato.

Con el que tenía más amistad era con un gentilhombre de casa, que estaba aguardando verle entrar a comer o cenar, y luego con su pan y queso en la mano, entraba diciendo:

—Por cenar en conversación os vengo a cansar.

Y con esto se sentaba en la mesa y alcanzaba de lo que había.

Vino en su vida lo compró, aunque lo bebía algunas veces en esta forma: poníase a la puerta de la calle, y como iban pasando las mozas y muchachos con el vino, les pedía en cortesía se lo dejasen probar, obligándoles lo mismo a hacerlo. Si la moza o muchacho eran agradables, les pedía licencia para otro traguillo. Viniendo a Madrid en una mula y con un mozo, que por venir en su compañía se había aplicado a servirle, por ahorrar de gasto le envió en un lugar por un cuarto de vino, y mientras que fue el mozo por él, se puso a caballo y se partió, obligando al mozo a venir pidiendo limosna. Jamás en las posadas le faltó algún pariente que, haciéndose gorra con él, le ahorraba de la comida. Vez hubo que dio a su mula la paja del jergón que tenía en la cama, todo a fin de no gastar.

Varios cuentos se decían de don Marcos con que su amo y sus amigos pasaban tiempo y alegraban sus corazones, tanto, que ya era conocido en toda la corte por el hombre más reglado de los que se conocían en el mundo, porque guardaba castidad, que decía él que en costando dineros no hay mujer hermosa, y en siendo de balde no la hay fea, y mucho más si contribuía para cuellos y lienzos, presentes de mujeres aseadas.

Vino don Marcos desta suerte cuando llegó a los treinta años, pues vino a juntar, a costa de su opinión y hurtándoselo a su cuerpo, seis mil ducados, los cuales se tenía siempre consigo, porque temía mucho las retiradas de los ginoveses, pues cuando más descuidado ven a un hombre, le dan manotada como zorro. Y como don Marcos no tenía fama de jugador ni amancebado, cada día se le ofrecían varias ocasiones de casarse, aunque él lo regateaba, temiendo algún mal suceso.

Parecíales a las señoras que lo deseaban para marido más falta ser gastador que guardoso, que con este nombre calificaron su miseria. Entre muchas que desearon ser suyas fue una señora que no había sido casada, si bien estaba en opinión de viuda, mujer de buen gusto y de alguna edad, aunque la encubría con las galas, adornos, industria—porque era viuda galana—, con su monjil de tercianela, tocas de reina y su poquito de moño. Era esta señora, cuyo nombre es doña Isidora, muy rica, según decían, y su modo de tratarse lo mostraba; y en esto siempre se adelantaba el vulgo más de lo que era razón. Propusiéronle a don Marcos este matrimonio, pintándole la novia con tan perfetas colores y asegurándole que tenía más de catorce o quince mil ducados, diciéndole ser el muerto consorte suyo un caballero de lo mejor de Andalucía, que asimismo decía serlo la señora, dándole por patria a la famosa ciudad de Sevilla; con lo cual nuestro don Marcos se dio por casado.

El que trataba el casamiento era un gran socarrón, tercero no solo de casamientos sino de todas mercaderías, tratante en gruesos de buenos rostros y mejores bolsos, pues jamás ignoraba lo malo y lo bueno desta corte. Y era la causa haberle prometido doña Isidora buenas albricias si salía con esta pretensión, y, así, dio orden en llevar a don Marcos a vistas, y lo hizo esa misma tarde que se lo propuso, porque no hubiese peligro en la tardanza.

Entró don Marcos en casa de doña Isidora, casi admirado de ver la casa, tantos cuartos, tan bien labrada y con tanta hermosura, y miróla con atención, porque le dijeron que era su dueña la misma que lo había de ser de su alma. A la cual halló entre tantos damascos, escritorios y cuadros, que más parecía casa de señora de título que de particular, con un estrado tan rico, y la casa con tanto aseo, olor y limpieza, que parecía no tierra, sino cielo, y ella tan aseada y bien prendida, como dice un poeta amigo, que pienso que por ella se tomó este motivo de llamar así a los aseados.

Tenía consigo dos criadas, una de labor y otra de todo y para todo, que a no ser nuestro hidalgo tan compuesto y tenerle el poco comer tan mortificado, por solo ellas pudiera casarse con su ama, porque tenían tan buenas caras como desenfado, en particular la fregona, que pudiera ser reina si se dieran los reinos por hermosura.

Admiróle sobre todo el agrado y discreción de doña Isidora, que parecía la misma gracia, tanto en donaires como en amores, razones que fueron tantas y tan bien dichas las que dijo a don Marcos, que no solo se agradó, mas le enamoró, mostrando en sus agradecimientos el alma, que la tenía el buen señor bien sencilla y sin dobleces.

Agradeció doña Isidora al casamentero la merced que le hacía en querer emplearla tan bien, acabando de hacer tropezar a don Marcos en una aseada y costosa merienda, en la cual hizo alarde de la vajilla rica y olorosa, ropa blanca, con las demás cosas que en una casa tan rica como la de doña Isidora era fuerza hubiese.

Hallóse a la merienda un mozo galán, desenvuelto y que de bien entendido picaba en pícaro, al cual doña Isidora regalaba a título de sobrino, cuyo nombre era Agustinico, que así le llamaba su señora tía. Servía a la mesa Inés, porque Marcela, que así se llamaba la doncella, por mandado de su señora ya tenía en las manos un instrumento, en el cual era tan diestra, que no se la ganaba el mejor músico de la corte, y esto acompañaba con una voz que más parecía ángel que mujer, y a la cuenta era todo. La cual, con tanto donaire como desenvoltura, sin aguardar a que la rogasen, porque estaba cierta que lo haría bien, o fuese acaso o de pensado, cantó esta letra:

—Claras fuentecillas,
pues que murmuráis,
*murmurad a Narciso*
*que no sabe amar.*
Murmurad que vive
libre y descuidado
y que mi cuidado
en el agua escribe,
que pena recibe
si sabe mi pena,
que es dulce cadena
de mi libertad.
*Murmurad a Narciso*
*que no sabe amar.*
Murmurad que tiene

el pecho de hielo
y que por consuelo
penas me previene:
responde que pene
si favor le pido,
y se hace dormido
si pido piedad.
*Murmurad a Narciso*
*que no sabe amar.*
Murmurad que llama
cielos otros ojos,
más por darme enojos
que porque los ama,
que mi ardiente llama
paga con desdén,
y quererle bien
con quererme mal.
*Murmurad a Narciso*
*que no sabe amar.*
Y si en cortesía
responde a mi amor,
nunca su favor
duró más de un día.
De la pena mía
ríe lisonjero,
y aunque ve que muero,
no tiene piedad.
*Murmurad a Narciso*
*que no sabe amar.*
Murmurad que ha días
tiene la firmeza,
y que con tibiezas
paga mis porfías.
Mis melancolías
le causan contento,
y si mudo intento

muestra voluntad.
*Murmurad a Narciso*
*que no sabe amar.*
Murmurad que he sido
Eco desdichada;
aunque despreciada,
siempre le he seguido,
y que si le pido
que escuche mi queja,
desdeñoso deja
mis ojos llorar.
*Murmurad a Narciso*
*que no sabe amar.*
Murmurad que altivo,
libre y desdeñoso
vive, y sin reposo
por amarle vivo,
que no da recibo
a mi eterno amor,
antes con rigor
me intenta matar.
*Murmurad a Narciso*
*que no sabe amar.*
Murmurad sus ojos
graves y severos,
aunque bien ligeros
para darme enojos,
que rinden despojos
a su gentileza,
cuya altiva alteza
no halla su igual.
*Murmurad a Narciso*
*que no sabe amar.*
Murmurad que ha dado
con alegre risa
la gloria a Belisa

que a mí me ha quitado:
no de enamorado,
sino de traidor,
que aunque finge amor,
miente en la mitad.
*Murmurad a Narciso*
*que no sabe amar.*
Murmurad mis celos
y penas rabiosas,
¡ay fuentes hermosas,
a mis ojos cielos!;
y mis desconsuelos,
penas y disgustos,
mis perdidos gustos,
fuentes, murmurad,
*y también a Narciso,*
*que no sabe amar.*

No me atreveré a determinar en qué halló nuestro don Marcos más gusto, si en las empanadas y hermosas tortadas, lo uno picante y lo otro dulce, si en el sabroso pernil y fruta fresca y gustosa, acompañado todo con el licor del santo remedio de los pobres, que a fuerza de brazos estaba vertiendo hielo, siendo ello mismo fuego—que por eso llamaba un su aficionado a las cantimploras remedio contra el fuego—o en la dulce voz de Marcela, porque al son de su letra él no hacía sino comer, tan regalado de doña Isidora y de Agustinico, que no lo pudiera ser más si él fuera el rey; porque si en la voz hallaba gusto para los oídos, en la merienda recreo para su estómago, tan ayuno de regalos como de sustento. Regalaba también doña Isidora a don Agustín, sin que don Marcos, como poco escrupuloso, reparase en nada más de sacar de mal año sus tripas; porque creo, sin levantarle testimonio, que sirvió la merienda de aquella tarde de ahorro de seis días de ración, y más con los buenos bocados que doña Isidora y su sobrino atestaban y embutían en el baúl vacío del buen hidalgo, provisión bastante para no comer en mucho tiempo.

Feneciόse la merienda con el día, y estando ya prevenidas cuatro bujías en otros tantos hermosos candeleros, a la luz de las cuales y al dulce son que Agustinico hizo en el instrumento que Marcela había tocado bailaron ella y Inés lo rastreado y sotillo, sin que se quedase la capona olvidada, con tal donaire y desenvoltura, que se llevaban entre los pies los ojos y el alma del honrado auditorio. Y tornando Marcela a tomar la guitarra a petición de don Marcos, que, como estaba harto, quería bureo, feneció la fiesta con este romance:

—Fuese Bras de la cabaña,
sabe Dios si volverá,
por ser firmísima Menga
y ser muy ingrato Bras.
Como no sabe ser firme
desmayóle el verse amar,
que quien no sabe querer
tampoco sabe estimar.
No le ha dado Menga celos,
que no se los supo dar,
porque si supiera darlos
supiera hacerse estimar.
Es Bras de condición libre,
no se quiere sujetar,
y, así, viéndose querido
supo el modo de olvidar.
No solo a sus gustos sigue,
mas sábelos publicar,

que quiere, a fuerza de penas,
hacerse estimar en más.
Que no volverá es muy cierto,
que es cosa la voluntad
que, cuando llega a trocarse,
no vuelve a su ser jamás.
Por gustos ajenos muere,
pero no se morirá,
que sabe fingir pasiones
hasta que llega a alcanzar:
desdichada la serrana
que en él se viene a emplear,
pues aunque siembre afición,
solo penas cogerá.
De ser poco lo que pierde
certísima Menga está,
pues por mal que se aventure,
no puede tener más mal:
es franco de disfavores,
de tibiezas liberal,
pródigo de demasías,
escaso de voluntad.
Dice Menga que se alegra;
no sé si dice verdad,
que padecer despreciada,
es dudosa enfermedad:
suelen publicar salud
cuando muriéndose están,
mas no niego que es cordura
el saber disimular.
Esconderse por no verla
ni de sus cosas hablar,
no tratar de su alabanza
indicios de salud da,
pero vivir descontenta
y allá en secreto llorar,

llevar mal que mire a otra
de amor parece señal.
Lo que por mi teología
he venido a pergeñar
es que aquel que dice injurias
cerca está de perdonar.
Préciase Menga de noble,
no sé si querrá olvidar,
que una vez elección hecha,
no es noble quien vuelve atrás,
mas ella me ha dicho a mí
que en llegando a averiguar
injurias, celos y agravios,
afrenta el verle será.

Al dar fin al romance se levantó el corredor de desdichas y le dijo a don Marcos que era hora de que la señora doña Isidora reposase. Y, así, se despidieron los dos della y de Agustinico y de las otras damiselas, y dieron la vuelta a su casa, yendo por la calle tratando lo bien que le había parecido doña Isidora, descubriendo el enamorado don Marcos más del dinero que de la dama el deseo que tenía de verse ya su marido. Y, así, le dijo que diera un dedo de la mano por verlo ya hecho, porque era sin duda que le estaba muy bien. Aunque no pensaba tratarse después de casado con tanta ostentación ni grandeza, que aquello era bueno para un príncipe y no para un hidalgo particular como él era, pues con su ración y alguna otra cosa más habría para el gasto, y que seis mil ducados que él tenía, y otros tantos y más que podría hacer de cosas excusadas que vía en casa de doña Isidora, pues bastaba para la casa de un escudero de un señor cuatro cucharas, un jarro y una salva, con una buena cama, y a este modo cosas que no se pueden excusar; todo lo demás era cosa sin provecho y que mejor estaría en dineros, y ésos puestos en renta, viviría como un príncipe y podría dejar a sus hijos, si Dios se los diese, con que pasar honradamente; y cuando no los tuviese, pues doña Isidora tenía aquel sobrino: para él sería todo si fuese tan obediente que quisiese respetarle como a padre.

Hacía estos discursos don Marcos tan en su punto, que el casamentero lo dio por concluido, y, así, le respondió que él hablaría otro día a doña Isidora y se efectuaría el negocio, porque en estos casos de matrimonios tantos tienen deshechos las dilaciones como la muerte.

Con esto se despidieron, y él se volvió a contar a doña Isidora lo que con don Marcos había pasado, cudicioso de las albricias, y él a casa de su amo. Donde, hallándolo todo en silencio, por ser muy tarde, y sacando un cabo de vela de la faltriquera, se llegó a una lámpara que estaba en la calle alumbrando una cruz, y puesta la vela en la punta de la espada, la encendió, y después de haberle suplicado con una breve oración que fuese lo que se quería echar a cuestas para bien suyo, se entró en su posada y se acostó, aguardando con mil gustos el día, pareciéndole que se le había de despintar tal ventura.

Dejémosle dormir y vamos al casamentero, que, vuelto a casa de doña Isidora, le contó lo que pasaba y cuán bien le estaba. Ella, que lo sabía mejor que no él, como adelante se dirá, dio luego el sí y cuatro escudos al tratante por principio, y le rogó que luego por la mañana volviese a don Marcos y le dijese como ella tenía a gran suerte el ser suya; que no le dejase de la mano, antes gustaría que se le trajese a comer con ella y su sobrino, para que se hiciesen las escripturas y se sacasen los recados. ¡Qué dos nuevas para don Marcos: convidado y novio!

Con ellas, por ser tan buenas, madrugó el casamentero y dio los buenos días a nuestro hidalgo, al cual halló ya vistiéndose, que amores de blanca niña no le dejan reposar. Recibió con los brazos a su buen amigo —que así llamaba al procurador de pesares—y con el alma la resolución de su ventura. Y acabándose de vestir con las más costosas galas que su miseria le consentía, se fue con su norte de desdichas a casa de su dueño y su señora, donde fue recibido de aquella sirena con la agradable música de sus caricias, y de don Agustín, que se estaba vistiendo, con mil modos de cortesías y agrados. Donde, en buena conversación y agradecimientos de su ventura y sumisiones del cauto mozo en agradecimientos del lugar que de hijo le daba, pasaron hasta que fue hora de comer, que de la sala del estrado se entraron a otra cuadra más adentro, donde estaba puesta la mesa y aparador como pudiera en casa de un gran señor.

No tuvo necesidad doña Isidora de gastar muchas arengas para obligar a don Marcos a sentarse a la mesa, porque antes él rogó a los demás que lo hiciesen, sacándolos desta penalidad, que no es pequeña. Satisfizo el señor convidado su apetito en la bien sazonada cuanto abundante comida, y sus deseos en el compuesto aparador, tornando en su memoria a hacer otros tantos discursos como la noche pasada; y más, como vía a doña Isidora tan liberal y cumplida, como aquella que se pensaba pagar de su mano, le parecía aquella grandeza vanidad excusada y dinero perdido.

Acabóse la comida, y preguntaron a don Marcos si quería, en lugar de dormir la siesta, por no haber en aquella casa cama para huéspedes, jugar al hombre. A lo cual respondió que servía a un señor tan virtuoso y cristiano, que si supiera que criado suyo jugaba ni aun al quince, que no estuviera una hora en su casa, y que, como él sabía esto, había tomado por regla el darle gusto, demás de ser su inclinación buena y virtuosa, pues no tan solamente no sabía jugar al hombre, mas que no conocía ni una carta, y que verdaderamente hallaba por su cuenta que valía el no saber jugar muchos ducados por año.

—Pues el señor don Marcos—dijo doña Isidora—es tan virtuoso que no sabe jugar, que bien le digo yo a Agustinico que es lo que está mejor al alma y a la hacienda, ve, niño, y dile a Marcela que se dé priesa a comer y traiga su guitarra, y Inesica sus castañuelas, y en eso entretendremos la fiesta hasta que venga el notario que el señor Gamarra—que así se llamaba el casamentero—tiene prevenido para hacer las capitulaciones.

Fue Agustinico a lo que su señora tía le mandaba, y mientras venía, prosiguió don Marcos asiendo la plática desde arriba:

—Pues en verdad que puede Agustín, si pretende darme gusto, no tratar de jugar ni salir de noche, y con eso seremos amigos; y de no hacerlo habrá mil rencillas, porque soy muy amigo de recogerme temprano la noche que no hay que hacer, y que, en entrando, no solo se cierre la puerta, mas se clave, no porque soy celoso, que harto ignorante es el que lo es teniendo mujer honrada, mas porque las casas ricas nunca están seguras de ladrones, y no quiero que me lleve, con sus manos lavadas, el ladrón sin más trabajo que tomarlo lo que a mí me costó el ganarlo tanto afán y fatiga; y, así, yo le quitaré el vicio, o sobre eso será el diablo.

Vio doña Isidora tan colérico a don Marcos, que fue menester mucho de su despejo para desenojarle. Y, así, le dijo que no se disgustase, que el muchacho haría todo lo que fuese su gusto, porque era el mozo más dócil que en su vida había tratado, que al tiempo daba por testigo.

—Eso le importa—replicó don Marcos.

Y atajó la plática don Agustín y las damiselas, que venía cada una prevenida con su instrumento. Y la desenvuelta Marcela dio principio a la fiesta con estas décimas:

—Lauro, si cuando te amaba
y tu rigor me ofendía,
triste de noche y de día
tu ingrato trato lloraba;
si en ninguna parte hallaba
remedio de mi dolor,
pues cuando solo un favor
era paz de mis enojos,
siempre en tus ingratos ojos
hallé crueldad por amor;
si cuando pedí a los cielos
la muerte por no mirarte,
y maltratarme y culparte
eran todos mis desvelos;
si perseguida de celos,
mereciendo ser querida,
quise quitarme la vida,
dime cómo puede haber
otro mayor mal que ser
cruelmente aborrecida.
Yo le tengo por mayor
que no vivir olvidada,
que, siéndolo, no te enfada
como otras veces mi amor.
Tenga el verte por favor,
que tu descuido me ofrece
la paz que aquel que aborrece
niega al que adorando está;

luego el olvido será
menor daño que parece.
Y, así, pedirte favor
con disfavor me convidas,
porque al fin, como me olvidas,
no te ofendes de mi amor;
que alguna vez tu rigor
vendrá a tomar por partido
amar en lugar de olvido.
Y si me has de aborrecer,
mas quiero, Lauro, no ser
que aborrecida haber sido.

No sabré decir si lo que agradó a los oyentes fue la suave voz de Marcela o los versos que cantó: finalmente a todo dieron alabanza, pues aunque las décimas no eran las más cultas ni más cendradas, el donaire de Marcela les dio tanta sal, que supliera mayores faltas. Y porque mandaba doña Isidora a Inés que bailase con Agustín, le previno don Marcos que, fenecido el baile, volviese a cantar, pues lo hacía tan divinamente; lo cual Marcela hizo con mucho gusto, dándosele al señor don Marcos con este romance:

*—Ya de mis desdichas*
*el colmo veo*
*y en ajenos favores*
*miro mis celos.*
Ya no tengo que esperar
de tu amor, ingrato Ardenio,
aunque tus muchas tibiezas
mida con mi sufrimiento;
ya que en mi fuego te yeles
ni que me encienda en tu yelo,
que mueran mis esperanzas,

ni que viva mi tormento.
Como en mi confusa pena
no hay alivio ni remedio,
ni le busco ni le pido:
desesperada padezco.
*Pues de mis desdichas*
*el colmo veo*
*y en ajenos favores*
*miro mis celos.*
¿Qué tengo ya que esperar
ni cómo obligar pretendo
a quien de solo matarme
atrevido lleva intento?
A los hermanos imito,
que por pena en el infierno
tienen trabajos sin fruto
y servir fuera de tiempo.
Acaba, saca la espada,
pasa mi constante pecho:
acabaré de penar,
si no es mi tormento eterno.
*Pues de mis desdichas*
*el colmo veo*
*y en ajenos favores*
*miro mis celos.*
Quiérote bien, ¡qué delito
para castigo tan fiero!,
pero tú te desobligas
cuando yo obligarte pienso.
¿Quién creyera que mis partes,
que alguno estimó por cielos,
son infiernos a tus ojos,
pues dellas andas huyendo?
Siempre decís que buscáis
los hombres algún sujeto
que sea en aquesta edad

de constancia claro ejemplo,
y si acaso halláis alguno,
le hacéis tal tratamiento,
que aventura, por vengarse,
no una honra, sino ciento.
Míralo en ti y en mi amor,
no quieras más claro espejo,
y verás como hay mujeres
con amor y sufrimiento.
*Pues de mis desdichas*
*el colmo veo*
*y en ajenos favores*
*miro mis celos.*
Hasta aquí pensé callar,
tus sinrazones sufriendo,
mas pues voluntad publicas,
¿cómo callaré con celos?
Sepa el mundo que te quise,
sepa el mundo que me has muerto,
y sépalo esa tirana
de mi gusto y de mi dueño.
Poco es brasas como Porcia,
poco es como Elisa acero:
más es morir de sospechas,
fuego que en el alma siento.
*Pues de mis desdichas*
*el colmo veo*
*y en ajenos favores*
*miro mis celos.*
Poco pude, Ardenio ingrato,
y hoy pienso que puedo menos,
pues sufriendo no te obligo
ni te obligué padeciendo.
Yo gusto que tengas gustos,
pero tenlos con respecto
de que me llamaste tuya

o de veras o fingiendo.
Cuando en tus ojos me miro
en ellos miro otro dueño.
¿Pues qué has menester decirme,
lo que yo tengo por cierto?
*Pues de mis desdichas*
*el colmo veo*
*y en ajenos favores*
*miro mis celos.*
Ingrato, si ya tus glorias
no te caben en el pecho,
guárdalas, que para mí
son, más que glorias, venenos.
Mas tú debes de gustar
de verme vivir muriendo,
que el querer y aborrecer
en ti viene a ser extremo.
Y si de matarme gustas,
acaba, mátame presto.
Pero si celosa vivo,
¿para qué otra muerte quiero?
*Pues de mis desdichas*
*el colmo veo*
*y en ajenos favores*
*miro mis celos.*

Como era don Marcos de los sanos de Castilla y sencillo como un tafetán de la China, no se le hizo largo este romance, antes quisiera que durara mucho más, porque la llaneza de su ingenio no era como los fileteados de la corte, que en pasando de seis estancias se enfadan. Dio las gracias a Marcela, y le pidiera que pasara adelante si a este punto no entrara Gamarra con un hombre que dijo ser notario—si bien más parecía lacayo que otra cosa—, y se hicieron las escrituras y conciertos, poniendo doña

Isidora en la dote doce mil ducados y aquellas casas. Y como don Marcos era hombre tan sin malicias, no se metió en más averiguaciones, con lo que el buen hidalgo estaba tan contento, que, posponiendo su autoridad, bailó con su querida esposa, que así llamaba a doña Isidora: ¡tan tierno le tenía!

Cenaron aquella noche con el mismo aplauso y ostentación que habían comido, si bien todavía el tema de don Marcos era la moderación del gasto, pareciéndole, como dueño de aquella casa y hacienda, que si de aquella suerte iba, no había dote para cuatro días; mas hubo de callar hasta mejor ocasión.

Llegó la hora de recogerse, y por excusar el trabajo de ir a su posada, quiso quedarse con su señora. Mas ella, con muy honesto recato, dijo que no había de poner hombre el pie en el casto lecho, que fue de su difunto señor, mientras no tuviese las bendiciones de la Iglesia, con lo que tuvo por bien don Marcos de irse a dormir a su casa, que no sé si diga que más fue velar, supuesto que el cuidado de sacar las amonestaciones le tenía ya vestido a las cinco. En fin se sacaron, y en tres días de fiesta que la fortuna trajo de los cabellos—que a la cuenta sería el mes de agosto, que las trae de dos en dos—se amonestaron, dejando para el lunes, que en las desgracias no tuvo que envidiar al martes, el desposarse y velarse todo junto, a uso de grandes. Lo cual se hizo con mucha fiesta y muy grande aparato y grandeza, así de galas como en lo demás, porque don Marcos, humillando su condición y venciendo su miseria, sacó fiado, por no descabalar los seis mil ducados, un rico vestido y faldellín para su esposa, haciendo cuenta que con él y la mortaja cumplía; no porque se la vino al pensamiento la muerte de doña Isidora, sino por parecerle que poniéndoselo solo de una

Navidad a otra habría vestido hasta el día del Juicio. Trajo asimismo de casa de su amo padrinos, que todos alababan su elección y engrandecían su ventura, pareciéndoles acertamiento haber hallado una mujer de tan buen parecer y tan rica. Pues aunque doña Isidora era de más edad que el novio—contra el parecer de Aristóteles y otros filósofos antiguos—, lo disimulaba de suerte que era milagro verla tan bien aderezada.

Pasada la comida, y estando ya sobretarde alegrando con bailes la fiesta, en los cuales Inés y don Agustín mantenían la tela, mandó doña Isidora a Marcela que la engrandeciese con su divina voz, a lo cual, no haciéndose de rogar, con tanto desenfado como donaire cantó así:

—Si se ríe el alba
de mí se ríe,
*porque adoro tibiezas*
*y muero firme.*
Cuando el alba miro,
con alegre risa
mis penas me avisa,
mis males, suspiros,
pero no me admiro
de verla reír,
ni de presumir
que de mí se ríe,
*porque adoro tibiezas*
*y muero firme.*
Ríese de verme
con cien mil pesares,
los ojos dos mares,
viendo aborrecerme,
cuando ingrato duerme
mi querido dueño;
mi dolor al sueño

triste le despide,
*porque adoro tibiezas*
*y muero firme.*
Ríe al ver que digo
que no tengo amor,
cuando su rigor
de secreto sigo,
para ver si obligo
a tratarme bien
al mismo desdén
que en matarme vive,
*porque adoro tibiezas*
*y muero firme.*
Ríe que me alejo
de aquello que sigo,
llamando enemigo
por lo que me quejo,
que pido consejo
amando sin él,
despido cruel
lo que no me sigue;
*porque adoro tibiezas*
*y muero firme.*
Ríe al ver mis ojos
publicar tibieza
cuando mi firmeza
les da mil enojos,
ofrecer despojos
y encubrir pasión,
mirar a traición
unos ojos libres,
*porque adoro tibiezas*
*y muero firme.*
Ríe el que procuro
encubrir mis celos,
que estoy sin desvelos

cuando miento y juro,
al descuido apuro
lo que me da pena,
porque amor ordena
mi muerte triste,
*adorando tibiezas,*
*muriendo firme.*

Llegóse en estos entretenimientos la noche, principio de la posesión de don Marcos, y más de sus desdichas, pues antes de tomarla empezó la fortuna a darle con ellas en los ojos. Y, así, fue la primera darle a don Agustín un acidente. No me atrevo a decir si le causó el ver casada a su señora tía; solo digo que puso la casa en alboroto, porque doña Isidora empezó a desconsolarse, acudiendo más tierna que fuera razón a desnudarle para que se acostase, haciéndole tantas caricias y regalos, que casi dio celos al desposado. El cual, viendo ya al enfermo algo sosegado, mientras su esposa se acostaba acudió a prevenir con cuidado que se cerrasen las puertas y echasen las aldabas a las ventanas; cuidado que puso en las desenvueltas criadas de su querida mujer la mayor confusión y aborrecimiento que se puede pensar, pareciéndoles achaques de celoso. Y no lo eran cierto, sino de avaro, porque como el buen señor había traído su ropa, y con ella sus seis mil ducados—que aún apenas habían visto la luz del cielo—, quería acostarse seguro de que lo estaba su tesoro. En fin, él se acostó con su esposa, y las criadas, en lugar de acostarse, se pusieron a mormurar y a llorar, exagerando la prevenida y cuidadosa condición de su dueño. Empezó Marcela a decir:

—¿Qué te parece, Inés, a lo que nos ha traído la fortuna, pues de acostarnos a las tres y a las cuatro, oyendo músicas y requiebros, ya en la puerta de la calle, ya en las ventanas, rodando el dinero en nuestra casa como en otras la arena, hemos venido a ver a las once cerradas las puertas y casi clavadas las ventanas, sin que haya atrevimiento en nosotras para abrirlas?

—¡Mal año abrirlas!—dijo Inés—. Dios es mi señor que tiene trazas nuestro amo de echarles siete candados, como a la cueva de Toledo. Ya, hermana, esas fiestas que dices se acabaron: no hay sino echarnos dos hábitos, pues mi ama ha querido esto, que poca necesidad tenía de haberse casado, pues no le faltaba nada, y no ponernos a todas en esta vida, que no sé cómo no la ha enternecido ver al señor don Agustín cómo ha estado esta noche, que para mí esta higa si no es la pena de verla casada el acidente que tiene. Y no me espanto, que está enseñado a holgarse y regalarse, y viéndose ahora enjaulado como sirguerillo, claro está que lo ha de sentir; como yo lo siento, que malos años para mí si no me pudieran ahogar con una hebra de seda cendalí.

—Aun tú, Inés—replicó Marcela—, sales fuera por todo lo que es menester: no tienes que llorar; mas triste de quien, por llevar adelante este mal afortunado nombre de doncella, ya que en lo demás haya tanto engaño, ha de estar sufriendo todos los infortunios de un celoso que las hormiguillas le parecen gigantes. Mas yo lo remediaré, supuesto que por mis habilidades no me ha de faltar la comida. ¡Mala pascua para el señor don Marcos si yo tal sufriere!

—Yo, Marcela—dijo Inés—, será fuerza que sufra, porque, si te he de confesar verdad, don Agustín es las cosas que más quiero, si bien hasta ahora mi ama no me ha dado lugar de decirle nada, aunque conozco dél que no me mira mal; mas de aquí adelante será otra cosa, que al fin habrá de dar más tiempo, acudiendo a su marido.

En estas pláticas estaban las criadas, y era el caso que el señor don Agustín era galán de doña Isidora, y por comer, vestir y gastar a título de sobrino, no solo llevaba la carga de la vieja, mas otras muchas, como eran las conversaciones de damas y galanes, juegos, bailes y otras cosillas de este jaez; y, así, pensaba sufrir la del marido, aunque la mala costumbre de dormir acompañado le tenía aquella noche con alguna pasión. Pues como Inés le quería, dijo que quería ir a ver si había menester algo mientras se desnudaba Marcela. Y fue tan buena su suerte, que, como don Agustín era muchacho, tenía miedo, y, así, le dijo:

—Por tu vida, Inés, que te acuestes aquí conmigo, porque estoy con el mayor asombro del mundo, y si estoy solo, en toda la noche podré sosegar de temor.

Era piadosísima Inés, y túvole tanta lástima, que al punto le obedeció, dándole las gracias de mandarla cosas de su gusto.

Llegóse la mañana, martes al fin, y temiendo Inés que su señora se levantase y la cogiese con el hurto en las manos, se levantó más temprano que otras veces y fue a contar a su amiga sus venturas. Y como no hallase a Marcela en su aposento, fue a buscarla por toda la casa. Y llegando a una puertecilla falsa que estaba en un corral, algo a trasmano, la halló abierta, y era que Marcela tenía cierto requiebro, para cuya correspondencia tenía llave de la puertecilla, por donde se había ido con él, quitándose de ruidos; y aposta, por dar a don Marcos más tártago, la había dejado abierta. Y visto esto, fue dando voces a su señora, a las cuales despertó el miserable novio y, casi muerto de congoja, saltó de la cama, diciendo a doña Isidora que hiciese lo mismo y mirase si le faltaba alguna cosa, abriendo a un mismo tiempo la ventana. Y pensando hallar en la cama a su mujer, no halló sino una fantasma o imagen de la muerte, porque la buena señora mostró las arrugas de la cara por entero, las cuales encubría con el afeite, que tal vez suele ser encubridor de años, que a la cuenta estaban más cerca de cincuenta y cinco que de treinta y seis, como había puesto en la carta de dote, porque los cabellos eran pocos y blancos, por la nieve de los muchos inviernos pasados. Esta falta no era mucha, merced a los moños y a su autor, aunque en esta ocasión se la hizo a la pobre dama, respecto de haberse caído sobre las almohadas, con el descuido del sueño, bien contra la voluntad de su dueño. Los dientes estaban esparcidos por la cama, porque, como dijo el príncipe de los poetas, daba perlas de barato, a cuya causa tenía don Marcos uno o dos entre los bigotes, demás de que parecían tejado con escarcha, de lo que habían participado de la amistad que con el rostro de su mujer habían hecho. Cómo se quedaría el pobre hidalgo se deja a consideración del pío letor, por no alargar pláticas en cosa que puede la imaginación suplir cualquiera falta. Solo digo que doña Isidora, que no estaba menos turbada de que sus gracias se manifestasen tan a letra vista, asió con una presurosa congoja su moño, mal enseñado a dejarse ver tan de mañana, y atestósele en la cabeza, quedando peor que sin él, porque con la prisa no pudo ver cómo le ponía, y, así, se le acomodó cerca de las cejas. ¡Oh maldita Marcela, causa de tantas desdichas, no te lo perdone Dios, amén! En fin, más alentada, aunque con menos razón, quiso tomar un faldellín para salir a buscar su fugitiva criada, mas ni él ni el vestido rico con que se había casado ni los chapines con viras ni otras joyas que estaban en una salva, porque esto y el vestido de don Marcos, con una cadena de doscientos escudos que había traído puesta el día antes, la cual había sacado de su tesoro para solenizar su fiesta, no pareció, porque la astuta Marcela no quiso ir desapercibida. Lo que haría don Marcos en esta ocasión, ¿qué lengua bastara a decirlo ni qué pluma a escribirlo? Quien supiere que a costa de su cuerpo lo había ganado podrá ver cuán al de su alma lo sentiría, y más no hallando consuelo en la belleza de su mujer, porque bastaba a desconsolar al mismo infierno. Si ponía los ojos en ella, veía una estantigua; si los apartaba, no vía sus vestidos y cadena, y con este pesar se paseaba muy apriesa, así en camisa, por la sala, dando palmadas y suspiros.

Mientras él andaba así y doña Isidora se fue al Jordán de su retrete y arquilla de baratijas, se levantó Agustín, a quien Inés había ido a contar lo que pasaba, riendo los dos la visión de doña Isidora, la pasión y la bellaquería de Marcela; y a medio vestir salió a consolar a su tío, diciéndole los consuelos que supo fingir y encadenar, más a lo socarrón que a lo necio. Animóle con que se buscaría la agresora del hurto, y obligóle a paciencia, que eran bienes de fortuna, con lo que cobró fuerzas para volver en sí y vestirse, y más como vio venir a doña Isidora tan otra de lo que había visto, que casi creyó que se había engañado y que no era la misma.

Salieron juntos don Marcos y Agustín a buscar, por dicho de Inés, las guaridas de Marcela. Y en verdad que si no fueran los tuviera por más discretos, a lo menos a don Marcos, que don Agustín para mí pienso que lo hacía de bellaco más que de bobo, que bien se deja a entender que no se habría puesto en parte donde fuese hallada. Mas viendo que no había remedio se volvieron a casa, conformándose con la voluntad de Dios a los santos y con la de Marcela a lo de no poder más. Y mal de su grado hubo de cumplir nuestro miserable con las obligaciones de la tornaboda, aunque el más triste del mundo, porque tenía atravesada en el alma su cadena.

Mas como no estaba contenta la fortuna, quiso proseguir en la persecución de su miseria, y fue desta suerte que, sentándose a comer, entraron dos criados del señor almirante diciendo que su señor besaba las manos de la señora doña Isidora y que se sirviese de enviarle la plata, que para prestada bastaba un mes; que si no lo hacía, la cobraría de otro modo. Recibió la señora el recado, y la respuesta no pudo ser otra que entregarle todo cuanto había: platos, fuentes y lo demás que lucía en la casa y que había colmado las esperanzas de don Marcos, el cual se quiso hacer fuerte diciendo que era hacienda suya y que no se había de llevar y otras cosas que le parecían a propósito, tanto, que fue menester que el un criado fuese a llamar al mayordomo y el otro se quedase en resguardo de la plata.

Al fin la plata se llevó y don Marcos se quebró la cabeza en vano, el cual, ciego de pasión y de cólera, empezó a decir y hacer cosas como hombre fuera de sí. Quejábase de tal engaño y prometía que había de poner pleito de divorcio, a lo cual doña Isidora, con mucha humildad, le dijo, por amansarle, que advirtiese que antes merecía gracias que ofensas, que por granjear un marido como él cualquiera cosa, aunque tocase en engaño, era cordura y discreción; que pues el pensar deshacerlo era imposible, que lo mejor era tener paciencia. Húbolo de hacer el buen don Marcos, aunque desde aquel día no tuvieron paz ni comieron bocado con gusto. A todo esto, don Agustín comía y callaba, metiendo, las veces que se hallaba presente, paz, y pasando muy buenas noches con su Inés, con la cual reía las gracias de doña Isidora y desventuras de don Marcos.

Con estas desdichas, si la fortuna le dejara en paz, con lo que le había quedado se diera por contento y lo pasara honradamente. Mas como se supo en Madrid el casamiento de doña Isidora, un alquilador de ropa, dueño del estrado y colgadura, vino por tres meses que le debía de su ganancia y asimismo a llevarlo, porque mujer que había casado tan bien coligió que no lo habría menester, pues lo podría comprar y tenerlo por suyo.

A este trago acabó don Marcos de rematarse: llegó las manos con su señora, andando el moño y los dientes de por medio, no con poco dolor de su señora, pues le llegaba el verse sin él tan a lo vivo. Esto y la injuria de verse maltratar tan recién casada le dio ocasión de llorar y hacer cargo a don Marcos de tratar así una mujer como ella, y por bienes de fortuna, que ella los da y los quita, pues aun en casos de honra era demasiado el castigo. A esto respondía don Marcos que su honra era su dinero. Mas todo esto no sirvió de nada para que el dueño del estrado y colgadura no lo llevase, y con ello lo que se le debía, un real sobre otro, que se pagó del dinero de don Marcos. Porque la señora, como ya había cesado su trato y visitas, no sabia de qué color era ni los vía de sus ojos, más que la ración de don Marcos, que esa gastaba moderadamente, por no poder ser menos.

A las voces y gritos bajó el señor de la casa, la cual nuestro hidalgo pensaba ser suya, y que su mujer le había dicho que era huésped que le tenía alquilado aquel cuarto por un año, y le dijo que si cada día había de haber aquellas voces, que buscasen casa y se fuesen con Dios, que era amigo de su quietud.

—¿Cómo ir?—respondió don Marcos—. Él es el que se ha de ir, que esta casa es mía.

—¿Cómo vuestra, loco?—respondió el dueño—. ¡Atreguado, idos con Dios, que yo os juro que si no mirara que lo sois, la ventana fuera vuestra puerta!

Enojóse don Marcos, y, con la cólera, se atreviera, si no se metiera doña Isidora y don Agustín de por medio, desengañando al pobre don Marcos y apaciguando al señor de la casa con prometerle desembarazarla otro día.

¿Qué podía don Marcos hacer aquí? O callar o ahorcarse, porque lo demás ni él tenía ánimo para otra cosa, antes le tenían ya tantos pesares como atónito y fuera de sí. Y, desta suerte, tomó su capa y salióse de casa, y Agustín, por mandado de su tía, con él, para que le reportase. En fin, los dos buscaron un par de aposentos cerca de palacio, por serlo cerca de la casa de su amo, para mudarse; y dado señal, quedó la mudanza para otro día. Y, así, le dijo a Agustín que se fuese a comer, que no estaba para volver a ver aquella engañadora de su tía. Hízolo así el mozo, dando la vuelta a casa, contando lo sucedido, y entre ellos dos trataron el modo de mudarse.

Vino el miserable a acostarse, rostrituerto y muerto de hambre. Pasó la noche, y a la mañana le dijo doña Isidora que se fuese a la casa nueva para que recibiese la ropa, mientras Inés traía un carro en que llevarla. Hízolo así, y apenas el buen necio salió cuando la traidora de doña Isidora y su sobrino y criada tomaron cuanto había y lo metieron en un carro, y ellos con ello, y se partieron de Madrid la vuelta de Barcelona, dejando en casa las cosas que no podían llevar, como platos, ollas y otros trastos.

Estuvo don Marcos hasta cerca de las doce aguardando, y, viendo la tardanza, dio la vuelta a su casa, y como no los halló, preguntó a una vecina si eran idos; ella le respondió que rato había. Con lo que, pensando que ya estarían allá, tornó aguijando, porque no aguardasen. Llegó sudando y fatigado, y como no los halló, se quedó medio muerto, temiendo lo mismo que era. Y, sin parar, tornó donde venía, y dando un puntapié a la puerta, que habían dejado cerrada; y como la abrió y entró dentro, y viese que no había más de lo que no valía nada, acabó de tener por cierta su desdicha. Empezó a dar voces y carreras por las salas, dándose de camino algunas calabazadas por las paredes. Decía:

—¡Desdichado de mí, mi mal es cierto! ¡En mal punto se hizo este desdichado casamiento, que tan caro me cuesta! ¿Adónde estás, engañosa sirena y robadora de mi bien y de todo cuanto yo, a costa de mí mismo, tengo granjeado para pasar la vida con algún descanso?

Estas y otras cosas decía, a cuyos extremos entró alguna gente de la casa; y uno de los criados, sabiendo el caso, le dijo que tuviese por cierto el haberse ido, porque el carro en que iba la ropa y su mujer, sobrino y criada, era de camino y no de mudanza, y que él preguntó que dónde se mudaba, y que le había respondido que se iba fuera de Madrid.

Acabó de rematar don Marcos con esto. Mas como las esperanzas animan en mitad de las desdichas, salió con propósito de ir a los mesones a saber para qué parte había ido el carro en que iba su corazón, entre seis mil ducados que llevaban en él; lo cual hizo, mas el dueño dél no era cosario, sino labrador de aquí de Madrid, que en eso eran los que le habían alquilado más astutos que era menester. Y, así, no pudo hallar noticia de nada, pues querer seguirlos era negocio cansado, no sabiendo el camino que llevaban ni hallándose con un cuarto, si no lo buscaba prestado, y más hallándose cargado con la deuda del vestido y joyas de su mujer, que no sabía cómo ni de dónde pagarlo.

Dio la vuelta, marchito y con mil pensamientos, a casa de su amo; y viniendo por la calle Mayor encontró sin pensar con la cauta Marcela, y tan cara a cara, que aunque ella quiso encubrirse fue imposible, porque habiéndola conocido don Marcos, asió della, descomponiendo su autoridad, diciéndole:

—¡Ahora, bellaca ladrona—decía nuestro don Marcos—, me daréis lo que me robastes la noche que os salistes de mi casa!

—¡Ay, señor mío!—dijo Marcela llorando—. ¡Bien sabía yo que había de caer sobre mí la desdicha desde el punto que mi señora me obligó a esto! Óigame por Dios antes que me deshonre, que estoy en buena opinión y concertada de casar, y sería grande mal que tal se dijese de mí, y más estando, como estoy, inocente. Entremos aquí en este portal y óigame de espacio y sabrá quién tiene su cadena y vestidos, que ya había yo sabido como vuestra merced sospecha su falta sobre mí. Y lo mismo le previne a mi señora aquella noche, pero son dueños, y yo criada. ¡Ay de los que sirven, y con qué pensión ganan un pedazo de pan!

Era, como he dicho, don Marcos poco malicioso. Y, así, dando crédito a sus lágrimas, se entró con ella en un portal de una casa grande, donde le contó quién era doña Isidora, su trato y costumbres, y el intento con que se había casado con él, que era engañándole, como ya don Marcos experimentaba, bien a su costa. Díjole asimismo como don Agustín no era su sobrino, sino su galán, y que era un bellaco vagamundo, que por comer y holgar estaba, como le vía, amancebado con una mujer de tal trato y edad, y que ella había escondido su vestido y cadena para dárselo junto con el suyo y las demás joyas, que le había mandado que se fuese y pusiese en parte donde él no la viese, dando fuerza a su enredo con pensar que ella se lo había llevado.

Parecióle a Marcela ser don Marcos hombre poco pendencioso, y, así, se atrevió a decirle tales cosas, sin temor de lo que podía suceder; o ya lo hizo por salir de entre sus manos y no miró en más, o por ser criada, que era lo más cierto. En fin, concluyó su plática la traidora con decirle que viviese con cuenta, porque le habían de llevar, cuando menos se pensase, su hacienda.

—Yo le he dicho a vuestra merced lo que me toca y mi conciencia me dicta. Ahora—repetía Marcela—haga vuestra merced lo que fuere servido, que aquí estoy para cumplir todo lo que fuere su gusto.

—A buen tiempo me das el consejo—replicó don Marcos—, amiga Marcela, cuando no hay ya remedio, que ya la traidora y el ingrato mal nacido se han ido y llevádome cuanto tenía.

Y luego le contó todo lo que había pasado con ellos, desde el día que se había ido de su casa.

—¿Es posible?—replicó Marcela—. ¿Hay mayor maldad? ¡Ay señor mío, y cómo no en balde le tenía ya lástima, mas no me atrevía a hablar, porque la noche en que mi señora me envió de su casa quise avisar a vuestra merced, viendo lo que pasaba, mas temí, que aun entonces, porque le dije que no escondiese la cadena, me trató de palabra y obra cual Dios sabe!

—Ya, Marcela—decía don Marcos—, he visto lo que dices, y es lo peor que no lo puedo remediar ni saber dónde o cómo pueda hallar rastro dellos.

—No le dé eso pena, señor mío—dijo la fingida Marcela—, que yo conozco un hombre, y aun pienso, si Dios quiere, que ha de ser mi marido, que le dirá a vuestra merced dónde los hallará, como si los viera con los ojos, porque sabe conjurar demonios y hace otras admirables cosas.

—¡Ay, Marcela, y cómo te lo serviría yo y agradecería si hiciese eso por mí! Duélete de mis desdichas, pues puedes.

Es muy propio de los malos, en viendo a uno de caída, ayudarle a que se despeñe más presto, y de los buenos creer luego. Así, creyó don Marcos a Marcela, y ella se determinó a engañarle y estafarle lo que pudiese. Y con este pensamiento le respondió que fuese luego, que no era muy lejos la casa.

Yendo juntos encontró don Marcos otro criado de su casa, a quien pidió cuatro reales de a ocho para dar al astrólogo, no por señal, sino de paga. Y con esto llegaron a casa de la misma Marcela, donde estaba con un hombre que dijo ser el sabio, y a la cuenta era su amante. Habló con él don Marcos, concertóse en ciento y cincuenta reales y que volviese de allí a ocho días, que él haría que un demonio le dijese dónde estaban, y los hallaría. Mas que advirtiese que si no tenía ánimo, que no habría nada hecho, que mejor era no ponerse en tal; o que viese en qué forma le quería ver, si no se atrevía que fuese en la misma suya. Parecióle a don Marcos, con el deseo de saber de su hacienda, que era ver un demonio ver un plato de manjar blanco; y, así, respondió que en la misma que tenía en el infierno, en esa se le enseñase, que aunque le vía llorar la pérdida de su hacienda como mujer, que entre otras cosas era muy hombre. Con esto y darle los cuatro reales de a ocho se despidió dél y Marcela y se recogió en casa de un amigo —si los miserables tienen alguno—a llorar su miseria.

Dejémosle aquí y vamos al encantador—que así le nombraremos—, que para cumplir lo prometido y hacer una solene burla al miserable, que ya por la relación de Marcela conocía al sujeto, hizo lo que diré. Tomó un gato y encerróle en un aposentillo al modo de despensa, correspondiente a una sala pequeña, la cual no tenía más ventana que una del tamaño de un pliego de papel, alta cuanto un estado de hombre, en la cual puso una red de cordel que fuese fuerte. Y entrábase donde tenía el gato y castigábalo con un azote, teniendo cerrada una gatera que hizo en la puerta; y cuando le tenía bravo destapaba la gatera y salía el gato corriendo y saltaba a la ventana, donde, cogido en la red, le volvían a su lugar. Hizo esto tantas veces, que ya sin castigarle, en abriéndole, iba derecho a la ventana. Hecho esto, avisó al miserable para que aquella noche, en dando las once, le enseñaría lo que deseaba.

Había, venciendo su inclinación, buscado nuestro engañado lo que faltaba para los ciento y cincuenta reales, prestado, y con ello se vino a casa del encantador, al cual puso en las manos el dinero, para animarle a que fuese el conjuro más fuerte. El cual, después de haberle vuelto a apercibir el ánimo y valor, se sentó de industria en una silla debajo de la ventana, la cual tenía ya quitada la red. Era, como se ha dicho, después de las once, y en la sala no había más luz que la que podía dar una lamparilla que estaba a un lado, y dentro de la despensilla todo lleno de cohetes, y con él un mozo avisado de darle a su tiempo fuego y soltarle a cierta seña que entre los dos estaba puesta para soltarle a aquel tiempo. Marcela se salió fuera, que ella no tenía ánimo para ver visiones. Y luego el astuto mágico se vistió una ropa de bocací negro y una montera de lo mismo, y tomando un libro de unas letras góticas en la mano, algo viejo el pergamino, para dar más crédito a su burla, hizo un cerco en el suelo y se metió dentro, con una varilla en las manos, y empezó a leer entre dientes, murmurando en tono melancólico y grave, y de cuando en cuando pronunciaba algunos nombres extravagantes y exquisitos que jamás habían llegado a los oídos de don Marcos. El cual tenía abiertos, como dicen, los ojos de un palmo, mirando a todas partes si sentía ruido, para ver el demonio que le había de decir todo lo que deseaba. El encantador hería luego con la vara en el suelo, y en un brasero que estaba junto a él con lumbre echaba sal y azufre y pimienta. Alzando la voz, decía:

—¡Sal aquí, demonio Calquimorro, pues eres tú el que tienes cuidado de seguir a los caminantes y les sabes sus desinios y guarida! Di aquí en presencia del señor don Marcos y mía qué camino lleva esta gente y dónde y qué modo se tendrá de hallarlos. Sal presto o guárdate de mi castigo. ¿Estás rebelde y no quieres obedecerme? Pues aguarda, que yo te apretaré hasta que lo hagas.

Y diciendo esto, volvía a leer en el libro. A cabo de rato tornaba a herir con el palo en el suelo, refrescando el conjuro dicho y sahumerio, de suerte que ya el pobre don Marcos estaba ahogándose. Y viendo ya ser hora de que saliese, dijo:

—¡Oh tú que tienes las llaves de las puertas infernales, manda al Cerbero que deje salir a Calquimorro, demonio de los caminos, para que diga dónde están estos caminantes, o si no te fatigaré cruelmente!

A este tiempo ya el mozo que estaba por guardián del gato había dado fuego a los cohetes y abierto el agujero; que, como vio arderse, salió dando aullidos y truenos, acompañándolos de brincos y saltos. Y como estaba enseñado a saltar en la ventana, quiso escaparse por ella, y sin tener respeto a don Marcos, que estaba sentado en la silla, por encima de su cabeza, abrasándole de camino las barbas y cabellos y parte de la cara, dio consigo en la calle. Al cual suceso, pareciéndole que no había visto un diablo, sino todos los del infierno, dando muy grandes gritos se dejó caer desmayado en el suelo, sin tener lugar de oír una voz que se dio a aquel punto, que dijo:

—En Granada los hallarás.

A los gritos de don Marcos y maullidos del gato, viéndole dar bramidos y saltos por la calle, respeto de estarse abrasando, acudió gente, y entre ellos la justicia. Y, llamando, entraron, y hallaron a Marcela y a su amante procurando a poder de agua volver en sí al desmayado, lo cual fue imposible hasta la mañana. Informóse del caso el alguacil, y no satisfaciéndose, aunque le dijeron el enredo, echando sobre la cama del encantador a don Marcos, que parecía muerto, y dejando con él y Marcela dos guardas, por no saberle nadie otra posada, llevaron a la cárcel al embustero y su criado, que hallaron en la despensilla, dejándolos con un par de grillos a cada uno, a título de hombre muerto en su casa.

Dieron a la mañana noticia a los señores alcaldes deste caso, los cuales mandaron salir a visita los dos presos, y que fuesen por Marcela y viesen si el hombre había vuelto en sí o se había muerto. A este tiempo don Marcos había vuelto en sí, y sabía de Marcela el estado de sus cosas, y se confirmaba por el hombre más cobarde del mundo. Llevólos el alguacil a la sala, y preguntado por los señores deste caso, dijo la verdad conforme lo que sabía, trayendo a juicio el suceso de su casamiento y cómo aquella moza le había traído a aquella casa, donde le dijo que le dirían los que llevaban su hacienda dónde los hallaría, y que él no sabía más de que, después de largos conjuros que aquel hombre había hecho leyendo en un libro que tenía, había salido por un agujero un demonio tan feo y tan terrible, que no había bastado su ánimo a escuchar lo que decía entre dientes y los grandes aullidos que iba dando, y que no solo esto, mas que había embestido con él y puéstole como vían; mas que él no sabía qué se hizo, porque se le cubrió el corazón, sin volver en sí hasta la mañana.

Admirados estaban los alcaldes hasta que el encantador los desencantó, contándoles todo el caso como se ha dicho, confirmando lo mismo el mozo y Marcela, y el gato, que trujeron de la calle, donde estaba abrasado y muerto. Y trayendo también dos o tres libros que en su casa tenían, dijeron a don Marcos conociese cuál dellos era el de los conjuros. Él tomó el mismo y lo dio a los señores alcaldes. Y, abierto, vieron que era el de *Amadís de Gaula*, que por lo viejo y letras antiguas había pasado por libro de encantos. Con lo que, enterados del caso, fue tanta la risa de todos, que en gran espacio no se sosegó la sala, estando don Marcos tan corrido, que quiso mil veces matar al encantador y luego hacer lo mismo de sí. Y más cuando los alcaldes le dijeron que no se creyese de ligero ni se dejase engañar a cada paso. Y, así, los enviaron a todos con Dios, saliendo tal el miserable, que no parecía el que antes era, sino un loco: tantos suspiros y extremos, que daba lástima a los que le vían. Fuese a casa de su amo, donde halló un cartero que le buscaba con una carta con un real de porte, que, abierta, vio que decia desta manera:

A don Marcos Miseria, salud:

Hombre que por ahorrar no come, hurtando a su cuerpo el sustento necesario, y por interés de dineros se casa sin más información que si hay hacienda, bien merece el castigo que vuestra merced tiene y el que se le espera andando el tiempo. Vuestra merced, señor, no comiendo sino como hasta aquí ni tratando con más ventajas que siempre hizo a sus criados—y, como ya sabe, la media libra de vaca, un cuarto de pan y otros dos de ración al que sirve y limpia la estrecha vasija en que hace sus necesidades—, vuelva a juntar otros seis mil ducados y luego me avise, que yo vendré de mil amores a hacer con vuestra merced vida maridable, que bien lo merece marido tan aprovechado.

DOÑA ISIDORA DE LA VENGANZA.

Fue tanta la pasión que don Marcos recibió con esta carta, que le dio una calentura acidental, de tal suerte que en pocos días acabó los suyos miserablemente. A doña Isidora, estando en Barcelona aguardando galeras en que embarcarse para Nápoles, una noche don Agustín y su Inés la dejaron durmiendo, y con los seis mil ducados de don Marcos y todo lo demás que tenían se embarcaron. Y llegados a Nápoles, él asentó plaza de soldado, y la hermosa Inés, puesta en paños mayores, se hizo dama cortesana, sustentando con este oficio en galas y regalos a su don Agustín. Doña Isidora se volvió a Madrid, donde, renunciando el moño y las galas, anda pidiendo limosna, la cual me contó más por entero esta maravilla. Y yo me determiné a escribirla, para que vean los miserables el fin que tuvo este y no hagan lo mismo, escarmentando en cabeza ajena.

# GLOSARIO

*acaso:* por casualidad.
*acedamente:* amargamente.
*achaque:* excusa.
*adarga:* escudo ligero, por lo general recubierto de cuero.
*adiva:* chacal.
*adunia:* en abundancia.
*afeitar:* maquillar.
*ahorrar:* libertar, manumitir.
*alarbe:* árabe.
*alazán:* caballo o yegua de pelo color canela.
*albayalde:* polvos cosméticos de color blanco.
*albricias:* regalo que solicita el portador de una buena noticia.
*alcabala:* impuesto sobre las cosas.
*alcorza:* pasta de azúcar y almidón.
*aldabada:* aviso.
*aldabilla:* argolla o aldaba a la que se amarra al condenado al azote.
*alharacas:* aspavientos.
*aljimifrado:* pulcro.
*aljófar:* perlas.
*almofía:* cuenco de gran tamaño.
*almojarifazgo:* impuesto que grava las mercancías que entran en una población.
*alnado:* hijastro.
*alpargates:* alpargatas, calzado de baja calidad, normalmente tejido de cordel.
*alquitara:* alambique.
*amartelado:* embobado en el amor.
*anascote:* tela de lana.
*andaboba:* juego de cartas en el que se apuesta contra el que lleva la banca.
*antojos:* anteojos.
*apercebimiento:* preparativos.
*aquistar:* resolver, pacificar.
*arcabuz:* antepasado de la escopeta, que se dispara apoyando el arma en una horquilla y prendiendo la pólvora del tiro mediante una mecha móvil.
*ardite:* la menor cantidad, lo más mínimo.
*arpado:* partido; aplicado al canto de las aves, armonioso.

*arráez:* capitán de una embarcación morisca.
*arroba:* medida de peso, variable según las regiones, que suele equivaler a unos doce kilos.
*astillazo* (*dar un a.*): variar la suerte de las cartas alterando el ritmo normal de reparto.
*atajado:* acorralado.
*atarantado:* alborotado, como si hubiera sido picado por una tarántula.
*avampié:* pedazo de tela que, unido a la polaina, cubre el empeine del calzado.
*avilantez:* atrevimiento, osadía.
*azufaifo:* árbol espinoso cuyo fruto es la azufaifa.
*azumbre:* medida de capacidad equivalente a unos dos litros.

*bajamanero* o *bajón:* ladrón de poca monta y tretas rudas.
*barra:* banco de arena que se forma en la desembocadura de algunos ríos y dificulta el acceso marítimo a los mismos.
*bastimento:* provisiones.
*bernardinas:* sinsentidos, disparates.
*berberisco:* procedente de Berbería, el norte de África.
*bienquisto:* bien querido.
*blanca:* espada ordinaria.
*bocací:* tela de hilo que se lleva debajo de las calzas y el jubón para que luzca a través de las cuchilladas o aberturas de estas prendas.
*bodegón:* casa de comidas.
*bosar:* vomitar.
*botana:* herida, boquete.
*bozal:* salvaje, primitivo.
*braco:* perro de caza.
*broquel:* escudo de pequeñas dimensiones.
*brumar:* moler a golpes.
*buldero:* vendedor oficial de bulas, o dispensas eclesiásticas.
*bureo:* fiesta.
*burielado:* de color pardo o granatoso.

*cabeza* (*poner sobre la c.*): tener por lo más preciado.
*cabos* (*ser c. negros*): ser de pelo, cejas y ojos negros.
*cairelado:* en el texto, largo y negro.
*calamocano:* ebrio.
*calzas:* medias masculinas gruesas.
*camuza:* gamuza, cabra montés de color marrón rojizo.

*candiota:* cubeta o vasija donde se guarda el vino.

*canelones:* extremo de las disciplinas o azotes de penitencia.

*canilla:* tapón o espita con que se cierran las cubas de vino.

*cantueso* (*flores de c.*): menudencias.

*cañuto:* chivato, soplón.

*capelo:* sombrero.

*capilla* (*la c. de la capa*): capucha.

*capona:* tipo de danza.

*carrucha:* polea.

*celajes:* presagios.

*cendrado:* acendrado, pulcro.

*cernada:* ceniza con que se fabrica la lejía.

*cerrar:* arremeter, atacar.

*chapín:* calzado femenino de suelas altas, formadas por capas de corcho.

*chazar:* parar, detener.

*chilindrinas:* bromas.

*cica:* bolsa.

*cifra:* escritura enigmática, acertijo.

*clavijas:* clavillos de hierro o madera mediante los que se afinan los instrumentos de cuerda.

*cobro* (*poner en c.*): poner a buen recaudo, asegurar.

*colgadura:* cortinas y tapices del mobiliario doméstico.

*colmillo:* procedimiento para marcar las cartas, usualmente con un colmillo de cerdo.

*concertado:* armónico.

*contino* (*de c.*): continuamente.

*contrabajo:* voz más grave y profunda que la del bajo ordinario.

*corchete:* oficial de justicia.

*cordelejo* (*dar c.*): burlarse.

*cormas:* cepo de madera para el pie.

*corporales:* lienzos que se extienden sobre el altar.

*corretaje:* premio, recompensa.

*cosario:* corsario, pirata.

*costa* (*ayuda de c.*): ayuda económica, socorro.

*cuadra:* sala, estancia.

*cuartana* (*frío de c.*): calentura, casi siempre de origen palúdico, que produce accesos de fiebre y frío cada cuatro días.

*cuatro:* fullería.

*cuja:* estructura de la cama, armazón.

*curioso:* pulcro, aseado.

*damasco:* tela de seda o lana con dibujos del mismo tejido.

*decantar:* difundir.

*denegrido:* tiznado.

*deprender:* aprender.
*desalado:* ansioso.
*desaminar:* examinar.
*desamparentado:* desamparado.
*desbocado:* con la boca rota.
*descaecer:* ir a menos, decaer.
*desembanastar:* vaciar el cesto o banasta.
*deshora* (*a d.*): de improviso.
*despejo:* desparpajo.
*desvanecido:* soberbio, vanidoso.
*deudo:* pariente.
*disanto:* día del santo del lugar.
*discurso:* juicio, sentido común.
*disinios:* designios.
*dita:* garantía.
*divertir:* distraer.
*doce* (*echar todo a d.*): zanjar un asunto comprometido mediante el alboroto y el escándalo.
*donado:* seglar admitido en religión, para el servicio de la casa.
*dotrinado:* adoctrinado, educado.
*dríade:* ninfa de los bosques.

*Egipto* (*las ollas de E.*): la abundancia pasada.
*embelecos:* engaños, mentiras.
*empacho:* apuro, turbación.
*encargar:* rogar encarecidamente.
*enmollecer:* ablandar, debilitar.
*entrevar:* comprender.
*entrujar:* robar.
*envesar:* azotar.
*envidar:* apostar.
*escaques:* decoración de ajedrezado.
*escarapela:* riña.
*escarcela:* bolsa del dinero.
*esguízaros:* suizos; gozaban de fama proverbial como soldados.
*esportilla:* capazo.
*estado* (e. de hombre): medida de longitud equivalente a la altura media de un hombre.
*estantigua:* aparición, fantasma.
*estrado:* tarima elevada cubierta de alfombras y cojines.
*estupendo:* estipendio, salario.

*falda* (*f. del sombrero*): ala.
*faldellín:* mantilla larga que las mujeres traen sobre la camisa.
*faldriquera* o *faltriquera:* bolsillo.
*fayancas:* burlas; en el texto, poner los cuernos.
*fileteado:* presuntuoso, vano.
*finibusterrae:* la horca.
*figón:* mesón.
*fisga:* burla.
*floreo:* conjunto de tretas para hacer trampas en los naipes.
*fluecos:* flecos.

*fricación:* fricción.
*frontal:* paramento con que se adorna la parte delantera del altar.
*frontero:* enfrente.

*galima:* hurto.
*garbear:* robar.
*gato:* bolsa para llevar el dinero, hecha por lo general de piel de gato.
*gaveta:* cajón pequeño de escritorio.
*gobernalle:* timón.
*gorja:* garganta.
*gozque:* un tipo de perro.
*granjear:* obtener, negociar con diligencia alguna cosa de provecho.
*grillos:* grilletes.
*guija:* guijarro.
*gúmena:* soga, maroma.
*gurapas* o *guras:* galeras.
*guro:* alguacil.
*gurullada:* patrulla, compañía de la justicia.

*haldudo:* de grandes faldas.
*hembra:* ancha y corta.
*hijuela:* lienzo con que se cubre la patena antes de la consagración.
*hombre:* juego de naipes en el que se escoge un palo como triunfo.
*horro:* libre, exento.
*huillo:* marcar las cartas con tizne.
*ijada:* costado.
*imaginaria:* imaginería, arte de representar imágenes.
*industria:* astucia, maña.
*inico:* inicuo, poco equitativo.
*invención:* indumentaria con valor simbólico, basado por lo general en la semántica de los colores.

*jarcias:* aparejos de una embarcación.
*jira:* banquete festivo.
*jornada:* viaje.
*jubón:* vestido masculino ceñido, que cubre el cuerpo hasta las rodillas, donde se ajusta con las calzas.

*laceria:* pobreza, miseria.
*landre:* peste bubónica.
*lego:* seglar, que no pertenece al estado eclesiástico.
*lendroso:* plagado de liendres, piojoso.
*letra:* lema, versos ingeniosos que los caballeros solían llevar inscritos en sus escudos durante las fiestas palaciegas.
levas*:* trampa.
*llamativo:* aperitivo, despertador de la sed.

*llaneza:* afabilidad en el trato y la condición.

*lobo* (*boca de l.*): estrategia de las cartas consistente en dejarse ganar para que el rival se confíe y aumente la apuesta.

*luego:* de inmediato.

*madre:* matriz.

*magate* (*a medio m.*): con escaso empeño.

*malbaratillo:* mercadillo público.

*manga:* hatillo parecido a un cojín con aberturas en ambos extremos, que se cierran mediante cordones.

*manjar blanco:* pasta de pechuga de gallina, leche y arroz; en el texto significa 'que era algo agradable'.

*mano* (*tomar la m.*): anticiparse.

*manteo:* faldellín que lleva la mujer debajo del vestido.

*matizar:* casar los colores de forma que resulten agradables a la vista.

*matraca:* burla, chanza.

*miera:* aceite de enebro, utilizado como ungüento para las enfermedades del ganado.

*mohatra:* pago excesivo.

*monitorio:* admonitorio, amonestación.

*monjil:* hábito o túnica de monja, así como el traje de lana que usan las mujeres como luto.

*montante:* espada de grandes dimensiones, que se maneja con las dos manos.

*montas:* interjección equivalente a «¡vaya!».

*monumento:* sepulcro; en el texto, concretamente el de Jesucristo.

*moscatel:* simple, necio.

*mosquear:* azotar.

*mostachón:* bollo de mazapán y almendra.

*murcio:* ladrón.

*nata:* anata, derecho que se paga por un título u oficio.

*naveta:* véase *gaveta.*

*negra:* espada de esgrima.

*nema:* sello de cera.

*nereida:* ninfa marina.

*nibelos:* deformación de *libelos,* acusaciones falsas.

*ninfa:* nombre genérico de las deidades fabulosas de las aguas, los bosques y las selvas.

*nuevas* (*hacerse de n.*): simular que no se conoce lo que otra persona está contando.

*obsequias:* exequias, honras fúnebres.

*ocho:* fullería.
*onza:* felino salvaje, pantera.
*pala* (*hacer p.*): tapar, encubrir a alguien con el propio cuerpo.
*palanquín:* ladrón.
*palenque:* hilera de estacas que delimita el campo en que ha de celebrarse un torneo.
*pañizuelo:* pañuelo.
*papandujas:* burlas.
*parasismo:* paroxismo, agonía.
*parecer:* aparecer, resultar visible.
*partes:* características, cualidades.
*paso:* sigilosamente.
*paso* (hacerse p. a alguien): convertirse en habitual, frecuentar.
*pecho:* tributo.
*perulero:* indiano.
*piar:* beber.
*picones:* burlas.
*pistolete:* pistola.
*porfía* (*a p.*): con insistencia y tesón.
*posta* (*por la p.*): con la máxima diligencia y celeridad.
*postura:* precio, pago.
*poyo:* banco bajo de piedra que se construye arrimado a las paredes, junto a puertas y ventanas.
*prático:* plático, diestro y agradable en la conversación.
*prendas:* virtudes personales.
*preseas:* objetos preciados.
*pretina:* correa con hebilla o broche.
*pretinazo:* latigazo, golpe arreado con la pretina.
*pretinilla:* cinturón femenino, asegurado con una hebilla y por lo general guarnecido.
*primisión:* promisión, promesa.
*puesto que:* aunque.
*punto:* tono musical.

*quínola:* juego de naipes cuyo objetivo es combinar cartas de distintos palos.
*quisto:* querido.
*quitación:* salario, sueldo.

*ración:* comida diaria o sueldo que se da para comprarla.
*randado:* bordado con encajes.
*raspadillo:* truco consistente en marcar los naipes con un rasguño.
*rastreado:* cierto tipo de baile.
*real:* campamento militar.
*recabdo:* recado.
*recámara:* aposento contiguo a la habitación principal, en el que se suelen guardar vestidos y joyas.
*recordar:* despertar.
*redomazo:* golpe que se da con

una redoma, o vasija grande de vidrio.

*refitorio:* refectorio, comedor del monasterio.

*regalar:* mimar, obsequiar.

*rejalgar:* arsénico, sustancia muy venenosa.

*relevar:* representar en relieve.

*remate* (*apercibimiento de r.*): aviso de que debe pagarse la cantidad estipulada.

*represa:* contención.

*respecto:* rufián.

*resulta:* efecto, consecuencia.

*retén:* treta que consiste en ocultar cartas en la ropa para sacarlas en el lance oportuno.

*retraerse:* refugiarse en una iglesia para escapar a la justicia.

*retrete:* aposento pequeño en la parte más oculta de la casa.

*riza:* destrozo.

*rodela:* escudo redondo, de pequeñas dimensiones.

*rúa:* calle.

*rucia:* mula de color rucio, pardo claro.

*rufo:* rubio o pelirrojo; en el lenguaje del hampa, rufián, traficante de prostitutas.

*sacre:* sagaz, astuto; por extensión, ladrón.

*sahumado:* perfumado; en sentido figurado, muy bien tratado.

*salto:* asalto, robo.

*salva:* cuidado, precaución.

*salva* (*hacer la s.*): catar.

*sambenito* (*clavazón de s.*): difamación, acto de acusación pública, por lo general de no ser cristiano viejo.

*santo:* cierto tipo de vino.

*saya:* vestidura larga, a modo de túnica, utilizada tanto por hombres como por mujeres.

*secutor:* ejecutor.

*semanero:* responsable de un cargo u oficio durante una semana.

*sentadillas* (*a s.*): cómodamente.

*simulacro:* imagen sagrada.

*sobrepelliz:* vestidura de lienzo fino, con mangas anchas, que llega hasta la cintura, habitual en los clérigos.

*socarrar:* abrasar.

*sola:* fullería.

*solimán:* preparado de azogue, sumamente venenoso.

*sólito:* acostumbrado, usual.

*sonadilla:* son, tonada.

*sorna* (*a boca de s.*): a la caída de la noche.

*sotillo:* cierto tipo de baile.

*tafetán:* tejido fino de seda.

*tahalí:* correa que se cuelga de un hombro y se ata en la parte opuesta de la cintura.

*talle;* cuerpo, figura.

*tártago:* chasco, fastidio.

*tasadísimamente:* con mucha tasa, con grandes restricciones.

*tejoletas:* castañuelas.

*templar:* afinar un instrumento musical.

*tercianela:* tela de seda, más gruesa que el tafetán.

*tercio* (*t. de chanza*): colaboración entre dos fulleros para desvalijar a un tercero.

*ternezas:* requiebros, lisonjas.

*tiple:* lampiño.

*tisera:* tijera.

*tocar:* cubrir la cabeza.

*tocas:* velos o paños con que las mujeres se cubren la cabeza.

*todavía:* siempre.

*tolondrón:* chichón.

*toquilla:* cinta de adorno que rodea el sombrero en la base de la copa.

*trabacuentas:* controversia, disputa.

*trainel:* recadero.

*trasañejo:* de tres años.

*traste:* en los instrumentos de cuerda, cada una de las divisiones que indican los tonos y semitonos.

*trebejos:* piezas del juego, juguetes.

*trena:* cárcel.

*triaca:* compuesto medicinal.

*trinquete:* prostituta.

*trisca:* jaleo, estruendo.

*trocado:* suelto, calderilla.

*trópico:* lleno.

*tuáutem:* ejecutor, persona indispensable para la realización de un hecho.

*tuero:* leño.

*turco:* vino.

*váguido:* vahído, desvanecimiento.

*valón:* alemán de Borgoña; los valones tenían fama de gallardos.

*valones:* adorno de tela que cae desde el cuello hasta el pecho y la espalda.

*veintiuna:* juego de cartas cuyo objetivo es sumar veintiún puntos.

*venablo:* lanza pequeña, utilizada sobre todo para la caza.

*verrugueta:* trampa del juego consistente en marcar las cartas.

*Vilhán* (*floreo de V.*): fullerías, artimañas para robar en el juego.

*vira:* tira que se coloca, como refuerzo, entre la suela y el cuerpo del zapato.

*visajes:* gestos que se hacen con el rostro.

*zahúrda:* pocilga.

*zalemas:* muestras de afecto, caricias.

*zaquizamí:* artesonado, decoración del techo.

*zaragüelles:* calzones.

Esta edición ha sido compuesta con tipos New Baskerville
de 10 puntos sobre 12 por Víctor Igual, S.L.,
y se terminó de imprimir en los talleres
de Romanyà/Valls, de Capellades,
el dos de noviembre de mil
novecientos noventa
y nueve